O GUARDIÃO *de* SEGREDOS *de* JAIPUR

ALKA JOSHI

O GUARDIÃO *de* SEGREDOS *de* JAIPUR

Tradução
Cecília Camargo Bartalotti

1ª edição
Rio de Janeiro-RJ / São Paulo-SP, 2022

VERUS
EDITORA

Copidesque
Lígia Alves

Revisão
Pedro Siqueira

Título original
The Secret Keeper of Jaipur

ISBN: 978-65-5924-114-9

Edição publicada mediante acordo com Harlequin Books S.A.

Verus Editora Ltda.
Rua Argentina, 171, São Cristóvão, Rio de Janeiro/RJ, 20921-380
www.veruseditora.com.br

CIP-BRASIL. CATALOGAÇÃO NA FONTE
SINDICATO NACIONAL DOS EDITORES DE LIVROS, RJ

J72g

Joshi, Alka
O guardião de segredos de Jaipur / Alka Joshi ; tradução Cecilia Camargo Bartalotti. - 1. ed. - Rio de Janeiro : Verus, 2022.

Tradução de: The Secret Keeper of Jaipur
Sequência de: A pintora de henna
ISBN 978-65-5924-114-9

1. Ficção indiana. I. Bartalotti, Cecilia Camargo. II. Título.

22-79150 CDD: 828.99353
CDU: 82-3(540)

Meri Gleice Rodrigues de Souza - Bibliotecária - CRB-7/6439

Revisado conforme o novo acordo ortográfico.

Para Bradley, que me incentivou a escrever.
Para meus leitores, que se apaixonaram por Malik.

O que você passa anos construindo pode ser destruído da noite para o dia. Construa mesmo assim.

— Madre Teresa

Se você quer a rosa, precisa enfrentar o espinho

— Provérbio hindu

Personagens

Malik: ex-ajudante de Lakshmi, de vinte anos, graduado pela Escola Bishop Cotton para Meninos.

Nimmi: mulher de vinte e três anos de uma tribo das montanhas do Himalaia, mãe de Rekha (menina) e Chullu (menino).

Lakshmi Kumar: ex-artista de henna de quarenta e dois anos, agora diretora da Horta Medicinal Lady Reading, em Shimla, casada com o dr. Jay Kumar.

Jay Kumar: médico no Hospital Lady Reading, em Shimla, diretor da Clínica Comunitária, colega de faculdade de Samir Singh e casado com Lakshmi.

Radha: perfumista de vinte e cinco anos, irmã mais nova de Lakshmi, mora em Paris com o marido, um arquiteto francês, e as duas filhas; teve um bebê fora do casamento com Ravi Singh doze anos atrás; o bebê foi adotado por Kanta e Manu Agarwal.

Samir Singh: arquiteto de cinquenta e dois anos, diretor da empresa Singh-Sharma Construções, de uma família rajapute de casta elevada relacionada à família real de Jaipur, marido de Parvati Singh e pai de Ravi e Govind.

Parvati Singh: dama da sociedade de quarenta e sete anos, esposa de Samir Singh, mãe de Ravi e Govind, parente distante da família real de Jaipur.

Ravi Singh: filho de vinte e nove anos de Parvati e Samir, arquiteto na empresa familiar Singh-Sharma Construções, casado com Sheela.

Sheela Singh: antes Sheela Sharma, esposa de vinte e sete anos de Ravi Singh, mãe de duas crianças pequenas, Rita e Bebê.

Manu Agarwal: diretor de manutenção do Palácio de Jaipur, de trinta e oito anos, marido de Kanta.

Kanta Agarwal: esposa de trinta e oito anos de Manu Agarwal, vinda de uma família culta de Calcutá, mãe de Niki, ou Nikhil, de doze anos.

Nikhil Agarwal: filho adotivo de doze anos de Kanta e Manu; a irmã de Lakshmi, Radha, é sua mãe biológica.

Baju: velho criado familiar de Kanta e Manu Agarwal.

Saas: significa "sogra" em hindi. Quando Kanta se refere à sua *saas*, ela está falando da mãe de Manu; ao se dirigir à sogra diretamente, uma mulher a chamaria pelo nome respeitoso "Saasuji".

Os Sharma: pais de Sheela Singh, coproprietários da firma Singh-Sharma. O sr. Sharma, oitenta anos, está doente. Sua esposa não vai praticamente a lugar nenhum sem ele. Então Samir Singh administra todas as operações da empresa agora.

Moti-Lal: joalheiro famoso, proprietário da Joalheria Moti-Lal, em Jaipur.

Mohan: genro de Moti-Lal e assistente na Joalheria Moti-Lal.

Hakeem: contador do departamento de manutenção do Palácio de Jaipur.

Sr. Reddy: gerente do Royal Jewel Cinema.

Marani Indira: rainha de setenta e quatro anos, viúva sem filhos de um ex-marajá de Jaipur, sogra da marani Latika, mora no palácio das maranis.

Marani Latika: viúva glamorosa de quarenta e três anos do recém-falecido marajá de Jaipur e nora da marani Indira, mora no palácio das maranis, fundou a Escola para Meninas da Marani em Jaipur.

Madho Singh: periquito oferecido de presente a Malik pela marani Indira.

Prólogo
Malik

Maio de 1969
Jaipur

É a noite de abertura do Royal Jewel Cinema, e ele reluz como uma pedra preciosa. Mil luzes cintilam no teto do saguão imenso. Degraus de mármore branco, conduzindo ao balcão superior, refletem o brilho de uma centena de luminárias nas paredes. Um tapete carmim espesso amortece o som de milhares de passos. E dentro da sala de espetáculos: todos os mil e cem assentos de mohair estão ocupados. E há também pessoas em pé, alinhadas ao longo das paredes do cinema para a inauguração.

Este é o grande momento de Ravi Singh, arquiteto responsável pelo conceituado projeto. Encomendado pela marani Latika de Jaipur, o Royal Jewel Cinema é o testemunho do que a engenhosidade moderna e uma educação ocidental podem criar. Ravi Singh usou como modelo o Pantages Theatre em Hollywood, a treze mil quilômetros de distância. Para esta mais celebrada das ocasiões, Ravi programou uma exibição de *Jewel Thief*, um filme indiano que, na verdade, fora lançado dois anos antes. Algumas semanas atrás, Ravi me disse que havia escolhido esse filme muito popular porque ele ecoa o nome do teatro e é estrelado por dois dos mais renomados atores indianos atuais. Ele sabe que o público indiano, louco por cinema, está acostumado a ver o mesmo filme várias vezes; na maioria dos cinemas, a programação só muda de tempos em tempos. Portanto, mesmo que os moradores de Jaipur tenham visto o filme dois anos atrás, eles virão para vê-lo de novo. Ravi também garantiu que as estrelas do filme, Dev Anand e Vyjayanthimala, bem como uma das atrizes mais jovens, Dipti Kapoor, estivessem presentes para a grande inauguração. A imprensa compareceu para escrever sobre a abertura do Royal Jewel Cinema, falar sobre toda a alta sociedade de Jaipur e suas joias e se encantar com o glamour de Bollywood.

Admirando a arquitetura moderna, as cortinas suntuosas de veludo vermelho na frente da tela de cinema, o palpável ar de expectativa, estou impressionado com o que Ravi realizou; ainda que haja outras coisas nele que me deixam incomodado.

O casal com quem eu vim, Manu e Kanta Agarwal, foi convidado para se sentar com os Singh e os Sharma no balcão, os lugares mais caros da casa. Como convidado dos Agarwal, estou sentado com eles (caso contrário estaria nos assentos mais baratos lá embaixo, perto da tela; afinal, não passo de um aprendiz no Palácio de Jaipur). A entrada de crianças é permitida no balcão, mas Kanta deixou seu filho, Niki, em casa com sua *saas*. Quando cheguei à residência dos Agarwal mais cedo esta noite, para acompanhá-los à inauguração do cinema, vi como Niki estava inconformado.

— É o acontecimento do século! Por que eu não posso ir? Todos os meus amigos vão. — O rosto de Niki estava vermelho de raiva. Aos doze anos, ele é capaz de carregar suas palavras de um forte senso de injustiça.

Manu, sempre calmo diante da personalidade explosiva do filho e da esposa, disse:

— A independência de nosso país é que foi, de fato, o acontecimento do século, Nikhil.

— Eu ainda nem existia nessa época, Papaji. Mas estou vivo agora! E não entendo por que não posso ir. — Ele olhou para a mãe, pedindo ajuda.

Kanta voltou os olhos para o marido, como se perguntasse: *Por quanto tempo vamos poder manter nosso filho afastado de eventos sociais em que os Singh estejam presentes?* Niki já tem idade suficiente para questionar por que pode ir a algumas ocasiões sociais e não a outras. Ela olhou para mim, como que dizendo: *Malik, o que você acha?*

Fico lisonjeado por eles se sentirem à vontade para ter essas conversas na minha frente. Não tenho nenhuma relação de parentesco com eles a não ser o mero fato de minha ex-guardiã Lakshmi (ou, como eu a chamo, Tia Chefe) ser amiga íntima do casal. Conheço os Agarwal desde pequeno, por isso sei sobre a adoção de Niki, embora o próprio Niki não saiba. E sei que, no momento em que os Singh virem aqueles olhos verde-azulados dele, tão incomuns na Índia, vão se lembrar das leviandades do próprio filho; a irmã da Tia Chefe, Radha, não foi a primeira menina que Ravi engravidou antes de se casar com Sheela. Saber dos erros de seu filho é uma coisa, mas ser confrontado com eles em carne e osso seria perturbador tanto para Samir como para Parvati Singh.

No fim, os Agarwal não precisaram de mim para se decidir sobre o assunto, o que foi um alívio. A mãe de Manu, ocupada com seu terço de sândalo, encerrou a discussão.

— Porque toda aquela dança e cantoria nos filmes corrompem as pessoas! Venha, Niki, me ajude. Nós vamos para o templo.

Nikhil gemeu. Ele era uma criança educada; sabia que não devia questionar uma ordem de sua avó.

Agora, em meio a aplausos ensurdecedores dentro do Royal Jewel Cinema, a marani Latika, a terceira e mais jovem esposa, agora viúva, do marajá de Jaipur, sobe ao palco para dar as boas-vindas aos presentes. Este é o primeiro grande projeto que ela conduziu desde a morte do marido. Ela é a patroa de Manu; nenhuma das outras esposas do marajá quis administrar as finanças. Manu é o diretor de manutenção do Palácio de Jaipur, onde coordena projetos de construção como esse, e fui enviado pela Tia Chefe para aprender o ofício.

— Esta noite celebramos a inauguração da maior casa de espetáculos que o Rajastão já conheceu, o Royal Jewel Cinema. — A marani espera os aplausos terminarem antes de continuar. Seus brincos de rubis e diamantes e o *pallu** bordado em ouro de seu sári** Vanarasi de seda vermelha refletem milhares de centelhas para o público enquanto ela passa os olhos pela casa lotada, com um sorriso beatífico no rosto. — É uma ocasião histórica para Jaipur, terra de uma arquitetura de renome internacional, tecidos e joias deslumbrantes e, claro, do *dal baati**** rajastani! — O público explode em risadas divertidas à menção do famoso prato local.

---

* *Pallu:* a ponta decorada de um sári, geralmente usada sobre o ombro.

** Sári: traje feminino, com tecido de cinco metros.

*** *Dal baati*: bolas de farinha de trigo assadas, geralmente comidas com *dal* (sopa de lentilhas).

Sua Alteza dá o crédito a Manu pela supervisão do projeto, elogia o belo trabalho dos arquitetos da Singh-Sharma e termina o discurso chamando ao palco os atores do filme. Anand e Vyjayanthimala são seguidos por Kapoor, de olhos pintados com *khol** e um sári de lantejoulas, entre assobios e gritos de *Waa!*** *Waa!* O público recebe os três com uma chuva de rosas, frangipani e *chemali**** e aplausos em pé. Quando éramos adolescentes, a irmã da Tia Chefe, Radha, era mais fã de cinema do que eu. Mas, esta noite, até mesmo eu me vejo envolvido no entusiasmo febril, os aplausos retumbantes e assobios da audiência.

Por fim, as cortinas se abrem e todos ficam em silêncio quando a certificação do filme e os créditos de abertura começam a passar pela tela. Até os riquixá-*wallas*† e os alfaiates nos assentos mais baratos das fileiras da frente se calam.

Filmes indianos são longos, com quase três, às vezes quatro horas, interrompidas por um intervalo. Nessa pausa, saímos do prédio, com a maioria do público, para comprar algo para comer ou beber na rua. Os vendedores estão preparados. Eles se dispuseram ao longo dos dois lados da rua na frente do teatro. O aroma de amendoins assados com chili, *panipuri*,†† *pakoras*††† de cebola e *samosas*‡ de batata é quase demais para resistir. Compro pequenos copos de chai‡‡ e passo-os para todos. Samir compra um grande prato de *kachori*‡‡‡ e *aloo tikki*§ para nosso grupo.

É maio em Jaipur e já está abafado. O teatro tem ar-condicionado, mas o ar do lado de fora é mais fresco que o odor de mil corpos aglomerados dentro do prédio. A esposa de Ravi, Sheela, recusa o chai e a comida, dizendo que está quente demais para comer. Sua filha bebê adormeceu em seu ombro, o calor do pequeno corpo fazendo Sheela se agitar, incomodada. Sheela estufa as bochechas e solta o ar, depois vai a uma barraca que vende leques de *khus-khus*.§§

---

* *Kohl*: o mesmo que *kajal*, um delineador de olhos preto.

** *Waa:* Uau!

*** *Chemali:* flor tropical.

† Riquixá-*walla:* condutor que pedala um riquixá.

†† *Panipuri:* um petisco salgado.

††† *Pakoras:* legumes mergulhados em massa de grão-de-bico e fritos.

‡ *Samosa:* salgado frito com recheio condimentado de batata/ervilha.

‡‡ Chai: chá indiano.

‡‡‡ *Kachori:* pão frito.

§ *Aloo tikki:* panqueca de batatas frita.

§§ *Khus-khus:* leque de mão feito de folhas de capim vetiver.

Uma gota de suor desliza por seu pescoço nu e desaparece na parte de trás da blusa. Eu me forço a desviar o olhar.

Parvati exibe orgulhosamente a neta Rita, de quatro anos, para as damas da sociedade que vieram cumprimentá-la.

— *Tumara naam batao,** *bheti.***

Kanta está conversando alegremente com amigas. Samir e Manu estão sendo parabenizados por seu trabalho no prédio pela elite de Jaipur que compareceu para a noite de gala. Olho em volta à procura de Ravi, que estava com eles, e me pergunto por que ele perderia a oportunidade de estar no centro das atenções. Não é o estilo dele.

Como sempre, observo e escuto, algo que a Tia Chefe me ensinou a fazer bem. Em minha próxima carta para ela e Nimmi em Shimla, vou poder lhes contar o que o público achou do corte de cabelo ou da cor do sári da atriz principal (aposto que Nimmi nunca viu um filme na vida!). Também vou poder lhes contar que a maioria das moças de Jaipur se casaria com o bonito Dev Anand se tivesse uma chance.

Vejo Sheela voltar para o grupo, abanando o leque na frente do rosto. Parvati estende a mão para afastar cachinhos úmidos da testa da bebê adormecida. Sheela está olhando para trás da sogra. De repente, seu rosto fica rígido. Sigo o olhar dela até a quina do teatro. É quando noto Ravi escoltando discretamente a atriz mais jovem para fora da porta lateral do prédio. Os olhos de Sheela se apertam quando seu marido e a atriz desaparecem no escuro, afastando-se da multidão. Eu sei que há uma área de carga e descarga ali. É também onde os motoristas da marani e dos atores estão esperando para levá-los embora. Talvez ele a esteja acompanhando até o carro.

Ouvimos a campainha anunciar que o intervalo está terminando. A segunda metade do filme está prestes a começar. Confiro meu relógio. São nove e meia da noite. As meninas de Sheela deveriam estar na cama, mas Ravi insistiu que a família estivesse presente e fosse vista pelo público neste seu grande momento. Tenho certeza de que Sheela brigou com ele por causa disso. Ela prefere que a *ayah**** cuide das meninas.

---

* *Tumara naam batao:* diga-lhes seu nome.

** *Bheta/bheti:* filho/filha.

*** *Ayah*: babá.

A multidão começa a voltar para o saguão e a passar pelas portas abertas da sala do cinema. Devolvo os copos de chá vazios para os *chai-wallas** que passam para recolhê-los. Folhas de bananeira em que *chaat*** é vendido estão espalhadas pelo chão. Um cheiro de comida servida e consumida, não de todo desagradável, paira no ar. Pego no colo a outra filha de Ravi, Rita, cujas pálpebras começaram a fechar, e a apoio no ombro.

Sigo o resto do grupo para dentro do saguão.

Antes de passarmos pelas portas, ouvimos um rangido lento, depois um gemido queixoso e, de repente, o estrondo de quinhentos quilos de cimento, tijolos, barras de ferro e gesso vindo abaixo. Em segundos, os sons ensurdecedores de um prédio desabando, gritos de agonia e uivos de dor estão vindo de dentro do cinema.

---

* *Chai-walla:* pessoa que vende chai.

** *Chaat:* termo genérico para petiscos fritos.

Dois meses antes do desabamento

1
Nimmi

Março de 1969
Shimla, estado de Himachal Pradesh, Índia

Paro de andar e olho para as montanhas que despertam de seu sono. O inverno em Shimla está chegando ao fim. Homens e mulheres se enrolam em duas, às vezes três, pashminas, mas as colinas estão deixando de lado seus cobertores. Ouço o *ploc, ploc, ploc* de neve que derrete e cai sobre o chão duro enquanto sigo meu caminho com cuidado para a casa de Lakshmi Kumar.

Ontem, vi as primeiras anêmonas cor-de-rosa no vale abaixo de nós, erguendo o nariz atrevidamente no ar. Nas montanhas distantes ao norte, imagino minha tribo conduzindo suas cabras e ovelhas pelo Vale de Kangra para a aldeia de Bharmour, no alto Himalaia, como eu estaria fazendo se meu marido, Dev, ainda estivesse vivo. É difícil acreditar que já faz um ano que ele se foi. Minha filha, Rekha, estaria correndo ao lado do pai, agitando os bracinhos em uma tentativa de ajudá-lo a conduzir as cabras e ovelhas, enquanto eu carregaria nosso bebê, Chullu, nas costas. Estaríamos acompanhados pelas outras famílias da tribo que haviam passado o inverno no baixo Himalaia para garantir alimento para os rebanhos. Assim que a neve começava a derreter no início da primavera, sempre fazíamos o caminho de volta montanha acima para cultivar nossos campos com o estrume de ovelhas que havia maturado em um rico fertilizante durante os meses de inverno.

Não vejo minha família desde que deixei a tribo na primavera passada, depois do acidente fatal de Dev. Eles não descem tão ao sul até Shimla, mas não se passa nenhum dia em que eu não pense neles com carinho.

Enquanto caminhávamos, o velho Suresh contava piadas. *Sabem aquela sobre a cabra com gases e o pastor sem nariz?* Não, conte essa, nós ríamos.

A vovó Sushila, desdentada, pelos grisalhos se projetando da tatuagem triangular em seu queixo, começava uma das histórias populares contadas a ela por sua avó. *Aí o rei mandou a rainha tecer um cobertor para ele com a lã mais fina, o que ele sabia que a deixaria ocupada por uns dez anos.* Todos nós sabíamos a história e terminávamos a frase final para ela, e, nesse ponto, ela nos olhava com a testa franzida. *Ah, vocês já conheciam essa?*

Depois de ter vendido a lã de nossas ovelhas no baixo Himalaia, ficávamos carregados com nossas compras de inverno: um suéter azul-céu feito em fábrica, um rádio transistorizado Philips, uma galinha cacarejante comprada em um mercado de estância de montanha. Algumas famílias às vezes adquiriam uma bela cabra doméstica malhada ou um touro preto jovem que despertava admiração em todos nós. Minha cunhada exibia uma peneira de vime nova e meu irmão mais velho caminhava orgulhosamente ao seu lado com os filhos. Nós assentíamos, concordando que a peneira poderia separar as cascas dos grãos de arroz muito mais depressa.

Eu sorrio agora ao pensar naquelas caminhadas pelas montanhas do Himalaia. Sinto-me quase feliz. O que tornaria tudo completo seria uma carta de Malik, apesar de eu ter que compartilhá-la com mais alguém, especialmente se esse alguém for Lakshmi. Se ao menos eu pudesse ter ido à escola, não estaria sujeita à humilhação de precisar que as cartas dele para mim fossem enviadas a *ela* para serem lidas para *mim*.

Minhas botas de couro de cabra fazem um som agradável afundando no cascalho úmido enquanto imagino maneiras de arrancar Lakshmi Kumar da minha vida.

No dia em que Lakshmi entrou em minha vida, eu estava fora de mim. Havia estado tão delirante de febre e desespero que nem tive consciência de meu filho, Chullu, vindo a este mundo, dois meses antes da data prevista. Mais cedo naquele mesmo dia, meu marido Dev tinha tentado arrastar um bode jovem, embriagado de folhas de rododendro, de volta para a estreita trilha da montanha. Estávamos a caminho de nossas casas de verão no alto Himalaia. Dev perdeu o equilíbrio, e ele e o bode rolaram centenas de metros para dentro de uma ravina. Todos nós vimos acontecer, mas não havia nada que ninguém pudesse fazer. Sempre soubemos que os Himalaias eram o lar dos deuses — Shiva, Ram e Kamla —, que são muito mais poderosos do que nós. Se eles quiserem levar alguém de nós, é seu direito, seu privilégio. Mesmo assim, eu não estava preparada para deixar meu marido ir. Eu gritei e gritei: *O bode que nós sacrificamos no começo da viagem não foi suficiente para nos proteger? Ou foi um* nazar *maligno?** Nossas ovelhas terem produzido tanta lã no inverno anterior talvez tivesse despertado a inveja de alguém.

Agarrei os ombros das pessoas perto de mim, berrando diante de seus rostos assustados: *Me diga que você não pôs mau-olhado em Dev!* Gritei para o Senhor Shiva. Bati em minha barriga distendida, prometendo dar o bebê a Shivaji se ele trouxesse Dev de volta. Meu sogro e meu irmão tiveram que puxar meus braços de minha barriga para evitar que eu machucasse a vida ali dentro. As mulheres esfregaram minhas têmporas, mãos e pés com óleo de mostarda aquecido até eu finalmente desmoronar em um estupor. Quase uma semana depois, quando despertei como se fosse de um longo sono, vi o rosto da pequena Rekha, tenso de preocupação, espiando sobre a borda da cama, e chamei minha filha para mim. Ela tinha apenas três anos e não entendia ainda que nunca mais poderia ver o pai. Foi então que meu sogro me contou do médico e da *doctrini*** que tinham vindo de Shimla para cuidar de mim; meu corpo havia precisado de remédios mais fortes do que nossa tribo tinha. O pai de meu marido falou comigo através de uma cortina que as mulheres colocavam para manter as mães em amamentação isoladas pelos onze dias depois do nascimento de um bebê. Baixei os olhos e notei pela primeira vez um bebê menino dormindo em meu braço, a cabeça pendida de meu seio gotejante, a boca rosada babando leite azulado.

Como pude ter desejado entregar esse bebê? Nele, Shiva havia me dado as narinas finas e a testa larga de Dev, o ondulado suave de seu cabelo. Pedi a Rekha para subir no cobertor e dizer olá para seu irmão Chullu.

---

* *Nazar:* mau-olhado, mau agouro.

** *Doctrini:* doutora.

A vez seguinte em que encontrei Lakshmi Kumar foi também o dia em que conheci Malik, em junho passado. Eu estava vendendo flores na via de pedestres principal em Shimla. Rekha tinha três anos, uma menina séria, e eu havia pedido a ela para ficar de olho em seu irmãozinho de três meses. Naquela manhã, nos bosques de Shimla, eu havia colhido rosas, margaridas e botões-de-ouro para turistas e visitantes constantes e, para o comprador mais especializado, peônias, milefólio e dedaleira. Tendo vivido com minha tribo, eu sabia que certas flores podiam curar dores e tosses, amenizar os sangramentos mensais, induzir corpos agitados ao sono.

Em minha barraca, tirei as flores do grande cesto raso que havia tecido com folhas de capim e as arrumei sobre um cobertor de crina de cavalo no chão. Quando Chullu começou a ficar agitado, pus a mão dentro de minha blusa e tirei um pequeno pedaço de pano de cima dos seios gotejantes para dar a ele. Ele começou a sugar e se aquietou. Logo seus dentes começariam a nascer e eu acabaria tendo que desmamá-lo, mas, por enquanto, gostava de sentir seu calor, o calor de Dev, junto ao meu corpo.

A última coisa que eu tirava era sempre a estátua de prata de Shiva. Eu a colocava em um lado, depois de lhe oferecer uma prece silenciosa, de lhe agradecer por meu Chullu. Então eu punha meus dois filhos no cesto vazio. Como minha mãe antes de mim e sua mãe antes dela, eu havia aprendido a amarrar meus bebês quando estava ocupada fervendo leite de cabra para o queijo, remendando um casaco ou coletando estrume para o fogo. Chullu ficou olhando enquanto eu prendia a corda de tecido em volta de seu pulso. Quando beijei suas faces, ele se contorceu para um lado e afastou a cabeça para trás. Rekha estava brincando com o cabelo dele. Assim que ela acabava de trançar os cachos, ele sacudia a cabeça e ria, desfazendo a trança, e ela começava tudo outra vez.

Eu sabia que era diferente dos outros vendedores na passarela e via isso como uma vantagem, particularmente com turistas: indianos em lua de mel, idosos em retiros espirituais, europeus fascinados por nossos costumes tribais. Como as outras mulheres da minha tribo, eu usava uma saia de algodão florida de fundo amarelo vibrante sobre o *salwar kameez** verde. Havia um medalhão de prata como um pequeno casquete em meu cabelo, coroando o *chunni***

---

* *Salwar kameez:* conjunto de túnica e calça larga para mulheres.

** *Chunni*: cobertura de cabeça feminina.

cor de laranja que descia por minha cabeça e em torno de meus ombros. Um cordão feito de lã de ovelha, fervida e tingida de preto, era amarrado vinte vezes em volta de minha cintura. E havia os pontos distintivos, três deles tatuados em um triângulo em meu queixo quando cheguei à maioridade, que sempre faziam os visitantes de Shimla ficarem olhando. Só o que parei de usar foi a elaborada argola no nariz, grande como um bracelete, que me foi dada em meu casamento; percebi que ela fazia de mim não só uma curiosidade, mas quase uma atração turística, os visitantes me apontando uns para os outros. Eles pensavam que estavam sendo discretos, mas eu achava o fascínio em suas expressões perturbador.

Quando Dev morreu na ravina um ano antes, fui irredutível em decidir que meus filhos nunca teriam o mesmo destino, a migração da tribo para cima e para baixo na montanha, dedos perdidos por congelamento, a ameaça da morte sempre a poucos passos de distância. Pedi a meu sogro que me deixasse ficar em Shimla. Ele preferia que eu me casasse com outro homem solteiro de nossa tribo, mas também estava sofrendo pela morte do filho e concordou, relutante, com a condição de que eu teria que cuidar de minha própria vida. Seu presente de despedida para mim foi um grande suprimento de carne-seca e todas as joias de prata de meu dote. Como mulher, eu não tinha direito a propriedade, nem mesmo de uma ovelha ou uma cabra, mas sabia que poderia vender minhas joias se enfrentássemos dificuldades.

À esquerda de minha barraca no Mall, a rua de comércio de Shimla, um vendedor de balões estava fazendo esculturas finas e compridas em formato de elefantes e camelos. Meus filhos assistiam, fascinados. Chullu estendeu a mão para pegar um, mas Rekha baixou gentilmente o braço dele. À minha direita havia uma barraca de Coca-Cola cujo proprietário ainda não havia chegado. Ainda era cedo para as pessoas quererem uma bebida gelada. À tarde haveria filas de visitantes em busca daquele sabor exótico.

O relógio na Christ Church bateu oito vezes. Em manhãs de primavera, pessoas que acordavam cedo iam orar nos templos em Jakhu Hill, Sankat Mochan ou Tara Devi. Os menos religiosos dormiam até mais tarde; não havia necessidade de eles apressarem seu dia.

Percebi um rapaz e uma mulher a distância caminhando decididamente em minha direção. A mulher usava um sári bordô e um manto de lã da mesma cor com flores brancas bordadas na barra. Ela andava depressa, com passos curtos. Seu cabelo estava preso no alto da cabeça em um coque bem-feito. O rapaz era magro, uma cabeça acima da mulher, mas seu andar era mais tranquilo, como se ele tivesse todo o tempo do mundo. Mesmo assim, ele se mantinha sem esforço ao lado dela. Quando chegaram mais perto de minha barraca, notei que ela tinha idade suficiente para ser sua mãe. Tinha rugas finas na testa e nos cantos da boca. O rapaz não parecia ter mais que vinte anos, talvez alguns anos mais novo do que eu. Estava vestido com uma camisa branca, blusão azul e calça cinza-escura. Os olhos da mulher se dirigiram às minhas flores, enquanto os dele, com um brilho divertido, observavam meus filhos no cesto.

A mulher estendeu a mão para as peônias.

— Onde você encontrou estas? — ela perguntou.

Tive que me forçar a tirar os olhos do rapaz; ele me lembrava tanto meu falecido marido. Os olhos de Dev, gentis e determinados ao mesmo tempo, muito parecidos com os desse homem, haviam me seduzido, me amado, me deixado segura.

Quando me virei para a mulher, fiquei surpresa com os olhos dela também. Era elegante e muito bonita com aquelas íris azuis, da cor do céu da montanha depois de uma chuva noturna.

— Em uma ravina, a mais ou menos um quilômetro daqui — respondi a ela. — Bem lá embaixo do rochedo. Há muitas delas no fundo. — Revelar minha descoberta não me preocupava. Eu estava acostumada a escalar encostas íngremes e tinha certeza de que ninguém tão refinado ia me seguir até lá. Quando nossos anciãos tribais chamavam um ao outro de “bodes velhos”, estavam se referindo ao modo como subíamos montanhas com tanta facilidade ao lado de nossos rebanhos.

Chullu chorou e a atenção da mulher se voltou para ele. Seus olhos piscaram e sua boca se abriu ligeiramente. Passei um dedo sobre as gengivas doloridas de Chullu para acalmá-lo. O rosto da mulher se abriu em um sorriso encantador.

— Estou vendo que ele cresceu.

Será que eu a conhecia? Se já a havia encontrado, eu não me lembrava. Ela percebeu minha confusão e apontou Chullu com o queixo.

— O dr. Kumar e eu ajudamos em seu parto alguns meses atrás. — Ela deu uma olhada para as montanhas. — A vários quilômetros do outro lado daquele pico.

Então essa foi a *doctrini* que me atendeu! Ela era responsável por salvar meu Chullu; eu lhe devia muito. Uni as mãos e me abaixei para tocar-lhe os pés.

— Obrigada, doutora. Se não fosse a senhora...

Ela se inclinou para me deter, cobrindo minhas mãos com as dela. Foi quando notei o mais perfeito trabalho de henna que já havia visto nas mãos de uma mulher. Parecia o elegante bordado de contas e lantejoulas em um *chunni* de casamento, quase como se ela estivesse usando luvas feitas de um chiffon com padrão intricado. Foi com esforço que tirei os olhos de suas mãos. Ela estava falando de novo.

— É ao meu marido, o dr. Kumar, que você tem que agradecer. No Hospital Lady Reading — disse ela. — Eu não sou médica. Trabalho com ele para ajudar a aliviar a dor durante e depois do parto. Fico feliz em ver você e o bebê tão saudáveis.

Notei que ela não fez nenhuma menção ao meu marido, pelo que fiquei agradecida. A dor intensa que senti quando perdi Dev havia se estreitado agora para um filete de tristeza, perceptível apenas em certos momentos, como quando meus olhos pousavam no amuleto de Shivaji que Dev usava no pescoço e que agora estava em volta da estátua do deus em minha casa.

Desviando a atenção da mulher e de meus pensamentos em Dev, comecei a embrulhar peônias em um jornal velho. Ouvi o rapaz perguntar a meus filhos que bicho eles queriam que o vendedor de balões lhes fizesse. Olhei para ele, agachado na frente do cesto das crianças. Chullu estava de olhos arregalados, fascinado.

— Por favor... isso não é necessário — falei.

O homem com os olhos do meu marido virou-se para mim.

— Não, não é necessário. — Ele ficou sorrindo para mim até que tive que desviar o rosto, com as faces quentes.

Ocupei-me com as flores. Quando a mulher tentou me pagar, recusei o dinheiro.

— Eu jamais poderia lhe pagar o bastante, *Ji*.*

Mas a mulher pressionou o dinheiro em minha mão mesmo assim.

— Você pode me pagar alimentando-os bem — disse ela, apontando para as crianças, que agora estavam brincando com o balão de elefante que o rapaz havia comprado para eles. — Pode trazer peônias para mim amanhã também? — a *doctrini* pediu. — E vou aproveitar para levar alguns milefólios, já que estou aqui.

Quando os dois começaram a se afastar com suas compras, eu os chamei.

---

* *Ji:* forma respeitosa de tratamento para mulheres e homens.

— MemSahib,* posso saber o seu nome?

Sem parar de andar, a mulher de olhos azuis virou a cabeça e sorriu para mim.

— Sra. Kumar. Lakshmi Kumar. E o seu?

— Nimmi.

Ela apontou para o jovem, que tinha se virado para mim e agora estava andando de costas para acompanhá-la.

— Este é Malik, Abbas Malik, que virá pegar minhas encomendas de flores com você regularmente.

Malik parou, fez um *salaam*** para mim, sorriu e correu para alcançá-la de novo.

No dia seguinte, tomei mais cuidado que de hábito ao me arrumar, garantindo que meu cabelo estivesse bem preso para trás. Pus os brincos e o colar de prata, os que usei em meu casamento. Disse a mim mesma que estava me vestindo para os turistas, mas fiquei esperando ansiosamente por Malik. Não tinha certeza se ele viria, mas tinha um pressentimento. Quando ele apareceu, primeiro disse olá para Chullu e Rekha. Chullu sorriu para ele com as gengivas rosadas, mas Rekha o examinou seriamente, como é seu jeito. Então Malik tirou um pequeno frasco da bolsa de tecido que estava carregando e o entregou a mim.

Surpresa, eu o peguei e olhei para o denso líquido dourado dentro. Minhas mãos estavam trêmulas. O último presente que me haviam dado foram os laços com espelhinhos para amarrar minhas tranças que a irmã de Dev fez para meu casamento.

— Para quando os dentes dele estiverem nascendo — ele explicou.

Tirei a tampa do frasco, despejei um pouco de mel no dedo e o estendi para Chullu, que abriu a boca em resposta. Esfreguei um pouco em suas gengivas e ele começou a passar a linguinha pelos lábios. Rekha também quis um pouco de mel, então lhe dei um dedo para lamber. Eu não tinha dinheiro para comprar mel e nem sabia como agradecer por um presente tão gentil ter vindo de um homem que não era de minha família.

— Obrigada — falei, sem tirar os olhos de meus filhos.

— Sou eu que lhe agradeço pelas peônias. Senão a Tia Chefe ia me fazer escalar o penhasco atrás delas. — Sua risada foi sonora e agradável.

---

* *MemSahib:* artesãos que criam joias com esmaltação.

** *Salaam*: cumprimento árabe.

Olhei para ele.

— Tia Chefe?

— A sra. Kumar. Ela é minha chefe, embora finja que não. — Ele sorriu.

— Como você sabia sobre o mel? — perguntei.

— Por causa dos filhos da minha *omi*. Os dela e os outros de que ela cuidava lá onde eu morava. Sempre tinha alguém com os dentes nascendo. Minha mãe... bom, eu chamo Omi de minha mãe, mas ela é alguém que me acolheu quando eu era pequeno... ela esfregava mel nas gengivas deles. — Ele sorriu. — Espere só para ver o que eu sei fazer com cabelos. Eu ajudava a fazer as tranças de todas as minhas *irmãs-primas*.*

Antes que eu pudesse lhe perguntar o que havia acontecido com sua mãe verdadeira ou quem era essa Omi, Rekha gritou:

— Penteie o meu cabelo! — Ela estava ouvindo nossa conversa.

Depois disso, ele chegava a cada dia com alguma coisa para as crianças: uma tigela para Rekha, um saco de lichias doces, um grilo para Chullu. Desde o início, eu me senti à vontade com ele. Comecei a colher as plantas mais raras para ele levar à sra. Kumar. Rododendro para curar tornozelos inchados. Raízes de framboeseira-negra para deter o sangramento quando o fluxo de uma mulher fica excessivamente intenso. Eu até lhe dei uma vasilha de *sik*** um dia, feito da fruta seca da árvore *neem**** e corado com *ghee*† antes de acrescentar açúcar e água. Foi o que comi durante minhas duas gravidezes, e o que todas as mulheres das montanhas consumiam para manter o corpo saudável antes e depois do parto.

Em uma bela manhã de agosto, quando a neblina havia deixado a montanha e eu sentia o sol avermelhar minhas faces, Malik apareceu com um *tiffin*.†† Disse que o recipiente estava cheio de *chapattis*††† de milho e trigo e um curry feito de abobrinha e cebolas doces.

— Hoje nós vamos comprar tudo que você trouxe e eu vou levar vocês para um piquenique.

---

* *Irmã-prima ou irmão-primo:* alguém próximo, mas não parente consanguíneo.

** *Sik:* comida tribal servida para mulheres grávidas.

*** Árvore *neem*: utilizada para extração de madeira e para fins terapêuticos.

† *Ghee:* manteiga clarificada.

†† *Tiffin*: porta-mantimentos de inox com vários recipientes encaixados um sobre o outro.

††† C*hapatti:* pão achatado.

Rekha sorriu, o que era raro para ela. Então bateu palmas e saiu do cesto. Desamarrei as crianças e segurei Chullu sobre o quadril.

— Quem é "nós"? Você e sua sombra? — brinquei.

Ele começou a juntar minhas flores e colocá-las cuidadosamente no cesto vazio.

— O Hospital Lady Reading. Ontem, a filha de um investidor teve gêmeos. Eu ofereci o seu *sik* para as enfermeiras, que o deram a ela. Ela disse que foi uma das melhores coisas que já tinha experimentado e que a fez se sentir melhor. Depois disso, o pai dela resolveu doar dinheiro para a nova ala do hospital! O que vocês acham de um piquenique? — Malik bateu o indicador no nariz de Chullu, depois no de Rekha, e eles riram.

Cobri o cesto de flores com o cobertor de crina de cavalo e o prendi nas costas. Depois levantei Chullu por cima da minha cabeça, deixando a cabeça dele pender sobre um ombro enquanto eu segurava seu tornozelo sobre o outro ombro. Mostrei a Malik como carregar Rekha assim também. Era o modo como nossa tribo sempre levava as crianças pequenas, para o conforto delas e nosso.

Malik se ajeitou como se tivesse passado a vida inteira fazendo aquilo.

Em uma noite quente, algumas semanas depois, ele apareceu no quarto que eu alugava para mim e as crianças na parte baixa de Shimla. O ar no aposento estava carregado do cheiro das batatas temperadas que eu estava preparando para as crianças e eu tinha deixado a porta aberta para a brisa entrar. Malik parou ali na porta, com aquele sorriso tranquilo. Por um momento, fiquei parada, olhando para ele, a colher que estava usando parada em minha mão. Então larguei a colher, fui até a porta e o abracei, sem jamais perguntar como ele havia descoberto onde eu morava.

Meu alojamento não passava de uma área embaixo do beiral saliente de uma casa — chão de terra batida, paredes de tábuas, uma janela com uma cortina. É normal para mim, tão parecido com a cabana em que Dev e eu vivíamos durante os verões, no alto das montanhas. Lá, cobríamos uma estrutura de madeira com folhas compridas de capim para construir as paredes. Todos na tribo ajudavam. Nossas janelas não tinham cobertura ou vidro e nós dormíamos em sacos de dormir recheados de grama.

Os proprietários da casa aqui em Shimla, os Arora, me deram um fogareiro de duas bocas com que demorei um pouco a me acostumar; eu estava habituada a cozinhar sobre uma fogueira. A torneira e o banheiro ficavam do lado de fora. Os Arora estão na faixa dos sessenta anos e não têm filhos. No dia em que me viram pela primeira vez com minhas duas crianças, desmontando minha barraca em uma colina de frente para a casa, convidaram-nos para tomar o café da manhã com eles. A sra. Arora pegou Chullu e cheirou o cabelo dele, fechando os olhos. Rekha se escondeu em minha saia até que o sr. Arora lhe ofereceu um caramelo. Depois que ficou sabendo de minha situação, o sr. Arora se ofereceu para fechar o espaço sob o telhado deles, diretamente embaixo do beiral projetado da sala de estar. Eles disseram para não me preocupar com o aluguel, mas eu tento lhes dar tanto quanto posso do que ganho na barraca de flores. Quanto a eles, ficam mais do que satisfeitos de cuidar de Chullu e Rekha de manhã enquanto saio para colher minhas mercadorias nos bosques.

Nos sete meses desde que Malik e eu começamos a compartilhar uma cama, não muito tempo depois de nos conhecermos, só vi Lakshmi umas poucas vezes. Ela deixou a compra de suas ervas medicinais por conta de Malik e só vem com ele para ver se eu colhi alguma flor nova desde sua última visita, ou para perguntar se há alguma outra variedade de raiz-de-cobra que possa ser mais potente para baixar a pressão sanguínea do que o último lote que Malik comprou.

Alguns meses antes, ela veio com Malik até a barraca e eu achei que estivesse procurando alguma erva especial. Levantei para cumprimentá-los. Mas ela parecia inquieta, passando os olhos superficialmente por minhas plantas e flores enquanto Malik pegava os suprimentos de que precisava. Senti que ela me examinava quando eu não estava olhando. Meus filhos gritaram para brincar com Malik depois que ele terminou. Rekha queria que fizesse uma brincadeira de bater as mãos que ele havia lhe ensinado, e Chullu queria montar em suas costas. Malik sorriu para eles, mas me evitou.

Dei uma espiada em Lakshmi, cujos olhos moviam-se de Malik para mim. Senti uma ansiedade no coração, como sempre acontece quando estou preocupada, e pressenti o início de um desconforto entre nós. Percebi, naquele momento, que Malik se sentia constrangido de deixar Lakshmi saber que havia uma intimidade entre nós dois.

2
Lakshmi

Shimla

Eu adoro esta estação, o ar fresco em minhas narinas, o ranger dos cristais de neve sob as botas e a expectativa da nova estação à frente. Tendo vivido a maior parte da vida no calor seco do Rajastão e de Uttar Pradesh, nunca achei que fosse gostar tanto do clima mais frio dos contrafortes do Himalaia.

Quando contorno a última colina em minha caminhada matinal, avisto o telhado e o frontão de meu bangalô vitoriano com as últimas neves no alto, como um doce decorado com chantili. De um lado da casa há um cedro-do-himalaia, seus ramos pesados com pó branco. A cena sempre me enche de alegria e me pergunto, como muitas vezes faço, se conseguiria reproduzir sua beleza delicada em um desenho de henna.

Então vejo Nimmi esperando na frente da porta.

Na trilha, eu hesito.

Em seu traje tribal completo, sua figura esguia impressiona. Sua pele é da cor de casca de árvore molhada, tão escura que os olhos, pequenos e fundos, brilham como os de um vigoroso *bulbul** de olhos pretos. Eles, e seu nariz

* *Bulbul*: pássaro canoro da Ásia e da África.

adunco, a fazem parecer severa. Repreendo-me por julgá-la. Não aprendi a ser agradável mesmo quando a situação não justifica esse comportamento? É uma habilidade que dominei durante uma década atendendo aos caprichos das senhoras de Jaipur enquanto pintava suas mãos com henna. Talvez as mulheres da tribo de Nimmi fossem criadas para não esconder suas verdadeiras emoções?

Franzo a testa. Será que Nimmi me deixa incomodada porque ela me considera responsável por afastar Malik dela? Pode ser. Talvez seja por isso que faço todo o possível para ser educada, agradável com ela. Eu provavelmente compro a maioria de suas flores na rua comercial de Shimla. Eu orientei Malik a lhe pagar mais do que ela pede, porque sei que ela é uma jovem viúva com dificuldade para se manter e cuidar dos filhos. No entanto, sinto hostilidade na atitude dela comigo. Ou seria cautela? Como se ela estivesse esperando que eu a desaprovasse, ou corrigisse, ou repreendesse? Eu faço isso? Tenho que admitir que ela me faz lembrar aqueles primeiros dias com minha irmã mais nova, Radha, que era muito rápida em ver segundas intenções em qualquer coisa que eu dissesse a ela.

Eu me forço a sorrir quando subo os degraus da varanda. Nimmi dá um passo ansioso em minha direção. Aquela expressão faminta em seus olhos está perguntando: *Há alguma carta de Malik hoje?*

Seu cabelo está coberto com um *chunni* e ela está usando o medalhão de prata no cabelo que a identifica como uma nômade. Não parece sentir o frio que eu, enrolada em um xale leve de lã sobre um suéter de cashmere e um sári pesado, sinto. Malik me conta que a textura e a trama das roupas de lã tecidas à mão de Nimmi a mantêm, e a seu povo da montanha, mais quente e seca do que os fios com que tricoto suéteres para Jay e para mim.

Eu a cumprimento com a cabeça e murmuro um bom-dia. Viro a chave na fechadura e seguro a porta aberta para ela. Ela dá uns passos para dentro e para. A sala brilha em laranjas e amarelos do fogo que Jay acendeu na lareira antes de ir trabalhar esta manhã. As chamas produzem marionetes de sombras no piso de madeira reluzente. Na frente da lareira há um sofá e duas poltronas revestidas de algodão creme.

Tento ver a sala como Nimmi a vê; ela parece tão pouco à vontade. Para ela, uma mulher das montanhas acostumada a dormir ao ar livre sobre colchas forradas com retalhos de cobertores velhos, esses sobrados de dois andares de Shimla, construídos pelos ingleses, devem parecer obscenamente luxuosos.

— *Namastê!** *Bonjour!*** Bem-vindo! — grita Madho Singh. Nimmi reage, procurando a origem do som, do modo como Malik havia feito tantos anos atrás quando viu a ave falante pela primeira vez no palácio das maranis em Jaipur. A gaiola de Madho Singh fica ao lado da lareira (ele gosta de se manter aquecido; é uma ave tropical, afinal de contas, e Shimla é um pouco fresca demais para ele). Malik teve que deixá-lo aqui quando partiu para Jaipur (ele dava um jeito de ficar com a ave em seus aposentos na Bishop Cotton quando estava lá). Tenho que admitir que me acostumei ao periquito e que sentiria falta, talvez, se ele não ficasse resmungando comigo o dia inteiro, como fazia antes com a marani Indira. A marani viúva ficou tão encantada com Malik e com seu fascínio por Madho Singh que lhe deu o periquito de presente quando ele foi embora de Jaipur (embora eu também me pergunte se esse não foi um jeito que ela arranjou de se livrar de uma velha amolação).

Agora, há um começo de sorriso nos lábios de Nimmi; o periquito a diverte.

Penduro meu agasalho em um gancho ao lado da porta. O cardigã de lã verde de Jay, o que ele usa em casa, está pendurado ali, assim como nossos gorros, guarda-chuvas e casacos. Vejo o olhar de Nimmi se dirigir à mesa da sala, onde tomamos nosso chá da manhã. Junto às xícaras vazias e aos pires há um envelope, caprichosamente cortado na borda, com um abridor de cartas de prata ao lado. Seus olhos se fixam no envelope como se fosse uma joia preciosa.

— Aceita um chá? — eu pergunto a ela.

Ela faz que não com a cabeça, educada, mas impaciente. Mal pode conter a vontade de me mandar ler a carta. É a única razão de ela estar aqui. Sua tribo migra com as estações, para cima e para baixo no Himalaia, por isso a maior parte de seus membros nunca foi à escola ou aprendeu a ler. Malik me fez prometer que eu leria em voz alta as cartas que escrevesse para ela.

— Fiz uma coisa especialmente para você. Vou pegar. — Antes que ela possa protestar, vou para a cozinha e começo a preparar o chá. Ela pode não estar sentindo o frio, mas meu corpo está. Quando o leite e a água começam a ferver, despejo sementes de cardamomo, um pau de canela e alguns grãos de pimenta-do-reino antes de acrescentar as folhas de chá. As fatias de limão cristalizado e pétalas de rosa açucaradas que eu havia preparado mais cedo estão sobre uma bandeja de inox. Nimmi está sofrendo desde que Malik partiu, um mês atrás, e eu sei que as

---

* *Namastê:* olá e adeus.

** *Bonjour:* "bom dia" em francês.

essências de frutas e flores são um bálsamo natural para a tristeza. Minha velha *saas* havia me ensinado isso, e usei a receita para tratar de muitas almas desalentadas.

Com a bandeja de chá e as frutas açucaradas, volto à sala de estar e encontro Nimmi aquecendo as mãos na lareira. Indico as poltronas em frente e Nimmi se senta em uma, puxando a saia pesada de lado e se empoleirando na borda, um pássaro assustado pronto para voar do ninho. Eu me acomodo na outra. Entre nós está a mesa da sala. Empurro a bandeja de doces na direção dela e sirvo o chai em nossas xícaras de porcelana.

— Como estão seus filhos?

Ela pega uma fatia de limão e a examina; talvez seu povo não coma frutas cristalizadas.

— Estão com saúde — ela responde em hindi. Sua língua nativa é o pahari e seu dialeto é tão diferente do que eu conheço que mal consigo entender uma palavra dele.

— Fico feliz em saber.

Meu marido, que é médico na Clínica Comunitária, me disse que os filhos dela estavam com infecção de ouvido na última vez que ele os atendeu.

Nimmi concorda com a cabeça, sem entusiasmo, e dá uma mordida na fruta cristalizada. Seus olhos se arregalam. O sabor agridoce a pega de surpresa. Ela esconde um pequeno sorriso atrás da xícara enquanto toma um gole.

Baixo os olhos e tomo meu chá.

— Antes de ler a carta de Malik, há algumas coisas que eu queria dizer.

Com algum esforço, ela levanta os olhos. É difícil dizer o que está naquelas pupilas profundas. Seus traços são angulosos, delgados, mas há beleza ali. As sobrancelhas são proeminentes, assim como as maçãs do rosto. Anos sob o sol a pino, cruzando as montanhas do Himalaia com a tribo de sua família nas migrações anuais, enrijeceram sua pele. Não sou uma mulher alta, e ela ainda é vários centímetros mais baixa que eu.

— Nimmi, eu sei que Malik se importa com você e gosta de você. E eu também não quero o seu mal. Apenas quero o que for melhor para ele.

As palavras voam raivosas de sua boca.

— Você não é mãe dele.

Respiro fundo antes de responder.

— Não — digo. — Talvez nunca saibamos quem foi a mãe verdadeira dele, mas eu cuido dele desde que era criança. E fui sua guardiã legal depois que nos mudamos para cá, até ele chegar à maioridade.

Ela talvez já tenha ouvido tudo isso de Malik, mas quero que ouça de mim. E então eu lhe conto que Malik, um menino andrajoso e descalço, me seguia por toda Jaipur e se ligou a mim quando eu trabalhava lá como artista de henna. Ele mostrava orgulho na postura, mas também fome nos olhos. Então eu o deixei fazer algumas tarefas para mim por algumas *paise*.* Ele fazia tudo que eu pedia tão depressa e tão bem que, com o tempo, passei a lhe dar mais responsabilidades, até que ele estava comprando suprimentos e entregando meus óleos e cremes aromáticos por toda a cidade. Ele logo se tornou parte de minha pequena família, tão necessário para minha vida como as mãos com que eu pintava henna no corpo de minhas clientes. Junto à minha irmã mais nova, Radha, que estava com quase catorze anos na época e era como uma irmã para ele também, viemos os três para Shimla doze anos atrás, para que eles pudessem frequentar as excelentes escolas daqui enquanto eu trabalhava no hospital.

— Tivemos muita sorte por um benfeitor de Jaipur ter financiado a educação de Malik na Escola Bishop Cotton para Meninos. Foi um alívio tão grande, Nimmi. Eu sabia que isso lhe abriria portas onde quer que ele escolhesse...

— Poderia só ler a carta para mim, por favor? — Ela apertava as mãos com tanta força que suas articulações estavam embranquecidas.

Seguro as mãos dela. Ela parece surpresa, mas não me rejeita. São mãos gastas para alguém tão jovem. Ásperas, com cicatrizes. Esfrego meus polegares sobre as evidências de sua vida curta, mas laboriosa: capinar, plantar, tosquiar, pastorear, ordenhar. Viro suas mãos, sentindo seus pontos de pulso entre o polegar e o indicador, pressionando-os gentilmente para relaxá-la. Dou-lhe tempo para examinar a henna em minhas mãos; notei sua curiosidade sobre isso. Para mim, a henna é um meio de uma mulher encontrar um pedaço de si de que ela talvez tivesse se esquecido.

Quando eu aplicava henna como meio de subsistência em Jaipur, era tão satisfatório observar a mudança em mulheres depois de sua pele ter sido friccionada com óleo e massageada e decorada com a pasta refrescante de henna, depois de elas terem passado meia hora me contando histórias sobre sua vida, depois de terem visto o brilho avermelhado de um desenho feito só para elas quando a henna secava e descamava. Elas emergiam mais calmas, mais felizes, mais satisfeitas.

---

* *Paise:* moedas.

Sinto falta desses momentos íntimos com minhas clientes tanto quanto sinto falta da alegria de suas transformações. Acho que é por isso que pinto minhas próprias mãos com henna agora. (Em Jaipur, eu nunca teria permitido que minhas mãos ofuscassem o trabalho que eu fazia em minhas senhoras; apenas hidratava minhas mãos com óleo para ficarem macias e mantinha as unhas limpas e cortadas.) Mas essa sensação preciosa de serenidade não está presente no rosto vigilante de Nimmi. E eu quero lhe oferecer isso.

— Tirando o dia de seu casamento, alguém já pintou suas mãos com henna?

Ela faz que não com a cabeça, interessada.

— Quer que eu faça isso? — Viro meu pulso para consultar a hora no relógio. Tenho trabalho a fazer, mas isto é mais importante. — Ainda faltam duas horas para eu começar o expediente na clínica. Temos tempo suficiente.

Ela olha de novo, com admiração, para minhas mãos, depois para as próprias mãos não decoradas.

— Talvez eu possa desenhar as flores silvestres que você colhe? Ou algo de que seus filhos gostem de modo especial? Que tal o grilo que Malik encontrou para eles?

À menção do nome de Malik, Nimmi puxa as mãos de volta. Ela esfrega uma na outra, como se eu a tivesse queimado.

Ela não está pronta para esse tipo de conforto.

Pego o envelope, tiro de dentro as folhas dobradas de papel vegetal e aliso-as no colo com uma das mãos. Quero tanto fazer contato com ela. Sei que ela teve uma vida difícil. Sei com que empenho ainda está trabalhando para pôr comida na boca de seus filhos. Mas eu penso no futuro de Malik desde muito antes de ela ter entrado em cena. Pressiono os lábios, quase como se tentando impedir que qualquer palavra dura saia de minha boca.

— Eu não mandei Malik para Jaipur para afastá-lo de você, Nimmi. Eu só quis evitar que ele se metesse em problemas aqui — digo. Estou procurando as palavras certas. Não quero que ela fique ressentida comigo; isso criaria um abismo entre Malik e eu, o que eu não suportaria. — Ele é um jovem empreendedor e tenho certeza de que ele vê o dinheiro que é possível ganhar na fronteira do Nepal. Sem dúvida sua tribo viu algo dessa atividade em suas viagens pelas montanhas. Os conflitos na fronteira norte da Índia parecem ter criado muitos negócios ilegais. Até mesmo tráfico de armas e de drogas. — Observo Nimmi, procurando sinais de que ela esteja entendendo o que digo. Acho que a vejo assentir ligeiramente com a cabeça enquanto pega outro limão cristalizado. — Claro que não estou sugerindo que Malik esteja fazendo essas coisas. Eu o enviei a Jaipur para trabalhar com um amigo de nossa família, Manu Agarwal, porque essa me pareceu a melhor maneira de mantê-lo seguro e colocá-lo em contato com o mundo profissional de lá. Manu é o diretor de manutenção no Palácio de Jaipur. Ele pode apresentar Malik a muitas pessoas, pessoas que podem ajudar a construir o futuro dele.

Aos meus próprios ouvidos, pareço uma mãe controladora. Será assim que Nimmi me vê? Pego minha xícara e termino o chai. Malik tem vinte anos, é um homem adulto. Mas nele eu ainda vejo o menino ávido e empreendedor que foi. Ele não perdeu o gosto pelo risco.

Sei que Nimmi está brava comigo por tê-lo mandado embora daqui, mas preciso fazer o que é melhor para Malik. Recolho a bandeja com o bule e as xícaras não usadas da mesa e levo para a cozinha. Depois de ter servido a tantos da elite de Jaipur, prefiro fazer meu próprio trabalho doméstico em vez de contratar um criado. Uma vez por semana uma mulher local, Moni, vem limpar a casa. O marido de Moni limpa nossa calçada no inverno.

Quando volto para a sala, Nimmi está olhando para o fogo. Suas mãos estão cruzadas sob o queixo, sob sua tatuagem tribal, e os cotovelos apoiados nas coxas. Eu me sento de novo.

— Se Malik não se ajeitar com o trabalho de construção e manutenção, ele vai voltar, Nimmi. Mas quero que ele experimente. Aqui em Shimla ele está sem perspectivas. E tenho receio de que ele continue aqui por causa de mim. — Isso atrai um olhar cortante dela. *E quanto a mim?*, eu a ouço pensar. *Sei que ele gosta de mim também.*

— Meus filhos se acostumaram com Malik — diz ela. — Os dois não param de perguntar por ele.

Ouço a tristeza em sua voz e quero induzi-la a comer mais frutas cristalizadas. Não há como negar o afeto de Malik por Nimmi e seus filhos. Eu vi o jeito como seus olhos acariciam o rosto dela e se iluminam ao ver Rekha e Chullu. Ela é uma mulher forte e ele sempre foi atraído por mulheres fortes. Respiro fundo, lembrando-me do que preciso fazer.

Abro a gaveta na mesinha ao meu lado. Dentro estão os meus óculos e um caderno. Com os óculos, sei que pareço mais séria, mas não posso evitar. Folheio o caderno e paro em uma página.

— "8 de março, 140 rúpias, Nimmi. 24 de fevereiro, 80 rúpias, Nimmi." — Volto mais algumas páginas. — "14 de janeiro, 90 rúpias, Nimmi. 1º de dezembro, 75 rúpias." — Eu olho para ela.

Seus olhos estão furiosos agora.

— O que é isso? — Ela aponta para o caderno em minha mão.

— Os registros bancários dele. Abri uma conta para Malik quando ele começou a escola aqui. Isso é parte do que todos os jovens inteligentes precisam aprender a fazer. — Coloco o caderno de volta na gaveta.

As narinas dela se dilatam. Seu queixo está tenso.

— Malik se ofereceu para me ajudar durante os meses de inverno, quando não há muitas flores para vender nem muitos turistas fazendo compras. — Ela fecha os olhos e aperta as mãos. — Poderia apenas ler a carta, sra. Kumar?

Abafo um suspiro. Pego as folhas de papel vegetal e começo a ler.

Minha querida Nimmi,

Jaipur é solitária sem você. Tio Manu e Tia Kanta foram extremamente acolhedores ao me receber em Jaipur. O filho deles, Nikhil, tem só doze anos e está quase da minha altura! Devem estar dando muitas porções extras de ghee *para ele!*

Tio Manu está me mantendo ocupado. Os engenheiros civis da equipe dele estão me ensinando coisas como carga de impacto e tensão de cisalhamento e ligações viga-coluna até minha cabeça girar. Manu-ji me leva a reuniões importantes com wallas *de construção** *e a canteiros de obras (o palácio tem tantos projetos de construção em andamento!). Estou aprendendo sobre pedra e mármore, quando usar aço e quando usar madeira, e muitas fórmulas complicadas sobre a pressão que uma coluna e um poste podem suportar. Ele me falou recentemente que daqui a algum tempo vou começar a ajudar o contador do palácio, Hakeem Sahib.*** *Quer dizer que eu vou somar* muitos *números. Logo terei juntado conhecimento para provar como um homem pode ser muito mais esperto que uma mulher! (Essa foi para você, Tia Chefe, porque eu sei que vai estar lendo para Nimmi.)*

Março está começando a esquentar. Minha camisa está grudando nas costas enquanto escrevo isto. Faz só um mês que estou em Jaipur e já esqueci como estava frio em Shimla quando vim embora. A neve derreteu ou vocês ainda tiveram uma última tempestade antes do verão?

---

* *Walla* de construção: pessoa que constrói.

** Sahib: senhor.

Por favor, dê essas fivelas de cabelo para Rekha. Eu achei que ficariam bonitas no cabelo dela. Para Chullu, eu encontrei umas bolas de gude maravilhosas (que vou guardar comigo por enquanto, porque pode ser que ele ponha na boca). Vou ensinar a ele como ser um jogador de primeira quando o encontrar. Pense só! Quando ele tiver dois anos, já vai poder administrar seu próprio negócio de jogo de bolas de gude (brincadeira, Tia Chefe!).

Preciso me aprontar para meu jantar na casa de Samir Singh. (Eu contei para você, Chefe, que ele me convidou? Não se preocupe; ninguém vai se lembrar de mim como o moleque de oito anos que eu fui, andando atrás de você por Jaipur.) Manu-ji disse a Samir Sahib para não se esquecer de me chamar de Abbas Malik. Além disso, estou enrolando todo mundo com minha encenação de cavalheiro inglês!

Nimmi, você ia adorar o quarto em que estou escrevendo esta carta. É a casa de hóspedes pequena do palácio, que Tio Manu teve a gentileza de arrumar para mim. Eu adoro este pequeno bangalô, porque ele vem com uma pequena biblioteca. (Na verdade, umas poucas prateleiras de livros, mas a gente sempre pode sonhar. Tia Chefe, por que não temos uma biblioteca em nossa casa em Shimla?)

Diga oi para Madho Singh quando estiver na casa da Tia Chefe. E leve as crianças para conhecê-lo. Madho é muito reclamão, mas ele adora companhia, mesmo fingindo que não.

Sinto sua falta, Nimmi. Não passa um dia em que eu não pense em você, ou em Rekha ou Chullu. Penso em nós caminhando por Jakhu Hill e vendo Chullu tentar pegar os macacos, ou andando pelo Mall e comendo amendoins com chili.

Agora tenho mesmo que ir. O Tio e meu estômago estão chamando.

Com carinho,
Malik

Ao som de seu próprio nome, Madho Singh começa a andar de um lado para outro sobre o poleiro. "*Tambores soam melhor a distância! Rraaa!*" Essa ave esperta aprendeu provérbios que meu marido, Jay, e eu trocamos quando estamos provocando um ao outro.

Coloco a carta sobre a mesa e tiro os óculos.

Nimmi franze a testa, como se pudesse haver mais que eu estivesse escondendo dela.

Gentilmente, eu lhe digo:

— Como você sabe, meu marido é médico no Hospital Lady Reading aqui em Shimla. Tenho certeza de que Malik contou a você que, muito antes de nos casarmos, Jay... dr. Kumar... pediu que eu criasse um jardim de ervas no terreno do hospital, para a clínica poder oferecer tratamentos naturais aos moradores locais que não confiam em remédios industrializados. Desde que começamos a comprar as flores que você colhe, eu venho falando com o dr. Kumar a seu respeito, sobre quanto você sabe da flora e da fauna das montanhas.

Dou uma olhada para ver se ela está me escutando. Ela encontra meu olhar, com uma expressão confusa.

— Ele acha que seria uma boa ideia você trabalhar comigo na Horta Medicinal. Para ver se há mais plantas que você conhece e que nós deveríamos cultivar. Nimmi, você poderia ter trabalho o ano inteiro. Não só nos meses de verão.

Ela franze as sobrancelhas.

— Mas... e minha barraca no centro comercial?

— Você pode mantê-la nos meses de verão, como faz agora. Poderíamos também contratar uma mulher daqui para ficar na barraca enquanto você trabalha na horta. A primavera será nosso período mais ocupado para cultivo na Horta Medicinal.

— A senhora seria a minha chefe?

Eu pigarreio.

— Você vai trabalhar para o hospital, Nimmi. É uma maneira de alimentar seus filhos, cuidar deles, já que você não está mais com sua tribo.

Ela puxa o ar e eu me arrependo de tê-la lembrado de como está sozinha. Quero lhe contar que construí uma vida independente com meus desenhos de henna em Jaipur, que não foi nada fácil, mas me fez perceber que eu podia contar comigo mesma, que eu era forte o bastante, inteligente o bastante. E como foi bom sentir isso. Mas ela poderia pensar que eu estava me gabando, então digo apenas:

— Um emprego permitirá que você se mantenha sozinha.

— Está querendo dizer que Malik não vai mais ter que gastar dinheiro comigo?

As palavras fervem como leite derramando de uma panela antes que se tenha tempo de removê-la do fogo.

Eu sei que ela está aborrecida, mas persisto.

— Estou querendo dizer que você poderá ser independente. Para sempre, Nimmi.

Eu me controlo antes de dizer que seus filhos estão crescendo; que eles vão precisar de sapatos novos, roupas novas e livros novos para a escola. Ela sabe essas coisas; afinal, é a mãe deles. Malik descreveu o alojamento simples de Nimmi para mim. O inverno passado deve ter sido terrível no chão de terra; aquelas paredes finas não podem tê-los mantido suficientemente aquecidos. Se Nimmi pudesse pagar um quarto mais confortável, seus filhos não sofreriam com tantas infecções de ouvido ou coriza.

— Pense nisso — eu digo, com cuidado.

Antes de ela ir embora, eu lhe entrego as fivelas de cabelo que Malik enviou para Rekha e embrulho os limões e pétalas de rosa cristalizados junto com algumas nozes de minha despensa em um saco de pano. Ela tenta resistir, mas eu ponho o saco na mão dela e a fico segurando com minha mão até ela aceitar.

3
Malik

Jaipur, estado do Rajastão, Índia

Na casa de Samir Singh, sou recebido por um porteiro idoso em um uniforme cáqui, que eu não me lembrava de ter conhecido antes e que me pede para aguardar sob a mangueira enquanto ele anuncia minha chegada para o jantar. Eu o observo cambalear pela entrada de cascalho em direção à casa imponente, seu turbante branco balançando ligeiramente na cabeça. Estou em Jaipur há um mês. Eu não visitava a Cidade Rosa desde meus oito anos. Naquela época, esperar do lado de fora de casas como esta até que a Tia Chefe terminasse sua aplicação de henna em uma de suas senhoras da sociedade era parte habitual do meu dia.

A propriedade dos Singh está praticamente do mesmo jeito que eu me lembro dela: roseiras recém-regadas, flores deliciosamente perfumadas, grandes, densas e muito vermelhas. O calor desértico ainda não tostou os jardins de Jaipur; haverá tempo de sobra para isso nos próximos meses. Mesmo assim, a casa dos Singh, feita de fino mármore e pedras e sombreada por grandes árvores *neem*, permanecerá fresca. Trepadeiras de frangipani, enfeitando cada terraço da mansão de dois andares, convidam os visitantes a admirar as flores cheirosas, seus suaves centros amarelos espiralando em um leque de pétalas brancas.

O *chowkidar** retorna e me pede para atravessar direto a casa até o pátio dos fundos.

Quando me aproximo da varanda da frente, percebo o criado em um lado da casa encerando um sedã Mercedes, ao lado do qual há um reluzente Rolls-Royce que acabou de ser lavado e polido. A firma Singh-Sharma deve estar indo muito bem; o último carro que eu tinha visto Samir dirigindo era um Hindustan Ambassador, um incentivo à política pós-independência de aquisição de produtos locais para promover a indústria indiana, o que incluía carros.

Na varanda, uma fila ordenada de sapatos do lado da porta da frente me lembra que preciso tirar os meus também. Descalço meus mocassins, engraxados até ficarem muito brilhantes, como fui ensinado a fazer na Escola Bishop Cotton para Meninos. Como meus colegas da escola particular, nunca uso meias. Quando passo pela porta larga para o saguão silencioso, paro por um momento para olhar em volta. Nunca estive *dentro* de uma casa tão luxuosa como esta, embora tenha passado muitas tardes do lado de fora de residências que talvez tivesse achado igualmente luxuosas, ou até mais, caso tivesse sido convidado para entrar. Mas naquela época eu era apenas o menino que vinha com Lakshmi; o assistente suspeito que era conhecido apenas dos porteiros, jardineiros e criados da casa.

Na parede à minha direita há uma grande pele de tigre pendurada, os despojos de uma das caçadas de Samir com os marajás de Jaipur ou Jodhpur ou Bikaner. Eu me pergunto o que Nimmi iria pensar. Ela, que guiava ovelhas e cabras pelos desfiladeiros do Himalaia, de olho em predadores como tigres, leopardos e elefantes selvagens, acharia que matar esses animais por esporte era desnecessário, até mesmo cruel.

Na parede oposta, ao lado da escadaria de mármore rosa de Salumbar, uma grande foto mostra Nehru, o falecido primeiro-ministro, ao lado de Samir, Parvati e várias outras pessoas, homens e mulheres de aparência oficial, na frente de um prédio do governo. Eu sei pela Tia Chefe que Parvati Singh é particularmente orgulhosa de sua associação no passado com os esforços de nosso governo para fortalecer as relações indo-soviéticas.

Eu gostaria de morar em uma casa tão grandiosa assim? O bangalô do dr. Jay e da Tia Chefe em Shimla é confortável e receptivo. Paredes e pisos de madeira, não mármore. Cantinhos aconchegantes onde Lakshmi escreve cartas

---

* *Chowkidar:* porteiro.

ou lê livros que ela retira na biblioteca pública de Shimla. Meu pensamento seguinte me surpreende: onde Nimmi, as crianças e eu moraríamos?

Alguma vez eu havia pensado nisso antes de vir para Jaipur? Um mês separados e estou pensando em casamento? Tenho que sacudir a cabeça para afastar a ideia.

Prossigo pelo saguão, e passo pelas portas de vidro nos fundos da casa. Vejo um enorme gramado e muitas cadeiras e mesas de ferro forjado, resplandecentemente brancas, dispostas em várias configurações. As cadeiras estão vazias, exceto uma. O homem está com uma camisa branca, sentado de costas para mim. O cabelo, agora rareando e ficando grisalho, me diz que o homem é Samir Singh, supervisionando seus domínios. Eu o chamo de Tio, não por sermos parentes, mas por costume e respeito. Seu braço está levantado, sua mão balançando um copo semicheio de gelo e um líquido âmbar.

— Bem-vindo — ele diz, sem se virar.

Eu me sento na cadeira ao lado dele e lhe ofereço minha mão. Ele a aperta com firmeza.

— Tio — digo.

Sempre achei a presença dele tranquilizadora. Ele não é um homem bonito, nem particularmente alto, mas as pessoas se sentem cuidadas em sua presença, e protegidas. Eu preferia estar em Shimla, perto de Nimmi e seus filhos, ou lendo junto à lareira com a Tia Chefe e o dr. Jay. Mas, se tenho que estar em Jaipur, que seja com Samir.

Ele parece cansado, suas olheiras mais destacadas, as rugas em volta da boca mais profundas do que doze anos atrás.

— Espero que tenha feito uma boa viagem de Shimla. — Ele indica seu copo. — Me acompanha?

Eu sorrio.

— Claro, por que não?

Ele faz sinal para um criado com uniforme e turbante brancos, que está regando as petúnias e cravos-de-defunto ao longo do muro de pedra nos fundos da propriedade. A luz do sol poente faz os cacos de vidro no alto do muro reluzirem como esmeraldas. O criado larga a mangueira e entra na casa.

Samir toma um gole da bebida e me examina com aqueles seus olhos castanhos estriados, tão parecidos com as bolas de gude com que jogávamos na rua.

— A educação naquele internato particular finalmente transformou você em um *Pukkah Sahib*?*

---

* *Pukkah Sahib:* cavalheiro.

Essa é a razão de eu ter aceitado o convite para vir vê-lo. Por doze anos, Samir Singh pagou meus estudos na Escola Bishop Cotton para Meninos. Minha camisa Oxford branca impecável, as mangas longas que eu dobro nos punhos, minha calça bem cortada e ajustada nos tornozelos, são evidências dessa educação. Ao contrário das camisas soltas de meia-manga e calças largas que outros homens indianos de minha idade usam, adotei o visual mais apurado de um uniforme de escola particular. Uso até um relógio suíço achatado, um presente que um colega rico me deu em troca de um Bourbon que consegui para sua festa de aniversário.

A reação de Samir a mim é semelhante à que Tia Kanta e seu marido, Manu Agarwal, tiveram um mês atrás, quando cheguei de Shimla. Quando apareci na casa deles, bem mais modesta que a propriedade dos Singh, os olhos da Tia se arregalaram de admiração. Ela me levou depressa para dentro para me examinar melhor. Manu, mais quieto e mais reservado do que Kanta, riu por ela ter ficado sem fala, o que é tão pouco característico dela, e avançou para apertar minha mão. Eu não os via há doze anos, desde que fui embora. Kanta e a Tia Chefe trocavam fotos e cartas toda semana e vinham conspirando para que Manu me pegasse como aprendiz desde muito antes de eu saber disso. Lakshmi queria que eu me hospedasse com os Agarwal durante minha estada em Jaipur. Mas, depois de ter morado tanto tempo em uma escola de meninos em que privacidade era algo difícil de encontrar, eu queria meu próprio espaço. Então o Tio Manu arranjou gentilmente para que eu ficasse na menor de duas casas de hóspedes, construções separadas dentro do perímetro do Palácio Rambagh.

Agora, sentado no gramado de Samir, ajeito o vinco bem marcado em uma das pernas de minha calça e rio. A grama é fresca sob meus pés, e é boa a sensação de esticar meus dedos. Noto que Samir também está descalço. O criado retorna com uma pequena bandeja sobre a qual está um copo de vidro lapidado com scotch e gelo. Enquanto o pego, eu digo:

— Acha que eu posso passar por um *angrezi*?* Com isto? — Indico meu rosto, a cor de minha pele não muito diferente de um *chapatti* que passou do ponto.

Samir ri e bate seu copo no meu. Sua compleição cor de trigo clara poderia passar pela de um britânico. Ele toma um longo gole.

É mais do que a cor de minha pele que me impedirá de chegar às fileiras dos privilegiados. Há muito tempo acostumado a servir e não a ser servido,

---

* *Angrezi:* inglês.

eu tenho uma deferência, um atrevimento em minha postura que é difícil de abandonar. Imagino que as classes altas me desmascarariam mais cedo ou mais tarde, mas isso não me incomoda de fato.

Samir baixa a voz para que o criado no jardim não possa nos ouvir.

— Tenho ordens estritas para chamá-lo de Abbas enquanto você estiver aqui em Jaipur.

A lembrança daquele dia me faz sorrir. A Tia Chefe estava preenchendo meu formulário de matrícula da escola pouco depois de termos nos mudado para Shimla. Ela marcou minha idade como oito, uma idade que eu preferia, embora nenhum de nós soubesse quantos anos eu tinha de fato. Ela perguntou meu nome completo para colocar no formulário.

— Malik — eu disse.

— Nome ou sobrenome?

Tive que pensar por um momento. Se eu tive uma cerimônia de nome quando bebê, não me lembrava. Dei de ombros.

— Só nome.

Ela apertou a boca como se estivesse pensando.

— Vamos escolher um primeiro nome para você, então. — Ela percorreu uma lista enorme, experimentando a sonoridade de nomes como Aalim, Jawad e Rashid. Fingi estar constrangido, mas no fundo estava contente; ninguém nunca havia passado tanto tempo pensando em meu futuro. Por fim, nós nos decidimos por Abbas, que é a palavra em urdu para leão. Gostei de como soava: *Abbas Malik*. Durante dias depois disso, eu pratiquei repetidamente escrever meu novo nome.

Como eu, Samir está usando uma camisa de algodão de alfaiataria e calça de seda crua. Ele afrouxou a gravata — deve ter acabado de chegar do trabalho —, que está caída como um talo de planta murcho sobre seu peito.

— Manu Agarwal me contou que você veio a Jaipur apenas porque Lakshmi pediu, e eu acho que essa foi uma atitude sábia. Mas é fato que Lakshmi sempre foi sábia. — Ele parece nostálgico e me pergunto se sente saudade dela. Ela nunca falou comigo sobre eles dois e eu nunca perguntei. — A marani Latika confia em Manu Agarwal para administrar o departamento de manutenção e construções. É um trabalho importante e ele já o vem fazendo há... quanto? Quinze, dezesseis anos? Sou grato a ele, claro, por contratar minha empresa para projetar e construir os projetos maiores. — Samir não está sendo totalmente sincero; graças a seu parentesco de sangue com a família real, o fato de ele trabalhar para o palácio é uma obviedade. Felizmente, ele tem o talento que justifica o nepotismo. — Você vai aprender muito sobre o ramo de construção com Manu. Depois de um tempo, poderá decidir se esse trabalho combina com você. É o que eu digo aos meus filhos. Carreira deles, escolha deles.

Quando a Tia Chefe e eu saímos de Jaipur, em 1957, Samir havia acabado de fundir sua firma de arquitetura com a Sharma Construções, criando a Singh-Sharma. Lakshmi havia arranjado o casamento do filho de Samir, Ravi, com a filha do sr. Sharma, Sheela, tornando a fusão das empresas inevitável. Ravi Singh, depois de concluir a universidade em Oxford e a faculdade de arquitetura em Yale, agora trabalha com o pai como arquiteto na Singh-Sharma. O filho mais novo de Samir, Govind, está estudando engenharia civil nos Estados Unidos. Manu me disse que Samir espera que seus dois filhos um dia assumam a empresa da família. A Singh-Sharma é hoje a maior empresa de design e construção no Rajastão, com projetos em todo o norte da Índia.

— Eu ouvi que o sr. Sharma teve um AVC?

Samir confirma com a cabeça.

— Cinco anos atrás. A boa sra. Sharma cuida dele. — Ele sacode o copo e um criado se aproxima para servir mais uísque. — Nenhum de seus filhos ou irmãos quis assumir a parte dele na empresa. E também eles estão espalhados por todo o planeta.

— Então está tudo nas suas mãos agora?

— Nas minhas e nas de Ravi.

— Parabéns. — Levanto o copo e ele brinda comigo.

Eu me sinto melhor ao ouvir Samir dizer que meu aprendizado no palácio é uma chance de ver se eu gosto do trabalho. Estive pensando se deveria dar o meu máximo a essa oportunidade em vez de vê-la apenas como um meio de agradar a Tia Chefe, que eu sei que só está pensando em meu futuro.

Nimmi teve muita dificuldade para entender por que eu ia querer viajar mais de seiscentos quilômetros de distância justamente quando eu e ela estávamos ficando mais próximos. Eu disse a ela: foi a Tia Chefe que possibilitou que eu cuidasse de Omi e seus filhos. Sem ela, onde eu estaria? Passando cigarros contrabandeados atrás de um caminhão? Cumprindo pena por vender filmes pornográficos? Eu sabia que Nimmi ficara terrivelmente solitária depois da morte do marido, e que eu havia preenchido uma lacuna em sua vida, portanto a notícia de meu estágio em Jaipur veio como um golpe para ela, por mais que eu lhe garantisse que era temporário. Acho que o que a magoou mais foi saber que minha lealdade imediata é para Lakshmi; a Chefe é minha *família*.

Seria demais desejar que Nimmi e a Tia Chefe se tornassem amigas na minha ausência? O relacionamento delas é importante para mim de uma maneira que não era com nenhuma das meninas de escola particular com quem saí. Primeiro, porque Nimmi é dois ou três anos mais velha do que eu. (Não sabemos ao certo nossa diferença de idade porque ela também nunca teve uma certidão de nascimento, mas fizemos um cálculo com base no que ela conseguia se lembrar da época em que a Índia conquistara a independência. E a resposta foi: *nada!* Então ela ainda devia ser um bebê.)

Além disso, na presença de Nimmi eu me sinto um homem, adulto, embora não saiba explicar por quê. Eu sei que quero cuidar dela, e de Rekha e Chullu. Mas só tenho vinte anos, jovem demais para já ter uma família pronta. Aqui em Jaipur, sei que muitos dos *irmãos-primos* com quem cresci já devem ser pais, mas nunca esperei que esse fosse o meu destino.

Esses pensamentos são interrompidos pela voz brava de uma mulher, que surpreende a mim e a Samir.

— Ravi!

Nós dois nos viramos para ver quem está gritando.

Ali na varanda está uma mulher jovem em um sári de seda amarelo, um bebê adormecido em seu ombro. Uma menininha, que deve ter uns cinco anos, tenta se esconder atrás da mãe. A menina está vestida com um tutu rosa-claro; ela está chorando. É difícil entender o que ela diz. O cabelo escuro cacheado da mulher chega apenas até os ombros, como é o estilo usado pelas mulheres indianas modernas. Suas faces estão coradas. E, ao me ver, seus olhos pestanejam.

— Ah! Desculpe. Eu pensei que você fosse o meu marido.

Tio Samir parece achar graça.

— Venha conhecer nosso convidado, que vai jantar conosco.

A mulher hesita, antes de apoiar o bebê mais alto no ombro e descer os degraus. A menininha a segue.

— Este é Abbas Malik — diz Samir. — Ele está trabalhando com Manu Agarwal no Palácio de Jaipur e vai jantar conosco hoje. — Em seguida, ele se vira para mim. — Abbas, esta é minha nora, Sheela.

Em vez de me cumprimentar com um cerimonioso *namastê*, Sheela se aproxima e me estende a mão. Seus dedos são longos e perfeitamente cuidados, as unhas pintadas refletindo a luz do sol. Ela usa um relógio fino de ouro com pequenas pérolas contornando o mostrador. Seu aperto de mão é firme, amistoso.

— Como vai? — ela me diz. Claro que ela não tem nenhuma razão para se lembrar *de mim*, mas eu me lembro *dela* como se fosse ontem, embora na última vez que a vi ela estivesse com quinze anos, em um belo vestido de cetim, dizendo à Tia Chefe que não queria um muçulmano decorando a sua *mandala*.*

A menina de tutu deve ser sua filha, que agora parou de chorar e está olhando para mim de olhos arregalados. Sheela a apresenta como Rita.

— Por enquanto — diz ela, dando batidinhas no bumbum do bebê —, a bebê é só Bebê.

Sheela se vira para Samir. Vejo o rosto da bebê sobre seu ombro agora. Seus olhos pintados com *khol* tentam focar em mim.

— Papaji, isso é uma vergonha — diz Sheela. — Eu tenho que fazer tudo sozinha? A babá e a camareira não deveriam tirar folga no mesmo dia.

Não sei se Sheela está ou não batendo o pé no chão sob o sári, mas é bem possível que esteja.

Os olhos de Tio Samir são sorridentes.

— Soube que você ficou em segundo lugar no torneio de tênis hoje no clube. *Shabash!*** — Ele a brinda com seu copo e sorri para a pequena Rita, que se esconde depressa atrás da mãe.

A expressão de Sheela se abranda um pouco.

— Olha, não foi uma vitória fácil. Jodi Singh acha que só está lá para ficar desfilando de saia curta na quadra e sorrir. Como sempre, tive que fazer todo o trabalho!

Agora eu sei que a cor rosada das faces de Sheela é resultado de exercício. Ela emana uma energia, uma aura de vitalidade, que é palpável. De fato, ela me faz pensar em cabras jovens e ágeis saltitando pelas montanhas do Himalaia, sua atividade exalando um vapor fumegante. A imagem me diverte.

— Mas Jodi tem mesmo belas pernas — comenta o Tio.

Sheela lhe dá um tapa brincalhão no ombro.

— Tome vergonha! Agora eu tenho que ir pôr a Bebê para dormir. E depois dar comida para Rita. Quando aquele meu marido preguiçoso chegar em casa, diga a ele para vir me ajudar. — Ela se vira para mim e sorri. — Prazer em

---

* *Mandala:* desenho circular criado para cerimônias.

** *Shabash:* Bravo! Muito bem!

conhecê-lo — ela diz, depois se vira bruscamente e volta para a casa, seguida pela filha, que está agarrada no sári da mãe.

— E-man-ci-pa-da — Tio Samir sussurra, e pisca para mim. — Geração moderna.

— Há quanto tempo Sheela e Ravi estão casados?

Samir aperta os lábios.

— Seis anos. Eles se casaram depois que Ravi se formou em arquitetura.

Balanço a cabeça. Eu tinha ficado receoso na semana anterior, quando Manu me contou durante a refeição que Samir Singh queria me convidar para jantar.

— A Singh-Sharma está quase concluindo a obra no Royal Jewel Cinema, o projeto mais recente do palácio — explicou Manu. — É a primeira construção importante que o próprio Ravi gerenciou. Seria bom você se reconectar com os Singh. Se você achava que eles eram influentes todos aqueles anos atrás quando ainda morava aqui, agora eles são muito mais. Dez vezes mais do que antes.

Embora Lakshmi nunca tenha dito para eu ficar longe dos Singh, não sei se ela ficaria satisfeita de saber que estou passando a noite com eles. Na última vez que me lembro de ter visto a Tia Chefe e Samir juntos, em Jaipur, eles pareciam tensos, correntes dolorosas passando entre os dois. Não acho que eles se separaram amistosamente. Mas muito tempo já se passou desde então e eu mesmo sou favorável a deixar o passado para trás, ainda mais quando há negócios envolvidos. O que aconteceu entre eles naquela época não tem nada a ver comigo agora.

E Tio Manu é como família. Se Manu diz que eu devo ir a algum lugar, eu vou.

Quando a criada dos Singh nos chama para o jantar, Samir me convida a me juntar aos outros na sala de refeições enquanto ele dá um telefonema.

O jantar é um evento de sete pratos que dura duas horas. A esposa de Samir, Parvati, preside a refeição. Ela repreende os criados que estão servindo a comida.

— Você chama isto de *dal*?* — diz ela. — Desde quando se põem batatas no *dal*? — E, mais tarde: — Leve de volta esses *paranthas*.** Eles estão frios. Nem a *ghee* derrete sobre eles.

---

* *Dal:* prato condimentado de lentilhas.

** *Parantha:* pão integral achatado recheado.

Desde que a vi pela última vez, Parvati Singh engordou, mas isso só favoreceu sua beleza. Suas faces estão cheias, os seios maiores, mas ainda firmes, e seus lábios carnudos estão pintados com batom cor de amora. Ela tem olhos escuros e vivos e uma risada sensual. É quase da mesma altura que o marido.

De seu assento em uma das cabeceiras da longa mesa, ela está agora supervisionando enquanto são servidos os *puris** quentes, recém-saídos do forno.

— Abbas — diz ela —, você é um *bilkul*** mistério para nós. — Ela faz um gesto com os dedos, fechando-os e abrindo-os de novo, como se estivesse polvilhando sal sobre a mesa. — Samir só me disse que um rapaz brilhante estaria vindo jantar conosco. Isso foi tudo que ele disse, mais nada.

— Sim — diz Ravi, o filho mais velho do casal. — Ficamos nos perguntando: quem *é* esse rapaz brilhante? — Ele me lança um sorriso cativante. É difícil não gostar de Ravi, com quem eu já teria me encontrado se ele não tivesse estado fora da cidade a trabalho. Como seu pai, ele parece gostar de tudo que faz, o que, como descobri nesta última meia hora, inclui jogar polo, comer e falar.

Agora, Sheela também entra na conversa.

— Satisfaça nossa curiosidade — pede ela. — Queremos saber mais! — Reparo que ela passou um batom coral desde que apertamos a mão no gramado. A cor fica bem nela.

Todos os olhos agora estão em mim.

— *Não vale a pena bombear um poço seco* — digo. — Não sou nem misterioso nem muito brilhante, como logo vão descobrir. — Eu sorrio.

— Mas isso não pode ser verdade. Samir disse que você esteve em um colégio interno no norte, não? Claro, meus dois filhos estiveram no Mayo College. — Parvati sorri com orgulho para o seu mais velho. — Ravi depois foi para Eton, e depois para Oxford e Yale. E nosso filho mais novo, Govind, está agora em Nova York estudando em Columbia. E você?

— Nada tão grandioso — respondo. — Seus filhos são decididamente mais inteligentes. Eu estive em Bishop Cotton.

O rosto de Parvati se congela entre um sorriso e uma testa franzida.

— Você esteve na Escola Bishop Cotton? Em Shimla? — Ela faz uma pausa, aparentemente tentando buscar algo na memória. — Mas foi lá que Samir estudou! — diz ela. — Ele não nos contou.

---

* *Puri:* pão integral achatado frito.

** *Bilkul*: extremo ou total.

Mantenho a expressão neutra e olho para Ravi.

— Os invernos ingleses devem ser tão frios quanto os de Shimla. *Brrr!* — Ponho os braços em volta do corpo e imito um tremor para distrair a sra. Singh do que quer que esteja agora girando pela sua cabeça.

— Desse jeito! — afirma Ravi. — Nós fazíamos concursos de cuspidas para ver o cuspe de quem ia congelar antes de chegar no chão. — Ele ri.

Do outro lado da mesa, Sheela o encara com uma expressão severa em seus olhos separados.

— Ravi! — ela exclama. — Não dê ideias às crianças! — Ela inclina a cabeça na direção da pequena Rita, sentada a seu lado, comendo em silêncio seu arroz e *dal*.

Ignorando a esposa, Ravi se vira novamente para mim.

— Nós sem dúvida temos histórias para compartilhar... *depois* do jantar. — Ele eleva as sobrancelhas e balança a cabeça significativamente.

Samir chega e se senta à cabeceira da mesa, do lado oposto à sua esposa.

— *Depois* do jantar? — reclama ele. — Quer dizer que todo mundo já está comendo sem mim? — Ele abre seu guardanapo, coloca-o no colo e sorri. Todos na mesa parecem soltar um suspiro de alívio.

Quando eu era um menino trabalhando com a Tia Chefe, ela costumava me instruir sobre discrição.

— Nós sabemos coisas sobre as pessoas, Malik, porque entramos na casa delas, o lugar onde elas são mais vulneráveis. Isso não significa que possamos divulgar o que vimos ou ouvimos para todos que conhecemos. Há mais poder em guardar um segredo do que em revelá-lo.

Nunca achei que Lakshmi quisesse dizer que deveríamos chantagear as pessoas usando nosso conhecimento, mas só que nossos clientes seriam leais a nós se mostrássemos lealdade a eles.

Olho em volta na mesa e penso no que sei sobre essa família, os Singh.

Sei que Lakshmi ajudou a manter muitas das amantes de Samir sem filhos durante os dez anos que passou em Jaipur.

E sei que o Tio Samir uma vez compartilhou a cama com a Tia Chefe antes de ela se casar com o dr. Jay.

Também sei que a irmã mais nova da Tia Chefe, Radha, teve um filho e que Ravi Singh era o pai do bebê. Agora esse menino tem doze anos e Ravi nunca o viu. Isso porque Parvati Singh se apressou em mandar Ravi para a Inglaterra, onde ele poderia terminar seus estudos sem ser tocado pelo escândalo.

Também sei que Sheela Sharma, na época com quinze anos e roliça, não queria que uma criança de rua suja como eu ajudasse com a *mandala* que Lakshmi estava fazendo para sua *sangeet*.*

Mas, desde essa época, meu rosto ficou mais cheio e meu cabelo está bem cortado. Meu estilo de roupas é mais apropriado para alguém da classe dela; não me surpreendo por não me reconhecer, ou não se lembrar de mim, agora, sentado na frente dela à mesa de jantar.

Por que ela lembraria? Para Sheela, eu não era nada mais do que uma mancha em uma tarde perfeita que terminou anos atrás.

Mas não me esqueci de como ela olhou para mim naquela tarde. Eu não precisava conhecê-la, ou saber nada sobre ela, ou conhecer sua família, ou o que ela deve ter pensado de mim, o que quer que tenha sido. Foi suficiente testemunhar a expressão em seu rosto.

* *Sangeet*: evento musical em que todos cantam juntos.

4
Nimmi

Shimla

Hoje deixei meus filhos com os Arora enquanto tomo o caminho do Hospital Lady Reading. Não tem nada de que os Arora, os donos da propriedade onde moro, gostariam mais do que poder olhar (e mimar!) Rekha e Chullu toda vez que saio de casa para cuidar de minha barraca de flores. Mas eu sentiria muita falta de meus filhos, por isso costumo querê-los comigo. Ao longo do dia, minha filha e meu filho aprendem nossos rituais e conhecimentos tribais da mesma maneira que eu os aprendi ficando perto de minha mãe e a observando.

Quando acordei ao amanhecer em nosso alojamento apertado, meus filhos estavam colados em mim em nossa cama, um de cada lado. Passei a mão pelo pesado cobertor creme que cobria nossos corpos, um cobertor que eu havia tecido da lã de nossas ovelhas. Um pedaço afiado de palha picou meu dedo.

Rekha chutou uma das pernas para fora do cobertor e Chullu fechou a mão em um pequeno punho. Eu me perguntei sobre o que eles sonham, os meus filhos. Será que sonham com o pai? Ou com o avô? Eles sonham com as cabras que deixamos para trás, com o cheiro do milho sendo assado no verão? Será que sonham com Malik? Com sua risada alegre, com os presentes que ele lhes traz? Deixei minhas mãos pousadas sobre o cobertor enquanto eles dormiam, pela sensação de conforto que isso dá, para sentir o subir e descer suave de sua respiração.

Pensei em Lakshmi me convidando para ajudar no jardim do hospital. Rekha precisava de sapatos novos; seus pés já haviam crescido muito para os que eu fiz para ela no ano passado com couro de cabra. Logo ela estaria na idade de ir para a escola. (Imagine só! Eu nunca tive a oportunidade, mas minha menina teria!) E então ela precisaria de livros e papel, lápis e borrachas.

Chullu também estava crescendo. Ele precisava de um novo suéter, mas, sem nossas ovelhas, eu não tinha lã para fazer um. Meus filhos precisavam dessas coisas agora e precisariam de mais conforme fossem crescendo, e, em vez de encontrar meios de conseguir isso para eles, meus pensamentos voltavam toda hora para Malik, sempre Malik. A sensação dele, o ângulo forte de seu queixo, o modo como ele me assegurava que Shimla era o meu lugar. E então meus pensamentos foram para Lakshmi e eu cerrei os dentes. Eu não queria que a sra. Kumar planejasse a vida dele. Seria ciúme o que eu sentia? Ciúme dela? Com certeza a influência dela sobre ele era maior do que a minha. Caso contrário, por que ele teria deixado a mim e a meus filhos sem nem olhar para trás? Nós éramos tão pouco importantes assim para ele? Seria só por um tempo curto, ele me disse, mas, se Lakshmi lhe pedisse para ficar em Jaipur para sempre, ele ficaria?

Enfiei a perna de Rekha de volta embaixo do cobertor. Será que eu estava sendo injusta com meus filhos, pondo minhas próprias necessidades na frente das deles? Seria orgulho ou egoísmo, ou ambos, que me fazia pensar essas coisas? O que Dev ia querer que eu fizesse? Eu suspirei. Meu marido ia querer que eu fizesse o que fosse melhor para seus filhos.

Então, mais tarde nesse dia, pedi à sra. Arora para cuidar de Rekha e Chullu enquanto eu subia a colina até o Hospital Lady Reading, onde sabia que encontraria Lakshmi Kumar.

Estou parada na frente do hospital, um prédio extenso de três andares. Várias vezes, enquanto eu estava trabalhando em minha barraca de flores no Mall e Malik se preocupava que meus filhos pudessem estar com infecção de ouvido, ele os levara à Clínica Comunitária dirigida pelo marido da sra. Kumar. Sei que a clínica deve ser perto do hospital. E Lakshmi deve estar na clínica.

Um fluxo contínuo de pessoas está saindo e entrando pelas portas de vidro da entrada principal. Cada vez que as portas se abrem, vejo enfermeiras vestidas de branco e freiras de touca ocupadas em seus afazeres.

Nunca estive dentro de um hospital, nunca nem estive tão perto de um. Mesmo daqui, a uns seis metros da entrada, detecto um cheiro forte, estranho para mim, mas não sei de onde vem, ou o que é.

Uma jovem enfermeira que acabou de sair parece perceber que estou perdida e pergunta se pode me ajudar.

— Sim, por favor. Sabe onde a sra. Kumar trabalha?

Ela me diz que, contornando o prédio à esquerda, eu vou encontrar uma porta marcada "Clínica Comunitária", e aponta o caminho. Ela está pressupondo que eu saiba ler, o que me deixa contente, e eu agradeço a ajuda.

Há duas portas no lado esquerdo do prédio, mas apenas uma tem algo escrito. Se não fosse pela enfermeira, eu não saberia qual porta tentar.

Quando entro, eu me vejo em uma sala com paredes pintadas da cor de líquens. As quatro pessoas sentadas em cadeiras junto a uma parede estão usando coletes, saias e acessórios de cabeça locais. Uma mulher bonita de sári está atrás de uma mesa escrevendo algo em um pedaço de papel. Ela usa óculos de armação preta e batom cor-de-rosa. Seu cabelo está preso em uma longa trança que desce pelas costas.

— Pois não? — ela me pergunta quando me aproximo.

Antes que eu possa responder, Lakshmi Kumar sai por uma cortina branca que fecha a entrada para outra sala e me chama.

— Nimmi! — Ela está com um avental branco longo que cobre seu sári. Posso dizer por seu sorriso que está feliz em me ver. De repente, sinto-me constrangida. Com meu belo vestido, joias de prata e medalhão na testa, pareço tão deslocada aqui. As pessoas da montanha, a recepcionista e Lakshmi estão com suas roupas do dia a dia. Mas Lakshmi me dá um sorriso tranquilizador.

— Que bom que você veio — diz ela. — Já vou falar com você em um minuto.

Ela segura a cortina aberta para outra mulher sair da sala onde elas estavam. É uma mulher da montanha, dando a mão para uma menina com um curativo branco recém-feito no braço. A mulher e a criança vão para a mesa da recepção e Lakshmi as acompanha. Para a mulher atrás da mesa, ela diz:

— Por favor, diga a ela para passar a pomada no ferimento só depois de ter lavado as mãos com água quente e sabão. Diga a ela que isso é importante.

A recepcionista repete as instruções de Lakshmi em outro dialeto e a mulher balança a cabeça para indicar que entendeu. Lakshmi sorri para a criança e pega um balão vermelho com a forma de um macaco atrás da mesa. É como os balões de animais do vendedor ao lado de minha barraca. Deve ser lá que Lakshmi os compra. Isso não devia me surpreender, mas surpreende.

Lakshmi, sorrindo, volta-se para mim.

— Diga-me que você vai aceitar minha oferta.

Balanço a cabeça de um lado para o outro, o que pode querer dizer *sim*, ou *não*, ou *vamos ver*.

Lakshmi sorri como se eu tivesse dito sim. Ela se vira para a recepcionista.

— Sarita, esta é Nimmi. Vocês vão se ver mais vezes.

Agora Lakshmi me segura pelo braço.

— Venha. Eu vou lhe mostrar o jardim. Mas preciso ser rápida, porque temos mais pacientes esperando. O dr. Kumar está na outra sala de exames. Quando ele terminar o atendimento, eu apresento você a ele.

Ela me conduz para um longo corredor. Mais alguns passos e saímos nos fundos do prédio, onde vejo um jardim muito bem cuidado que ocupa uma área duas vezes maior que a clínica. Ele é rodeado por uma cerca de madeira. Cada fileira está cuidadosamente identificada, imagino que com a caligrafia de Lakshmi, em uma estaca da madeira. Vejo que o solo foi revolvido há pouco tempo e algumas fileiras foram preparadas, mas ainda não plantadas. De um dos lados há árvores mais maduras, como a *nag kesar*,* cujas folhas nossa tribo sempre usa para fazer cataplasma para resfriados. Vejo uma árvore muito esguia, lutando para sobreviver.

A sra. Kumar percebe para onde estou olhando e ri.

— Isto sou eu sendo esperançosa — diz ela. — O pó que eu faço do sândalo é bom para aliviar dores de cabeça, mas ainda não encontrei o lugar certo para a árvore. Vou continuar tentando até encontrar.

Há arbustos de um metro de altura plantados ao lado das árvores. Eu reconheço menispermo, *brahmi*** e sene.

— Separamos algumas fileiras para cultivar as flores que você fornece para cataplasmas e tratamentos.

---

* *Nag kesar:* tipo de árvore do Himalaia.

** *Brahmi:* planta usada na medicina aiurvédica.

Lakshmi fala como se eu já tivesse aceitado a oferta. Quando, mais uma vez, balanço a cabeça, percebo que não falei nenhuma palavra desde que entrei na clínica.

— Em Jaipur, eu usava remédios de ervas feitos de plantas locais para curar enfermidades de mulheres. Estou fazendo o mesmo em Shimla, usando plantas que crescem só aqui. O clima de Shimla é tão diferente do de Jaipur. Tive que aprender sobre as ervas e flores nativas que crescem neste solo, nestes contrafortes.

Ela faz uma pausa, olhando para mim. Talvez ache que está me contando demais? Ou esperando que eu responda ao que ela está me dizendo, ou que faça alguma pergunta? Eu não sei, então não digo nada. Depois de um momento, ela continua.

— Há tanto ainda para aprender. Sabe aquele *sik* que você fez com uma fruta local para uma das nossas pacientes? Se você pode fazer aquilo, só fico imaginando quanto mais poderá fazer com plantas medicinais que crescem nos solos mais altos. Você poderia ajudar tanta gente que vem à nossa clínica, Nimmi. Vamos tentar cultivar essas plantas na Horta Medicinal e ver o que acontece!

Os olhos azuis de Lakshmi estão brilhando de entusiasmo, e ela se abaixa e pega um punhado de terra.

— Pus diferentes ingredientes no solo, tentando torná-lo o mais fértil possível, e também um pouco menos ácido. — Ela deixa a terra, úmida, preta, livre de gravetos, pedras e folhas, deslizar entre seus dedos. — Tenho usado principalmente calcário pulverizado... — Ela para, vira-se para mim e ri. — Eu não paro de falar, não é?

Ela esfrega as mãos uma na outra para limpá-las da terra.

— Vamos dar entrada nos papéis para ver se conseguimos que você comece a receber seu pagamento logo?

Como sempre, Lakshmi exala autoconfiança. Eu me pergunto se ela alguma vez já fracassou em alguma coisa. Se algum de seus muitos planos não deu certo. Será que ela é assim tão autoconfiante porque as coisas sempre saem do jeito que ela planeja? Ela sempre soube que Malik concordaria em ir para Jaipur fazer esse estágio? Ela pretende mantê-lo lá... para sempre?

— Depois que cuidarmos da burocracia, vou apresentá-la à equipe — diz ela, já no caminho de volta para a clínica. — Vamos fazer uma lista das plantas que você acha que devemos ter para completar nosso jardim. Nossas ferramentas ficam guardadas naquele galpão. Eu uso esterco como fertilizante, de vaca, ou ovelha, ou cabra, depende. Bhagwan* sabe que temos bastante por aqui, embora alguns funcionários reclamem do cheiro do cocô de ovelhas!

A tarde passa depressa. Por causa do meu vestido e joias, a maioria dos funcionários a que sou apresentada normalmente ficaria me olhando na rua, mas aqui eles são educados em minha frente e murmuram boas-vindas. Posso dizer, pela deferência que demonstram por ela, que eles com certeza respeitam a sra. Kumar. Depois que lavamos as mãos, com mais sabão do que eu jamais usei de uma única vez em minha vida, ela me apresenta ao seu marido. Eu tinha curiosidade para conhecer o homem sobre quem Malik me falou tanto. O dr. Jay, como Malik o chama, é alto, mais alto do que qualquer outra pessoa que já conheci. Seu cabelo preto-e-branco está despenteado sobre a testa. Ele tem olhos acinzentados, observadores e gentis. Quando me vê, seu olhar voa rapidamente para meu medalhão, minha saia, o ventilador de teto e seus próprios sapatos. Ele é tímido, como minha Rekha. Seu sorriso revela dois dentes da frente encavalados. Eu me vejo sorrindo de volta para ele.

— Então esta é a mãe da encantadora Rekha e do pequeno Chullu! É um prazer conhecê-la. Se a Irmã lá fora não estivesse de olho, Rekha teria conseguido ganhar de mim todo o estoque de balões de animais da sra. Kumar! — A pele em torno de seus olhos se enruga em pequenas pregas quando ele sorri.

A sra. Kumar lhe dirige um olhar afetuoso.

— *Arré!*** O vendedor de balões conseguiu reformar a casa dele inteira por causa da sua generosidade!

Vejo agora que minhas roupas não são certas para jardinagem. As freiras estão de hábitos brancos. O dr. Jay usa um avental branco sobre a roupa. A sra. Kumar e a mulher na recepção usam aventais brancos sobre o sári. Será que eu deveria pedir um avental para impedir minhas belas saias de se sujarem? E o que vou fazer com minhas joias?

Como se Lakshmi Kumar tivesse me ouvido fazer essas perguntas, ela diz para a freira atrás da mesa da recepção:

— Irmã, poderia por favor dar um dos aventais de jardinagem e luvas para Nimmi-*ji*? Ah, e também aqueles papéis que eu preenchi hoje cedo para ela.

---

* *Bhagwan:* Deus.

** *Arré:* Ei! Caramba!

Senti um arrepio na espinha. Ela sabe que eu não sei ler hindi nem inglês. O que os outros funcionários da clínica vão pensar, os que sabem ler e escrever? Será que Lakshmi está tentando me humilhar?

A freira entrega os papéis para a sra. Kumar, que os enrola e coloca no bolso do avental. Ela olha para mim.

— Eu e você podemos cuidar disso mais no fim da tarde, *accha*?* Preciso ir ajudar o dr. Kumar agora. — Com um sorriso tranquilizador para mim, ela abre a cortina, pronta para desaparecer na área em que ela e o médico atendem os pacientes. Onde Malik deve ter levado Rekha e Chullu quando eles tiveram infecção de ouvido.

— *Lakin*...**

A sra. Kumar vira a cabeça e me olha, interrogativamente.

— É só que... meu Chullu. Eu preciso dar de mamar para ele.

Ela olha para minha blusa com ar aflito, como se tivesse acabado de lembrar que ainda estou amamentando.

— Ah, Nimmi. Desculpe. Claro! Por que você não traz Chullu e Rekha para o trabalho de agora em diante? Talvez Rekha possa ajudar a regar as plantas. — Ela levanta as sobrancelhas. — Mas nós teríamos que ter cuidado na clínica. A maioria das coisas que trazem os pacientes até aqui não são contagiosas, mas queremos que seus filhos se mantenham saudáveis, *hahn-nah*?***

Volto à clínica em uma hora, com Chullu nas costas e Rekha ao meu lado. Em casa, vesti uma saia simples e um suéter que minha cunhada me deu. Prendi a blusa com o cinto de lã onde guardo a faca de meu marido. Cobri a cabeça com um xale estampado que segura meu cabelo para trás.

Lakshmi vem conosco para o jardim segurando uma prancheta e nós conversamos sobre as plantas medicinais que devemos cultivar. Ela toma notas e diz que precisa escrever para não esquecer o que está pensando. Enquanto eu a observo escrever, penso no vendedor que torce balões no formato de animais. As letras formadas em hindi são mais ou menos como isso, só que, em vez de animais, elas fazem caracóis e pontos, círculos e linhas inclinadas. A escrita

---

* *Accha:* está bem, certo.

** *Lakin:* mas só que.

*** *Hahn-nah:* Certo? Não é?

de Lakshmi é regular e caprichada, mas o que eu acho mais bonito é como seus dedos decorados com henna movem-se com a caneta. A cor de canela da henna está mais forte hoje do que estava ontem, e o contraste da canela com a página branca chama a atenção.

Quando ela percebe que a estou observando, desvio o olhar. Pelo canto do olho, eu a vejo bater a caneta-tinteiro nos lábios.

— Já que Rekha vai vir sempre aqui, eu gostaria de ensiná-la a ler. Se você concordar. Ela está com quatro anos, não é? Uma idade perfeita para começar a se interessar. Vamos praticar durante os intervalos, e você pode participar, se quiser.

Minha filha está desenhando círculos com os dedos no solo argiloso. Eu estou pensando nas possibilidades. Será que ela poderia se tornar uma *padha--likha*,* ou até uma *doctrini* como a sra. Kumar? Imagine! Uma menina tribal escrevendo em papel, como Lakshmi!

— Uma hora você vai ter que fazer listas de plantas e suprimentos. Por enquanto, pode desenhar as folhas das plantas. — Com alguns riscos rápidos, ela desenha uma folha na borda do papel. — Como esta.

— Menispermo! — Eu sorrio.

— Isso mesmo. — Ela me oferece a caneta-tinteiro.

Eu nunca segurei uma caneta antes. Ela é lisa. E escorregadia. Eu a aperto em meus dedos, tentando segurar do mesmo jeito que ela. Faço força demais. Há um borrão escuro no papel agora, como um pingo de sangue. Olho para Lakshmi, como Rekha me olha quando fez algo errado. Lakshmi põe a mão sobre a minha e levanta meus dedos gentilmente.

— Com menos força — diz ela.

Eu alivio a pressão. Traço uma linha e a tinta flui com mais suavidade. Desenho outra linha, depois mais uma.

— Jambu? — ela pergunta.

Confirmo com a cabeça.

— *Shabash!* Você vai se sair bem, Nimmi!

Não estou acostumada com elogios. Meu rosto está quente, não sei se de vergonha ou gratidão. Ela está sendo tão gentil. Não é o que eu esperava. Sinto os olhos ficarem úmidos.

---

* *Padha-likha:* instruído (literalmente, "ler-escrever").

Ela desvia o olhar e tira os papéis enrolados do bolso.

— Vamos cuidar disto, está bem? Mas primeiro vou só dar uma olhada nos fungos nessa folha.

Lakshmi se levanta e caminha na direção do sene, dando-me tempo para enxugar os olhos.

Um mês antes do desabamento

5
Lakshmi

Shimla

Corto uma folha ressecada de bardana com minha tesoura de poda e a inspeciono. Furinhos minúsculos permeiam o centro. Eu a viro. Poderia haver ovos de insetos, ou larvas, mas eu não os vejo; aos quarenta e dois anos, meus olhos não são mais tão aguçados quanto eram. Vou ter que examinar isto melhor, amanhã, com o microscópio. Coloco a folha em minha cesta e dou uma olhada geral na Horta Medicinal Lady Reading, um jardim que comecei mais de uma década atrás, a razão de eu ter me mudado para Shimla. Eu teria vindo se Jay não tivesse me oferecido essa tábua de salvação, me convencido a aceitá-la? Afinal, o escândalo tinha acabado com a minha vida como artista de henna em Jaipur. E, embora as acusações de roubo de joias não fossem verdade, minhas clientes, as senhoras ricas de Jaipur, não iriam perdoar, ou esquecer, facilmente. No fim, tive que sair de Jaipur para recomeçar.

Nimmi está usando a enxada em outra fileira no jardim. Nas duas semanas desde que começou a trabalhar comigo, ela já me ensinou muito sobre as plantas que sua tribo colhe nas campinas dos Himalaias entre aqui e a Caxemira. Do acônito, um arbusto de um metro com flores azuis que estamos plantando hoje, vamos colher as raízes, pulverizá-las e misturá-las com óleo de gerânio para fazer uma pomada de aroma doce para bolhas, abscessos e outras irritações de pele. Em meu tempo trabalhando com as pessoas das montanhas, aprendi que elas não confiam em remédios que têm cheiro de substâncias químicas; só aceitam usar remédios que cheirem a terra, a árvores e flores que eles conheçam. Essa é uma das razões de nossa pequena clínica ter ficado tão popular entre os habitantes locais. Pacientes mais ricos, ou estrangeiros, preferem o ambiente mais antisséptico do Hospital Lady Reading, do qual pessoas de tribos como Nimmi não gostam, ou em que não confiam.

Eu a observo, está fazendo sulcos da largura apenas absolutamente necessária para plantar as sementes de acônito. Ela trabalha com rapidez e eficiência, sem desperdiçar energia em movimentos que não a ajudam a chegar aonde precisa.

Ela deve ter percebido que eu a observava. Sem perder o ritmo ou olhar para mim, ela diz:

— Estamos um pouco atrasadas para plantar isto, mas ainda pode pegar. — Ela olha para o céu, depois para mim. — Se o tempo ficar firme. Mas não se surpreenda se passar um ano até brotar. Ela é sensível.

Concordo com a cabeça. Às vezes sinto como se ela e eu tivéssemos chegado a um entendimento, uma espécie de amizade. Mas, outras vezes, o tom dela é ríspido, como se ela se ressentisse de estar aqui na clínica. Ela está ganhando o suficiente para cuidar de Rekha e Chullu, um salário que Jay e eu pagamos de nosso próprio bolso, embora ela não precise saber disso. O que ela está nos ensinando é muito valioso, mas, até que possamos mostrar à diretoria os resultados de seu trabalho, não podemos tirar seu salário do orçamento do hospital. Os papéis que eu a fiz assinar no primeiro dia (depois de ter lhe mostrado como fazer suas iniciais em hindi) foram um contrato entre Nimmi, Jay e eu. Não precisávamos dele. Eu só não queria que ela pensasse que estou oferecendo caridade, porque ela ia odiar, então eu lhe disse que era um contrato com o Hospital Lady Reading.

Ela provavelmente ainda está tentando descobrir como se sente. Se ela pode me encaixar em um espaço entre ressentimento e gratidão. Eu compreendo. Foi assim comigo também em Jaipur: senhoras privilegiadas a quem eu automaticamente dizia *sim, Ji*, e *claro, Ji*, por mais despropositadas que fossem suas solicitações, porque elas estavam me pagando, me dando o dinheiro de que eu precisava para construir minha casa. Engoli meu orgulho até o dia em que enfim disse *não, nunca mais* para Parvati Singh. Fecho os olhos. Tudo isso está no passado agora. *De que adianta chorar depois que os pássaros comeram toda a fazenda?*

Nimmi está sentindo falta de Malik. Eu também sinto. Seu jeito fácil de se relacionar com as pessoas, de fazê-las ficarem à vontade, seguras, em sua presença. Mas ele está a muitos quilômetros de distância, no calor do Rajastão.

Sacudo a cabeça e faço algumas anotações em minha prancheta sobre quanto fertilizante teremos que comprar.

— Você se esqueceu? — Ao som da voz de Jay, eu me viro.

Ele está vindo da porta de trás do hospital em minha direção. Seu cabelo enrolado, que antes era apenas mesclado de cinza, agora é mais prateado do que preto. Ele está com seu jaleco branco de médico, um estetoscópio despontando do bolso. Há algo no jeito de ele me olhar que sempre me faz sorrir.

— A clínica abre em cinco minutos. Quer chá primeiro? — ele pergunta quando chega até mim e retira uma folha que ficou presa em meu coque.

Eu olho para Nimmi.

— Nimmi? Quer chá?

Ela endireita o corpo e dá para Jay um de seus raros sorrisos. Quando olha para mim, seu sorriso desaparece e ela sacode a cabeça.

— Eu quero terminar isto.

Jay pega as luvas que eu tiro das mãos e caminha comigo para o galpão onde armazenamos ferramentas e suprimentos. Estou pendurando a tesoura de jardinagem no prego na parede quando sinto seus dedos deslizando pela minha nuca, começando na linha do cabelo e descendo até o decote recortado de minha blusa. Fecho os olhos, sinto um arrepio delicioso. Seu cheiro familiar de limão e sândalo é tão reconfortante. Eu me viro e levanto meus lábios para os dele.

— Achei que você quisesse ir para a clínica.

Ele ri discretamente, batendo o dedo em meu nariz.

— Ah, sim. Eu queria.

A Clínica Comunitária não estava indo bem na primeira vez que entrei por suas portas, doze anos atrás. Foi na época em que minha irmã, Radha, deu à luz no Hospital Lady Reading ao lado. Enquanto esperávamos Radha se recuperar, Jay — dr. Kumar, como era para mim na época — sugeriu que eu usasse o que sabia sobre ervas e suas propriedades curativas para tratar as pessoas das montanhas. Sem ter mais minhas pinturas de henna para sustentar a mim, Radha e o pequeno Malik, eu precisava do emprego que ele estava me oferecendo. Fiel à sua palavra, Jay obteve os recursos para iniciar a Horta Medicinal Lady Reading. Ele encontrou uma casa para Radha, Malik e eu nas proximidades do hospital. Não era nada muito luxuoso, mas nós não estávamos acostumados com luxo; a casa que eu havia construído em Jaipur tinha só um cômodo. Eu tinha como comprar a pequena casa que Jay encontrou; tinha o dinheiro da venda de minha casa em Jaipur.

Desde o início, Jay foi respeitoso, gentil; ele ouvia minhas ideias. Trabalhávamos bem em conjunto; ele ajudava a decifrar as linguagens tribais dos pacientes para que eu pudesse receitar o cataplasma, loção ou alimento adequado. Adquirimos o hábito de tomar um copo de uísque na sala dele no final do dia de trabalho (eu havia começado com chai, mas acabei mudando para seu uísque escocês Laphroaig quando descobri que gostava de seu sabor defumado). Começamos a assistir a peças no Gaiety Theater juntos, fazer caminhadas até o Templo Jakhu com Radha e Malik, jogar cribbage (nós quatro somos competitivos!) e cozinhar juntos. Nessa época, Malik foi para o internato na Escola Bishop Cotton para Meninos, nas proximidades, e Radha estava na Auckland House School, ambos financiados por Samir Singh para reparar os erros de seu filho.

Então, seis anos atrás, em um belo fim de tarde de domingo, Jay e eu estávamos voltando de uma longa caminhada. Radha havia se mudado para a França um ano antes com seu marido, Pierre, um arquiteto francês que ela conheceu aos dezenove anos, quando ele estava de férias em Shimla. Malik estava fora, em uma viagem de dois dias com a escola para um torneio de críquete em Chandigarh.

Durante nosso passeio, Jay e eu ficamos trocando provérbios, um de nossos jogos favoritos, cada um tentando superar o outro.

— *Dar joias para um burro é tão inútil quanto...*

— ... dar um eunuco para uma mulher — completei, rindo.

Jay levantou as sobrancelhas surpreso, depois sorriu, achando graça.

— Humm. Eu estava pensando em *dançar para um cego*, mas a sua é melhor que a minha. — Estávamos na varanda da frente da casa dele, um bangalô pequeno, mas confortável, que seus tios lhe haviam deixado. Foram eles que o criaram em Shimla depois que seus pais morreram.

— Cribbage? — perguntei. Costumávamos encerrar o dia com um jogo.

Em vez de responder, ele me encarou por um longo momento. Senti o rosto esquentar. Então ele se virou, abriu a porta e saiu de lado, só um pouquinho, de forma que tive que roçar nele para entrar. Quando fiz isso, senti seus dedos, leves como uma respiração, tocarem minha nuca. Eu me imobilizei, com uma vibração percorrendo minha espinha, cada tendão, cada músculo de meu corpo estremecendo. A última vez que eu havia sentido algo assim tão intenso foi na noite em que sucumbi aos encantos de Samir Singh em Jaipur — uma vez, e só uma vez —, doze anos atrás. Naquele mesmo ano, Samir havia me apresentado a Jay, por mero acaso, e nenhum de nós dois poderia ter previsto o que aconteceria mais tarde.

Jay pôs a mão quente em meu quadril, na pele exposta logo acima de meu sári. Ele me puxou gentilmente para si e eu senti o calor de seu peito em minhas costas. Senti seus lábios roçando a protuberância sensível no alto de minha coluna. Deixei escapar um pequeno gemido. Não consegui controlar; fazia tanto tempo que ninguém me tocava daquele jeito. Tanto tempo que eu não confiava em *nenhum* homem. Minha irmã, Radha, me provocava havia anos: *o dr. Jay está apaixonado por você!* Mas eu era desconfiada. Tendo escapado de um casamento ruim aos dezessete anos e, depois, descoberto que eu não era mais do que uma distração para Samir Singh, não queria me sentir vulnerável outra vez.

Jay segurou o lóbulo de minha orelha em seus dentes.

— Lakshmi — ele sussurrou —, nós não vamos jogar esta noite.

Assim que ele nos levou para dentro da casa, eu me virei e o beijei na boca, minha língua procurando a dele, minha pelve, ansiosa, se arqueando em direção à dele. Pressionei meus seios em seu peito, segurei suas nádegas sobre a calça. Fiquei surpresa com a intensidade de meu desejo, com a urgência dele. Suas mãos encontraram os fechos atrás de minha blusa e os abriram.

Quando Jay se afastou para me livrar de minha blusa, ele e eu estávamos ofegantes. Um sorriso lento brincou em seus lábios, como para me dizer que ele sempre teve esperança de que isso fosse acontecer, sempre soube que ia acontecer. E, embora ele tivesse precisado esperar, aconteceu. *Finalmente.* Aconteceu.

Finalmente. Levei os lábios à sua boca outra vez, massageando seus mamilos sobre a camisa.

Ele sussurrou de encontro aos meus lábios:

— Já faz seis anos que há boatos circulando sobre nós. Não acha que está na hora de pôr um fim nisso?

Antes de a semana acabar, estávamos casados, em uma cerimônia simples no cartório civil de Shimla. Radha e Pierre vieram da França. Malik usou seu melhor terno e seus sapatos sociais para a ocasião. (Em Jaipur ele nunca havia tido sapatos fechados, mas a escola particular transformou seus gostos.)

Nosso casamento não mudou nossa relação de trabalho. Jay continuou como médico no Hospital Lady Reading e diretor da Clínica Comunitária anexa. Eu era encarregada da Horta Medicinal. Três tardes por semana eu trabalhava com ele na clínica com uma enfermeira e algumas freiras, atendendo os pacientes. Acabamos vendendo nossas casas para poder comprar uma casa maior juntos, onde Malik pudesse ficar quando a Bishop Cotton fechava nas férias e, depois de se formar, vir morar conosco, se quisesse.

Madho Singh, o periquito que Malik ganhou de presente da marani Indira de Jaipur, tinha lugar de honra em nossa nova sala de estar e vigiava todas as nossas idas e vindas. O que quer que Malik estivesse fazendo, eu sempre fazia questão de compartilhar suas notícias mais recentes com Madho Singh.

Nimmi colhe flores de manhã cedinho para vender no centro comercial logo em seguida. Depois ela vem para a Clínica Comunitária com Rekha e Chullu. Ela guarda seu cesto de flores vazio no galpão de ferramentas e, enquanto prepara o solo ou planta ou rega as mudas, Chullu e Rekha brincam na área aberta ao lado do galpão. As crianças estão acostumadas a ficar quietas sozinhas e fazer companhia uma para a outra. Nimmi é uma mãe calma e paciente. Se Chullu tenta pôr terra na boca ou Rekha começa a puxar mudas, algumas poucas palavras tranquilas dela em seu dialeto os fazem parar. Quando é hora de Nimmi amamentar Chullu e de Rekha e eu começarmos nossa aula de hindi, Nimmi senta-se perto de nós para poder ver também as páginas do livro *Panchatantra*. As histórias são curtas e belamente ilustradas. Radha e eu crescemos com essas fábulas e, agora, Rekha e Chullu estão crescendo com elas também. (Eu gostaria que Radha estivesse aqui para nos ver! Como eu, ela adorava ensinar as crianças pequenas na escola de aldeia de nosso pai em Ajar.)

Nossa primeira história é o conto do macaco e do crocodilo, que começam como amigos. Mas a mulher do crocodilo resolve que quer comer o coração do macaco, então o crocodilo convida seu amigo para jantar. O macaco na mesma hora pula nas costas do crocodilo. Mas, no rio, o crocodilo confessa que pretende matá-lo, para que sua mulher possa comer o coração dele. O macaco diz ao crocodilo que sempre deixa seu coração na árvore e que eles vão ter que voltar para buscá-lo. Claro que, assim que tocam em terra firme, o macaco sobe na árvore e se salva, e o crocodilo perde um amigo.

Quando chegamos ao fim da história, ouço Nimmi tossir. Mas, quando olho para ela, percebo que está rindo, os cantos de sua boca levantados com satisfação! Foi um riso disfarçado, na verdade, mas não importa. É a primeira vez que ouvi Nimmi rir e logo estou rindo com ela. Ela se aproxima mais de nós e diz:

— Leia outra vez, *Ji*.

Mais uma primeira vez! Até este momento, ela nunca me chamou de *Ji*, um termo que indica respeito. Eu me encho de alívio. Estou contente, porque sei que Malik vai ficar contente também, e sorrio para demonstrar isso a ela. Mas Nimmi não está olhando para mim. Chullu adormeceu e ela está fazendo um suporte para ele com seu *chunni*. Ela o pendura nas costas.

Começo de novo, do início da história. Rekha aprende depressa. Ela e eu pronunciamos as palavras juntas e traçamos as palavras escritas com os dedos. Nimmi hesita, com medo de errar, mas sua filha a ajuda e ela se junta a nós.

Já estou pensando no próximo livro que vou pegar na biblioteca de Shimla: um livro infantil de flores do Himalaia: papoulas azuis, nenúfares roxos, íris amarelas. Os desenhos são grandes e coloridos, e Rekha e Nimmi com certeza vão reconhecer as flores.

Enquanto lemos em voz alta, Chullu continua a dormir nas costas de Nimmi, embalado pelas vozes da mãe e da irmã.

Agora, quando Nimmi vem à minha casa para que eu leia as cartas de Malik, ela traz as crianças. Até come os petiscos que preparo para ela. Percebo que as frutas açucaradas que lhe sirvo estão melhorando seu humor. A solidão a está deixando, pouco a pouco. Às vezes ela também traz algo para compartilhar: uma cesta de frutinhas de piracanta ou um punhado de figos indianos ou maçãs doces do Himalaia que ela colheu em seu caminho para cá.

Quando começo a ler a carta mais recente de Malik, Rekha senta-se perto de mim para ver melhor. Acho que ela está fingindo ler comigo.

Queridas Nimmi e Tia Chefe,

Agora já vi de tudo! Manu pediu para Ravi Singh me mostrar o Royal Jewel Cinema. Esse é o grande projeto que a Singh-Sharma esteve construindo para o palácio.

Ravi diz que não há nada igual em todo o Rajastão. É um prédio de dois andares que ocupa o quarteirão inteiro entre duas das ruas mais movimentadas de Jaipur. Ele me contou que gostaria de ter seguido o modelo do Old Vic em Bristol (como se eu já tivesse visto isso!), mas a marani Latika tinha acabado de voltar dos Estados Unidos e ela queria um design mais art déco, como o Pantages (espero que seja assim que se escreve) Theatre de Los Angeles (fica na Califórnia). Arquitetura da década de 1930 nos Estados Unidos ainda é novidade aqui na Índia, eu acho. (Chefe, você não está orgulhosa por eu ter aprendido alguma coisa em minhas aulas de história da arte na Bishop Cotton?)

Isto é o que estava acontecendo no dia em que fomos visitar o teatro: dois homens estavam instalando o nome do teatro sobre a entrada em letras douradas *de um metro de altura; outros estavam pintando as paredes externas de cor-de-rosa, como a cor das paredes da cidade velha. E havia pedreiros criando a mandala de pedra na frente do prédio com um pavão azul e verde no centro — nem de perto tão bom, é claro, quanto o mosaico que você desenhou no chão de sua casa em Jaipur, Tia Chefe.*

Depois nós entramos no saguão... Waa! Waa! *Primeira coisa: ele não acaba nunca. Segunda: ele é coberto de um tapete luxuoso de lã e seda vermelhas. Aposto que o Chullu ia adorar babar em todo aquele tapete (ha ha). Olhei para o teto e vi os maiores candelabros — diferentes de qualquer coisa que eu já vi no palácio das maranis — pendurados no meio de enormes círculos côncavos. Dentro de cada círculo há milhões de pequeninas lâmpadas piscando. É como olhar para um céu cintilante de estrelas, planetas e galáxias!*

Então nós entramos na sala de espetáculos, onde ficam os assentos. É incrível! Ravi está muito orgulhoso de ter conseguido espremer mil e cem assentos lá dentro. É grande desse jeito! Ele projetou o teatro para que os assentos fiquem em camadas que vão subindo conforme se afastam da tela, como aqueles anfiteatros gregos que nós também estudamos nas aulas de história da arte (e você achou que eu não tinha aprendido nada lá, Chefe!).

Há um balcão (onde ficam as pessoas ricas) de onde se pode ver de cima o palco e os assentos abaixo. A tela é quase tão alta quanto o Hawa Mahal de Jaipur! E há algo de que eu nunca tinha ouvido falar: som surround. O Royal Jewel Cinema tem isso. Parece que foi inventado recentemente pelos americanos. Então, neste cinema, todos conseguem ouvir e todos têm um bom assento.

Eu estava imaginando todos nós juntos no cinema. Como vocês duas iam ficar encantadas com este prédio! (Chullu ia ficar encantado com o tapete.) Fileiras e fileiras de arcos de pedra cavados nas paredes do cinema com entalhes de flores e folhas (não me perguntem quais flores e quais folhas — isso é departamento de vocês).

Tenho que ir! Meu outro chefe está me chamando. Mande meus cumprimentos para o dr. Jay!

Com carinho,
Malik

6
Malik

Jaipur

Como parte de meu treinamento, Manu pediu para algumas das maiores firmas de construção que atendem o Palácio de Jaipur me mostrarem seus canteiros de obras. Hoje é dia da Singh-Sharma. A pedido de seu pai, Ravi Singh está me mostrando o Royal Jewel Cinema.

O prédio é esplêndido, realmente uma obra impressionante, e eu digo isso a Ravi. Cortinas da cor dos hibiscos vermelhos de que Nimmi tanto gosta estão sendo erguidas dos dois lados da tela. Operários estão pregando cadeiras de mohair vermelho no chão da última fila. Eletricistas estão testando as luzes embutidas ao longo do perímetro, o que faz as paredes mudarem periodicamente de amarelo para verde e depois para laranja.

Eu solto um assobio.

— Quanto tempo durou a construção disso tudo?

— Não tanto quanto você imagina. Acredita que o que deveria levar cinco anos nós fizemos em apenas três?

— Como vocês conseguiram?

Ele sorri para mim.

— Ah, meu amigo, essa é a vantagem que a Singh-Sharma Construções tem sobre qualquer outra construtora. É por isso que Manu nos contrata para esses projetos vitrine. — Ele bate o dedo indicador na lateral do nariz, como querendo dizer: *Isto é um segredo.*

Quando ele me pede licença para ir falar com o supervisor da construção, eu volto ao saguão principal, imaginando Nimmi e seus dois filhos ali comigo, maravilhando-me ao pensar em quantas pessoas são necessárias para construir algo tão monumental.

Depois saímos para almoçar em um restaurante próximo, onde Ravi pede travessas de cordeiro cheiroso e frango ao curry, arroz *basmati** fumegante com castanhas de caju, uma tigela de *matar paneer*** e uma pilha de *aloo paranthas**** quentes com uma pelota de *ghee.* Todos neste restaurante parecem conhecer Ravi. O proprietário nos cumprimenta quando chegamos, desdobra nossos guardanapos e os coloca em nosso colo. Dois garçons nos ajudam a aproximar as cadeiras da mesa e um terceiro enche nossos copos de água.

Agora uma garçonete muito bonita com uma blusa branca e saia preta justa chega com copos altos de cerveja Kingfisher. O proprietário sorri para ela e olha para Ravi para avaliar sua reação. Ravi está observando a jovem com um sorriso de prazer, seus olhos a percorrendo de cima a baixo. O dono do restaurante sorri para Ravi, faz uma leve reverência e se afasta discretamente.

— E então, o que você acha de minha casa, a que o meu pai projetou? — Ravi pergunta.

Depois do jantar nos Singh, naquela primeira noite em que estive lá, Samir contornou sua propriedade comigo para me mostrar a casa que ele havia construído para Ravi e Sheela, sua nora, como presente de casamento. Treze anos atrás, quando a Tia Chefe propôs o arranjo de casamento entre os Singh e os Sharma, Sheela só concordou com a condição de que ela não tivesse que seguir o costume em que o filho mais velho e sua esposa moram junto com os pais dele. Então Lakshmi sugeriu que Samir construísse uma casa separada para Ravi e Sheela na vasta propriedade dos Singh. Sheela não obteve exatamente o que queria, mas a solução criativa da Chefe selou o acordo.

---

* *Basmati:* um tipo de arroz.

** *Matar paneer:* prato com ervilhas, queijo e molho de tomate.

*** *Aloo parantha:* pão achatado com recheio de batatas.

Pego um *parantha*.

— Admirável — digo. — Tão moderna por dentro. Toda aquela luz. — Ela me lembra a casa de Kanta e Manu. Criada em uma família ocidentalizada em Bengala, Kanta gosta do design moderno: linhas retas, grandes janelas de vidraça e decoração mínima. — O que Sheela acha?

Ravi ri.

— Sua majestade decidiu que gostava dela só depois de ter percebido que era muito maior do que as casas de suas amigas.

Eu sorrio, lembrando de como Sheela era difícil quando menina.

Ravi continua:

— Papaji fez um bom trabalho com a nossa casa, é verdade. Mas há tanto mais que poderíamos estar fazendo na empresa. Olhe o que Le Corbusier fez em Chandigar. — Ele fixa seus olhos escuros nos meus, repentinamente entusiasmado. — Chandigar me inspirou. Eu queria que o Royal Jewel Cinema se destacasse, fosse diferente de qualquer outro prédio em Jaipur. É assim que vou criar a minha marca: usá-la como um degrau para coisas cada vez maiores.

Tomo um gole de minha cerveja.

— Coisas cada vez maiores? — Eu me sirvo de mais um pedaço de cordeiro, tão tenro que se solta do osso. Sugo o tutano, a melhor parte.

O sorriso de Ravi é voraz.

— Maiores do que Papaji jamais sonhou. — Ele coloca um pouco de frango ao curry no prato. — Meu pai acredita em fazer tudo exatamente como sempre foi feito. Mas agora existem técnicas, materiais e processos novos e melhores. — Ele levanta uma sobrancelha. — Por enquanto, *o que não tem remédio, remediado está*.

Eu rio.

— Seu pai não concorda com você? Sobre suas ideias modernas?

A expressão de Ravi se turva por uma fração de segundo.

— Ainda estou trabalhando nisso. Nós não pensamos do mesmo jeito em algumas coisas.

A garçonete bonita se aproxima com um cesto de pão e uma pinça.

— Mais *paranthas*, Sahib?

Ravi vira para ela e deixa seu olhar se demorar. Quando ela enrubesce e sorri, ele faz que sim com a cabeça. Ele a observa até ela terminar de nos servir. Quando ela se afasta, ele mantém os olhos nela, no movimento de suas nádegas.

Ele se vira de volta para mim, seu olhar novamente intenso.

— Você rebate ou arremessa?

A mudança de assunto é tão abrupta que eu levanto os olhos de meu cordeiro para ele. Sempre adorei críquete. Quando eu morava nas entranhas da Cidade Rosa, vivia organizando jogos com os meninos da vizinhança e nós jogávamos duro. Na Bishop Cotton, onde jogávamos com tacos oficiais e usávamos uniformes impecáveis, aprendi uma versão mais formal e refinada do jogo.

De repente eu me sinto cauteloso, sem saber bem por quê.

— Os dois. Depende.

— Do quê?

— Do que é necessário.

Ravi me dá um sorriso generoso, que destaca a covinha em seu queixo. Ele levanta o copo de cerveja e bate no meu.

— Abbas Malik, quero lhe dar as boas-vindas ao Clube dos Jogadores Polivalentes. Vamos chamar você para um jogo com certeza, e logo.

Enquanto os ajudantes de garçom retiram os pratos, Ravi pede licença, se levanta e vai até o fundo do salão, onde a jovem garçonete está limpando taças de vinho com uma toalha branca. Ele se aproxima e sussurra algo no ouvido dela. Ela ri e encolhe os ombros. Ravi olha para o proprietário, parado junto à porta, que faz que sim com a cabeça. Ravi retorna à mesa e bate dois dedos na superfície.

— Meu amigo, eu tenho que sair para um compromisso. Meu motorista vai levar você de volta ao seu escritório.

Ele me lança um de seus sorrisos faiscantes, depois pega algumas sementes de funcho açucaradas de uma vasilha sobre a mesa, coloca-as na boca para adocicar o hálito, pisca para mim e caminha de volta para a garçonete.

Até o momento, Manu me fez passar pelos departamentos de engenharia, design e construção. Agora ele me designou para a contabilidade, para que eu aprenda o lado financeiro do negócio.

Hakeem é o contador do departamento de manutenção do palácio. Seu domínio é uma sala abafada e sem janelas enfiada em um canto das instalações de Manu. No fundo do espaço ficam os escritórios de Manu e do engenheiro-chefe, além da sala de conferências. Na parte do meio sentam-se as secretárias, os avaliadores, os desenhistas, os engenheiros juniores.

Eu poderia ter desenhado um retrato de Hakeem mesmo antes de conhecê-lo: um homem roliço sentado atrás de sua mesa, usando uma touca preta correta, *kurta** branco e colete preto. Seus óculos têm uma armação preta grossa. Eu poderia ter previsto que ele passaria o dedo sob o bigode bem aparado quando está agitado, que é o que ele faz no momento em que entro na sala.

— Tio — digo —, sou Abbas Malik. O sr. Manu me pediu para vir aprender com seus bons ensinamentos. — Sorrio com humildade. — Agradeço por me dar essa oportunidade.

Hakeem se senta, um pequeno Buda, dentro do círculo de seu abajur de mesa. Ele me examina através das lentes grossas, seus olhos grandes como os de uma coruja, e passa os dedos pelo bigode. Procuro uma cadeira, mas há apenas uma, a de Hakeem, e ele está sentado nela. As prateleiras nas paredes estão cheias de grandes livros-caixa encapados com tecido, cada um deles precisamente identificado na lombada. As prateleiras ocupam a maior parte do espaço na sala e enchem-no de um cheiro de pó, tecido mofado e cola velha. Em uma lombada eu leio "1924", o que, pela idade de Hakeem — ele deve ter uns sessenta anos —, talvez seja o ano em que ele começou a trabalhar aqui. Ele dá um grunhido indiferente e ajusta os óculos no nariz.

— Você não vai comer aqui. Sim?

Eu me controlo para não sorrir.

— Claro, Tio.

— Ou beber. Sim? — Será que terminar todas as frases com *sim* é outro de seus tiques? Eu decido acompanhá-lo.

— Sim.

— Estes livros são importantes. Eles devem ser mantidos impecáveis. Sim?

— Sim.

Ele puxa a cadeira para um lado a fim de deixar visíveis os livros-caixa que estão na estante atrás.

— Estes são os mais importantes. Sim? Neste aqui — diz ele, apontando — nós mantemos registros dos suprimentos que compramos para remodelar ou construir um novo projeto. E neste — diz ele, apontando para um livro-caixa adjacente — nós registramos todo o dinheiro que devemos a fornecedores e empreiteiros. Contas a pagar. O seguinte é uma lista do dinheiro devido ao palácio. Digamos, reembolsos por materiais devolvidos. Ou aluguel de instalações do palácio por outros. Essas são as contas a receber. O quarto é a contabilidade do que e quanto nós já pagamos pelo projeto. São quatro livros-caixa por ano.

---

* *Kurta:* túnica larga de algodão de mangas longas.

Não posso me conter.

— Sim — digo.

Ele baixa o queixo e me examina por cima dos óculos. Esfrega o bigode. Por fim, ele diz:

— Sim.

Hakeem tem que se levantar para pegar um livro volumoso em uma prateleira. Ele o abre e vira para mim, para que eu possa ler as entradas. Apontando para uma coluna de texto escrita em hindi, e outra que contém só letras no alfabeto latino, ele diz:

— Está vendo isto? — Apontando para a coluna em alfabeto latino, ele lê: — A-R-B-N-C. Significa areia branca. Sim? Uma espécie de abreviação para o item, o que poupa tempo. Eu criei essas abreviações. Se eu tivesse que escrever o nome completo de cada carregamento encomendado ou recebido, não ia fazer mais nada além disso, e eu tenho muitas outras responsabilidades. Sim? — Uma vez mais, ele ajusta os óculos e olha para mim como se eu estivesse prestes a questioná-lo.

Eu concordo com a cabeça. Esse é um homem que tem orgulho do que faz. Tento parecer impressionado — eu *estou* impressionado — e decido que, neste momento, é melhor manter a boca fechada.

Hakeem me instrui a passar a tarde memorizando as abreviações, porque vou precisar delas quando estiver registrando as compras.

Toda vez que vou jantar na casa de Kanta e Manu, é difícil acreditar que o menino de doze anos que se inclina para tocar meus pés é o mesmo Nikhil que eu carregava nos braços e em quem eu fazia cócegas na barriga quando ele era bebê e eu morava em Jaipur. Quando ele endireita o corpo, eu me surpreendo por Niki ser agora só uns poucos centímetros mais baixo do que eu, e ele ainda vai ficar mais alto que seu pai e sua mãe, que estão de pé atrás dele na porta aberta. Kanta põe o braço sobre os ombros do filho, sorrindo com orgulho, dando-me as boas-vindas para mais um jantar em sua casa, conversando alegremente sobre o exame mais recente em que Niki tirou a nota máxima. Tio Manu é mais reservado. Ele espera até sua esposa ter terminado de falar para me cumprimentar e responder ao meu *namastê*. Por respeito a eles, e porque eles são como família para a Tia Chefe, eu os chamo de Tia e Tio.

Seu velho criado Baju traz a bandeja do chá. Ele e eu trocamos um olhar; eu sei que o observador Baju me reconhece dos meus dias como o pequeno ajudante de Lakshmi, alguém que jamais poderia esperar ser convidado para se sentar à mesa de jantar da família. E é assim que teria sido se não fosse minha educação na Bishop Cotton.

Baju é seguido pela mãe do Tio Manu, bamboleante em seu sári branco engomado de viúva, um terço de sândalo balançando em um pulso. Ela está franzindo a testa para mim, provavelmente se perguntando como a Tia e o Tio parecem tão felizes em me ver quando ela não tem a menor lembrança de quem eu seja. Não me admiro. Poucas pessoas reconhecem o menino maltrapilho por trás do meu exterior elegante.

Com a sogra de Kanta na sala, nós nos mantemos em assuntos seguros e conversamos sobre o clima de Shimla, como o ar lá é frio em comparação ao daqui. A *saas* de Kanta diz que lamenta não poder ir para os contrafortes do Himalaia tão frequentemente quanto eles costumavam ir. Kanta e eu nos entreolhamos. Eu sei a verdadeira razão de ela e Manu não visitarem Shimla há anos: o bebê natimorto que ela teve no Hospital Lady Reading. Nem mesmo a adoção do bebê de Radha, a quem eles deram o nome de Nikhil, pôde apagar essa lembrança dolorida.

Kanta fala de pessoas que nós dois conhecemos em Shimla — como os infalíveis vendedores de tandoori *rotis** no centro comercial de pedestres — e de um dos lugares favoritos de Radha e da Chefe, a biblioteca de Shimla, que Rudyard Kipling costumava frequentar.

Mais tarde, depois que a mãe de Manu sai da sala para fazer seu *puja*** da noite, Kanta e eu vamos para a varanda da frente. Niki está no quintal praticando arremessos para seu jogo de críquete. Manu está lhe dando dicas.

— Ele é perfeito, não é? — diz Tia Kanta.

Niki olha para nós para ter certeza de que estamos assistindo. Eu aceno e sorrio. Sou um dos poucos que sabem que, quando ele tinha um dia de vida, ela e Manu o adotaram secretamente. Nem a *saas* de Kanta sabe. Ela acha que Niki é o filho que Kanta teve doze anos atrás em Shimla.

— Sim — respondo. — Ele é.

Kanta deixa um momento passar antes de prosseguir.

— Radha olha as fotos de Niki que eu envio para Lakshmi?

Eu hesito.

---

* *Roti:* pão integral achatado.

** *Puja*: culto divino.

— A Tia Chefe manda suas cartas para Radha na França.

Isso é verdade, mas Radha nunca mencionou ter recebido as fotos de Niki ou as cartas contando o que o menino está fazendo, como ele está indo na escola ou no críquete. Mesmo antes de partir para a França, Radha nunca olhou para as fotos de Niki, as que Lakshmi deixava sobre a mesa da sala de jantar. Radha me disse que seu bebê deixou de existir no dia em que ela decidiu entregá-lo aos cuidados de Kanta. Havia sido muito traumático deixá-lo assim; ela não queria lembretes desse tempo de sua vida. Eu muitas vezes me pergunto se casar-se com Pierre e mudar-se para a França foi um modo de colocar ainda mais distância entre ela, seu filho e sua antiga amiga Kanta. Se foi isso, eu compreendia. Radha estava com catorze anos quando teve Niki: uma menina solteira começando a se tornar mulher. Separar-se de seu bebê foi a coisa mais difícil que ela fez na vida. E ela também teve que se separar de Ravi, que amava, mas que a magoara profundamente.

Kanta decide não continuar o assunto.

— Eu tenho saudade de Lakshmi, Malik. Queria que ela ainda morasse aqui. Converso com ela em minha cabeça o tempo todo, mas, claro, não é a mesma coisa. — Ela se vira para mim, seus olhos fazendo preguinhas nos cantos. — Mesmo sendo só na minha cabeça, eu garanto que seja uma conversa bilateral. Ela sempre tem os melhores conselhos para mim! — Kanta ri.

Lakshmi não fala muito sobre isso, mas sei que ela também sente falta de Kanta. Elas ficavam muito à vontade uma com a outra; nunca vi a Chefe ser daquele jeito com nenhuma outra amiga em Shimla.

Nós vemos Niki dar impulso e arremessar a bola para seu pai. Acho que está claro para todos nós que manter os Agarwal e Lakshmi distantes é melhor para todos. Qualquer um que visse Niki com Lakshmi ou Radha certamente desconfiaria que Niki e as irmãs tinham algum parentesco. Com sua pele clara e olhos verde-pavão, tão como os de Radha, ele não se parece em nada com seus pais adotivos.

Felizmente, ele pegou os trejeitos do pai e da mãe que o criaram. Ele balança os ombros quando ri, como Kanta. Quando está ouvindo atentamente, ele fica com a cabeça inclinada para um lado, as mãos nas costas, uma cópia perfeita de Manu.

Eu o vejo arremessar uma bola, tão graciosamente para um menino tão novo. Ele é um atleta natural, como seu pai biológico. Muitas vezes me pergunto se Ravi Singh sabe que o filho que teve com Radha mora a poucos quilômetros dele. Será que ele gostaria de saber? Quando seus pais tiveram notícia da gravidez de Radha, mandaram Ravi depressa para a Inglaterra e o mantiveram lá pelo resto de seus estudos. Ele tinha apenas dezessete anos na época.

Kanta vira-se para mim.

— Eu o vi observando.

— Quem?

— Samir Singh.

— Samir observando quem?

— Niki.

Bem, claro, Samir teria oportunidades de cruzar com Niki. Em *sangeets* na casa de amigos comuns e em festas na comunidade — *a menos que* Kanta e Manu tenham ficado deliberadamente afastados desses eventos. Porque eles teriam se sentido desconfortáveis com todas as perguntas que precisariam responder. O julgamento silencioso. De repente entendo a carga que representa para esta família manter Niki escondido, por assim dizer. Será que ele percebe as providências que seus pais tomaram para manter os fofoqueiros longe? Mas que escolha eles têm? *Bastardo. Ilegítimo.* Seus pais não querem que a vida dele seja manchada por rótulos. Sinto uma súbita tristeza.

Kanta vê a expressão em meu rosto.

— O que eu quero dizer é...

Nesse instante, Niki me chama.

— Tio, olha!

Eu me viro e o vejo arremessar uma bola com efeito perfeita. Manu golpeia com seu taco e erra.

Kanta bate palmas e Niki levanta os dois braços, declarando vitória. Ele me chama.

— Venha você tentar agora, Tio Abbas!

Olho para Kanta. Ela aperta os lábios e faz que sim com a cabeça.

— Vá — ela me diz. — Nós conversamos mais tarde.

Atravesso o gramado bem cuidado para pegar a bola com Manu. Ao longo da hora seguinte, Niki, Manu e eu improvisamos um jogo de críquete. Claro que Niki é o vencedor.

Durante o jantar, pergunto a Niki sobre a escola e as matérias que ele está estudando. Ele diz que inglês e história são as matérias de que ele gosta mais e eu contenho um sorriso. Posso imaginar a jovem Radha sentada conosco, contando-nos sobre seu amor por Shakespeare e seu fascínio pelo Império Mogol.

A certa altura, nossa conversa se volta para o projeto do Royal Jewel Cinema.

— Você sabe que a marani Latika é a impulsionadora desse projeto? — Manu pergunta.

Estou segurando um pedaço de *chapatti* e *subji** de berinjela.

— Sim, Tio Samir me disse.

Manu sorri.

— A marani assumiu para si completar os projetos de construção que o marajá havia começado antes de falecer. Nós tínhamos terminado a reforma do hotel para Sua Alteza e dado início ao saguão do cinema quando ele morreu inesperadamente. — Manu toma um gole de água. — Até aqui, tudo vai indo bem. O que você achou do Royal Jewel Cinema?

— Incrível. Realmente impressionante, Tio.

Manu parece satisfeito e se serve de mais *subji*.

— Concluído em tempo recorde.

Como um pouco do excelente *moong dal*** de Baju.

— Como é trabalhar para ela, a marani?

— *A mulher mais bela do mundo.* — Niki ri. Essas palavras apareceram na capa da edição mais recente da revista *Vogue*, acima de uma foto da glamorosa rainha de Jaipur.

Kanta dá um tapinha em seu braço, mas está sorrindo.

Manu também sorri.

— Ela é notável — ele responde. — Rápida para entender, olhos sempre bem abertos. Ela não deixa passar nada. E não se esqueça de que ela fundou a Escola para Meninas da Marani... — Ele inclina a cabeça. — Mas claro que você sabe de tudo isso, Malik. Lakshmi ajudou Sua Alteza durante aquele período difícil da vida dela, *hahn-nah*?

Confirmo com a cabeça. Isso foi doze anos atrás. A marani Latika havia ficado deprimida depois que o marido enviara seu primeiro, e único, filho para uma escola interna na Inglaterra ainda muito novo. Tudo porque o astrólogo do marajá alertou Sua Alteza a não confiar em seu herdeiro natural. Então o marajá adotou um menino de outra família rajapute e o ungiu como príncipe herdeiro.

---

* *Subji*: qualquer tipo de prato de legumes ou verduras com curry.

** *Moong dal:* tipo de lentilha.

Lembro como Lakshmi foi gradualmente tirando a jovem rainha do estado de luto, usando aplicações diárias de henna e os doces e salgados que ela cozinhava com ervas medicinais. Quando, alguns meses depois, a marani Latika superou a depressão e retomou suas funções oficiais, ficou tão agradecida a Lakshmi que ofereceu uma bolsa de estudos para Radha em sua conceituada escola. E o trabalho de Lakshmi começou a explodir. Que tempos loucos foram aqueles! O estrondo foi se ampliando até o dia em que tudo desmoronou.

— Onde está o filho de Sua Alteza? — pergunto.

Manu pigarreia.

— Ele permanece longe de Jaipur. Imagino que seja difícil para ele ficar cara a cara com seu substituto, embora ainda demore alguns anos para a maioridade do príncipe herdeiro adotado. — Manu toma um gole de seu leitelho. — A última notícia que tive foi de que o filho da marani Latika estava morando em Paris. No apartamento que a marani viúva mantém lá.

A marani viúva Indira! Aos oito anos, eu fiquei mais impressionado com seu periquito falante do que com ela. Neste exato momento, Madho Singh provavelmente está resmungando em seu poleiro em Shimla. Ou repetindo algum provérbio que o dr. Jay e a Tia Chefe estiveram falando. *Se ambas somos rainhas, quem vai pendurar a roupa?*

Depois do jantar, quando me despeço, Kanta segura meu braço e me acompanha até o portão.

— Quando Niki termina seu jogo, nós vamos para uma barraca perto do campo de críquete e pedimos *chaat*. — Ela baixa a voz e sussurra, como se estivéssemos conspirando. — Saasuji não nos deixa dar comida frita para ele, então Niki e eu trapaceamos quando ele está comigo. — Um sorriso maroto brinca em seus lábios. — *Sev puri** é o favorito dele. Meu também. — Nós rimos.

Chegamos ao final da longa entrada da casa.

Kanta respira fundo.

— Várias vezes, no treino de críquete de Niki, eu vi Samir Singh em um Jeep estacionado do outro lado do campo.

— Você tem certeza de que era Samir?

Ela faz uma careta.

---

* *Sev puri:* tipo de petisco frito.

— Não cem por cento. As árvores *peepal** do outro lado da rua escondem um pouco os carros. E sempre há gente andando em volta. Carros indo e vindo.

— Mas o que tem se for ele?

Ela solta um suspiro. Está quase escuro e seu rosto está na sombra. Mesmo assim, vejo em sua expressão, e nas rugas em sua testa, que isso é sério.

— Eu nunca disse nada para Manu — diz ela —, mas penso nisso o tempo todo. Às vezes a tensão de manter Niki afastado de... toda a vigilância... é excessiva. — A voz dela está tensa. Se ela está chorando, não posso ver as lágrimas, porque ela desviou o rosto. — Eu fico acordada à noite preocupada que Samir possa tirar Nikhil de nós — ela sussurra.

Um alarme soa em minha cabeça. Será que eu deveria alertar a Chefe sobre isso? Se for verdade, Lakshmi gostaria de saber. Mas, neste momento, tenho que tranquilizar Kanta. Niki significa o mundo para ela e o Tio. Depois do bebê natimorto doze anos atrás, Kanta não pode mais ter filhos.

— Ouça, Tia. Você e Manu são os pais adotivos legais de Niki. Samir Sahib não pode fazer nada.

— Mas ele pode se aproximar de Niki e lhe contar que ele foi adotado. Que o filho dele é o pai de Niki. O que vamos fazer então? — Ela está enrolando a ponta do sári de crepe georgette em volta dos dedos enquanto fala, sua voz um sussurro.

— Logo Niki vai ter idade suficiente para vocês mesmos lhe contarem, se for isso que você e Manu decidirem fazer. Mas eu duvido que Samir vá falar com Niki se vocês não lhe derem autorização. — Estou falando com uma segurança que não sinto inteiramente.

Kanta morde o lábio.

— Você não acha que Samir Sahib aproveitaria a oportunidade para começar uma conversa com seu neto no campo de críquete?

Estou pensando em como a Tia Chefe responderia a isso quando Kanta diz:

— É por isso que eu vou a todos os jogos. Para ficar de olho em Niki. E, quando não posso estar lá, Baju tem instruções de trazer meu filho diretamente para casa depois do treino. — Ela funga e pressiona o sári no nariz.

— Ouça, Tia. Em primeiro lugar, os Singh teriam muito a perder se a notícia de que Ravi é o pai se espalhasse. Todos saberiam que Radha era menor de idade quando Ravi a engravidou. Segundo, eles não assumiram nenhuma

---

* *Peepal:* tipo de árvore com folhas largas e planas.

responsabilidade e se apressaram em mandar Ravi para milhares de quilômetros de distância. Seria um escândalo para eles e duvido que os Singh correriam esse risco. — Outro pensamento me ocorre e eu toco o braço da Tia. — Aliás, Samir tem um Mercedes, não um Jeep.

Ela examina meu rosto, depois solta uma risada constrangida.

— É verdade! Talvez o problema não seja Samir. Talvez seja a minha imaginação!

Uma nova ideia, perturbadora, me ocorre.

— Niki alguma vez perguntou sobre isso? Alguma das crianças na escola já sugeriu que ele seja adotado? — Nunca fez sentido para mim que adoções da realeza fossem públicas e adoções particulares fossem consideradas vergonhosas. Nenhum casal quer admitir que não pode ter filhos; isso é considerado um defeito pessoal, um problema que deve ser resolvido por pedras mágicas, amuletos e esmolas para Ganesh.

A preocupação retorna à voz de Kanta.

— Não que eu saiba. Niki nunca perguntou. Tentamos manter tudo o mais normal possível. — Seu olhar se volta para a casa atrás de nós. — Não notei nenhuma mudança nele.

Antes de abrir o portão, ela diz:

— Obrigada, Malik. Eu me sinto melhor agora. — Ela fecha o portão e volta a me oferecer: — Tem certeza de que não quer que Baju o leve para casa de carro?

A casa de hóspedes fica a apenas vinte minutos de caminhada. Respondo que preciso andar para digerir aquela refeição magnífica. Agradeço pela noite maravilhosa e lhe peço para agradecer a Manu também. Então vou para casa, minha cabeça girando com ansiedades a respeito do menino, que os pais estão determinados a proteger das garras dos Singh.

7
Nimmi

Shimla

À noite, depois de Rekha e Chullu adormecerem cada um de um lado meu, dou uma olhada nos livros ilustrados que Lakshmi nos emprestou. Ela disse que são livros infantis, que ela retira na biblioteca de Shimla. Eu nunca soube que havia um lugar onde se podia ir ver livros, muito menos pegá-los emprestados e devolvê-los depois de terminar. Imagine! Algo assim tão precioso! Isso é como pegar emprestadas as joias de casamento de uma mulher para o seu próprio casamento e devolvê-las no dia seguinte. Ninguém em seu juízo perfeito entregaria algo tão valioso assim e confiaria em receber de volta!

Seguro o livro junto ao nariz e aspiro, tentando invocar os cheiros de todas as mãos que viraram as páginas. Mas tudo que sinto é algo como a *atta** com que faço *chapattis*. Viro as páginas com cuidado. Os anciãos de nossa tribo podem não saber ler, mas eles reverenciam aqueles que sabem. *Livros contêm mágica*, eles dizem. Nós éramos castigados se por acaso pisássemos em um livro ou em um pedaço de papel. Traço as letras com o dedo e pronuncio as palavras do livro, do jeito que Lakshmi nos ensinou a fazer. Ela passa uma hora lendo com

* *Atta*: massa de farinha.

Rekha e comigo todas as tardes. Às vezes Lakshmi nos mostra como escrever o nome dos alimentos que estamos comendo. Eu sei agora que a palavra *chapatti* começa com *c*.

Espere só até eu mostrar a Malik que já sei escrever meu nome! Rekha também sabe. Dev ficaria tão orgulhoso dela! Ela aprende tão depressa; é como se fosse natural. Aos quatro anos, ela está aprendendo o que eu só estou aprendendo com vinte e dois ou vinte e três (acho que uma dessas está certa!). Sempre soube fazer contas simples de cabeça, mas me orgulho muito de ter aprendido a escrever os *nomes* dos números de um a dez (*ake, dho, theen, chaar!*), e, agora que estou aprendendo a ler, consigo reconhecer os números pelos nomes.

Lakshmi deu um caderno para cada uma de nós praticar. Às vezes, quando estou no jardim, copio os nomes das plantas que estão escritos nas plaquinhas. Mesmo que eu não saiba o que está escrito, quero descobrir, depois, para poder lembrar.

Quando traço a letra *M*, penso em Malik, e me pergunto se vou poder, um dia, ler as cartas que ele envia. Quando Lakshmi lê suas palavras e seus pensamentos para mim, eu me sinto constrangida, até envergonhada. Essas mensagens deveriam ser particulares, entre Malik e eu; quero ler as partes de que mais gosto sozinha, ou apenas levar as cartas dele comigo quando subo a colina à noite. Gosto de imaginar seus dedos apoiados no canto do papel fino, mantendo-o no lugar enquanto ele escreve meu nome. Às vezes penso como seria pedir para ele escrever "Nimmi" na palma da minha mão, nas minhas costas, minha coxa...

Finalmente deixei Lakshmi passar henna em nossas mãos: nas minhas e nas de Rekha. Lakshmi tem tanta prática que levou poucos minutos para criar um desenho para Rekha. Rekha foi tão boazinha; ela não moveu um músculo até a pasta de henna secar o suficiente para poder ser removida.

Nas palmas de Rekha, Lakshmi desenhou um elefante com a tromba se estendendo de uma palma para a outra. Quando Rekha une as mãos, o elefante fica completo e ela dá gritinhos de alegria. Ela mexe as mãos, fingindo que o elefante está levantando a tromba e se movimentando.

Quando Lakshmi quis fazer uns pontinhos nas palmas de Chullu, ele tentou lamber a henna, e isso nos fez rir!

Na primeira vez que Lakshmi me perguntou que desenho eu queria em minhas mãos, não consegui pensar em nada. Então ela decidiu desenhar peônias em uma palma e rosas na outra. Quando uno as mãos, tenho um buquê que posso levar ao nariz e cheiro o perfume limpo e terroso da henna. Isso me faz lembrar do dia de meu casamento, a única outra vez que tive mãos, braços e pés decorados.

Chullu está se mexendo e eu massageio suas costas até ele dormir outra vez. Meu menino. Já tem um ano! Ele está andando e começando a falar. Daqui a alguns anos Rekha poderá ensiná-lo a ler e escrever seu nome. Isso nunca teria sido possível se Dev não tivesse morrido e nós não tivéssemos deixado a montanha e o meu povo, para morar na cidade. Eu adoraria que Dev estivesse conosco agora. Quero que ele veja como seus filhos estão prosperando. Como eu estou fazendo o que nunca pensei que fosse possível: aprender a viver sem nossa tribo, e sem *ele*. De repente, meus olhos se enchem de lágrimas. Como eu amava aquelas ruguinhas nas laterais de sua boca, a sensação áspera de suas mãos, calejadas por anos guiando o rebanho com seu bastão de pastor, subindo em árvores para cortar folhas e ramos para alimentar as cabras. Como ele amava as suas cabras! Quase posso ouvi-lo dizendo: *Nunca se aproxime de uma cabra pela frente, de um cavalo por trás ou de um tolo pelos lados!* E então ele ria. Ah, como ele ria, como se fosse a primeira vez que dissesse aquilo!

Passo o dedo sobre uma das sobrancelhas de Chullu. Dev não está mais em minha vida e eu tenho que mostrar a Rekha e Chullu que também podem sobreviver sem ele. Pisco para afastar as lágrimas. Olho para o livro com desenhos de flores silvestres. Tento ler o som das palavras embaixo da foto. Mas só reconheço a letra inicial. Fecho o livro. Será que um dia vou poder escrever uma carta para Malik? Se eu pudesse, o que diria?

Meu amor,

Depois que o Dev morreu, eu não sabia se poderia amar outro homem. Então você apareceu. Você é como ele, mas também é diferente. E eu sinto tanto a sua falta!

Vou contar uma coisa que vai deixar você feliz. Estou gostando de trabalhar para a sua Tia Chefe. Principalmente porque ela me deixa em paz. Eu decido o que plantar, se devemos usar sementes ou mudas, quando fertilizar e quando colher.

Ela fez algumas coisas erradas, isso eu tenho que dizer. Ela está tentando plantar uma árvore de sândalo, mas nunca vai pegar. Nunca vi outra árvore como aquela por aqui. Mas sua Tia Chefe nunca desiste, não é mesmo? Ela sempre está tentando algo novo, misturando coisas novas no solo, movendo aquela muda de sândalo para partes diferentes do jardim.

Eu lhe disse como substituir as ervas do Rajastão que ela estava acostumada a usar para suas pomadas. Espero estar certa. Nunca estive em nenhum lugar ao sul de Shimla e não sei como é o Rajastão nem sei nada sobre as plantas que crescem lá. Sua Tia Chefe diz que é tão seco no Rajastão que o solo vira pó e se dispersa. Não consigo nem imaginar isso!

Ela me deixa levar as crianças para o trabalho e eles adoram ficar lá, perto do jardim. Eu estava com receio de deixar Rekha e Chullu com os Arora, que são velhos como o Himalaia, e as crianças não fazerem nenhum exercício. Agora meus filhos respiram ar fresco o dia inteiro.

Afasto um cacho de cabelo do rosto de Rekha. Ela dorme profundamente. O que mais eu escreveria?

O centro comercial de Shimla está mais movimentado, com turistas de toda parte. Mas não é a mesma coisa quando você não está por perto para surpreender as crianças com seus pequenos presentes. Eles estão impacientes, sempre esperando que você apareça. Rekha diz que está brava com você por não vir nos visitar. Ela quer você aqui para comprar balões de animais do vendedor da barraca ao lado. Chullu está mordendo tudo que vê por causa dos dentes, incluindo os balões, então a maioria deles não existe mais. (Rekha os embrulhou em pedaços de pano que a sra. Arora lhe deu e fez um enterro para eles.)

Lembro a Rekha que Lakshmi-ji e o dr. Jay sempre lhe dão um balão de animal quando ela pede, mas ela diz que não é a mesma coisa, porque ela gosta de ouvir você fazer os sons dos animais quando dá os balões para ela. Você a deixou mimada!

Rekha soltou o grilo que você lhe deu em algum lugar dentro do nosso quarto. Nós acordamos com o som alto dele de manhã. Ela tenta pegá-lo, só que o grilo é mais rápido. Mas ela não desiste.

Chullu está com mais um dente! Ele está mal-humorado, porque dói, mas eu esfrego aquele mel que você nos deu nas gengivas dele, e isso o deixa muito, muito feliz.

Os dois estariam mais felizes se você estivesse aqui. Eles querem saber quando você vem para casa.

Malik, quando você vem para casa?
Sua Nimmi

Dois dias antes do desabamento

8
Lakshmi

Shimla

É fim de tarde. Estou na Clínica Comunitária, lavando as mãos na pia enquanto minha paciente abotoa a blusa. Jay está no hospital ao lado, atendendo um parto de emergência. Ele saiu faz uma hora.

Como muitas das pessoas nesta área, minha paciente fala uma mistura de hindi, punjabi, urdu e seu dialeto local, mas não preciso entender o que ela está dizendo para saber por que veio à clínica. Os anos carregando lenha da margem da floresta para sua lareira cobraram um preço de seu ombro direito. Mesmo sentada na mesa de exame, ela está pendendo para um lado, como se estivesse equilibrando o peso de sua carga invisível.

A freira que está me ajudando hoje põe compressas de água quente no ombro dolorido para ela relaxar os músculos antes de eu aplicar uma mistura de pó de açafrão e óleo de coco na pele machucada. Isso deve reduzir a inflamação. Digo para minha paciente remover a loção quando secar, daqui a meia hora, e então reaplicar a compressa quente e esfregar um pouco mais da loção, que vou lhe dar para levar para casa. Gostaria de poder pedir que ela parasse de carregar lenha até o ombro ficar bom, mas ela é viúva e seus filhos são muito pequenos para ajudá-la na tarefa.

Agora, eu enxugo as mãos e as hidrato com óleo de lavanda para me preparar para o próximo paciente; o perfume relaxa pacientes que talvez estejam nervosos por vir à clínica. Ele me relaxa também. Respiro-o profundamente.

Então escuto a recepcionista na sala externa:

— Parem! Vocês não podem entrar aí!

Um menino e uma menina, na faixa dos dez anos, irrompem pela cortina que separa a sala de exames da sala de espera da clínica. Eles estão carregando uma ovelha, o menino segurando a parte da frente, a menina a parte de trás. A recepcionista vem atrás deles, desculpando-se comigo.

— *Theek hai* — eu lhe digo. *Tudo bem.*

Ela faz uma expressão de alívio e retorna à sua mesa.

A ovelha está sangrando no lado direito do que parece ser um corte feio. Não entendo o que a menina me diz, então me viro para a Irmã e espero que ela traduza. Os contrafortes do Himalaia são lar de muitas tribos locais, e, com a ajuda dos funcionários, eu geralmente consigo descobrir o que nossos pacientes estão nos dizendo.

Minha paciente com o ombro inchado, já vestida, desce da mesa de exame. Ela aponta para a ovelha e diz algo que eu não entendo. É evidente que ela está assustada.

Olho para a Irmã pedindo ajuda, mas ela balança a cabeça; ela também não entende a fala muito rápida da mulher. A menina e o menino ficam olhando para a paciente, de boca aberta. A ovelha solta um balido.

Minha paciente agarra o frasco de loção de açafrão que lhe dei e foge da sala como se o prédio estivesse em chamas.

Ela está com medo de uma ovelha ferida?

Inspeciono o corte enquanto a ovelha se debate para escapar das mãos das crianças, mas elas a seguram firme e eu consigo dar uma boa olhada na área. Parece haver uma fenda retilínea na lã, como um bolso embutido em um casaco. A ferida está por baixo da lã. Como será que isso aconteceu?

Então vejo um fio grosso pendurado na lã. E pontos irregulares nas bordas da fenda. É como um bolso que foi costurado. Trabalhando com cuidado, corto com uma tesoura os pontos desiguais e afasto a camada de lã. E agora eu entendo o problema. Sob a lã, a pele está cheia de ulcerações, pus e sangue saindo de uma ferida aberta.

Estou intrigada pensando em quem tosquiaria a lã de uma ovelha dessa maneira, depois a costuraria de volta. Por que não tratar a ferida? Por que um pastor tentaria esconder essas ulcerações? Ovelhas são tão preciosas para as pessoas da montanha quanto ouro para as senhoras cujas mãos eu costumava pintar com henna. Nenhum pastor deixaria uma ovelha ferida sem tratamento ou, pior, a abandonaria.

Queria que Jay estivesse aqui. Exceto pelo tempo que passou em Oxford, Jay sempre morou em Shimla e fala muitos dos dialetos locais. Ele poderia descobrir se a ovelha pertence às crianças e, nesse caso, onde está o resto do rebanho? Onde está o pastor? Ou, se o animal não for deles, onde o encontraram?

Ocorre-me que Nimmi talvez possa ajudar. Talvez ela fale a língua deles ou consiga entender o suficiente para esclarecer o que aconteceu. Ela cresceu com ovelhas e cabras e pode ter alguma ideia do motivo de as feridas deste animal serem tão peculiares.

Indico com gestos para as crianças me esperarem.

Na Horta Medicinal, encontro Nimmi agachada, aplainando com a mão o solo onde ela deve ter acabado de plantar sementes.

— Preciso de sua ajuda, Nimmi — eu lhe digo. — Na clínica.

Ela franze a testa e eu sei o que deve estar pensando: *Você precisa de mim na clínica?*

— Uma ovelha ferida — falo. — Duas crianças a trouxeram.

Nimmi se levanta. Ela ainda parece intrigada, mas não há tempo para explicar. Pego sua enxada e pá e as guardo no galpão enquanto ela bate a terra das mãos e vai até a torneira para lavá-las.

Dentro, a freira encarregada está colocando um lençol limpo sobre a mesa de exame. Depois ela ajuda as crianças a levantarem cuidadosamente o animal até a mesa.

No instante em que Nimmi vê as feridas na pele tosquiada da ovelha, ela recua com uma expressão de choque no rosto. Olha primeiro para mim, depois para as crianças. Ela diz algo para eles em seu próprio dialeto.

O menino só fica olhando para Nimmi, mas a menina responde e faz um gesto com o braço.

Traduzindo para hindi, Nimmi me conta.

— Eu perguntei se essa ovelha é deles. A menina diz que não. Ela diz que encontraram o animal na trilha enquanto estavam recolhendo lenha na montanha.

— Sem um pastor? — Depois de uma década morando em Shimla, eu sei que as tribos nômades nunca abandonariam um animal para morrer sozinho; seria muito cruel, e o animal era caro demais para substituir.

Nimmi fala de novo com a menina. As duas estão se comunicando com palavras e gestos. A maioria das tribos, seja ela da fronteira do Nepal ou da Caxemira, tem algumas palavras em comum em urdu, hindi e nepalês. Como muitos indianos do norte, eu falo principalmente hindi, com algumas palavras de urdu no meio, mas os dialetos das montanhas fazem uso de palavras que nunca ouvi, e a estrutura das frases é totalmente diferente.

— A única ovelha que eles viram foi esta — diz Nimmi. — Eles ouviram outras ao longe na montanha, mas quiseram ajudar esta porque ela está ferida.

— Você sabe o que pode ter causado o ferimento? — pergunto a Nimmi. — Alguém fez isto por querer?

Nimmi se aproxima do animal, que ainda está deitado de lado e com a respiração pesada. Ela se inclina para a frente com o cotovelo sobre a mesa e usa o braço para firmar o pescoço e a cabeça do animal enquanto afasta o couro para trás o máximo possível. Ela explora os cortes com os dedos, enquanto a ovelha estremece e se contorce.

— Não foi uma doença que causou essas feridas — diz Nimmi. — Isto são abrasões. Algo estava irritando sua pele, então ela se esfregou em um tronco de árvore ou em uma pedra, alguma superfície dura, para se coçar... ou se acalmar... ou talvez...

Quando Nimmi larga a ovelha e começa a examinar uma das orelhas, ela repentinamente para e solta uma exclamação de susto.

Os pelos de meu braço se arrepiam.

De repente, o ar parece pesado, tenso.

As crianças sentem também. Elas olham para mim, depois para Nimmi.

— O que foi? — pergunto.

Ela franze a testa, olhando para o animal, seus lábios apertados. Há alguma coisa que ela não quer dizer. O quê?

Por fim, Nimmi respira fundo e suspira. Ela diz algo para a menina, sua mão no ombro dela. Uma vez mais, elas estão usando palavras e gestos para se comunicar e, quando a menina responde, Nimmi faz que sim com a cabeça.

Então a menina se volta para o menino, segura-o pelo braço e o leva para fora da sala.

Nimmi vira para mim.

— Eu disse a eles que vamos ajudar o animal. Que eles não precisam se preocupar.

Ainda não sei o que está acontecendo, mas a expressão fechada de seu rosto me diz que ela não vai me contar o que está pensando. Um súbito ressentimento cresce em meu peito. Estou acostumada a ficar no controle de minha sala de exames, de meus pacientes, da Horta Medicinal. Mas, agora, até mesmo a Irmã está olhando para Nimmi à espera de instruções sobre o que fazer. Em algum momento nos últimos quinze minutos, Nimmi parece ter tomado conta de minha sala de exames. Mas ela trabalha *para* nós. Ela não tem motivo, ou direito, de esconder nada. Estou magoada. Não posso evitar.

Aponto para a ovelha com o queixo. As palavras saem de minha boca tão afiadas quanto as agulhas que Jay usa no hospital.

— Peça para a irmã lhe trazer o material de que você precisa para cuidar do ferimento. Ela vai ajudar você.

Antes que Nimmi tenha chance de responder, de protestar ou me dizer que seu único trabalho aqui é cuidar do jardim, eu vou até a pia, abro a torneira e começo a lavar freneticamente minhas mãos com sabão.

Ela sabe mais sobre o que aconteceu. Algo crucial, talvez. Vou conversar com Jay sobre isso quando o encontrar à noite.

Meu marido chega em casa mais tarde do que de hábito; o parto de gêmeos foi cheio de complicações. Os dias dele são mais longos agora que ele tem também tantas responsabilidades administrativas, eventos para arrecadação de fundos, reuniões de diretoria. Quando volta do hospital, ele gosta de termos uma hora para relaxar juntos antes do jantar. Ele está acomodado em sua poltrona favorita na sala com o *Times of India* e um copo de Laphroaig. Confiro o jantar, *masala lauki** e *dal*, cozinhando em fogo baixo, e me junto a ele. Ele me entrega meu copo de uísque e uma parte do jornal.

Mas não consigo me concentrar no artigo sobre a batalha em curso entre a Índia e o Paquistão pela área de Jamu/Caxemira. Vivemos a quase duzentos quilômetros de lá. E, tirando os soldados indianos que vêm a Shimla para buscar provisões ou estão de passagem a caminho das províncias do nordeste, temos pouco a ver com a guerra. Pelo bem de Malik, eu quero que continue assim. Fornecer provisões com lucro é uma das especialidades dele.

Dobro o jornal e deixo-o de lado. Tomo um gole do uísque.

Jay baixa uma ponta de seu jornal para olhar para mim.

---

* *Masala lauki:* prato condimentado de *lauki* ao curry.

— O que foi?

Eu sorrio. Meu marido percebe meu humor com tanta facilidade.

— Uma ovelha. Na clínica hoje. Duas crianças tribais a trouxeram.

— Elas trouxeram uma ovelha?

— Ela estava ferida.

Ele ri e deixa o jornal sobre a mesa ao seu lado.

— Ah, isso explica tudo então. — Ele bebe de seu copo de cristal, seus olhos dançando.

Eu me levanto do sofá e sento no braço da poltrona dele. Adoro os cachos grisalhos que pendem sobre sua testa; eles crescem depressa demais e estou sempre afastando-os para trás, como faço agora.

— Eu chamei Nimmi para ajudar. Achei que ela poderia se comunicar melhor com o menino e a menina.

— E?

Ponho um cacho atrás de sua orelha; ele escapa de novo para a frente.

— Jay, por que motivo alguém tosquiaria só uma parte de uma ovelha e depois costuraria a pele de volta como se ela não tivesse sido tosquiada?

Ele franze a testa.

— As feridas estavam *embaixo* da lã tosquiada — digo. — Como se a ovelha tivesse esfregado a pele direto em alguma coisa abrasiva. Mas como ela poderia fazer isso se quase toda a lã ainda estava presa por cima?

— Ainda presa?

— Exatamente. Como um bolso que alguém tentou costurar de volta. O fio tinha soltado, então a aba da lã era visível. — Eu indico o tamanho do ferimento, talvez uns dez por doze centímetros, com as mãos. — Era mais ou menos assim.

Jay põe a mão em meu braço.

— Quem levou a ovelha para a clínica? — Ele diz isso com calma, mas algo em seu tom me alarma.

— Duas crianças. Elas a encontraram em uma trilha na montanha enquanto estavam juntando lenha.

— Onde a ovelha está agora?

Um arrepio sobe por minha espinha. Eu sei quando ele está tentando fazer algo soar normal, como quando tem que contar a um paciente que ele tem câncer.

— Na clínica. Eu pedi a Nimmi para cuidar dela.

— E onde está Nimmi neste momento?

Sinto a mão de Jay ficar tensa em meu braço. Agora estou mais assustada do que preocupada. Jay sabe de alguma coisa que eu não sei, e sinto que está prestes a me dizer que coloquei Nimmi em algum tipo de perigo.

— Na casa dela, eu acho, com os filhos. E a ovelha — digo devagar.

Jay pisca.

— Você disse que a ferida era só de um lado do animal. Você checou o outro lado?

Faço que não com a cabeça.

Ele cobre a boca com a mão. A expressão em seu rosto faz meus braços se arrepiarem.

— Por quê? — pergunto. — O que aconteceu?

Quando chegamos ao quarto de Nimmi na base da colina, vejo a luz de um lampião de querosene pela janela. Não quero acordar os proprietários da casa no piso acima dela, então bato de leve na porta, e Nimmi a abre um momento depois. Ela fica surpresa por nos ver.

Está carregando Chullu em um sling improvisado preso às costas. Atrás dela, vejo Rekha, sentada em uma de várias almofadas compridas que estão alinhadas junto às paredes do quarto. Ela está comendo um *chapatti*. Rekha me vê, sorri e me olha como se esperasse que eu tivesse trazido outro livro para ela ler. Eu sorrio de volta.

Então, escuto um balido. Não tinha visto que a ovelha também estava no quarto, deitada em outra almofada com enchimento de capim, mastigando folhas de cardo.

Nimmi não se moveu da porta. Ela olha de mim para Jay. O bebê Chullu nos olha sobre o ombro dela.

— Nimmi — digo —, o dr. Kumar acha que precisamos levar a ovelha.

— Por quê? — ela pergunta, parecendo irritada. — Ela está melhor agora. Precisava de comida e descanso.

Jay avança.

— Nimmi — diz ele —, o dono deve estar procurando por ela. Posso olhar...

Nimmi para na frente dele, bloqueando o caminho.

— Não vou machucá-la, Nimmi. Só preciso ver se...

— Eu já fiz isso. — A voz dela é baixa. Ela olha para os pés.

— Já fez o quê?

Agora, ela olha para Jay. Um momento se passa.

— Examinei o outro lado.

Jay recua e assente com a cabeça.

— E?

Nimmi finalmente sai de lado e nos deixa entrar, depois fecha a porta.

— Ainda intacto — diz ela, virando-se para nós. — O ouro. — Ela suspira.

Jay assente outra vez, olha para mim. Ele havia me explicado tudo antes de sairmos de casa para vir falar com Nimmi. Mostrou para mim o artigo no jornal: cada vez mais ouro estava sendo contrabandeado nas montanhas.

Nimmi põe o braço para trás e acaricia Chullu, um conforto mais para si do que para ele, eu acho.

— O ouro se move pelas mesmas trilhas que a nossa tribo. Dois anos atrás, um homem, um traficante, disse para Dev que ele poderia ganhar muito dinheiro se concordasse em ajudar os contrabandistas, mas Dev recusou. — Ela dá uma olhada para mim. — Eu soube hoje à tarde, quando vi que a ovelha não tinha sido tosquiada. Nós sempre tosquiamos as ovelhas quando chegamos aqui, na base da montanha, para o inverno. Assim podemos vender a lã antes de fazer a viagem de volta para as montanhas na primavera. As tribos já tosquiaram suas ovelhas e foram embora semanas atrás para levar os rebanhos ao norte, para passar o verão.

Meu marido franze a testa.

— Nimmi, não é seguro você ficar com ela aqui. Alguém vai vir procurar. — Ele morde o lábio e olha para mim, depois de volta para Nimmi. — Os contrabandistas não vão parar até encontrarem o que é deles.

— Acha que eu não sei? — Nimmi nos dá as costas e agacha na frente do cobertor de lã onde juntou as poucas posses da família. — Eles costumavam esconder nos sapatos, ou no forro do casaco, lingotes de ouro do tamanho daquelas fatias de limão cristalizado que você faz. — Ela dá outra olhada rápida para mim. — Mas agora estão usando nossas ovelhas. Escondendo embaixo da lã. E, para isso, eles precisam de um pastor. — Ela amarra as pontas do cobertor com firmeza e coloca a trouxa sobre uma colcha estendida no chão. Depois se levanta e vira para nós. — Eu tenho que ir. Preciso encontrar o rebanho dele... e ele. Vão matar a família dele se o ouro não for entregue.

Ponho a mão no braço de Nimmi.

— Encontrar quem? A família *de quem* está em perigo?

Ela se vira para o outro lado, os ombros tensos. Quase posso sentir o cheiro de seu medo. Ela fixa os olhos na colcha.

— Meu irmão. Vinay.

Agora ela olha para a ovelha, que continua mastigando silenciosamente no canto.

— As marcas na orelha. Esse é o rebanho do meu irmão.

Quando ela se volta para nós, enxergo desespero em seus olhos.

— Eu tenho que encontrá-lo. E a única razão de uma das suas ovelhas ter se desgarrado desse jeito é se Vinay estiver muito ferido. Ferido demais para se mover. Ou se ele estiver... — Ela pisca. — Seu rebanho deve estar por aí sem um pastor. Com todo o ouro.

Jay passa a mão pelo cabelo ondulado. Depois se vira para Nimmi.

— Será que outra pessoa pode ter pegado o rebanho de Vinay?

Minha boca se abre de espanto. Não havia considerado a possibilidade de que bandidos tivessem pegado as ovelhas.

Nimmi aperta os lábios.

— Acha que eu não pensei nisso? Meu irmão tem esposa e dois filhos. Se os contrabandistas acharem que o ouro foi roubado... se não for entregue para as pessoas que estão à sua espera, eles vão matar todo mundo na família de Vinay. Eles matariam nossa tribo inteira se achassem que um de nós sabe onde o ouro está. — Ela se inclina e aperta melhor o nó de sua trouxa.

O bebê Chullu sente a inquietude da mãe. Ele começa a se agitar. Ela põe o braço para trás e acaricia seu pescoço. Ele se acalma.

Olho para Rekha. Ela parou de comer. Olha para sua mãe, depois para nós dois. Ela percebe que algo está errado, mas não sei quanto do que estamos falando ela entende.

Uma das principais razões de eu ter mandado Malik para Jaipur foi mantê-lo longe de traficantes. Transportar mercadorias ilegais é tentador para muitos que ficam sabendo que é possível ganhar muito dinheiro com isso. Eu me preocupava que Malik pudesse tentar traficar armas, já que havia uma guerra acontecendo no norte. Com seu instinto empreendedor, ele poderia imaginar que era esperto demais para ser pego apesar dos riscos. Mas contrabando de ouro nem havia estado no meu radar.

Agradeço silenciosamente a Manu e Kanta por concordarem em dar um lar para Malik, longe de todas essas tentações.

Agora, agacho ao lado de Nimmi.

— Como eles... os traficantes... encontrariam a casa do seu irmão? Sua tribo está sempre em movimento.

— Estamos, até chegarmos aos nossos destinos de verão. Todas as famílias têm cabanas lá no alto. A minha e de Dev é do lado da de Vinay, embora agora eu não me surpreendesse se ficasse sabendo que outra família se mudou para lá. — Ela põe a mão para trás e acaricia Chullu outra vez. Deve estar se lembrando de seu marido e da vida que tinham juntos com a tribo.

Com determinação renovada, Nimmi começa a enrolar a colcha no chão.

— Você planeja mesmo ir embora esta noite? E levar a ovelha?

Nimmi não diz nada.

Olho para Rekha, que está de olhos arregalados, sem piscar.

— E as crianças?

Nimmi levanta as sobrancelhas.

— Nós sempre viajamos pelas montanhas com nossos filhos.

— E Malik? — Penso nas cartas que vou receber dele endereçadas a ela. Penso no quanto ele quer dizer a ela. No quanto ele *não* diz porque sabe que sou eu que vou ler para ela.

Suas mãos pairam sobre a colcha por um segundo.

— Ele não está aqui — ela responde, e amarra a colcha com uma corda de juta.

Olho impotente para Jay, que parece estar tão perdido quanto eu a respeito do que fazer. Eu sei que Nimmi não deve ir sozinha, com os filhos e a ovelha, para encontrar seu irmão. É muito perigoso. Se um deles ficar doente, se ferir ou encontrar bandidos, não haverá ninguém para ajudar.

Agora, Jay agacha ao nosso lado.

— Espere até de manhã, Nimmi. Por favor. Vamos pensar, montar um plano juntos.

Nimmi volta para ele seus olhos escuros.

— Vocês não vão à polícia?

Ele faz que não com a cabeça. Eu e ele já conversamos sobre isso. Os policiais provavelmente puniriam e prenderiam o pobre pastor que estava apenas servindo como intermediário. Ou talvez decidissem se apossar do metal precioso e achassem que Nimmi sabe mais do que está dizendo, e nesse caso poderiam ameaçá-la. Nesse assunto de contrabando de mercadoria, é difícil saber em quem confiar, mesmo dentro da polícia, que deveria agir para controlar o tráfico.

Nimmi olha para sua filha, que foi até a ovelha e está afagando a cabeça do animal. Sem olhar para nós, Nimmi balança a cabeça, concordando.

Jay e eu soltamos um suspiro de alívio.

Jay se levanta e se aproxima da ovelha. Ele sorri para Rekha.

— Posso fazer carinho nela também? — ele pergunta. Ela sussurra do jeito que crianças pequenas fazem: suficientemente alto para todos nós ouvirmos.

— O nome dela é Neela.

Cuidadosamente, Jay levanta a camada de lã aberta da ovelha e inspeciona a ferida.

— Oi, Neela — diz ele. Depois olha para Nimmi. — Você fez um bom trabalho. A ferida vai cicatrizar e ela ficará bem. Estou pensando que um veterinário pode ser útil em Shimla.

A expressão confusa de Nimmi o faz sorrir.

— Médico de bichos — ele diz. — Precisamos de um.

Mas, de manhã, Nimmi não aparece no trabalho. Vou diretamente para o quarto dela. Não há ninguém. As crianças, a ovelha, a almofada, a colcha enrolada. Não há mais nada.

9
Malik

Jaipur

Estou sentado à minha mesa logo à frente da sala de Hakeem, admirando o novo Ford Maverick vermelho na edição mais recente da revista *Life* ("O primeiro carro dos anos 1970 com preços de 1960!"), quando um livro-caixa aterrissa em cima dela, quase derrubando meu copo de chai.

— *Arré!* — exclamo. Quando levanto os olhos, vejo Hakeem do outro lado da mesa. Ele está bravo.

Ele bate o dedo indicador gorducho no livro-caixa várias vezes.

— Você cometeu um erro. Sim! — Ele parece triunfante.

Viro o livro-caixa para ler a lombada: *Compras 1969.*

Hakeem alisa os dois lados do bigode com o dedo.

— Diga-me, Abbas. C-M-T. O que isso significa?

— Cimento — digo.

— E T-J-L?

— Tijolo.

Hakeem pigarreia.

— Correto. Então por que você trocou essas duas abreviações no livro-caixa?

Ainda estou tentando absorver quando ele abre o livro e volta algumas páginas.

— Vê aqui? C-M-T? Sim? E aqui? T-J-L? Sim?

Confirmo com a cabeça.

— A soma dos tijolos e a soma do cimento usados para o Royal Jewel Cinema é o contrário do que deveria ser. Você inverteu os dois.

Olho outra vez para as colunas.

— Mas, Hakeem Sahib, eu conferi as notas com o livro-caixa.

Ele balança o bigode com o dedo.

— Confira outra vez. Contabilidade desleixada não será tolerada aqui.

— Sim — digo, com o rosto sério, o que produz outro olhar frio do homenzinho.

Quando ele volta para sua sala, eu olho para os números no livro-caixa. Percebo o que ele quer dizer. Um projeto desse tamanho deveria usar muito cimento e poucos tijolos. Aprendi isso com os engenheiros que trabalham para Manu. O próprio Manu me levou a diferentes canteiros de obras (ignorando o olhar de desaprovação de Hakeem) para me ensinar sobre materiais e métodos utilizados para diferentes partes de um prédio.

Tenho consciência de que Hakeem se ressente de minha presença em seu pequeno reino. Ele pode pensar que fui contratado para tomar o seu lugar. Mesmo assim, não acredito que ele desceria ao nível de adulterar os livros para me deixar em maus lençóis.

Viro as páginas do livro-caixa lentamente para verificar quanto foi gasto no projeto do cinema desde o começo do ano. Adiciono os totais; as somas me surpreendem. A quantia que a Singh-Sharma Construções gastou em cimento é três vezes maior que o valor que a empresa gastou em tijolos. Então por que as faturas mais recentes mostram o oposto?

Estou tentando entender isso quando Hakeem sai de seu escritório, tranca a porta e vai almoçar, balançando seu *tiffin* em uma das mãos e um livro de Agatha Christie na outra. Hakeem é apaixonado por mistérios de assassinatos.

Não preciso olhar meu relógio para saber que é uma hora da tarde. Como sempre, ele irá para o Parque Central de Jaipur e se sentará em seu banco favorito (Bhagwan não permita que alguém chegue para ocupar o banco antes de Hakeem!).

Ele voltará às duas horas. Nem um minuto antes, nem um minuto depois.

O escritório de Hakeem é uma sala minúscula sem janelas, localizada em um canto distante deste piso, mas anos de serviço leal lhe propiciaram esse pequeno privilégio.

De onde estou sentado, vejo as mesas de gerentes de projeto, projetistas e supervisores. As secretárias que datilografam cartas para o escritório sentam-se mais perto de mim. Mas, na hora do almoço, os funcionários saem do escritório ou ficam sentados tranquilamente atrás de suas mesas, comendo o almoço, lendo um jornal ou tirando um cochilo.

Deixo vários minutos se passarem antes de ir até a porta da sala de Hakeem. Cresci nas ruas de Jaipur, abandonado com apenas dois ou três anos, que foi quando Omi me deu um lar, embora já tivesse três filhos para alimentar. Seu marido ficava ausente por longos períodos, então eu a ajudava de todos os modos que podia. Jogava ludo por comida e bola de gude por dinheiro, aprendi a roubar nas cartas, pechinchava coisas de que os filhos de Omi precisavam.

E era perito em abrir fechaduras.

Estou dentro da sala de Hakeem em três segundos.

O arquivo identificado como "Apoio" contém as faturas originais dos fornecedores. No final de cada dia, quando termino de registrar os valores das faturas no livro, Hakeem pega as faturas na caixa em minha mesa, confere meu trabalho e as guarda nessa gaveta.

Pego as notas de abril e procuro as faturas da Chandigarh Materiais de Construção marcadas como pagas. Encontro ambos os itens: uma para concreto, uma para tijolos. Ambos os valores correspondem ao que eu registrei no livro-caixa. Será que os tijolos foram comprados para outro projeto e faturados sem querer no projeto do cinema? Ponho os dois recibos no bolso e confiro meu relógio. Ainda é horário de almoço, então não haverá ninguém no escritório de suprimentos se eu ligar para lá.

De volta à minha mesa, espanto uma mosca do chá, agora frio. O ventilador de teto não adianta grande coisa para refrescar o ambiente. Decido sair para um *parantha* e um *lassi** com manga antes de ir até o prédio da Singh-Sharma, a poucas ruas daqui, e ter uma conversa com Ravi Singh.

— E qual é o problema? — Ravi olha para mim sobre sua mesa imensa na Singh-Sharma Construções. Estou de pé com os dois recibos na mão.

---

* *Lassi:* bebida fresca de iogurte, às vezes adoçada com polpa de manga.

— As quantidades são o oposto do que deveriam ser.

— E daí? — Ele parece impaciente, ansioso para que eu vá embora e ele possa continuar inspecionando as plantas de projetos à sua frente. As mangas de sua camisa branca estão enroladas nos punhos. Seu paletó elegante de linho está pendurado em um cabideiro de madeira no canto.

— As faturas são de fornecedores da Singh-Sharma. Será que eles se confundiram? Devo ligar para eles ou você quer fazer isso?

Ravi aperta os olhos, me examinando. Ele tira um cigarro do maço sobre a mesa e me oferece um. Bate nos bolsos à procura de seu isqueiro folheado a ouro, que é uma duplicata do de Samir. Ele franze a testa, a cabeça inclinada. De repente seu rosto relaxa e um sorriso lhe curva lábios.

Por dentro, eu balanço a cabeça. Será que ele esqueceu o isqueiro na casa de sua mais nova conquista? Pego a caixa de fósforos em cima da mesa e acendo o cigarro dele primeiro, depois o meu. Sacudo o fósforo para apagá-lo.

Ravi dá uma tragada no cigarro.

— Deixe-me ver.

Ponho os recibos sobre a mesa.

Ele solta fumaça pelas narinas enquanto examina as faturas. Depois ele abre sua caneta-tinteiro, risca o total na base da primeira fatura e escreve o total da segunda. Em seguida, faz o mesmo com a outra. Ele as entrega de volta para mim com um largo sorriso.

— Pronto. Não foi tão difícil, foi?

Por um momento, não digo nada. Que tipo de contabilidade estranha é essa?

Ravi dá de ombros.

— Veja, não há necessidade de complicar as coisas. Hakeem precisa que os números batam. Eles vão bater. Fim da história. O que você vai fazer no jantar hoje?

Seu hábito de mudar de assunto abruptamente sempre me pega desprevenido. Ainda estou tentando entender o que ele acabou de fazer com as faturas.

— Que tal sair conosco? Sheela e eu vamos deixar as crianças em casa e jantar no Palácio Rambagh. O *rogan josh** é sublime. — Devo dizer em seu favor que ele não se vangloria do parentesco dos Singh com a família real de Jaipur. Ele não precisa; todo mundo sabe disso; seu pai sempre foi um favorito da corte.

---

* *Rogan josh:* prato de cordeiro com curry.

Antes que eu tenha a chance de dizer qualquer coisa, Ravi pega o telefone.

— Vou avisar Sheela que você vai.

Quando eu era criança e morava nesta cidade, o Palácio Rambagh era a residência pessoal dos marajás. Depois da independência, com os cofres dos marajás da Índia se esvaziando rapidamente, Sua Alteza de Jaipur teve a brilhante ideia de transformar o Rambagh em um hotel para revigorar as finanças. Deu certo. A realeza do mundo todo, empresários de sucesso e viajantes ricos frequentam o Rambagh.

É um dos lugares mais grandiosos em que já estive. Os garçons vestem-se com túnicas de marajá bordô, faixas laranja na cintura e turbantes laranja. No alto, candelabros de várias camadas pendem do teto, suas luzes refletindo-se nas pedras preciosas nos dedos, pulsos, pescoço e orelhas dos frequentadores. Tento guardar os detalhes na memória para poder descrevê-los a Nimmi na próxima carta.

No jantar, Ravi é o anfitrião atento, que faz os pedidos por nós, garante que nossas taças de vinho estejam sempre abastecidas, nos entretém com histórias divertidas. Ele conta as fofocas do clube de polo (*Sua Alteza vai trazer o time de polo de Bombaim para um jogo de polo em* elefantes *— que encantador!*), elogia o progresso de Sheela no tênis (*Escute o que eu estou dizendo: ela vai ser campeã regional no ano que vem!*) e a equipe de críquete da Índia (*Nós vamos dar uma lição nos australianos em novembro!*). Sheela também está em ótima forma, deslumbrante em um vestido justo de chiffon verde-esmeralda com alças finas, rindo das piadas do marido, brincando com ele por causa de sua obsessão por críquete e conversando alegremente sobre suas amigas do Clube de Jaipur. Tento imaginar a pele cor de granito de Nimmi, exposta, reluzente, sob um vestido como o de Sheela e sinto um rubor subindo de meu pescoço para as orelhas.

Depois do jantar, quando Sheela está entrando no carro, Ravi lhe diz que prometeu tomar um drinque com um possível futuro cliente. O motorista vai levar Sheela para casa primeiro, depois eu. Ravi pegará um táxi para seu compromisso.

O desapontamento de Sheela é visível.

— Mas é quase meia-noite!

— É quando negócios são fechados em Jaipur.

— Que cliente é esse? — Há um tom de irritação na voz de Sheela.

Estou no banco do passageiro, ao lado do motorista. Vejo Sheela e Ravi pelo espelho lateral.

— Preciso que mais uma peça se encaixe para a grande inauguração do Royal Jewel Cinema. E é com esse cara que eu vou me encontrar.

Vendo que Sheela está começando a fazer beicinho, Ravi se aproxima mais dela e passa um dedo sob uma de suas alças finas, deslizando-o pelo tecido delicado, roçando a pele dela.

— É aquele que fica sempre comendo você com os olhos. Eu não suporto. É por isso que você não está convidada.

O ato é tão íntimo que me faz enrubescer. Eles são sempre assim? Desvio o olhar do espelho, imaginando o que o motorista, o sempre estoico Mathur, está pensando.

Sheela olha de lado para o marido. E sorri.

Depois de um instante, ela arruma a gravata de Ravi.

— Abbas vai tomar um drinque comigo, não vai, Abbas? Mathur pode levá-lo para casa depois.

Eu me viro para rejeitar o convite. Tenho muito trabalho a fazer para Hakeem amanhã e um tutorial com um dos engenheiros de Manu. É tarde, e eu prefiro ir para a cama.

O rosto de Ravi está sério. Ele está encarando Sheela com irritação. Ela lhe devolve o olhar, friamente.

Ele estica os lábios para a frente, como se estivesse refletindo sobre a ideia.

— Um pouco da hospitalidade de Sheela. Parece uma boa ideia. — Ele endireita o corpo e dá uma batidinha em meu ombro, como se a questão estivesse decidida.

Meu consentimento, ao que parece, não é solicitado nem necessário.

Na casa de Sheela e Ravi, o motorista estaciona e sai para abrir a porta para Sheela. Eu continuo onde estou, torcendo para que o convite para um drinque tenha sido só para deixar Ravi com ciúme.

— Você não se incomoda, não é, Abbas? De passar um tempo comigo?

Silenciosamente, solto um suspiro. Ela *é* minha anfitriã esta noite. Eu a sigo para dentro da casa, onde ela entrega a Anu, sua criada, o xale e a bolsa. Depois ela me leva até a sala de estar, um espaço arejado com teto alto e enormes portas de vidro que ocupam toda a parede leste. Imagino que, de dia, esta sala deve ser ainda mais espetacular. Está tão quieto a esta hora que escuto o zumbido do ar-condicionado.

Dois sofás amarelo-damasco dominam o aposento. Eles são separados por uma mesinha de café, longa, retangular, com acabamento de bétula clara. A sala é decorada com luxo, mas sem excessos. Nada amontoado. Nada fora do lugar. Imagino que só a mobília deste único aposento custa mais do que o dr. Jay ganha em um ano.

Sheela abre a gaveta de uma mesa de canto combinando com o resto da mobília e pega um maço de Dunhill.

— Ravi acha que eu não sei onde ele esconde suas coisas — diz ela. Quando se vira para mim, ela está segurando um cigarro entre os dedos adornados de joias.

Levo a mão ao bolso à procura de fósforos, desejando que eu também pudesse lhe oferecer um isqueiro folheado a ouro. A caixa de fósforos amarela é a que peguei mais cedo hoje na mesa de Ravi.

Eu me inclino para acender seu cigarro. Assim tão perto, sinto seu perfume de orquídeas, o vinho branco que ela bebeu no jantar, o cheiro de fumaça de cigarro de seu hálito. Vejo a pequena pinta preta aninhada entre as linhas finas junto ao seu olho direito. Se eu a acho atraente? Sim. Ela é segura de si, autoconfiante. Tem plena consciência de seu poder de sedução. Lembro a mim mesmo que Sheela Singh já foi uma menina que jamais me olharia duas vezes, que na verdade se sentia ofendida com minha aparência, o menino andrajoso de oito anos que eu era então, quando ela tinha quinze. Será que ela mudou? Eu mudei? Ou apenas estou tentado pela possibilidade de algo proibido?

Ela me oferece o maço. Eu pego um. Então ela se senta em um dos sofás e traga lenta e profundamente o cigarro. Inclina a cabeça para trás e sopra anéis de fumaça para o teto, sua boca beijando o ar.

— Um cigarro depois do jantar é maravilhoso — diz ela. — Depois de dois filhos, só o tênis não me ajudaria a entrar nisto. — Ela aponta para o vestido. O corpete de chiffon não faz muito para esconder o fato de que ela está sem sutiã. Seus seios são altos e cheios. As mulheres da tribo de Nimmi não usam sutiã. Os seios de Nimmi têm estrias, assim como sua barriga. (Eu me surpreenderia se Sheela tiver amamentado alguma vez.) Gosto do fato de Nimmi se sentir bem com seu corpo. Ainda assim, esse vestido decotado faz Sheela parecer um pouco devassa.

Não consigo deixar de olhar, que é exatamente o que esse vestido está me pedindo para fazer. Noto que meu cigarro ainda está apagado e acendo-o com algum exagero nos gestos agora. Forço-me a pensar em Nimmi, seu sorriso tímido, seus lábios de canela, convidando-me para ir até ela. Nimmi conta em voz alta cada botão enquanto eu abro sua blusa.

— Ravi guarda o bom scotch na biblioteca. Esteja à vontade para se servir. — Sheela faz um gesto indiferente com o cigarro na direção do corredor. — Eu mesma nunca gostei.

Eu me sento no sofá na frente de Sheela.

— Não precisa. Obrigado.

Quando Sheela se inclina para a frente para bater as cinzas do cigarro no cinzeiro de cerâmica na mesinha de café, ela garante que eu possa ver a dobra de seus seios. O triângulo de sombra entre eles está salpicado de pó dourado. Mesmo contra minha vontade, estou excitado. Desvio o olhar, constrangido, e me mexo no sofá.

Nimmi, que neste momento está a mais de seiscentos quilômetros de distância, nunca pensaria em salpicar pó dourado entre os seios.

— Dois meses já que você está aqui, Abbas. E nós ainda não sabemos nada a seu respeito.

— Você está presumindo que haja algo para saber.

— Estou imaginando que você tenha alguma família.

Não sei como responder sem envolver a Tia Chefe. E é melhor que o nome de Lakshmi não seja mencionado nesta casa. Também não posso contar a Sheela sobre Omi, ou meus primeiros anos descalço e sem camisa na Cidade Rosa. Bato as cinzas do cigarro no cinzeiro de cerâmica.

— Alguma.

— Humm. — Há um sorriso brincando nos lábios de Sheela. Seu batom reluzente reflete a luz, competindo com o cintilar dourado entre os seios. — Você nunca me contou como veio a conhecer meu sogro.

Estou pressupondo que Sheela não saiba que Ravi teve um filho com a irmã mais nova da Tia Chefe, Radha. Ou que Samir tentou compensar a irresponsabilidade de Ravi pagando os estudos de Radha. Por que ele pagou os meus estudos também sempre foi um mistério para mim.

Solto uma nuvem de fumaça.

— Eu conheço Samir do mesmo jeito que tantas pessoas o conhecem.

— E qual é esse jeito?

Ignorando a pergunta, aponto para o grande retrato em uma moldura prateada, pendurado na parede: um retrato de família de duas gerações dos Singh.

— Ótima foto — digo.

A fotografia original foi tirada em branco e preto e depois colorizada à mão, de modo que os lábios e faces de todas as pessoas são cor-de-rosa, até os de Ravi. Na foto, a pequena Rita é bebê, seus olhos delineados com *kajal** para dar sorte. Ela está olhando de lado, mordendo o punho. Quando a foto foi tirada, a Bebê ainda não havia nascido.

Sheela olha para a fotografia, mas não diz nada. Ela ajeita o grande anel de esmeralda e pérola em um dos dedos.

— A sociedade diz que não há problema em Ravi ter suas *mulheres*... se é que posso chamar assim. — Ela ergue uma sobrancelha perfeita. — Mas, se eu fizesse o mesmo, seria um ultraje.

Ela bate as cinzas do cigarro, de novo inclinando-se para a frente, buscando minha atenção.

Tento manter meus olhos nos dela.

— E não é que eu não receba ofertas — diz ela. — Clientes dele. Amigos nossos. Homens que eu conheço desde sempre. Alguns dos quais teriam tido prazer em se casar comigo quando meus pais estavam recebendo propostas. Agora, esses mesmos homens me veem como uma conquista. — Ela dá outra longa tragada no cigarro e solta a fumaça pela boca, lentamente. Depois faz beicinho e levanta uma sobrancelha. — Por que você acha que eles fazem isso?

Seu cabelo é lustroso, brilhante de xampus caros; seus olhos escuros estão fixos em mim. O osso de sua clavícula reflete a luz da lâmpada; uma luminosidade bela. Eu me demoro, observando-a, deixando-a ver o que vejo nela.

— Eu acho que você sabe — digo.

Ela tem a elegância de enrubescer.

Eu me inclino para a frente, apago o cigarro no cinzeiro e me levanto. Sorrio para ela, me desculpando.

— Tenho que trabalhar amanhã — digo, e me viro para sair da sala.

— Antes de você ir...

Eu me viro de volta.

Ela estende a mão. Por um momento, imagino se está me pedindo para apertá-la. Então eu entendo.

Pego a caixa de fósforos em meu bolso e a coloco em sua mão estendida.

---

* *Kajal:* delineador de olhos preto.

Chego à casa de hóspedes do palácio quinze minutos depois e vou direto para o quarto. Tiro as roupas e as largo no chão no caminho para o chuveiro. Abro a água, tão quente quanto consigo suportar, e deixo a sensação dela me relaxar. Mesmo assim, imagino os seios nus de Sheela, lembro de seu perfume. Os olhos escuros, me provocando, ou convidando. Cuido de minha ereção, sentindo vergonha e culpa, como se tivesse de fato traído Nimmi. Mas agora estou em casa, estou seguro. E, quando deito na cama, adormeço imediatamente.

10
Nimmi

Contrafortes do Himalaia, noroeste de Shimla

Chullu está preso em minhas costas, em um sono embalado pelo ritmo de meus passos. Estou usando o bastão de caminhada de meu marido na trilha que sobe a montanha. Quando encontrar o resto do rebanho de Vinay usarei o cajado em sua função real, que é reunir as ovelhas. O peso de meu bebê, a colcha enrolada e nossas poucas posses me estabilizam.

Fiz um bastão de caminhada menor para Rekha com um galho de choupo e ela está dando o melhor de si para me acompanhar. De tempos em tempos, faço uma pausa para minha filha nos alcançar na trilha. Quando ela nos alcança, eu lhe dou água de meu cantil de pele de cabra.

Faz uma hora que estou andando, subindo gradativamente por grama e mato. Partimos à primeira luz da manhã, quando ainda havia uma fina camada de geada no chão. Velhos hábitos são difíceis de mudar: nossa tribo sempre começa a caminhada bem cedo, quando a temperatura é mais fresca, para podermos percorrer distâncias maiores sem nos cansarmos. Não vejo mais a cidade de Shimla, agora que estamos na floresta. Sem as crianças e Neela, a ovelha, que faz paradas constantes para comer ao longo do caminho, eu estaria avançando mais rápido. Mas o animal está mais ativo e animado desde que limpamos suas feridas.

De Shimla, eu virei para noroeste, na direção em que as crianças na clínica me disseram para ir. É a mesma rota que nossa tribo sempre segue para chegar ao Vale de Kangra, e faz sentido que meu irmão tenha escolhido esta trilha. Quando chego ao ponto onde as crianças me falaram que encontraram a ovelha, eu paro. Avisto o pequeno templo de pedra que eles me disseram para procurar; é do tamanho de um armário. Hindus construíram muitos desses templos em miniatura por todo o Himalaia. O caminho em que estive andando e o que se estende à minha frente são largos o bastante para dez cabras ou dez ovelhas passarem. Mas, do outro lado do templo, à minha esquerda, há um cânion que separa duas encostas íngremes. Lá, através de uma pequena abertura, eu avisto uma trilha mais estreita e acidentada, com rochedos e pedras de ambos os lados. Meu instinto me diz que, para seus propósitos, meu irmão deve ter preferido essa trilha menor e mais escondida em vez do caminho mais largo e mais exposto. Procuro excrementos de ovelhas e, quando os encontro, cutuco-os de leve com meu bastão. Estão ligeiramente moles, o que significa que as ovelhas estiveram recentemente nesta trilha. Os excrementos no caminho mais largo estão secos.

Neela solta um balido. Imagino que ela está chamando as outras ovelhas na área. Mas não há resposta. Ela se dirige à abertura. Estou prestes a segui-la quando meus ouvidos captam o som distante de cascos de cavalo. Sons podem viajar muito longe nestas montanhas, e o cavaleiro talvez esteja a quilômetros de distância. Mesmo assim, sou uma mulher sozinha com meus filhos em um caminho deserto, algo com que não estou acostumada. Sei que isto é mais perigoso do que quando eu viajava com minha tribo. Empurro Rekha gentilmente através da abertura, depois peço que ela se mova mais depressa quando chegamos à trilha estreita. Chullu acorda e eu pego um pano molhado com meu leite de dentro da blusa para aquietá-lo; não há tempo para amamentá-lo agora.

Depois de passarmos pelas primeiras grandes formações rochosas, eu olho para trás. Daqui por diante, estamos parcialmente escondidos e eu me sinto mais segura. Rekha seguiu na frente acompanhando Neela. Continuamos assim por um tempo, até que olho para a frente e vejo Rekha se imobilizar. Seus ombros ficam tensos. Será que ela viu uma cobra?

Eu corro para alcançá-la.

— Rekha! — E então eu vejo o que parece um saco de pano mais à frente. Seguro Rekha pelos ombros, viro-a e lhe digo para ficar para trás. Eu me aproximo da pilha de roupas com cuidado. Neela me segue, balindo com mais insistência.

Não é uma pilha de roupas. É um corpo, caído de bruços. Um pastor, vestido como a maioria dos homens pastores: casaco e calça de lã, a cabeça envolvida em camadas de panos. A perna esquerda está dobrada em um ângulo anormal e há um grande rasgo na calça. Um pé está descalço, os ossos achatados como se uma pedra gigante os tivesse esmagado. De repente, estou sentindo frio e calor ao mesmo tempo.

Eu me agacho, procuro uma pulsação em seu pescoço. É muito fraca, mas está lá.

Digo uma oração. *Por favor, que não seja Vinay.*

Então eu o giro, cuidadosamente, de rosto para cima. O nariz está quebrado, cheio de sangue seco; há um corte fundo na testa. Os olhos estão inchados e fechados, a boca aberta.

É ele.

Para não gritar, eu tampo a boca com as duas mãos. Não posso falar, mas os pensamentos correm pela minha cabeça: *Vinay! Eu não queria acreditar que era você transportando o ouro! Por quê? Esse é exatamente o tipo de coisa que somos ensinados a* não *fazer: se você entrar no contrabando de ouro, sua família pagará o preço. O que vai ser de Arjun e Sai? Quem vai proteger seus filhos agora?*

Vinay sempre fora o sonhador, o que sentia que aquela vida em que tinha nascido não era a vida que merecia. Ele sempre queria mais do que lhe era dado. Quando meu pai morreu, ele, por ser o mais novo de dois irmãos, recebeu menos animais que meu irmão mais velho, Mahesh. E apenas ovelhas; as cabras, mais caras, agora pertenciam a Mahesh. Vinay recebeu menos prata também.

Não me surpreendo por Vinay sempre ter achado que a vida era injusta. Quando Dev morreu, e eu disse a meu sogro que ia ficar em Shimla em vez de me juntar à nossa tribo para a migração para o norte, Vinay resmungou alguma coisa baixinho e eu fingi não ouvir, mas suas palavras voltam para me assombrar agora, claras e nítidas: *Você escapou, não é?*

Foi minha partida que induziu Vinay a renegar seu dever para com nossa tribo? A transportar ouro para criminosos e poder viver uma vida que ele achava que seria superior à que nossa tribo podia lhe oferecer?

Encosto minha boca em seu ouvido.

— *Bhai*,* você está me ouvindo?

Seus lábios se movem. Rapidamente, desamarro o sling que segura Chullu e coloco meu filho no chão ao meu lado. Pego o cantil de pele de cabra, cheio de água, em minha cintura e o seguro junto aos lábios ressecados de Vinay com uma das mãos. Com a outra, levanto sua cabeça cuidadosamente para ele beber. Ele toma goles ávidos, mas a maior parte da água escorre pelas laterais de sua boca. Eu a enxugo com as mãos.

— Como isto aconteceu?

Nenhuma resposta.

Há quanto tempo ele está caído aqui? Será que consigo movê-lo, levá-lo comigo de volta a Shimla e ao Hospital Lady Reading?

Agora ele está falando.

— Bo... o — ele diz.

Chego tão perto que sinto o cheiro rançoso de sua respiração.

— Precisamos levar você para a clínica. O dr. Kumar vai cuidar de você.

Vinay tenta sacudir a cabeça, mas o movimento é muito doloroso. Ele faz uma careta.

— Bol... bol... o.

Tento pensar com clareza, mas meus pensamentos estão emaranhados. Não tenho como carregá-lo se ele estiver com a coluna fraturada; ele é muito pesado. Com as crianças, eu levaria horas para caminhar de volta a Shimla. Não posso ir sozinha e deixar as crianças com Vinay. O que eu faço?

— Bolso. — Ele fala com mais força desta vez.

Com as mãos trêmulas, procuro em seus bolsos. Encontro sua bolsinha de tabaco e alguns gravetos afiados para limpar os dentes. Estou ofegante, tentando não chorar.

— *Bhai*, o que você quer que eu procure?

Ele tenta apontar, mas mal consegue mover o braço.

— Dentro — ele murmura.

Eu procuro até sentir a borda de algo sólido no bolso interno esquerdo. Viro o bolso para fora e vejo uma bolsinha costurada à mão presa dentro dele. Puxo e rasgo o bolso com as unhas e encontro uma caixa de fósforo. Ela é amarela, com uma imagem do Senhor Ganesh. Eu a viro. Reconheço a escrita em inglês no fundo da caixa, mas não sei ler.

---

* *Bhai:* irmão, termo amistoso para um amigo do sexo masculino.

— Você quer fósforos? — pergunto, incrédula.

Antes de falar, ele passa a língua pelo lábio inferior rachado.

— O ou... ouro.

— *Vinay*, eu preciso levar você a um médico.

— Ov... elhas.

Eu olho em volta, mas só vejo Neela na clareira.

— Elas não estão aqui, Vinay. Onde estão as ovelhas?

— Cuide... — diz ele, usando toda a energia que lhe resta para falar. — Meus filhos...

Seus lábios estão se movendo, mas ele não faz nenhum som. Seu corpo estremece, duas vezes, antes de sua boca se abrir e o alento escapar por ela.

Pressiono o ouvido no nariz de Vinay, mas agora não há nenhuma respiração. O ar, porém, está denso com seu espírito. Meus filhos sentem. Chullu começa a se agitar. Rekha puxa meu suéter.

— *Maa?**

Pego Chullu e me levanto, confortando-me com o calor de seu corpo. Seguro a cabeça de Rekha e ela se agarra com força em mim. Não há necessidade de esconder a morte das crianças; nós não fazemos isso em minha tribo. Queremos que nossos jovens entendam que a morte é tão natural quanto a vida para pessoas e para animais, e, quanto antes eles tiverem consciência disso, melhor.

— Você se lembra de seu tio, *bheti*?

Ela faz que sim com a cabeça.

— Ele não está mais aqui.

Rekha olha para mim, depois de volta para o corpo de seu tio no chão. Ela põe o polegar na boca, um hábito que havia abandonado um ano atrás.

Chullu esfrega o rosto em meus seios. Eu devia amamentá-lo, mas preciso cuidar de outra coisa primeiro. Molho novamente o paninho de Chullu com meu leite e ele o coloca na boca e suga. Ponho-o sobre o sling que está no chão e digo para Rekha ficar de olho nele. Depois me sento ao lado de Vinay, pego sua mão empoeirada na minha. Murmuro encantamentos aprendidos no útero, muito antes de eu ter entrado neste mundo. Peço para nossos deuses olharem pelo meu irmão no reino dos espíritos, darem a ele a nova vida que ele merece, ajudar sua alma a manter harmonia com aqueles que vieram antes

---

* *Maa:* mãe.

dele e aqueles que o seguirão. Repito as palavras até elas se mesclarem ao ar que estamos respirando.

As crianças me observam em silêncio. Elas parecem fascinadas, como eu também ficava, por esse ritual. Não sei por quanto tempo permanecemos assim, nós três.

Cascos de cavalo, mais altos desta vez. E, então, um relincho.

Eu me viro e vejo a cabeça lustrosa de um cavalo castanho sendo puxada por seu cavaleiro e se detendo na entrada da ravina. Pego Chullu, seguro a mão de Rekha e nos conduzo para o abrigo de uma rocha próxima.

— Nimmi! — Meu nome ecoa pelo desfiladeiro.

Cautelosamente, volto à clareira. Do outro lado da trilha, vejo Neela mascando grama. Ela para e olha em volta para ver de onde o barulho está vindo.

É Lakshmi. O pequeno cavalo da montanha em que ela está montada é da cor do trigo. Quando ela se aproxima, o cavalo vê o corpo maltratado de Vinay e empina, assustando Lakshmi. Ela se inclina para afagar seu pescoço, depois desmonta, segurando as rédeas com firmeza. Ela olha para o corpo, e em seguida para mim, com ar de interrogação.

Eu fecho os olhos e torno a abri-los.

— É Vinay — eu lhe digo.

Ela chega mais perto, em silêncio.

— Eu sinto muito, Nimmi.

Rekha está olhando boquiaberta para Lakshmi, que veste uma calça de lã masculina com as pernas enfiadas dentro de botas curtas. O casaco de lã marrom-escuro é grande demais para seu corpo; deve ser de seu marido. Ela está com um xale de lã enrolado na cabeça e sobre os ombros. Eu só a tinha visto em sáris. Não sabia que ela cavalgava. Mas então me lembro do dia em que Dev morreu e Chullu veio ao mundo. Ela e o dr. Jay devem ter ido a cavalo para chegar até nós nas montanhas.

O rosto de Lakshmi está corado. Deve ter vindo cavalgando em velocidade. Ela dá um sorriso tranquilizador para minha filha, depois para meu filho bebê, que parou de se agitar por tempo suficiente para observá-la. Eu sei que, se ela voltar esse olhar firme e consolador para mim, vou começar a chorar. Como se sentisse isso, ela leva o cavalo para o outro lado da clareira e o amarra em uma árvore raquítica. Depois me contorna e se aproxima do corpo de meu irmão. Ela se abaixa e examina os ferimentos de Vinay, como eu vi seu marido, dr. Kumar, fazer.

Agora percebo que os dedos de Vinay foram roídos, por algum animal, enquanto ele estava ali moribundo. Há marcas de mordidas em suas orelhas. Os dedos do pé exposto foram mastigados.

Estremeço ao pensar nisso. Quanta dor ele suportou? Como esteve sozinho em seu sofrimento!

Lakshmi levanta a cabeça e olha para as encostas íngremes à nossa esquerda e direita. Eu acompanho seu olhar.

— Como você acha que isso aconteceu? — ela pergunta.

Minha boca está seca. Reflito por um momento, analisando o cenário.

— Ele pode ter tropeçado, provavelmente caiu e bateu a cabeça. Esta trilha é tão cheia de pedras. Sua perna parece quebrada, e eu acho que o quadril talvez também esteja. Quando o encontrei, ele não conseguia se mover. Eu diria que ele está aqui há pelo menos um ou dois dias. É possível que tenha quebrado as costas também.

Pensar essas coisas é uma coisa, mas dizê-las em voz alta é outra bem diferente.

Passo a mão sobre a boca.

— Isso poderia ter sido feito por bandidos? — Lakshmi pergunta.

Aqueles de nós que cresceram no Himalaia sabem há muito tempo que ouro está sendo transportado pelas montanhas. Nossos anciãos sempre nos disseram que o ouro é o elixir da vida para muitas pessoas e que nunca há o suficiente. Nosso país tem tão pouco dele que precisa trazê-lo de outros lugares, legal ou ilegalmente. Bandidos e autoridades estão sempre de olho em pastores solitários que possam estar transportando o precioso metal em suas cabras ou ovelhas. Nosso povo sabe disso. Meu irmão Vinay devia saber dos riscos, e foi por isso que decidiu vir por esta trilha fora do caminho principal.

— Os excrementos de ovelhas aqui estão frescos — digo, apontando para o chão longe do corpo de meu irmão para evitar olhar para ele. Então vejo Neela, do outro lado da clareira, mordiscando a folhagem seca que cresce entre as pedras. — Ela conhece este lugar. Já esteve aqui antes. — Levanto os olhos para a encosta outra vez, tentando imaginar como o acidente deve ter acontecido. — Está vendo aquela pilha de pedras que vai até o alto da encosta? Parece uma espécie de trilha. Vinay talvez estivesse trazendo o rebanho para baixo por ali. Ou... talvez Neela tenha escorregado naquele caminho, caído de lado e deslizado até embaixo. As barras de ouro têm pontas duras, que podem ter machucado sua pele. O ferimento na lateral dela era fundo.

A lembrança me vem sem querer. Dev deslizando para o fundo da ravina. Pisco para controlar as lágrimas.

— Vinay pode ter descido a encosta para buscá-la. Mas, depois de cair, ela provavelmente estava assustada e pode ter resistido e dado coices nele. Ele talvez tenha perdido o equilíbrio, caído e quebrado o nariz. Não seria a primeira vez que algo assim acontece.

Lakshmi deve saber que estou falando de Dev. Acabei de descrever como meu marido morreu no ano passado, tentando salvar uma cabra que escorregou na montanha. Afasto os olhos dela, uma vez mais, para não lhe mostrar o quanto essa lembrança me perturba. Pego o paninho com Chullu e o umedeço outra vez com meu leite. Ele sorri para mim, com seus pequenos e brilhantes dentes da frente. Pelo menos ele nunca terá um destino como o do pai... ou do tio.

Ouço Lakshmi suspirar. Ela se levanta, vai até o cavalo e pega um cantil de pele de cabra na bolsa da sela. Ela abre a correia e segura o cantil na frente da boca do cavalo enquanto ele bebe.

— O que você vai fazer agora? — ela pergunta.

Não sei como responder. Eu esperava encontrar meu irmão e devolver a ovelha para ele. Não tinha pensado no que ia fazer depois.

Aliso o cabelo de Chullu. Lembro das últimas palavras de Vinay como se ele estivesse de pé ao meu lado e percebo que preciso agir rápido. Eu me viro para Lakshmi.

— O rebanho — digo. — Eu preciso encontrar as ovelhas. Depois tenho que fazer o ouro chegar ao próximo ponto. — Como vou fazer isso acontecer não está claro para mim.

Rekha me olha; de novo, ela suga o polegar. Afago seu cabelo para tranquilizá-la. Em meus braços, Chullu arrota.

Lakshmi fecha o cantil de pele de cabra e torna a guardá-lo na bolsa da sela. Ela está de costas para mim quando diz:

— Isso tem a ver com o ouro ou com a família de seu irmão?

Aperto Chullu com mais força. Ele resmunga e se agita, tentando se livrar dos meus braços.

— Não entendi o que você quer dizer.

Ela se vira para mim. Seu olhar é firme, mas há doçura em sua voz.

— Você poderia lucrar com o ouro, não é?

Ela acha que estou fazendo isso para *vender* o ouro? Que só estou pensando em *mim*?

— Você acha que eu me aproveitaria da morte do meu irmão para pegar o ouro para mim?

Ela responde em tom gentil.

— Ou para seus filhos. Eu não a culparia.

— Esses *goondas** fariam comigo o que fizeram com Vinay. — Dou uma olhada para o corpo de Vinay, esparramado no chão a meio metro de distância. — Meu irmão cometeu um erro. Ele devia estar desesperado. Nossa vida não é fácil. O trabalho é pesado e não dá dinheiro. Ele queria mandar os filhos para a escola, para eles poderem ter uma vida diferente, longe de rebanhos e tosquias... — Tenho que me controlar para parar de falar. Lágrimas embaçaram minha visão.

Lakshmi olha outra vez para o corpo de meu irmão.

— E quanto a... — Ela faz uma pausa e deixa as palavras suspensas no ar. Sua expressão me diz o que ela está pensando.

— Nós queimamos nossos mortos como todos os hindus — respondo. — Mas...

Olho à minha volta, para o cenário pedregoso. A coisa apropriada a fazer seria queimar seu corpo no local onde ele morreu. Mas não há como montar uma plataforma, ou cortar a madeira. Não tenho ferramentas comigo. Neste momento, sinto um desejo intenso de estar com minha tribo. Se estivéssemos todos juntos, poderíamos fazer — faríamos — isso acontecer. É o que sempre fazemos quando alguém morre na trilha. Foi assim quando Dev morreu.

Se eu estivesse com minha tribo, teríamos um funeral adequado. O ancião da aldeia recitaria as orações e as mulheres, todas elas, incluindo sua esposa Selma, banhariam Vinay e o envolveriam com cuidado, com carinho, em um lençol recém-lavado. Lágrimas enchem meus olhos outra vez. Rekha segura minha mão.

— Ao lado do hospital — Lakshmi diz, sem levantar a voz — há um crematório, onde cremamos os que morrem.

Eu me sinto como se tivesse andado cem quilômetros. Não me lembro de ter me sentido tão exausta. Não tento mais esconder as lágrimas; elas descem por minha face e pelo meu queixo. Estava segurando a mão de Rekha para confortar tanto a mim quanto a ela. Agora eu me solto e enxugo o rosto com a mão livre, pressionando o nó dos dedos sobre os olhos até ver estrelas.

---

* *Goondas:* homens maus, bandidos.

Por que você me deixou, Dev? Se você ainda estivesse aqui, nós estaríamos com nosso povo, em nossa casa de verão. Nada disso estaria acontecendo. E onde está você, Malik? Por que foi embora? Primeiro Dev, depois Malik, agora Vinay. Será que eu tenho que perder todo mundo?

Lakshmi pega gentilmente Chullu do meu colo. Ela arruma seu cabelo com os dedos e sorri para ele. Ela estende a mão para Rekha, que se move para segurá-la. Como se soubesse o que estou pensando, Lakshmi diz, tão baixinho que eu penso que poderia ter imaginado:

— Vai ficar tudo bem, Nimmi.

Solto um suspiro. Depois de um momento, tiro a colcha enrolada das costas e a ponho em um dos lados da clareira. Lakshmi a desenrola e coloca Chullu sobre ela. Abro a sacola que está presa em minha cintura e tiro alguns *chapatti* e uma cebola. Parto um pedaço de pão e o dou para meu filho roer com seus dentes de bebê. O resto eu entrego para Rekha.

— Sente-se um pouco com Chullu, está bem? — digo a ela. Minha filha se senta ao lado do irmão e dá a ele mais um pedaço de *chapatti*.

Vou até o corpo de meu irmão. Dói olhar para ele. Não consigo parar de pensar nas horas que ele ficou sofrendo antes que a morte o aliviasse. Começo a despi-lo, pensando que ele parece muito mais jovem na morte do que em vida. Foram-se as rugas que eram fruto de seu hábito de apertar os olhos. Vejo que suas faces estão mais lisas agora. Sinto-me constrangida de olhar para ele totalmente nu. Seria nossa mãe quem o lavaria, se ela ainda estivesse viva, mas, agora, sou a única pessoa da família disponível para fazer isso.

Abro meu cantil de pele de cabra. Tiro o *chunni* da cabeça e o umedeço com água do cantil. Começo pelo rosto de Vinay, removendo o sangue de seu nariz, depois lavo o suor de seus braços e pernas. Em silêncio, rezo pela segurança de sua esposa e filhos. Estou vagamente consciente de Lakshmi atrás de mim, falando em voz baixa com meus filhos.

Quando termino de limpar o corpo de Vinay, viro-me para Lakshmi e faço um sinal com a cabeça. Ela pega Chullu e coloca-o no chão ao lado da colcha. Rekha a segue, carregando a comida. Meus filhos estão quietos, observando, como se soubessem que algo sagrado está acontecendo.

Lakshmi pega a colcha sobre a qual dormimos, sacode-a e a estende no chão mais perto do corpo de Vinay. Quando ela segura as pernas nuas de meu irmão, eu ponho as mãos sob suas axilas.

— *Ake, dho, then* — ela conta.

Juntas, nós o levantamos. Os homens de nossa tribo são magros e atléticos; eles passam a vida inteira subindo e descendo essas trilhas da montanha. Mas são fortes e seus músculos são surpreendentemente pesados. Nós temos dificuldade, a princípio, para equilibrar o corpo de Vinay entre nós e colocá-lo sobre a colcha. Eu deveria ter um lençol limpo para envolvê-lo, mas não esperava ter que fazer seus rituais fúnebres hoje. Nós o enrolamos na colcha o melhor que podemos e o carregamos para o cavalo, que empina e levanta muito a cabeça, o branco de seus olhos ressaltado. Ele está assustado com o corpo morto. Lakshmi faz um sinal para pousarmos o corpo no chão outra vez. Ela se aproxima do cavalo, afaga seu focinho, falando docemente até ele se acalmar.

Tentamos colocar o corpo de Vinay na sela mais uma vez. Precisamos de várias tentativas, mas, por fim, conseguimos. Observo Lakshmi usar uma corda para amarrar o corpo na sela.

Ela esteve tranquila durante toda essa provação, orientando-me ternamente em cada passo. Se ela não tivesse aparecido, o que eu teria feito? Como eu poderia ter cuidado disso tudo, do corpo de meu irmão, minha solidão, minha dor, meus filhos, sem ela? Malik me contou sobre quando eles moravam em Jaipur e Lakshmi era uma pintora de henna muito procurada. Posso imaginá-la cuidando de suas clientes, tranquilizando-as, confortando-as, como ela me tranquilizou e me confortou hoje.

Relutante, tiro a caixa de fósforos amarela do bolso da saia e a estendo para ela ver.

— Isto tem alguma coisa a ver com o que Vinay estava fazendo. Acho que é o que ele estava tentando me dizer antes de...

Ela pega a caixa de fósforos de minha mão.

— Canara Private Enterprises Limited, Shimla — ela lê em voz alta. Ela franze a testa e olha para mim, uma pergunta em seus olhos, mas só posso encolher os ombros em resposta.

Ela assente com a cabeça, compreendendo.

— Você se importa se eu ficar com isto? — Ela guarda a caixa no bolso do casaco, depois se vira e cobre o corpo embrulhado de Vinay com um cobertor que ela tirou da bolsa da sela.

Ponho Chullu no sling outra vez e o posiciono em minhas costas.

— Como é o nome do seu cavalo? — Para minha surpresa, é Rekha, minha menina quieta, falando com Lakshmi.

— Chandra — Lakshmi responde.

— Por que você escolheu esse nome?

— Está vendo essa marca na testa dele? Você não acha que parece uma lua crescente?

Rekha fica olhando para o cavalo.

— Quando eu tiver um cavalo, vou dar o nome de Gooddu.

Lakshmi sorri para minha filha.

— É um nome bonito. Por que esse nome?

— É como Malik me chama.

Lakshmi dá uma olhada para mim, sorrindo, antes de se virar de novo para minha filha.

— Mas, se você lhe der o nome de Gooddu, como vai saber se Malik está chamando você ou o seu cavalo?

Rekha franze a testa. Então seu rosto se ilumina.

— Mas eu ainda não tenho um cavalo mesmo, não é?

A risada bonita de Lakshmi ecoa pelo caminho estreito.

Pouco a pouco, saímos do cânion e descemos a trilha em direção a Shimla: Lakshmi levando o cavalo pela rédea, Rekha conversando com Lakshmi, eu carregando o bebê Chullu, Neela seguindo atrás. Estou triste por causa de Vinay e estou grata por tê-lo encontrado, mas também estou aliviada por voltar para casa. Não havia me dado conta do quanto eu dependia de meu povo quando vivia com minha tribo. As montanhas não são lugar para uma mulher sozinha — ou um homem sozinho. Um céu ensolarado pode se tornar tempestuoso em um instante; um leopardo pode estripar uma cabra quando você vira a cabeça para o outro lado; uma víbora pode paralisar uma criança em segundos. Levo a mão para trás e afago a cabeça de Chullu, para me tranquilizar de que ele ainda está aqui.

Estamos caminhando há apenas vinte minutos quando ouvimos o balido de ovelhas e o som de seus sininhos de pescoço. Neela responde a elas. À nossa direita, a distância, e acima da linha das árvores, nós as avistamos: um rebanho de ovelhas no alto da montanha. Antes que eu possa segurá-la, Neela corre colina acima. Eu a sigo. Quando chego ao topo, estou sem fôlego. Confiro as orelhas de uma ovelha, depois das outras: as marcas são do meu irmão. Apalpo suas costelas para ver se há barras de ouro escondidas sob a lã. Sim, há. Volto para a trilha, onde Lakshmi e Rekha estão esperando, para lhes contar o que encontrei.

— Ótimo. Podemos levar o rebanho para a cidade — diz Lakshmi.

Olho para ela com surpresa.

— Deve ter umas trinta ou quarenta. Onde vamos deixá-las?

Lakshmi sorri.

— Com as pessoas das montanhas que vêm à Clínica Comunitária. Tenho certeza de que um deles estaria disposto a cuidar de um rebanho por um breve período. — Ela avalia o horizonte. — Temos que movê-las agora ou vamos perder a luz. Vai ser muito mais difícil manter o controle do rebanho e proteger as ovelhas de lobos depois que escurecer.

Ela está certa.

— E as barras de ouro? — ela pergunta.

— Ainda com as ovelhas.

— Ótimo. Vamos cuidar disso logo cedo amanhã. — Ela pega a caixa de fósforos no bolso e a examina outra vez. — Canara Enterprises. Talvez eles possam nos dizer alguma coisa.

As rugas em sua testa significam que ela está preocupada, ou só curiosa? Ela está mesmo tão autoconfiante ou só está fingindo por minha causa? Ponho a mão na cabeça de meu filho outra vez. Estamos em território desconhecido aqui. Nenhum de nós sabe quem são as pessoas para quem Vinay estava trabalhando. Quantas são essas pessoas. Qual foi o acordo de meu irmão com elas.

Olho para o corpo de Vinay sobre o dorso do cavalo. E percebo que estou brava. Com Vinay. Ele passou sua responsabilidade para mim, algo que nunca pedi. Agora sou eu que tenho que manter minha família *e* a família dele em segurança. Vinay pôs em perigo a vida de todos de nossa tribo também! Como ele pôde ser tão imprudente? Por que ele poria todos que amamos em risco?

Quanto mais me esforço para controlar o pânico, mais brava fico. E mais confusa. Sei que não deveria estar ressentida, já que procurei para meus filhos o mesmo que Vinay queria para os dele. Quem sou eu para julgá-lo quando minha ligação com a tribo é agora tão frágil quanto uma teia de aranha?

Dou uma olhada em Lakshmi. Ela caminha com as costas retas, uma das mãos segurando as rédeas de Chandra e a outra segurando a mão de Rekha. Quem a vê assim imagina que ela tem toda a situação sob controle. Ela vai garantir que Vinay seja mandado para a outra vida como tem que ser. Veio até aqui e assumiu um risco que Vinay jogou em cima de nós, quando poderia simplesmente ter lavado as mãos.

Um mês atrás, eu ainda estava brava com Lakshmi Kumar por me dizer o que fazer, por mandar Malik para longe de mim, por ser tão irritantemente competente. Mas, agora, tenho apenas uma sensação de alívio por alguém, quem quer que seja, estar disposto a assumir o controle e ajudar.

Só queria que esse alguém fosse Malik.

Subo de novo a colina para reunir o rebanho e conduzi-lo a Shimla.

11
Lakshmi

Contrafortes do Himalaia, noroeste de Shimla

Estamos em silêncio em nosso caminho de volta a Shimla. Paramos de tempos em tempos para deixar as ovelhas pastarem. Eu pareci muito segura quando disse a Nimmi que encontraríamos alguém para ficar com as ovelhas, mas agora estou pensando em como vamos fazer isso. Ovelhas precisam ser movidas a cada poucos dias para encontrar grama nova. Tive que propor que trouxéssemos as ovelhas conosco; caso contrário, Nimmi poderia ter insistido em passar a noite com o rebanho e ficar com as crianças junto, esperando até que eu pudesse voltar para ajudá-la. Nestas montanhas, ovelhas são uma mercadoria valiosa, especialmente ovelhas carregando ouro em seu corpo. Deixar Nimmi e as crianças nos contrafortes seria perigoso demais.

Rekha anda ao meu lado, fala quando lhe vem alguma ideia, depois fica quieta enquanto reflete. Mais cedo, quando estava observando as nuvens brancas flutuando no céu, ela me perguntou por que não viajávamos nas nuvens.

— As nuvens poderiam levar a gente para Shimla mais depressa, Tia — diz ela. — Lembra das nuvens naquele livro sobre os passarinhos? — Ela está se referindo ao livro ilustrado sobre aves do Himalaia que lemos na semana passada.

— Nuvens enganam, Rekha — eu respondo. — Assim que a gente chega perto delas, elas desaparecem. — Ela levanta os olhos para mim, com as sobrancelhas erguidas, e eu explico que, embora de longe as nuvens pareçam algodão felpudo, elas na verdade são feitas de água, de névoa. — Se a gente chegasse bem perto, iria passar por dentro delas.

Mais tarde, ela pergunta:

— Dá para morar dentro de um arco-íris?

Será que eu pensava esse tipo de coisa quando tinha quatro anos? Tento encontrar uma resposta que a satisfaça e acabo dizendo:

— Talvez. Mas, se estivéssemos dentro dele, não poderíamos vê-lo no céu, não é mesmo?

Ela pisca várias vezes, assimilando a ideia, depois balança a cabeça.

Eu a sentaria na sela de meu cavalo se ele não estivesse carregando o corpo de seu tio. Com suas pernas pequeninas, é difícil para ela nos acompanhar. Mas ela parece ter herdado a capacidade da mãe de caminhar sem se cansar. Ela não reclama nunca, não pede comida nem água.

— Depois que nós terminarmos a história do macaco, podemos ler a do elefante? Eu queria ter um elefante. — Quando começamos a sair do cânion em direção a Shimla, ela me deu sua pequena mão e se manteve de mãos dadas comigo, como a vi fazer tantas vezes com sua mãe e com Malik. O gesto me comoveu.

— Claro que podemos — respondo.

Tanto Rekha como sua mãe parecem gostar dos livros que temos lido. No começo eu me preocupei que Nimmi pudesse se sentir constrangida por estar aprendendo com a filha. Talvez até achar que eu estava me intrometendo demais na vida deles. Mas ela se torna uma pessoa diferente quando estamos juntas lendo. Ela é genuinamente curiosa, e tem um óbvio orgulho da rapidez com que a filha aprende a ler e escrever.

Eu paro e me viro para ver Nimmi e Chullu atrás do rebanho. Nimmi está sofrendo por seu irmão e sua dor é palpável, como se o peso disso a estivesse pressionando, tornando essa viagem difícil ainda pior. Ela está usando um cajado para manter o rebanho unido, mas seus ombros estão caídos e seus movimentos são desanimados. As ovelhas parecem sentir sua apatia e aproveitam a oportunidade para se afastar até que ela as chame de volta.

Cobri o corpo de Vinay o melhor que pude, mas ele está atraindo insetos e eu me preocupo com larvas em meu cavalo. Até aqui, Chandra ficou só um pouco arisco, mas preciso que ele se mantenha calmo até chegarmos com o corpo no crematório.

A cidade de Shimla é construída sobre uma série de colinas salpicadas de pinheiros, cedros, choupos e bétulas. Em qualquer outro lugar essas colinas seriam consideradas montanhas, mas os escarpados Himalaias ao norte ofuscam esses cânions, fazendo-os parecer insignificantes em comparação, por isso eu me refiro a eles como colinas. O Hospital Lady Reading fica no alto de uma enorme propriedade que se estende para baixo em uma ravina. Quando avistamos o campanário de Christ Church, sei que o hospital logo estará à vista. Pegamos a estrada mais alta e mais íngreme, o caminho mais longo que faz o contorno até a entrada dos fundos do hospital, onde o necrotério está localizado.

No meio da tarde, estamos suficientemente perto do hospital para eu pedir a Nimmi que espere na colina com as ovelhas. Conduzo meu cavalo encosta abaixo até o necrotério do hospital. Prakesh, o atendente, me conhece e eu lhe peço para levar o corpo discretamente ao crematório. Se ele se surpreendeu com o pedido, não demonstrou; sua casta está acostumada a lidar com os mortos. Eu lhe peço para guardar as cinzas para mim, depois seguro firme as rédeas de Chandra enquanto ele e outro atendente levantam o corpo de Vinay do meu cavalo. Peço a um terceiro atendente para dar água a Chandra e lhe ofereço uma rúpia pela gentileza.

Em seguida, vou para a Clínica Comunitária. Minha aparência deve estar um caos, porque, quando entro pela porta da frente, todos os pacientes na sala de espera se viram para me olhar. Percebo, tarde demais, que estou com cheiro de cavalo, do meu próprio suor e da floresta de pinheiros na colina. Vou rapidamente até a sala de exames e paro diante da cortina fechada.

— Jay?

Eu o escuto pedir licença para o paciente que está atendendo antes de abrir a cortina. Quando me vê, ele fecha a cortina atrás de si.

— Lakshmi! — ele exclama, passando os olhos por meu estado lastimável. Ele me leva para o corredor dos fundos, para ficarmos fora de vista da recepção. — Eu estava tão preocupado! Primeiro você não apareceu na clínica. Então eu mandei uma pessoa para ver se você estava bem e ela voltou me dizendo que não havia ninguém em casa.

Ponho a mão aberta em seu peito para acalmá-lo.

— Eu peguei Chandra e fui procurar Nimmi. Ela não estava em casa quando passei lá esta manhã e tinha levado todos os seus pertences.

— E você...

— Sim, está todo mundo bem. Mas eu preciso encontrar um lugar para quarenta ovelhas.

Ele arregala os olhos.

— Vocês encontraram o rebanho?

— Encontramos. Só precisamos ficar com elas por poucos dias. Eu prometo.

Ele puxa o lábio com os dedos, olhando para os pés.

— O jardineiro do hospital tem insistido comigo que precisa cortar a grama.

— *Shabash!* — digo. Sorrio e coloco um dedo sobre os lábios dele.

Ele pega minha mão e a aperta.

— Poucos dias, *accha*? Quando eu terminar com este paciente, vou conversar com o jardineiro.

— Você consegue lidar com os pacientes de hoje sem mim?

Ele confirma com a cabeça.

— Até agora, tivemos só três pacientes. Acho que não teremos problema.

Eu lhe entrego meu porta-níqueis.

— Para o jardineiro. — Todo favor tem um preço. — E eu deixei um corpo no crematório. É o irmão de Nimmi.

Antes que ele tenha a chance de fazer mais perguntas, eu me viro e saio.

Uma hora mais tarde, Nimmi está ocupada conduzindo o rebanho para o fundo da ravina no terreno do hospital, fora da vista dos pacientes e funcionários.

Estou sentada em um muro baixo de pedra diante da entrada do hospital, onde os vendedores de rua se reúnem para vender seu *chaat*, *paranthas* feitos em casa, *paan** e *beedis*.** Chullu é um embrulhinho quente em meu colo; ele está roendo uma fatia de manga enquanto Rekha masca uma cana-de-açúcar, sugando o suco doce. Chandra está quieto do lado, comendo de uma bolsa de aveia e balançando as orelhas de vez em quando para afastar as moscas.

Nimmi e as crianças estão em segurança por enquanto; encontramos um lar temporário para as ovelhas e estou planejando nosso próximo passo. Pego a caixa de fósforos amarela no bolso de meu casaco e leio o rótulo outra vez: Canara Private Enterprises. Já olhei dentro da caixa mais de uma vez; só há fósforos. É possível que a caixa não signifique nada. Talvez Vinay só a levasse para acender

---

* *Paan:* petisco para adultos com masala doce e tabaco.

** *Beedis:* cigarros indianos baratos.

o fogo à noite em seus acampamentos. Mas então por que ele a esconderia dentro de um bolso secreto?

Quando olho meu relógio, vejo que são quase cinco horas. O comércio local fica aberto até seis ou sete da noite. Não tenho ideia do que posso encontrar na Canara, mas acho melhor ir lá sozinha. Preciso descobrir o que o irmão de Nimmi tinha em comum com esse lugar, se é que havia alguma coisa.

Os homens se entretendo com seus *chaat* e *gupshup** de fim de tarde nas barracas não param de olhar para nós quatro. Baixo os olhos para as roupas que estou usando.

Sou uma mulher indiana de olhos azuis. Estou vestida como um homem. Quem não olharia?

Quando Nimmi retorna da ravina, eu lhe digo que vou procurar a Canara Enterprises. Ela quer ir comigo.

— É meu problema, *Ji*. *Eu* que devia ir.

— Não — protesto. — As crianças estão exaustas. Vá dar comida a elas, colocá-las para dormir. Nós conversamos mais tarde.

Suas narinas se dilatam e eu percebo que fui incisiva demais.

— Nimmi — falo. — *Por favor*.

Ela inclina a cabeça, seu modo de me dizer *Está bem*. Ela leva as crianças embora. Rekha vira a cabeça para acenar para mim com sua cana-de-açúcar.

Afago o pescoço de Chandra. Ele recebeu água e comida dos funcionários do hospital.

Eu devia ir para casa e ficar mais apresentável antes, mas decido que é melhor enfrentar as pessoas na Canara do jeito que estou. Com a calça de montaria e o casaco longo, acabo me sentindo menos vulnerável. Talvez minha roupa os pegue suficientemente desprevenidos para me levarem a sério.

Outra vantagem: cavalos são o meio mais prático de se locomover por esta cidade montanhosa. Quando Jay começou a me ensinar a cavalgar, tive medo de ficar tão longe do chão. Não teria meus pés para me guiar. E se eu me perdesse?

— Você está acostumada a ter o controle — Jay me disse, sorrindo. — E é por essa razão que vai adorar estar em um cavalo. O cavalo espera que você lhe dê as instruções. É só você mandar nele, como faz comigo.

---

* *Gupshup:* fofoca.

Ameacei jogar uma de minhas botas novas se ele risse. Lentamente, gentilmente, ele foi me convencendo e não demorei a perceber que me sentia autoconfiante em um cavalo. Mais tarde, quando soube que uma de suas pacientes na maternidade queria vender seu cavalo, ele comprou Chandra para mim.

Agora, afago o pescoço reluzente de meu lindo cavalo castanho enquanto seguimos pela cidade. Pergunto às pessoas na rua se elas já ouviram falar da Canara; não há outra maneira de encontrar um comércio em Shimla. Uma pessoa em cada quatro lhe indicará uma direção, mas não necessariamente a certa.

Uma hora depois, após ter seguido alguns caminhos errados e observado muitas discussões entre moradores locais, eu me vejo em uma pequena clareira cercada de pinheiros. A grande placa amarela com o nome da empresa pende, torta, em uma cerca de arame farpado enferrujada. Há um pátio de secagem atrás da cerca com tijolos empilhados em filas, uma área de extração de argila e, no fundo do pátio, um forno que deve ter uns doze metros de altura. Se essa é uma fábrica de tijolos, eu deveria ver empregados misturando argila, preparando moldes, levando tijolos novos para o forno. Mas não há ninguém. O pátio está quieto, o forno inativo.

Eu desmonto. À esquerda do portão trancado, vejo um pequeno prédio. A placa na porta da frente diz "Escritório". Amarro Chandra na cerca, caminho até o prédio e abro a porta. O rapaz atrás do balcão parece se espantar. Ou ele não estava esperando um cliente ou não esperava que o cliente fosse uma mulher.

A sala é bem pequena. O balcão ocupa toda a largura do interior estreito, dividindo o espaço perfeitamente em duas metades. A única decoração é um calendário de 1964 pendurado na parede, com uma propaganda da Coca-Cola, e um quadro do deus-macaco Hanuman. Vejo um escritório pela porta aberta atrás do rapaz. Ali, um homem de meia-idade com uma barba preta salpicada de branco está sentado a uma mesa. Ele está conversando com alguém em um telefone de disco. Eu entendo a língua que o homem está falando: é punjabi, uma língua que só vim a conhecer depois que me mudei para o norte.

Ele está dizendo:

— *Nahee-nahee.** Isso não será problema. *Hahn.* Sim, será feito.

O rapaz atrás do balcão se dirige a mim.

— O que você quer? — O tom dele é longe de amistoso.

---

* *Nahee-nahee:* não.

Sem uma palavra, ponho a caixa de fósforos amarela sobre o balcão.

Ele olha para ela, depois para mim. Seus olhos muito pretos estão desconfiados, como se estivesse tentando entender o que estou fazendo aqui.

Meu coração está acelerado, e eu me dou conta de que não sei no que estou me metendo. Jay não tem ideia de que estou aqui. Pensando bem, por que *estou* aqui? Poderia estar com meus pacientes na Clínica Comunitária e com minhas plantas no jardim em vez de estar nesta sala, que pulsa com uma tensão incômoda que não sei bem identificar.

Devolvo o olhar do rapaz no balcão e o mantenho fixo, sem piscar.

Ele pega a caixa de fósforos e a leva para a outra sala, onde espera até o homem mais velho desligar o telefone. Falando em voz baixa, eles têm uma conversa apressada. O homem mais velho inclina a cabeça para um lado e olha atrás do rapaz do balcão, para ter uma visão melhor de mim. Depois ele pega a caixa de fósforos com o rapaz e despeja os fósforos sobre a mesa. Passando a unha pelo interior da caixa, ele remove um pedaço de papel.

Nem Nimmi nem eu pensamos em olhar embaixo dos fósforos! O homem pega um livro-caixa na gaveta do meio no lado direito da mesa. Eu o observo descer o dedo indicador pela página até encontrar o registro que devia estar procurando. Ele olha de novo para o pedacinho de papel tirado de dentro da caixa de fósforos, levanta-se da cadeira e vai até o balcão. Ele é maior e mais alto do que seu colega mais jovem. Suas sobrancelhas se unem enquanto ele olha para mim.

— Você não parece uma pastora — ele diz em hindi.

Encolho os ombros, mas não ofereço nenhuma desculpa ou explicação. O fato de que ele estava esperando um pastor significa que vim ao lugar certo. As palmas de minhas mãos estão úmidas e resisto à vontade de enxugá-las no casaco.

— Você está atrasada — ele me diz. — Deveria estar aqui há três dias.

Levanto uma sobrancelha. Se é o ouro que ele quer, qual é a diferença se chegar atrasado? Ele deve saber que o clima, um animal doente ou um ferimento podem retardar o rebanho.

Ele me examina apertando os olhos.

— Nós achamos que você talvez tivesse ficado com ele.

Franzo a testa.

Ele olha para trás de mim, pela porta aberta, depois volta a me encarar.

— Onde está, então?

Minhas axilas estão molhadas de suor. Não sei o que dizer a ele, mas faço uma suposição calculada a partir da pergunta.

— Está com as ovelhas.

Ele vira os olhos.

— Eu já disse isso para a sua turma. Não quero saber de merda de ovelha no meu pátio. Traga a carga, não a merda. Está entendendo?

— Amanhã — digo. *Hai Bhagwan!* Isso significa que teremos que remover todo aquele ouro do rebanho esta noite e encontrar uma maneira de trazê-lo aqui.

Eu me arrisco com uma pergunta.

— Não estão fazendo tijolos hoje? — Quero que ele continue falando. Talvez consiga descobrir para onde o ouro vai depois daqui e como chega lá.

Ele mastiga a bochecha, demorando os olhos em mim. Acha que estou sendo enxerida, o que eu estou mesmo.

— O que você tem com isso? — ele diz.

Enfio as mãos nos bolsos e o encaro de volta. Depois, tão calmamente quanto consigo, viro e saio do escritório. O homem me segue e fica observando enquanto monto em meu cavalo e vou embora. Talvez esteja pensando que uma pastora com um cavalo tão bom como Chandra deva ser mais experiente em traficar produtos roubados do que ele imaginava.

Quando estou a vários quilômetros de distância, relaxo minha tensão nas rédeas de Chandra e reduzo sua velocidade para um trote suave. Meus dedos, rígidos de segurar as rédeas como se minha vida dependesse disso, abrem-se lentamente. Só então começo a respirar normalmente outra vez.

12
Malik

Jaipur

Em meu dia de folga, vou até a área do bazar da Cidade Rosa onde ficam todas as joalherias. Será porque preciso aliviar minha culpa por ter desejado Sheela ou porque quero ver meu velho amigo Moti-Lal?

Lal-*ji* é o principal joalheiro da cidade. Quando chego, às duas da tarde, a Joalheria Moti-Lal está em plena atividade. Um funcionário de uniforme branco me traz uma xícara de chai enquanto espero pelo grande homem.

O robusto proprietário está sorrindo de orelha a orelha para o casal de meia-idade sentado à sua frente enquanto seu assistente coloca uma pilha de caixas achatadas de veludo preto sobre a reluzente mesa de mogno.

— Hoje — diz Moti-Lal — estou quase tão entusiasmado quanto se fosse o *meu* casamento. — Seus dentes são muito brancos, muito retos e muito grandes. — Separei algo especial para o grande dia de Akshay — ele anuncia.

A perspectiva de joias prestes a serem exibidas faz a esposa se inclinar para a frente na cadeira, seu sári de seda farfalhando.

Enquanto bebo meu chai, observo Lal-*ji* sobre a balaustrada que separa a mais elegante sala nupcial do resto da loja, onde compras menores são feitas:

pulseiras de aniversário ou primeiros brincos de bebês. Seja qual for o tamanho da ocasião, ela sempre pode ser celebrada com um pouco de ouro, a panaceia universal para tudo que incomoda a nós, indianos.

Na área nupcial, o tapete abafa os outros sons e permite que o tilintar delicado de brincos *jhumka** e as exclamações de encantamento dos clientes ocupem o palco central. A iluminação da Joalheria Moti-Lal é mais clara que a das lojas típicas, as poltronas mais luxuosas, seus braços acolchoados convidando os compradores a se demorar enquanto refletem sobre a decisão de sua vida. Mães, avós, tias, pais, futuras noivas, irmãs e noivos iminentes sentam-se diante de mostradores de vidro em que colares, brincos, pulseiras, tornozeleiras e anéis cintilam e seduzem. Os clientes, portando bolsas gordas de dinheiro dos pais da noiva, estão comprando ouro que protegerá a noiva em caso de viuvez, doença ou calamidade financeira. O ouro é o que assegura seu futuro.

Quando eu era menino, com pouco mais de cinco ou seis anos, vinha a esta loja uma vez por semana, às vezes mais, para entregar os óleos para o corpo perfumados de cravo e gerânio da Tia Chefe e seu especial óleo de *bawchi*** para o cabelo. A esposa de Moti-Lal foi uma de nossas primeiras clientes em Jaipur. Ela adorava os produtos e os elogiou tanto para o marido que ele instituiu a prática de presentear suas clientes noivas com um frasquinho de metal com uma poção de Lakshmi. Era uma espécie de toque pessoal que fazia as clientes de Moti-Lal retornarem de tempos em tempos. Era também uma boa fonte de renda para a Tia Chefe.

Agora, um empregado sobe à plataforma onde Moti-Lal está sentado e coloca cuidadosamente três xícaras de porcelana fumegantes sobre a mesa. O domínio de Moti-Lal é elevado acima do burburinho, em um canto da loja, o que permite a Lal-*ji* ficar de olho em todos os clientes que entram e saem.

A uma garota tímida, Lal-*ji* poderia dizer:

— Vejo que trouxe sua tia com você hoje.

Ou poderia interromper a inspeção de um novo carregamento de rubis para se dirigir a uma dama da sociedade:

— Não há nada que me deixe mais feliz do que ver a jovem Seeta com uma família tão boa.

---

* *Jhumka:* brincos em forma de sinos.

** *Bawchi*: semente prensada a frio para produzir um óleo aiurvédico usado na pele e no cabelo.

Quando entrei na loja hoje, Lal-*ji* me cumprimentou com um aceno de cabeça e um sorriso de reconhecimento para indicar que terá tempo para mim quando tiver terminado com os outros clientes. Não estou com pressa. É muito mais agradável fazer hora na loja com ar-condicionado do que ficar do lado de fora no calor seco e poeirento. Os cheiros também são melhores aqui do que o fedor de repolho e suor na rua movimentada lá fora. Aqui dentro é tudo incenso de sândalo, perfume de *rath ki rani** e colônia de *champaca*.** Mais importante, tenho o privilégio de ver Moti-Lal em ação. Ele me ensinou um bocado de coisas sobre negócios.

Com um movimento estudado, Moti-Lal abre a primeira das caixas de veludo para seus clientes.

— Nem os artesãos de Shah Jahan poderiam superar este trabalho artístico — diz ele. Dentro da caixa, cintilando sobre o forro de cetim preto, há um colar *kundan*,*** uma tiara *tikka*† com um gancho de ouro para prender no cabelo, um par de brincos combinando e duas pulseiras.

Ele aponta para o colar, cuidadoso para não manchar as pedras reluzentes com a oleosidade de seu mindinho (algo que ele faz de propósito para permitir que seus clientes deem uma boa olhada no anel de ouro com uma esmeralda de quatro quilates que ele usa nesse dedo), e recita:

— Quarenta e quatro diamantes planos, doze esmeraldas de bom tamanho, vinte e duas gotas das pérolas mais brancas do Ceilão. — Ele entoa as palavras com uma espécie de reverência, como se fosse um sacerdote.

Ele vira o colar delicadamente.

— E esse incrível trabalho com esmalte *meena*†† no verso? Foi um dos meus homens em Delhi que trabalhou nisso. Sua família é de *meenakaris*†† há várias gerações.

Segue-se um silêncio cheio de expectativa enquanto a futura sogra examina as joias, a avidez estampada nos olhos. Seu marido pega e inspeciona uma pulseira, avaliando o trabalho, deixando o pesado colar para a esposa manusear. Ela o faz,

---

* *Rath ki rani:* flor dama-da-noite, exala perfume apenas à noite.

** *Champaca:* flor de perfume doce.

*** *Kundan:* tipo de joia com pedras não lapidadas.

† *Tikka:* joia usada na testa.

†† *Meena:* tipo de joia com esmaltação.

††† *Meenakaris:* artesãos que criam joias com esmaltação.

segurando o colar junto ao pescoço e admirando-o no espelho de parede atrás da mesa. Sem dúvida ela está se lembrando de seu próprio dote de noiva e de como ele se compara com o que ela está selecionando agora para a futura nora. Minha aposta é que as joias *dela* ainda vão sair vencedoras. Em sua mente, ela está pensando: *O trabalho de esmalte era tão melhor no meu tempo. Estas pedras não têm nem de perto um corte tão fino quanto as do* meu *colar.* Quer a balança da qualidade penda em seu favor ou não, ela quase certamente vai sair da Joalheria Moti-Lal com um par de pulseiras de ouro para si própria. Afinal: *Eu mereço.*

Moti-Lal observa os movimentos dela no espelho.

— Está vendo como cintila? Vendi um colar parecido na semana passada, mas os diamantes não eram tão grandes quanto os deste. — Ele faz uma expressão de pesar e balança a cabeça, como se estivesse constrangido por outra família ter se decidido por algo menor. — *Este* colar será notado pelos seus convidados desde o outro lado do salão.

Agora ele levanta os olhos e, como se tivesse acabado de reparar em mim, pede licença e deixa seu assistente encarregado. Com sua xícara de chai, ele se junta a mim na balaustrada, de costas para os clientes que acabou de deixar, como se estivesse ocupado demais conversando comigo para se preocupar com a compra deles. Eu o vi fazer isso várias vezes. Claro que esse é o motivo de haver espelhos de parede inteira por toda parte; ele pode continuar de olho nos clientes. Uma das muitas velhas táticas de seu estoque de truques.

Ele está sorrindo para mim, os olhos sonolentos quase desaparecendo em sua face, o queixo triplo um sinal de seu sucesso: uma fonte de orgulho. Quando ele fala, sua voz é macia e baixa.

— Acha que a sra. Prasad já está saboreando a inveja que sua rival certamente vai sentir quando vir a nova nora usando uma peça tão bela?

Eu sorrio de volta para Moti-Lal.

— Suponho que você conheça a rival dela.

— Uma de minhas melhores clientes. — Moti-Lal ri e bebe seu chai de um só gole. — *Ake, dho, theen.* Eu volto já.

Grande como ele é, o joalheiro move-se com a graça de um guepardo espreitando uma nova presa. Como o médico da família, um joalheiro indiano permanece com uma família por um longo tempo, torna-se um amigo e guia de confiança para várias gerações em casamentos, nascimentos e festividades.

Eu me viro e o observo outra vez. Moti-Lal exibe mais alguns atributos do conjunto nupcial para seus clientes, lembrando a eles que as pedras são engastadas em um alinhamento perfeito na armação *kundan*, do modo como Shah Jahan exigiu que cornalina, lápis-lazúli, olho de tigre e malaquita fossem incrustados no mármore do Taj Mahal.

O joalheiro e seus clientes trocam mais alguns comentários antes de chegar a hora de pechinchar o preço. Moti-Lal pressiona os números em sua calculadora com um certo estilo que faz os outros clientes na loja olharem para ele, curiosos sobre quem está comprando o quê.

Quando o show termina, volto minha atenção para o lado não nupcial da loja e deixo meus olhos passearem pelo mostrador de colares. Nas caixas há pingentes elaborados incrustados com rubis e diamantes, além de correntes de ouro de várias espessuras e pesos. Estou inclinado sobre um mostrador para ver uma corrente de ouro mais de perto quando sinto uma mão gorducha em meu ombro.

— Sucesso, Malik! — diz Lal-*ji*. — Olhe só para você, *Burra Sahib*! Você é o sonho de todo sogro. Venha, venha!

A porta para seu escritório particular fica escondida em uma das paredes espelhadas. Além de permitir que Lal-*ji* espione seus clientes, os muitos espelhos convidam os compradores a experimentar joias e se admirarem por vários ângulos. É fascinante me ver refletido em tantos espelhos neste pequeno espaço.

Dentro da câmara aconchegante de Moti-Lal, o chão é coberto de almofadas quadradas e almofadões compridos revestidos de algodão branco, deixando livre uma faixa estreita no meio do piso de mármore. Moti-Lal tira as sandálias; eu tiro meus sapatos.

— Sapatos de cadarço, Malik? Como os *angrezi*?

— Os invernos no Himalaia foram cruéis para os meus dedos dos pés. Tive que abandonar os *chappals*.* Agora só consigo usar sapatos. — Não digo a ele que usar sapatos na Escola Bishop Cotton não era questão de escolha. Usar sapatos empoeirados na escola também não e, com certeza, resultaria em uma bronca do mestre ou mestra.

Ele bate em minhas costas.

— Que elegância! É difícil acreditar que você é a mesma criança que eu conhecia — diz ele.

O perfume delicado de cerejas e sândalo me faz lembrar de visitas passadas a esta sala. Sentamo-nos de pernas cruzadas sobre as almofadas, refrescados

---

* *Chappals:* chinelos.

pelo ar-condicionado. No centro da sala, no piso de mármore descoberto, há uma bandeja de prata com dois altos narguilés, uma bolsinha de tabaco, uma estatueta de Ganesh, um cone de incenso e uma balança de dois pratos para pesar ouro. Aqui é onde os maiores negócios são feitos. É também onde Lal-*ji* se encontra com amigos.

Seu criado põe pedras e um carvão quente em cada *chillum*.* Moti-Lal pega punhados de tabaco de uma caixinha em seu bolso, coloca-os nos fornilhos e tampa-os com cuidado. Ele move um narguilé para mais perto de mim.

— *Accha*, meu jovem amigo, o que o traz a Jaipur? — Enquanto fala, ele risca um fósforo e acende o tabaco de seu narguilé. Levando a piteira à boca, ele suga várias vezes, suas faces se inflando comicamente. Depois solta uma nuvem de fumaça branca e a sala se enche de uma fragrância doce e frutada.

— Quero lhe agradecer, Lal-*ji*, por cuidar de Omi todos esses anos.

Ele acena com a mão gorducha, como para dispensar minha gratidão.

— *Koi baat nahee*** *hahn*. Você mandou o dinheiro. Eu o fiz chegar a Omi. Só isso. A vida dela não tem sido fácil com aquele marido. — Moti-Lal, que acredita em trabalho duro, balança a cabeça em desgosto. — Ele vai embora para se juntar ao circo todos os anos e volta de mãos vazias. — Ele fuma mais agressivamente em seu narguilé, como se o marido de Omi o tivesse ofendido de alguma maneira. — Você já a viu desde que chegou a Jaipur? Omi?

— Só de longe. Eu mantive minha promessa. Só queria ter certeza de que ela está bem.

Moti-Lal faz uma careta.

— Um homem adulto com ciúme de um menininho, e isso é exatamente o que você era, um menininho que cuidava de Omi como o marido dela não conseguia fazer. E depois ameaçando matá-la se você ousasse vê-la outra vez. — Ele balança a cabeça em desgosto outra vez.

Concordo com a cabeça. A lembrança é dolorosa.

Omi era uma espécie de *ayah*; ela cuidava de crianças da redondeza como eu, por uma pequena tarifa. Mães como a minha limpavam casas ou varriam pisos de escritórios ou lavavam roupas das pessoas. Um dia, minha mãe não voltou do trabalho. Eu esperei e esperei, mas ela nunca voltou. Omi me acolheu sem dizer nada. Ela nunca me tratou diferente dos seus próprios três filhos. Eu

---

* *Chillum:* narguilé, para fumar tabaco.

** *Koi baat nahee:* não é nada de mais.

era tão grato a ela que fazia o que pudesse para levar algo para casa todos os dias. Podia não ser nada mais do que uma banana passada, ou um carretel de barbante que eu tivesse furtado de um lojista, ou *puri* frito em óleo velho que um vendedor estivesse para jogar fora.

Fiz amizade com todos os comerciantes do bazar. Eu lustrava seus sapatos ou lhes dizia onde eles podiam conseguir um preço mais barato por grampos de cabelo ou fazia pequenas tarefas para eles. Em troca, eles me davam sobras para os filhos de Omi, dividiam seus *chapattis* comigo, me mandavam para casa com um pequeno saco de arroz. Moti-Lal era o mais generoso de todos. Ele sempre me perguntava o que eu havia aprendido naquele dia. Será que eu podia contar até cem para ele, ou dizer o nome da capital da França? E, quando eu acertava, ele tirava uma moeda de uma rúpia da minha orelha e a dava para mim.

Essa última lembrança me faz olhar com carinho para meu velho amigo.

— Tio — eu lhe digo. — Eu queria comprar duas correntes de ouro.

Moti-Lal levanta uma sobrancelha.

— Você tem uma mulher?

Sorrio para ele enquanto pego a caixa de fósforos e acendo meu narguilé, depois levo a piteira à boca para puxar a fumaça. O tabaco, tão limpo e forte, sobe imediatamente para minha cabeça, me deixando um pouco tonto.

Ele levanta o queixo e balança a cabeça com ar de bom entendedor.

— Ah — diz ele. — Entendo. Duas mulheres?

Agora eu rio, soprando a fumaça.

— Uma das correntes é para Omi.

Ele baixa o queixo sobre as pregas do pescoço.

— Você sabe que o marido dela vai pegar e vender.

— Eu não espero que ela use. O marido ia arrancar do pescoço dela. Mas quero que ela tenha algo para sua segurança, para uma emergência. Eu gostaria que você lhe dissesse que está aqui, à espera dela, se e quando ela precisar.

Lal-*ji* reflete sobre o assunto enquanto fuma, depois concorda com a cabeça.

— Eu vou dizer a ela.

— Também quero comprar um par de brincos — acrescento.

Moti-Lal sopra em seu *chillum* até o brilho laranja se transformar em cinzas.

— Também para sua mulher?

— Não. Para uma menininha.

Moti-Lal para de fumar por um instante e fica boquiaberto.

— Você tem uma filha?

Eu rio, me divertindo por tê-lo surpreendido.

— Não, não é isso.

Ele aperta os olhos e põe a piteira na boca outra vez. Sopra mais fumaça e me olha nos olhos.

— Então você tem uma mulher com uma filha.

— Dois filhos. Um menino e uma menina.

— Viúva?

— Sim.

Eu devia saber que Moti-Lal ia adivinhar. Mais de uma vez ele me disse que vender ouro exige que se enxergue a natureza humana. Ele diz que é preciso ser capaz de discernir a intensidade do desejo de um cliente olhando em seus olhos. Isso lhe dirá o que mostrar, o que esconder e quanto o cliente está disposto a pagar.

— Eu vi algo lá de que gostei. — Aponto para a sala principal do outro lado da porta.

Ele sopra um jato de fumaça.

— *Bukwas** — diz ele. — Coisas para turistas. — Ele ergue o corpo volumoso e vai até a porta. Chama alguém, espera um momento e retorna com duas grandes caixas de veludo, que entrega a mim. Depois de ele se acomodar novamente em sua almofada, eu abro a primeira caixa. Vejo três correntes de ouro dentro.

— Escolha duas — diz ele, sorrindo para mim, fumando seu *chillum*.

Pego a mais fina das correntes, que é achatada de modo a ficar plana na pele. Posso imaginá-la no pescoço fino de Nimmi, o ouro brilhando em sua pele escura. Talvez na próxima vez, penso.

— Tio, eu só tenho dinheiro para metade desse ouro.

Ele sorri.

— Como assim *não tem dinheiro*, Malik? Isso é um presente. Eu não lhe disse mais de uma vez que você é o filho que eu nunca tive? — Agora ele está de testa franzida, ofendido por eu ter pensado que sua generosidade era uma transação comercial.

— E o seu genro lá fora? — digo, para provocá-lo.

Ele levanta a mão e bate no ar.

---

* *Bukwas:* bobagem.

— Mohan é um bom rapaz. Mas, se você vier trabalhar comigo, vou morrer um homem feliz. — Ele põe a mão no peito e inclina a cabeça para o lado, com ar de súplica.

— Lal-*ji*, você ainda vai viver muito. E eu não sei nada sobre joias. — Eu já disse essas mesmas palavras para ele pelo menos umas cem vezes.

— Escute bem — diz ele, dando outra baforada. — O Senhor Brahma, o criador de nosso universo, jogou uma semente de seu corpo nas águas. Essa semente se tornou um ovo de ouro, uma encarnação do próprio criador. Esse ouro, símbolo de pureza, boa sorte e devoção, é o que vendemos aqui. Agora você já sabe tanto quanto eu. — Ele sopra um grande anel de fumaça em mim.

Eu rio.

— Só estou em Jaipur a pedido da Tia Lakshmi.

À menção de minha Tia Chefe, Moti-Lal abre seus olhos apertados e sorri largamente.

— E como está a bela Lakshmi Shastri? Toda Jaipur sente falta dela. Mais do que todos a minha mulher! Sem o óleo de cabelo de Lakshmi, ela logo vai estar careca como um bebê macaco! — Ele solta uma sonora gargalhada e bate a mão na coxa.

— Ela é a sra. Kumar agora. Está casada com um médico.

— *Bahut accha!** Fico feliz por ela. — Ele aponta a piteira de seu narguilé para mim. — Você tem sorte de ela ter se oferecido para levá-lo a Shimla quando o marido de Omi pôs você para fora.

— *Zaroor.*** — Como eu já disse tantas vezes para Nimmi: devo minha vida a Lakshmi. Desde que me mudei para Shimla, tenho enviado uma parte de meus ganhos para Lal-*ji* entregar a Omi (esses eu não ponho em meu registro bancário porque sei que a Chefe o confere periodicamente). É um arranjo que já dura doze anos.

— O que Lakshmi quer que você faça em Jaipur?

— Que aprenda o ofício de construção. Estou trabalhando no palácio, com Manu Agarwal.

Moti-Lal levanta as sobrancelhas.

— Agarwal é um bom homem. Honesto. Aquele cinema que o palácio está construindo vai ser uma maravilha! Minha mulher planeja ir com nossa filha e

---

* *Bahut accha:* Muito bem!

** *Zaroor:* com certeza.

o marido dela. Eu vou ficar aqui, claro. Mas nem sei para quê. Todo mundo que é alguém estará no Royal Jewel Cinema na noite da inauguração.

— Sua Alteza Latika certamente espera que sim.

Uma batida soa à porta e o genro de Moti-Lal, Mohan, entra. Eu me levanto para cumprimentá-lo com um *salaam* e ele une as mãos em *namastê*. Ele é um homem tímido, quieto, dez anos mais velho que eu.

— Os Gupta chegaram — ele diz para Moti-Lal.

— Faça-os se sentarem, *bheta*. Estou indo. — Moti-Lal passa uma mão enorme pelo rosto, um gesto de frustração. Quando a porta se fecha, ele revira os olhos. — Dez anos e sem filhos.

Quando o encaro interrogativamente, ele aponta para a porta e eu entendo que o comentário é direcionado a seu genro.

— Estou começando a achar que isso não é para ele.

Eu sorrio. Pais sempre são ansiosos por netos. Esse não será o caso com a Tia Chefe, e fico feliz por isso. Se eu tiver dez ou nenhum, tanto faz para ela. Ela gosta de conversar com crianças; só não quis ter os próprios filhos. Pego a corrente que estava admirando e outro colar de ouro mais pesado. Moti-Lal me observa enquanto fuma. Separo as duas correntes, abro a outra caixa e seleciono um par de brincos pequeninos de ouro de que acho que a pequena Rekha vai gostar. Suas orelhas foram furadas meses depois de ela nascer; ela usa aros de prata finíssimos. Coloco as duas correntes e os brincos na balança.

Moti-Lal franze a testa de novo e suspira.

— *Arré*, Malik, largue disso.

A balança registra uma onça, ou trinta e um gramas. O preço atual do ouro é trezentas e vinte e uma rúpias por onça, mas pergunto a Moti-Lal se ele aceitaria duzentas rúpias.

— Eu deixo você levar de graça se aceitar um conselho meu.

Levanto uma sobrancelha, esperando para ver o que ele tem a dizer.

Ele agita um dedo gordo para mim.

— Nunca se case com uma viúva pobre.

Eu balanço a cabeça e rio.

Guardo no bolso o colar para Nimmi e os brincos para Rekha e ponho duas notas de cem rúpias na balança ao lado da corrente de Omi.

— Vou avisar Omi, Malik. Vou falar com ela amanhã.

O peso de minha culpa, por ter desejado Sheela, e pelo pouco que posso fazer por Omi, teve um pequeno alívio.

13
Nimmi

Shimla

Rekha me observa enquanto ando de um lado para o outro em nosso quarto. No colo dela está o livro sobre macacos que Lakshmi-*ji* lhe emprestou. Ela adora olhar as figuras e ler em voz alta os nomes dos diferentes tipos de macacos.

— Faça seus estudos — digo a ela. Ela já leu o livro dos macacos tantas vezes que o memorizou. — Escreva as palavras exatamente como elas estão no livro.

— Faz comigo, Maa — diz ela.

Chullu está sentado com Neela, a ovelha, que está ocupada mascando uma folha. Chullu a agrada, depois rola sobre ela. A ovelha os conquistou e meus filhos querem que ela fique em casa conosco, então eu a trouxe do pasto. Olhando para o animal agora, penso no ouro escondido sob sua lã. Como será que ele é? As mulheres de minha tribo usam prata, mas eu vi joias de ouro em outras mulheres. Nunca vi uma barra sólida de ouro.

Pego o *patal** que está pendurado em meu cinto ao lado de um rolo de corda e um cantil de água de pele de cabra. Testo o corte da lâmina. Eu uso esse *patal*

* *Patal:* faca afiada usada por pastores.

para cortar verduras e frutas, galhos, madeira, qualquer coisa. Levanto Chullu e o coloco ao lado de Rekha na cama, onde ele tenta pôr na boca o livro de macacos.

Aproximo-me de Neela, devagar. Ela para de mastigar e me observa. Ela solta um balido e se levanta, agora desconfiada. Passo a mão sobre sua lã para encontrar a protuberância dura do lado oposto ao que está ferido. Então procuro as bordas da lã que foram costuradas e corto os pontos com cuidado, mantendo Neela quieta com o cotovelo. Duas barras de ouro, cada uma com doze centímetros de comprimento, cinco centímetros de largura e um centímetro de espessura, caem no chão com um baque. O barulho assusta Neela e ela se agita sob meu braço. Eu a solto.

O ouro tem uma cor fosca. Não é bonito como eu achava que seria. Alguém escreveu números nas barras. Elas são pesadas e surpreendentemente quentes. Nossa tribo usa prata, principalmente, que é mais fria ao toque. E pensar que alguém seria capaz de matar por um pedaço de metal amarelo fosco.

Uma batida na porta me assusta. Pego as barras de ouro e procuro algum lugar para escondê-las. A colcha está ao meu alcance e eu depressa enfio as barras embaixo dela antes de ir ver quem está na porta.

É Lakshmi. Ela ainda está com as mesmas roupas que estava usando esta manhã. Tem olheiras profundas e seu cabelo está solto em volta do rosto; ela não o tratou com óleo. Parece exausta. Eu lhe digo para entrar e fecho a porta.

— Amanhã vamos entregar o ouro naquele lugar — ela diz. Está falando em um sussurro.

— O lugar da caixa de fósforos? — pergunto.

Ela confirma com a cabeça e passa a mão na testa.

— Mas primeiro temos que pensar como remover o ouro das ovelhas e carregá-lo do pasto na ravina do hospital até a Canara.

— Onde fica? A empresa?

— Uns seis quilômetros daqui, logo saindo da cidade.

— Que direção?

Lakshmi aponta com o queixo para o leste.

Acho que conheço essa área; é onde vou às vezes colher as flores da montanha. Isso me dá uma ideia. Eu me levanto e pego meu cesto de flores, o grande que uso na barraca. Depois pego as barras de ouro embaixo da colcha e os coloco dentro do cesto vazio. Quando Lakshmi vê o ouro, ela arregala os olhos. Depois olha para Neela e para a camada de lã que está solta em sua lateral.

Quanto será que o cesto consegue conter?

— Temos trinta e oito ovelhas — digo —, trinta e nove contando Neela. Se cada ovelha estiver carregando quatro barras, duas de cada lado, isso seriam cento e cinquenta e seis barras. Mas duas estão faltando, então são na verdade cento e cinquenta e quatro. — Eu não sei ler nem escrever os números, mas sei fazer contas de cabeça.

Lakshmi pega uma barra no cesto e avalia o peso em sua mão. Ela está acostumada a misturar remédios naturais, calculando a proporção correta dos ingredientes.

— Cada barra é um pouquinho diferente, mas esta que estou segurando tem uns sessenta gramas. Ela seria vendida talvez por seiscentas, setecentas rúpias.

— Quer dizer… — Olho para Lakshmi, minha mão voando para o peito. Sinto o coração acelerado sob minha palma. Agora sei por que os contrabandistas correm o risco. Todas as barras, juntas, somam umas cem mil rúpias! *Hai Shiva!** Começo a perceber que estamos em algo muito perigoso. Lakshmi tentou me avisar o tempo todo que isso seria loucura, que seria imprudente querer devolver o ouro para pessoas que prefeririam cortar o pescoço da própria mãe a perder seu tesouro. Eu devia tê-la escutado.

— Temos que tirar isso daqui — digo. Olho para meus filhos, que perceberam o pânico em minha voz e estão me olhando de boca aberta.

Lakshmi vê meu *patal*.

— Foi isso que você usou para abrir a costura?

— *Hahn*. — Guardo a ferramenta afiada de volta na fenda em meu cinto.

Ela aperta os lábios, franzindo a testa, e olha para Neela. Sei que ela está calculando quanto tempo vai levar para removermos o ouro das ovelhas. Ela é boa para fazer planos. Organizou cada seção do jardim de acordo com o tipo de solo de que as plantas iam precisar, de quanta água elas precisariam, de quanto fertilizante. O jardim é eficiente e bem estruturado. Como tudo que Lakshmi faz.

Ela balança a cabeça, resoluta, como se tivesse tomado uma decisão.

— É melhor remover o ouro agora. Mais seguro do que à luz do dia. Os jardineiros do hospital devem ter ido todos para casa.

Noto as linhas de cansaço sob seus olhos. Ela já fez tanto: andar montanha acima e abaixo, transportar o corpo de meu irmão para Shimla, ir até aquela empresa na periferia da cidade. Agora está escuro lá fora. E frio.

---

* *Hai Shiva!*: Meu Shiva!

Nós não somos do sangue dela. Mesmo assim, ela está disposta a fazer mais.

Lakshmi vai para a porta.

— Encontre-me em minha casa daqui a meia hora. Leve Neela, por favor.

— *Ji*, quando foi a última vez que você comeu? Fiz *chapatti* e *palak subji* agora pouco. Coma um pouco antes de ir.

Costumo conter meu uso do respeitoso *Ji* com ela. Vejo-a amolecer. Ela sorri para agradecer minha oferta, mas faz que não com a cabeça.

— Tenho que pensar em como vou explicar tudo isso para Jay... dr. Kumar. Tive que contar a ele o que encontramos. Ele está preocupado, claro. E tenho que pensar em como vamos trazer o ouro do pasto. Chandra está exausto. Acho que não posso esperar que ele faça mais nada hoje.

Concordo com a cabeça.

— Vou pedir para os Arora ficarem com as crianças.

Ela sorri tristemente.

— Diga a eles que eu preciso de você no hospital esta noite. Não será uma mentira.

14
Lakshmi

Shimla

Jay não quis deixar que Nimmi e eu fôssemos sozinhas para o pasto na calada da noite recolher o ouro. Ele já está bravo por eu ter ido à Canara Enterprises sozinha.

Agora ele está conosco na borda do pasto enquanto chamamos, baixinho, as ovelhas. Trabalhamos o mais silenciosamente possível, mas não há muito que possamos fazer quanto aos balidos. Nimmi segura uma ovelha, eu ilumino com a lanterna e Jay corta os pontos para tirar as barras de ouro.

Deixei Chandra no estábulo e trouxe nosso outro cavalo, um pônei de pelo claro. Se nossos cálculos estiverem certos, o ouro não pesará mais do que dez quilos, menos do que uma criança pequena, e o pônei deve ser capaz de aguentar a carga.

A tarefa é difícil porque estamos trabalhando no escuro. Ouvimos animais noturnos à nossa volta: marmotas e doninhas cuidando de sua vida nos recessos da floresta de pinheiros ao redor. Aqui embaixo, no fundo da campina, as ovelhas estão relativamente protegidas de grandes predadores. Se um leopardo ou um urso do Himalaia atacasse o rebanho, isso nos deixaria com menos barras de ouro. Digo a mim mesma que não devo me preocupar com o que não posso controlar; mesmo assim, meu coração está acelerado e o sangue pulsa em meus ouvidos. Embora a noite esteja fria e meus dedos pareçam pedras de gelo, estou suando sob o casaco. Continuo com as mesmas roupas que usava esta manhã quando saí para procurar Nimmi nas montanhas.

De tempos em tempos, encontramos uma ovelha em que já trabalhamos; nós a deixamos ir e vamos atrás da próxima. Nimmi foi esperta ao contar as ovelhas quando as trouxe para o pasto mais cedo. Quando chegarmos em trinta e nove, saberemos com certeza que conferimos todas.

Levamos duas horas. Sabemos que terminamos quando o número total de barras de ouro coletadas corresponde ao número que calculamos. Como previmos, todos os animais estavam carregando quatro barras cada um. Colocamos o ouro no cesto de flores de Nimmi e amarramos o cesto no pônei. Uso o *rajai** que trouxe de casa para cobrir nossa carga ilícita.

Nimmi dá uma olhada para o rebanho, para as abas de lã pendentes de ambos os lados das ovelhas.

— Elas deviam ser tosquiadas. Tosquiadas *direito.* Aí eu poderia vender a lã e dar o dinheiro para os meus sobrinhos. — A voz de Nimmi falha. — Isso é o que Vinay teria feito. — Ela se vira para mim. — Posso fazer isso de manhã, aos poucos, antes de ir para a clínica. Devo acabar em três dias.

Inclino a cabeça. *Claro que sim.*

É meia-noite quando nós três e o pônei chegamos à casa de Nimmi. Jay e eu esperamos a distância com o pônei enquanto Nimmi pega as crianças com os Arora e as leva para seu quarto, um em cada braço, os dois dormindo.

Ela me pede para entrar também enquanto coloca Rekha e Chullu sobre a colcha.

— Não vou abrir minha barraca de flores amanhã — ela sussurra. — Vou com você até a Canara, *Ji.*

Eu entendo por que ela não quer que Jay escute; ele já está bravo o suficiente comigo por ter ido sozinha hoje.

— Não podemos ficar as duas fora da clínica por um segundo dia. Já causamos transtorno demais. Eu preferia que você fosse à Horta Medicinal amanhã. Finja que está tudo normal. Diga às enfermeiras que não estava se sentindo

* *Rajai:* colcha.

bem hoje ou arranje alguma outra desculpa. — No silêncio da noite, tomo cuidado para não falar em ouro. — Eles me conhecem agora na Canara, então é melhor eu levar.

Nimmi olha para mim por um longo momento, seu rosto coberto em sombra. Vejo o branco de seus olhos. É como se ela quisesse dizer algo, mas então balança a cabeça e fecha a porta quando saio.

Eu sei quando algo está incomodando Jay. Ele para de brincar comigo. Enquanto acomodo o pônei no estábulo no fundo de nosso quintal e lhe dou comida e água, Jay leva o cesto de Nimmi cheio de ouro para dentro de casa.

Quando entro na sala, ele está sentado em uma poltrona, girando um copo de Laphroaig entre as mãos. Ele já serviu um segundo copo e o estende para mim.

Pego o copo e afago o cabelo dele.

— Você está preocupado?

— Quem não estaria, Lakshmi? Por que você se dispõe a arriscar a sua vida, a nossa vida, pelo problema de outra pessoa? — A voz dele é baixa e controlada.

Deixo suas palavras assentarem por um momento. Depois vou até a mesinha lateral onde guardo as cartas e pego a carta mais recente que recebi de Malik.

Volto até Jay e entrego a ele.

— Malik me enviou isto uma semana atrás. — Levanto meu copo de uísque e deixo que ele leia a carta sozinho.

Queridas Nimmi e Tia Chefe,

Estou aprendendo muito aqui em Jaipur. Por exemplo, quais materiais são melhores para cada tipo de construção. O custo de comprar terra e o custo de construir do chão. Como fazer as fundações. O Tio Manu tem me mandado para diferentes departamentos dentro da divisão dele para as pessoas poderem me ensinar todas as partes do negócio. Já estou até começando a ver prédios sendo construídos nos meus sonhos. (Vocês iam adorar o Hakeem, o contador com quem estou trabalhando. Ele é um homenzinho esquisito, mas eu gosto dele. Ele está aqui desde sempre, provavelmente desde o Império Mogol!)

A melhor parte desta experiência tem sido passar tempo com Nikhil. Ele é como a Radha: doze anos, mas parecendo vinte! Chefe, você ia ficar impressionada com o modo como Tia Kanta e Tio Manu o criaram. Ele é um menino doce, divertido e, mais importante pelos meus critérios, um jogador de críquete fenomenal! Nós passamos muitos domingos rebatendo e arremessando. Ele é quase tão bom quanto eu! (Tenho certeza de que ele ia discordar e dizer que eu até que sou bem bom para um velho.) Mal posso esperar que Chullu tenha idade suficiente para eu pôr um taco de críquete na mão dele! Por favor, diga a Rekha que não me esqueci do arco-íris que eu deveria levar para ela de Jaipur. Ela acha que cada cidade tem seu próprio arco-íris e eu não tenho coragem de decepcioná-la!

Chefe, a próxima parte é só para você, então não leia para Nimmi!

Eu sei que você quer o melhor para mim. Você sempre quis. E eu agradeço muito. Mas, quanto mais tempo eu passo longe de Nimmi, mais eu percebo quanto gosto dela. Eu sinto saudade do jeito quieto dela. Admiro como ela trabalha com dedicação para alimentar e vestir Rekha e Chullu (que eu já amo como se fossem meus). Eu a ajudo com algum dinheiro de vez em quando, mas — Hai Ram!* — *eu praticamente a forço a aceitar.*

Tenho consciência de que você talvez preferisse uma mulher diferente para mim, mais instruída ou mais sofisticada, mas estou satisfeito com Nimmi. Nos oito meses desde que a conheci, aprendi sobre a beleza do Himalaia e os tesouros que as montanhas guardam. Eu sei que ela é perfeitamente capaz de cuidar de si mesma, mas queria lhe pedir uma coisa.

Por favor, trate Nimmi como faria com uma irmã, como sempre tratou Radha. Nimmi nunca lhe pedirá nada, então talvez você tenha que insistir para ela receber sua gentileza. Ela tem um coração bom e leal. A perda que ela sofreu foi trágica. Ninguém deveria ter que perder um esposo tão jovem. Mas isso acabou sendo meu ganho e me trouxe muita felicidade.

Com carinho,
Malik

Jay me encontra no banho. Estou acabando de esfregar a sujeira do dia, o cheiro de cavalo, o pó e o suor de minha pele. Jay deixa a carta na borda da banheira, põe as mãos nos bolsos e mexe com as moedas soltas dentro deles.

— Eu sei que você acha que ajudar Nimmi é o melhor por causa dos sentimentos de Malik por ela, e você sempre fez o que achou que fosse melhor. Mas estou aflito.

Paro de me esfregar.

---

* *Hai Ram:* Meu Deus!

— Jay, se você pudesse fazer algo para ajudar a sua família, algo que talvez salvasse a vida deles, você não faria?

— Sim, claro que eu faria. Mas essas pessoas com quem você está lidando são *goondas, criminosos profissionais*! Acho que é um risco grande demais você continuar se envolvendo. Eu falei com a polícia local...

— Por quê? — Sinto que estou ficando brava. Falar com as autoridades pode ser arriscado; nunca se sabe quem pode estar recebendo suborno.

Ele move as mãos em um gesto que pretende me acalmar.

— Eu não falei sobre esse caso em particular, mas queria saber mais sobre o contrabando de ouro que acontece nas montanhas de Shimla.

— E o que descobriu?

— Eles sabem que há atividade a oeste, em torno de Chandigarh e mais perto do Paquistão, mas não parecem achar que há alguma coisa acontecendo nesta área.

— Devem ter ficado curiosos com o seu motivo para estar perguntando. — *Você deu alguma pista sobre o que estamos fazendo?*

— *Arré.* Eu só lhes disse que eu li um artigo sobre contrabando no jornal e fiquei preocupado com a segurança dos meus pacientes. — Ele está mexendo nas moedas no bolso da calça outra vez, mais um sinal de que está preocupado.

Aperto os lábios, tentando não demonstrar minha irritação. Aprendi muito cedo que falar com a polícia nunca é uma boa ideia.

Depois da independência, quando os britânicos partiram e os cargos do governo tiveram que ser preenchidos, o nepotismo reinou. Os cargos mais altos, como comissário de polícia, foram para amigos e familiares, quer estivessem ou não qualificados para o trabalho. O resultado? Incompetência e corrupção. Há sempre uma possibilidade de que a polícia esteja em conluio com contrabandistas de ouro, embolsando dinheiro para protegê-los. E, se o comissário de polícia desconfiar que Jay falou com eles porque tem alguma informação sobre o contrabando, pode usar isso para obter vantagens ou, pior, decidir que precisa impedir Jay de revelar o que sabe para qualquer outra pessoa.

Jay pôs a si próprio — e a nós — em perigo. Se as autoridades descobrirem aquelas ovelhas semitosquiadas no fundo do pasto, nós três estaremos em apuros.

O que significa que precisamos tosquiar as ovelhas completamente e o mais rápido possível. Amanhã à noite no máximo. O prazo de Nimmi, três dias, foi reduzido agora para um só dia. E teremos que ser nós três para que isso possa acontecer. Já estou tão exausta de cavalgar para encontrar Nimmi e de passar a noite removendo ouro das ovelhas. Nem ousei deixar Jay ver como meus joelhos estão trêmulos.

Afundo a cabeça na água, afogando a voz de Jay e os protestos de meu corpo.

Bem cedo na manhã seguinte, percorro com um descansado Chandra os seis quilômetros de Shimla até a Canara Private Enterprises. Jay e eu pusemos as barras de ouro nas bolsas de sela e as cobrimos com um cobertor de cavalo. Vesti uma calça de montaria limpa e o casaco de lã de Jay. Enrolei um xale marrom em volta da cabeça e dos ombros. É uma manhã enevoada, a neblina se enrolando preguiçosamente em torno dos pinheiros e cedros, hesitando em se levantar.

Convencer Jay a me deixar ir sozinha foi uma batalha. Ele queria ir em meu lugar. Eu recusei porque não quero que ele fique mais envolvido do que já está. Ele tem uma posição importante no hospital. E tem a manhã lotada de pacientes, incluindo duas cesarianas.

Hoje o portão na cerca de arame farpado da Canara Enterprises está aberto. No pátio, uma mulher solitária de sári e suéter está agachada no chão, assentando argila em um molde de madeira e tirando em seguida o tijolo formado. Ela trabalha depressa, provavelmente porque é paga por tijolo, e vai acrescentando mais uma fileira à camada crescente de tijolos que estão secando ao ar livre.

Desmonto e conduzo Chandra para a clareira, parando ao lado dela. Ela levanta os olhos, mas não para o trabalho.

Faço um *namastê* para ela.

— Você é muito hábil nisso.

Seus dentes salientes a deixam constrangida, então ela põe a mão na frente do rosto enquanto sorri e balança a cabeça de um lado para outro, satisfeita por ter sido reconhecida.

Reparo que todos os tijolos têm um entalhe retangular no centro e isso me deixa intrigada.

— Quem compra esses tijolos?

Quando ela me olha confusa, tento de novo.

— Quem são os clientes…

Ela balança a mão.

— Eu não sei, *Ji*. Um caminhão leva embora. O motorista diz que leva para Chandigarh.

— *Arré!* O que você está fazendo aqui fora? — É o rapaz de ontem, o que estava atrás do balcão. Ele franze a testa para a mulher, que volta rapidamente ao trabalho com os tijolos. Para mim, ele diz: — Vá para o escritório.

Tento fazer uma expressão de desculpas, mas vejo que ele está desconfiado. Ele me observa enquanto conduzo Chandra até a porta do escritório. As bolsas de sela cheias de ouro são pesadas, mas eu pratiquei levantá-las de modo a parecer que sei o que estou fazendo.

Levo para dentro uma das bolsas, depois a outra, e as coloco sobre o balcão. O homem mais velho do escritório dos fundos vem pegá-las. Ele as leva para sua mesa e fecha a porta, portanto não posso mais vê-lo.

— Como você arranjou esses olhos azuis? — o rapaz pergunta.

Eu estava tão concentrada no chefe que havia esquecido do jovem tomando conta de mim.

— O quê?

— Nós só vemos olhos como os seus na Caxemira.

Em Jaipur, muitas vezes me perguntaram sobre meus olhos azuis. As pessoas achavam que talvez eu fosse anglo-indiana (um grupo que se tornou malvisto depois que os britânicos deixaram o país). Ou que talvez eu nem fosse indiana. Talvez pársi, ou afegã? Mas não estou interessada em entrar em uma conversa com esse homem sobre minha linhagem ou dizer a ele que olhos azuis são comuns em minha família há gerações.

— Não sou da Caxemira — digo apenas.

Agora ele apoia os cotovelos no balcão e se inclina para a frente com um sorriso astucioso.

— Vocês pastores nunca se consideram caxemires, ou punjabis, ou rajastanis, não é? É a tribo que importa. Mas eu nunca vi uma pessoa de tribo com olhos azuis. — Ele inclina a cabeça, me examinando com a expressão séria. Depois me diz alguma coisa em um dialeto que não entendo.

Os pelos finos de meus braços se arrepiam. Ele está tentando descobrir de onde eu realmente sou. Não sei responder de modo convincente em dialeto. O risco que já estou correndo vai se tornar ainda maior se eu for exposta. Minha melhor aposta é me fingir de constrangida.

Baixo os olhos, aperto mais o xale em volta do pescoço.

— Por favor — digo. — Eu sou casada.

Ele adota um tom brincalhão outra vez.

— E seu marido deixa você fazer trabalho de homem?

Penso em Vinay, seu corpo estendido no chão.

— É porque ele está ferido. Muito.

O sorriso dele é malicioso.

— Nesse caso você deve estar precisando de conforto. E eu...

A porta de dentro se abre e o homem mais velho reaparece. O bracelete fino em seu pulso é feito de barbante colorido: um fio vermelho, o outro cor de ouro. É provável que uma irmã lhe tenha feito o amuleto para que ele a protegesse pelo resto da vida. No entanto, quando ele larga as bolsas vazias sobre a superfície riscada de madeira, com a testa franzida, percebo que não posso contar com a gentileza que talvez ele demostre com a irmã.

— Faltam duas — diz ele.

Levanto o queixo, em uma interrogação.

— Tem cento e cinquenta e quatro barras. Deveria ter cento e cinquenta e seis.

Sinto o suor começando a se formar sobre meu lábio superior. Mas mantenho a voz firme.

— Nós pegamos duas como pagamento.

— *Kya?* Vocês pegaram pagamento em ouro? — Ele endireita o corpo, aperta os olhos. — Esse não foi o trato.

Olho para o rapaz, abro muito meus olhos azuis, recorro a seus modos menos agressivos.

— É uma trilha perigosa. Meu marido caiu. Ele quebrou as costas. Nós precisamos de um hospital. Foi por isso que atrasamos. Não tínhamos dinheiro. Usamos o ouro para pagar a conta.

O homem mais velho bate a mão no balcão, me dando um susto.

— Essa não é uma decisão que você possa tomar. — Saliva voa de sua boca. — O que eu vou dizer para o próximo intermediário?

Sinto o medo por trás de sua fúria. Olho-o de frente.

— Diga a ele que as autoridades de Shimla ouviram boatos sobre contrabando de ouro nas vizinhanças da cidade. Diga a ele que duas barras é um pagamento justo por carregar ouro por uma rota que a polícia está vigiando.

Nós nos encaramos. Estou sem fôlego e sinto-me prestes a desmaiar.

Viro quando ouço um barulho atrás de mim. É a mulher do pátio que estava fazendo os tijolos.

— Acabou a argila — ela diz para o homem atrás do balcão. — O que quer que eu faça?

Escolho esse momento para agarrar as bolsas de sela vazias, correr pela porta e pular sobre Chandra. Em segundos, estamos galopando no caminho sinuoso pelo meio da floresta. Escuto gritos atrás de mim, mas não há veículos no pátio, portanto sei que eles não podem nos seguir tão rápido quanto Chandra e eu podemos nos mover.

Em meus ouvidos, ouço as lufadas do vento, as batidas dos cascos de Chandra na terra e meu próprio sangue pulsando nas veias. Será que eles realmente me machucariam por duas barras de ouro quando estão com o tesouro quase inteiro nas mãos? Espero que não, mas não posso ter certeza. O que sei é que preciso me afastar o máximo possível, o mais depressa possível.

Já havia corrido cerca de um quilômetro quando percebo que o cavalo de Jay está ao lado do meu. Reduzo o passo de Chandra. Só quando me viro para olhar para Jay eu compreendo que ele deve ter me seguido até aqui para ter certeza de que eu estaria segura. Meus olhos se enchem de lágrimas. Lentamente, deixo o terror da última hora escoar de meu corpo da maneira como Madho Singh deixa suas penas assentarem de novo depois de perceber que o barulho alto que o assustara já passou.

15

Nimmi

Shimla

Passo as mãos pela porcelana lisa da banheira no banheiro de hóspedes da casa de Lakshmi. Estou no banho com Rekha e Chullu. Rekha fica bem sozinha, mas tenho que segurar Chullu com uma das mãos enquanto o ensaboo com a outra. Há duas torneiras. De tempos em tempos eu viro a da esquerda, como Lakshmi me ensinou, e mais água quente aparece como mágica! Estou acostumada com o sabão de farelo de arroz e gordura de iaque que nossa tribo faz, mas o sabonete de Lakshmi é um sonho. Ele faz tanta espuma quando misturado com água! E o perfume! É como se eu estivesse na campina colhendo flores.

Quando Chullu tenta pôr a barra de sabonete de lavanda na boca, eu o tiro de suas mãos.

Rekha bate as mãos na superfície da água para ver a que altura consegue fazê-la pular.

Antes, sempre que eu vinha à casa de Lakshmi, estava tão obcecada pelas cartas de Malik que não reparava em mais nada. Agora percebo que cada detalhe da casa dela tem um propósito e uma beleza simples. Não vejo sentido em comparar esta casa com meu alojamento, mas não posso deixar de me sentir constrangida, imaginando o que Malik deve pensar quando me visita. Agradeço por ele ter estado lá apenas à noite, quando é difícil ver as fendas entre as tábuas de madeira das paredes.

Eu estava regando as plantas na Horta Medicinal quando Lakshmi chegou ao hospital esta tarde, depois de ter entregado o ouro na Canara. Meus filhos estavam por perto, brincando na terra. Ninguém mais teria adivinhado que ela passara metade da noite acordada removendo barras de ouro de ovelhas. Ela havia tomado banho e vestido um sári para trabalhar em seu turno na clínica à tarde, o cabelo estava preso em um coque impecável atrás da cabeça. Ela parecia, como de hábito, alerta.

— O rebanho inteiro precisa ser tosquiado esta noite — ela falou baixinho. — O jardineiro disse a Jay que as ovelhas já limparam quase toda a grama do pasto. Elas precisam ser removidas amanhã. E não queremos pessoas intrigadas por elas estarem com apenas uma parte tosquiada.

Eu estava pensando em como ia conseguir fazer isso quando Lakshmi disse:

— Venha à nossa casa esta noite. Nós vamos juntos.

Meu *patal* corta bem e rápido, mas não foi feito para tosquiar ovelhas. A lâmina era afiada demais e podia machucar a pele delas. Eu havia tosquiado ovelhas no passado, com minha tribo, mas era uma atividade em grupo, com todos ajudando. Não tinha certeza se Lakshmi e eu conseguiríamos fazer isso sozinhas.

— O dr. Kumar vai nos ajudar, *Ji*?

Lakshmi confirmou com a cabeça.

— Ele precisa, ou não vamos conseguir acabar. — Ela me deu um sorriso calmo, mas eu vi a preocupação em seus olhos. — Você acha que pode encontrar alguém para remover o rebanho?

Essa seria a parte fácil. Fiz que sim. Queria fazer a pergunta que estava pairando em meus lábios nos últimos dois dias. Lakshmi havia me separado do segundo homem que já amei (as montanhas levaram o primeiro), e isso me causou muita dor. Finalmente, eu perguntei.

— Por que você está me ajudando?

Ela pareceu surpresa, como se achasse que eu deveria saber a resposta.

— Você é parte da vida de Malik, Nimmi, então é parte da minha. — Ela se virou para ir embora, mas parou e falou de costas para mim. — Antes de eu conhecer o dr. Jay, Malik e minha irmã, Radha, eram minha única família, e ambos chegaram tarde em minha vida. Você conheceu Malik. Algum dia vai conhecer Radha e vai ver como ela é especial. Eu faria quase qualquer coisa, e fiz tudo que pude, para manter os dois seguros e felizes. — Por fim, ela se vira para mim, seu olhar direto e determinado. — Seguros e felizes como Malik quer garantir que você e seus filhos também estejam.

Em seus olhos azuis e sinceros, tudo que vi foi preocupação.

Então ela franziu a testa.

— *Suno.** Os homens que pegaram o ouro não gostaram de saber que faltavam duas barras. As duas que nunca encontramos. Eu me sentiria melhor se você e as crianças ficassem conosco por um tempo.

Isso me pegou tão de surpresa que não tive certeza de ter entendido.

— Ficar com você? — perguntei. — Na sua casa?

Ela sorriu.

— Essa é a ideia.

Olhando para seu sári limpo e o suéter combinando, fiquei envergonhada. Não tive tempo de lavar minhas roupas com tanta coisa acontecendo nos últimos dias. Senti as faces esquentarem. Rekha e Chullu não estavam mais limpos do que eu. Depois de todo o trabalho com as ovelhas na noite anterior, não tive energia para içar água, aquecê-la e lavar a sujeira e o suor de mim e de meus filhos em nosso alojamento. Ela ia querer que nossa sujeira poluísse a sua casa?

— Você e as crianças podem ficar no quarto de Malik. Ele tem um banheiro conjugado.

Como será que ela sempre consegue ler a minha mente?

— E eu acho que é melhor, mais seguro, que você não vá vender flores no Mall de Shimla até resolvermos tudo isso.

Meu pulso acelerou.

— Você acha que é tão perigoso assim?

— Acho.

Um pouco mais tarde, fiz um intervalo em meu trabalho na Horta Medicinal e fui até a sala de espera, onde me aproximei de pacientes que eram pessoas das montanhas, provavelmente pastores: suas roupas de lã tecidas à mão e a pele mais escura eram características. Um homem de meia-idade com um olho opaco e sem metade de uma orelha, disse que poderia levar nossas ovelhas para pastar com o seu rebanho ao norte daqui. Eu lhe disse que avisaria amanhã

---

* *Suno:* escute.

onde encontrar o rebanho do meu irmão e descrevi a marca em suas orelhas, para que ele pudesse manter suas próprias ovelhas separadas.

Ele sorriu, mostrando-me seus cinco dentes.

— Eu não preciso marcar minhas ovelhas — ele disse. — Eu sei qual é cada uma porque conheço a personalidade delas. E todas elas são mal-humoradas!

A mulher sentada ao seu lado riu junto com ele.

Assim, esta noite, eu me vejo com Rekha e Chullu na casa de Lakshmi e do dr. Jay. Saí do trabalho mais cedo para pegar nossos poucos pertences e levá-los para a casa de Lakshmi. Ela me pediu para não dizer aos Arora para onde estávamos indo. Por segurança, disse ela. Eu não gostava de esconder coisas deles; eles foram tão bons. Mas Lakshmi tem estado certa sobre quase tudo, então fui embora sem me despedir do velho casal. Foi preciso uma única viagem; nós não temos muitas coisas. Lakshmi disse que ia mandar nossas roupas para o *dhobi*.* Eu sempre lavei minhas próprias roupas, mas não quis dizer isso para Lakshmi. Talvez ela ache que eu não as limpo suficientemente bem.

Agora as crianças estão no quarto de Malik com a empregada de Lakshmi, Moni. Lakshmi está calçando as botas e o dr. Kumar está abotoando seu casaco de lã. Madho Singh anda de um lado para outro em seu poleiro. De tempos em tempos, ele grita:

— A mão que nos alimenta se arrisca a ser mordida.

Vejo pela expressão do dr. Kumar que ele preferia que não estivéssemos fazendo isso. Mas, assim como Lakshmi jamais vai colocar uma criança em risco, o dr. Kumar nunca deixará de proteger Lakshmi. Que escolha ele tem? Ela é determinada. Quero pedir desculpa pelo perigo em que Vinay pôs todos nós. Mas a menção ao nome dele só aumentaria a tensão na sala. Não digo nada.

São oito da noite, crepúsculo, e estamos no pasto inferior, perto da borda da floresta, com o rebanho de Vinay. A grama já foi toda consumida e as ovelhas parecem ansiosas para serem movidas. Foi mesmo ontem que estivemos aqui recolhendo o ouro? Naquele momento, eu só estava preocupada com o trabalho a ser feito e nem pensei em onde nos encontrávamos. Esta

* *Dhobi:* homem que lava roupas como ganha-pão.

noite a floresta parece sinistra. Galhos de árvores assemelham-se a garras. Folhas sussurram maus presságios. O húmus no chão da floresta cheira a decomposição, morte.

Mostro a Lakshmi e ao dr. Kumar como tosquiamos as ovelhas.

Pego uma, viro-a de costas no chão e agacho sobre o pano que estendi na terra, para poder manter o animal entre meus joelhos. A ovelha está acostumada a ser tosquiada e sabe que se sentirá muito melhor sem sua capa pesada, por isso fica quieta. O pastor na clínica esta manhã me emprestou duas tesouras de cabo longo. Começo segurando um punhado de lã sobre a barriga da ovelha e o corto com a tesoura. Depois de ter limpado essa pequena área da barriga da ovelha, tenho como saber até onde a tesoura pode ir sem ferir a pele, e a tosquia prossegue muito mais depressa.

Continuo até ter cortado toda a lã da parte de baixo da ovelha. Então viro o animal para um lado, corto a lã, e viro-o do outro lado. O trabalho de tosquia tem um ritmo que pode ser calmante e, às vezes, hipnótico. Logo termino o corpo e posso começar as pernas.

— Os melhores tosquiadores tiram a lã inteira em uma só peça — digo a Lakshmi e ao dr. Jay. — Eles conseguem tosquiar quarenta ovelhas por dia e nunca picar ou cortar a pele.

Quando acabo, solto o animal e recolho a lã, mostrando aos outros como juntá-la em uma grande bola. Vamos carregar tanta lã quanto possível nos cavalos e deixar o resto aqui, para coletar quando voltarmos.

Lakshmi assiste ao processo fascinada. É evidente para mim que ela nunca viu isto sendo feito antes. O dr. Kumar parece pouco impressionado. E não é só porque ele trabalha com bisturis: ele cresceu em Shimla e já viu muitas vezes pastores fazendo essa mesma tarefa. Eu lhe entrego a outra tesoura emprestada.

Mas ver e fazer são coisas diferentes. A princípio as ovelhas não ficam relaxadas nas mãos do dr. Kumar; elas não estão acostumadas com ele. Mas logo ele pega o ritmo e começa a tosquiar quase tão rápido quanto eu. Lakshmi acha o trabalho mais complicado; ela tem medo de machucar a ovelha. O animal sente sua hesitação, se contorce e escapa das mãos dela. Quando fica mais escuro, ela decide assumir outra tarefa: pega duas lanternas, uma para o doutor e outra para mim, para podermos terminar o trabalho o mais depressa possível.

Depois de três horas, tudo, o campo e a floresta em volta, está em total escuridão, iluminado apenas pelas lanternas que Lakshmi segura.

Meus braços estão exaustos de segurar as ovelhas, minhas pernas estão cansadas de me manter agachada e meus polegares têm bolhas por causa da tesoura. Na luz das lanternas, vejo o rosto do dr. Kumar e sei que ele está tão cansado quanto eu.

Contei trinta e sete ovelhas, incluindo Neela. Só mais duas.

Mas as lanternas de repente se apagam.

Estou prestes a chamar Lakshmi quando sinto sua mão em meu ombro. É quando ouço as vozes. Vejo luzes, como vagalumes, piscando a distância. Há homens falando uns com os outros na floresta a leste. Um homem está gritando ordens; outros estão respondendo aos seus comandos.

Lakshmi, o dr. Kumar e eu ficamos imóveis como troncos de árvores. Eu prendo a respiração.

O dr. Kumar sussurra:

— Nimmi, venha comigo.

Eu me levanto.

— Lakshmi — ele sussurra —, você fica aqui.

Ele pega minha mão e me afasta do rebanho, na direção dos homens. Não sei o que ele está planejando e minha vontade é largar a mão dele e correr para o outro lado, mas ele está me segurando com firmeza e tenho que confiar que sabe o que está fazendo.

Corremos uns cem metros no escuro. Então o dr. Kumar para e vira meu corpo de frente para ele. Ele me beija. Fico tão atordoada que não sei o que devo sentir. Seus lábios não são tão cheios quanto os de Malik, mas são igualmente quentes.

Um dos homens lança a luz de sua tocha sobre nós.

— Senhor! — ele chama.

Outra voz, esta com autoridade, grita para nós.

— Parem onde estão!

E então nós o vemos, e aos outros atrás dele: é a polícia.

O doutor se vira, como se estivesse tão surpreso quanto eles.

— Capitão? — diz ele. — Eu... O que é isso?

Há uma pausa e, em seguida, o capitão se move para a luz. Ele é um homem muito magro com um bigode preto que só faz sua expressão zangada parecer mais severa. Sem seu uniforme, ele não pareceria tão intimidante.

— Dr. *Kumar*? — ele diz, com a voz incerta.

O doutor dá um passo para minha frente, como se quisesse me manter escondida, ou me proteger. Ele baixa a cabeça, tentando parecer envergonhado.

— O que está fazendo aqui? — diz ele. — O senhor me disse que não estavam mais fazendo patrulhas noturnas em Shimla...

O capitão vira sua lanterna sobre nós dois. Fico atrás do doutor, que agora protege os olhos com uma das mãos.

— Isso é o que eu estou pensando que é? — diz o capitão. Escuto o sorriso malicioso em sua voz. O jeito como ele fala me diz que está se exibindo para os seus homens.

— Isto é constrangedor — o dr. Kumar responde, como que se desculpando. — Além de inconveniente. — Ele dá uma risadinha.

Agora a voz do capitão amolece.

— Então foi por *isso* que o senhor me perguntou se os contrabandistas estavam transportando ouro por aqui?

Antes de sair de trás do doutor, abro uns poucos botões na frente de minha blusa, deixando à vista a dobra entre meus seios. Mantenho os olhos fixos no chão.

— Desculpe, *Ji* — eu digo — por perturbarmos o senhor.

Alguns homens riem. O capitão chega um pouco mais perto de mim e eu espero que ele esteja mais interessado no que estou lhe mostrando do que no que poderíamos estar fazendo com as ovelhas.

— Ouvi um boato de que essa mulher está vivendo com você. Mas não acreditei.

O dr. Kumar tenta mais um risinho constrangido.

— As notícias voam.

— As montanhas têm ouvidos, doutor.

— Ah, então as montanhas lhe contaram que minha esposa ainda está vivendo comigo também.

Agora os homens riem mais alto.

— *Chup!** — o capitão diz a seus homens, afirmando sua autoridade.

Controlo a vontade de olhar para trás de nós, para Lakshmi, que deve ter ouvido essa conversa. Depois de tudo que ela fez por nós, ainda teve que ouvir essa história nojenta!

O dr. Kumar olha para mim com carinho, como se eu fosse a única coisa que lhe traz alegria.

---

* *Chup!*: Silêncio!

— Nós temos que dar uma escapadinha, entende? — explica ele. — Este é o único momento em que...

Ele põe a mão no bolso, tira um punhado de rúpias e insiste que o capitão as pegue como um "presente".

— Para compensar o problema que nós lhe causamos, Sahib.

O capitão pigarreia, mas não hesita em pegar as rúpias que lhe estão sendo oferecidas. Ele hesita apenas um segundo antes que o dinheiro desapareça dentro do bolso de sua jaqueta.

Eu puxo o braço do doutor.

— E aquilo... sabe?

O dr. Kumar se vira para mim; um lado de seu rosto está iluminado pela lanterna do policial, o outro está no escuro. Sua expressão é confusa e alarmada. Ele foi pego de surpresa e parece achar que estou prestes a destruir tudo que ele fez para nos tirar do apuro.

— O ouro — digo — nos subúrbios de Shimla. — Lanço um olhar tímido para o capitão. — O doutor não gosta de criar problemas para as pessoas, Sahib. — Eu me viro para o doutor de novo. — Aquela empresa. Como é o nome? Can... Canra...?

Estamos os dois olhando para o capitão agora. Ele está com a cabeça inclinada, seu interesse despertado.

— Ah, já sei — digo, como se tivesse acabado de lembrar. — Canara!

— Canara? — o capitão repete.

Baixo a voz para um sussurro.

— Onde eles repassam o ouro. Mas Sahib já deve estar sabendo disso.

Apressadamente, o agente público pigarreia e olha para seus homens. Depois concorda com a cabeça várias vezes.

— Claro, claro. Mas como *vocês* descobriram?

O dr. Kumar me puxa para ele, sorrindo. Eu poderia quase acreditar que está apaixonado por mim.

— As montanhas têm ouvidos.

Agora o doutor olha para o capitão, depois para mim, e une rapidamente as mãos em um *namastê*.

— Mas, por favor, capitão. Não conte para minha *bibi*.* Ela ficaria arrasada.

---

* *Bibi:* esposa.

— Pode confiar em mim, doutor. Quanto aos meus homens — ele dá uma olhada para trás —, eu respondo por eles.

Bukwas! Amanhã de manhã a rede de fofocas vai estar a todo vapor no hospital.

Eu me pergunto como o dr. Kumar vai conseguir manter a cabeça erguida depois disso.

16
Lakshmi

Shimla

Em nosso caminho de volta do pasto, não conversamos sobre o que acabou de acontecer. Era constrangedor tendo nós três presentes. A única vez que Nimmi falou foi para contar que havia combinado com um pastor local de mover o rebanho amanhã.

Não sei por que, mas tenho receio de trazer o assunto da conversa com a polícia. Não saberia dizer exatamente o motivo, mas achei que poderia não gostar da resposta dele. No entanto, a cena continuava repassando em minha cabeça, como um filme partido enroscado no projetor, batendo na máquina a cada giro do rolo. Eu vi o jeito como Jay reagiu quando confrontado pelo capitão, fingindo, tão convincentemente, estar tendo um caso com Nimmi. Até eu quase acreditei nele. Estava agachada atrás de um tronco de árvore no escuro, mas conseguia ver as silhuetas de Jay e Nimmi. Ele a abraçou, *e depois ele a beijou*!

Será que ele sentiu alguma coisa? Será que *ela* sentiu?

Há enfermeiras no hospital e na clínica que têm uma queda por Jay. Elas o veem como o médico gentil e tímido. Mas eu nunca senti que elas fossem uma ameaça. O ciúme que se apossou de mim quando o vi abraçando Nimmi foi inteiramente novo. E, afinal, fui *eu* que insisti para Nimmi vir morar conosco, por um tempo.

Eu deveria estar preocupada? *Não.* Uma ligação entre eles dois é inconcebível. Jay me ama; ele sempre me dizia que se apaixonou por mim na primeira vez que me viu na casa de Samir Singh, doze anos atrás. Não tenho nenhuma razão para acreditar que ele não tenha sido fiel durante nosso casamento.

Quando nós três subimos os degraus da varanda, ouço o telefone tocando dentro de casa. Sei que Moni não vai atender; ela não confia no aparelho. Eu me apresso para abrir a porta. Os únicos telefonemas que recebemos tarde da noite são do hospital para Jay. Às vezes Radha liga de Paris, mas ela tem cuidado com as ligações, porque as tarifas são exorbitantes, e ela só telefona nos aniversários de suas meninas, e no Diwali.

Mas o telefonema não é de Radha nem do hospital. É Kanta, me contando que o Royal Jewel Cinema desabou esta noite.

Ela me assegura rapidamente que Malik, e sua família, estão bem, o que alivia meu coração acelerado.

Mas ela está falando depressa, e está chorando. Não consigo pegar todas as palavras e tenho que pedir para ela repetir.

— Que bom que não levamos Nikhil ao cinema hoje — diz ela. — Ele ficou muito bravo porque queria estar no meio da agitação. Tantos de seus colegas de escola iam... — Ela para, e escuto seus soluços. — Ah, Lakshmi. Foi horrível para todos — ela continua, quando consegue se acalmar um pouco. — As pessoas se machucaram. Estavam chorando. O maior projeto do palácio até hoje... a marani investiu todo aquele dinheiro na construção! E Manu era o responsável. Ele está desesperado! Diz que não tem ideia de como isso pode ter acontecido.

— Quantos se feriram? — Minha mente está percorrendo os nomes de todos que eu conhecia em Jaipur. *Hai Ram!* Será que algum deles estava lá? Teriam se ferido?

— Só sabemos que o ator Rohit Seth, você deve conhecer, morreu na hora. Ele caiu no piso de baixo quando a parte do balcão em que estava cedeu. Muitas pessoas sentadas embaixo do balcão se feriram. Uma criança está sendo operada, parece que teve a perna esmagada. Uma mulher está em estado grave. Ela pode sobreviver ou não. Está por um fio. — Ela assoa o nariz e espera mais um momento para se controlar. Posso imaginar Kanta com seu telefone, enrolando o fio de plástico preto no dedo, encostada na parede do corredor. Posso vê-la sacudir a cabeça, angustiada, e torcer o lenço que encharcou de lágrimas.

— Vão tentar pôr a culpa de tudo em Manu! Ele tem certeza disso. Mas *não é* culpa de Manu! Você sabe como ele é detalhista em seu trabalho! O último a sair do escritório todos os dias. Ele confere mais de uma vez os números, quantidades, custos de mão de obra e materiais. Ele supervisiona tudo constantemente. Você devia ver como ele é minucioso para conferir as nossas contas em casa, eu nem consigo ficar olhando enquanto ele faz isso. Se ele encontra um erro, ou um preço alto demais, já pressupõe que eu não prestei atenção. *Baap re baap!*

Quando eu trabalhava com henna em Jaipur, Kanta era minha cliente, e uma das poucas que me ofereceram sua amizade desde o dia em que nos conhecemos. Ela sabia que eu era uma brâmane decaída aos olhos das damas da elite porque tocava os pés das mulheres quando os pintava com henna. Essa tarefa, considerada impura, era reservada às castas mais baixas; não era respeitável que brâmanes a fizessem.

Então, quando Radha engravidou de Ravi, Kanta, que também estava grávida na ocasião, a levou para Shimla, onde elas poderiam ter seus bebês juntas, longe de olhos curiosos e línguas ferinas. Mas Kanta perdeu o bebê por causa de uma septicemia e quase perdeu a própria vida também.

O destino, auxiliado por algum trabalho de convencimento de minha parte, levou à adoção do filho de Radha por Kanta e Manu. Foi Jay, claro, que eu tive que convencer.

Ouço Kanta gemendo do outro lado do telefone. Faço minha voz tão doce quanto *rasmalai*.*

— Mas a Singh-Sharma é responsável pela construção, não Manu! Tenho certeza de que haverá uma investigação. Vão descobrir a causa, Kanta. Prédios novos não desmoronam assim. Em sua última carta, você disse que eles estavam apressando o projeto para completá-lo a tempo. Será que alguém pode ter pulado etapas?

Ela deixou escapar um soluço.

— Mas Manu assinou tudo! Seu nome está em toda parte, em toda a papelada do palácio! — Ela agora está ficando exaltada, e isso não pode ser bom para Niki ou para sua *saas*, que provavelmente estão ouvindo.

---

* *Rasmalai:* sobremesa com leite.

— Escute, Kanta. Vai dar tudo certo. As maranis são justas. Elas são inteligentes. Elas não vão acusar Manu. Isso vai se resolver. — Enquanto falo, estou pensando que preciso conversar com Malik para ter um relato mais completo do desabamento do cinema. — Onde está Malik agora? — pergunto.

— No cinema com Manu e Samir. Eles estão ajudando nos trabalhos de resgate. Vai levar horas. Eu quis vir para casa, ver se Niki estava em segurança. Ele está. Foi egoísmo meu? Havia outras mães lá com filhos feridos, e tudo em que eu conseguia pensar era em Niki. Não paro de pensar: e se fosse *meu* filho que estivesse ferido? — Agora ela está falando em um sussurro. — Não vou deixar Niki ir para a escola por alguns dias. Não sei como seus colegas vão reagir, ou o que vão dizer para ele. Muitos de seus amigos estavam no cinema com os pais. Se algum deles se feriu... Ah, Lakshmi! Eu não estou pensando com clareza... Eu não sei o que fazer!

Se Kanta estiver certa e o acidente não for culpa de Manu, tudo acabará se resolvendo. Mas, por enquanto, haverá dedos apontando para ele; ele levará a culpa. Se ele for forçado a deixar o emprego, será difícil arrumar outro, em qualquer lugar. Escândalos do palácio se espalham, e depressa, e se o escândalo for grande, como esse é, ninguém pode contê-lo. Um escândalo em que vidas são perdidas nunca será esquecido. Ou perdoado.

Kanta está desmoronando. Minha amiga precisa de mim do jeito que eu precisei dela tantos anos atrás. Percebo que tenho que ir para Jaipur; posso pegar o primeiro trem de manhã. Digo isso a Kanta. Imediatamente, ela começa a se acalmar. Depois de mais algumas palavras de carinho, eu desligo.

Ouço Nimmi perguntar:

— O que aconteceu? Malik está bem?

Eu me viro; ela está de pé atrás de mim. Enquanto estive no telefone, Moni deve ter ido embora e Nimmi desceu de novo depois de olhar as crianças. Ela deve ter ouvido parte de minha conversa. Seus olhos arregalados me lembram de como as ovelhas nos receberam esta noite quando chegamos para tosquiá-las. Ela está esfregando nervosamente as palmas das mãos nas laterais da saia.

— Ele está bem. — Sinto as pernas trêmulas e me sento no sofá.

Jay entra na sala de estar, trazendo um copo de uísque para Nimmi, mas ela não olha para o copo, nem para ele. Ele deixa o copo sobre o móvel ao lado dela e me entrega o meu. Tomo um gole, sentindo o líquido dourado deslizar sinuosamente para minha barriga. Jay se senta à minha frente.

Depois de respirar um pouco, conto a eles o que Kanta me disse.

Eu me viro para Jay.

— Amanhã vou pegar o primeiro trem da manhã para Jaipur. Kanta precisa de mim neste momento...

Nimmi se coloca entre nós. Seu rosto é um nó de ansiedade.

— Eu sabia que Malik não devia ter ido para Jaipur. Eu sabia que alguma coisa horrível ia acontecer. Exatamente como Dev.

Eu seguro o braço de Nimmi para acalmá-la.

— Malik não está ferido, Nimmi.

Ela puxa o braço.

— Ele não queria ir. Você sabe que ele não queria ir! Você *forçou* ele a ir... *você* fez isso. *Você* o pôs em perigo. Ele não teria ido se você não tivesse pedido. Você não vê? Ele faz tudo que você lhe pede.

Nimmi fica em pé na minha frente, gesticulando furiosamente.

— Eu sei que você quer decidir com quem ele deve ficar também. E eu não sirvo, não é? Você quer que ele fique com alguém *padha-likha*. Alguém que use sáris de seda e fale *angrezi*. — Seu corpo está vibrando de energia. — Por que é tão importante ler e escrever quando tudo de que se precisa para sobreviver é ar, e montanhas, e maçãs das árvores e nozes dos pinheiros e leite doce das cabras? Eu sobrevivi com isso toda a minha vida! — Ela lança os braços para cima. — Malik nem é seu, não é? Ele é filho de outra mulher. Se você queria filhos tanto assim, por que não teve os seus?

Ela está me culpando por querer o melhor para Malik? Ela acha que eu o sufoco? Fico sentada, atordoada, o copo de uísque como um adereço em minha mão. Como confortá-la? A mulher que estava beijando meu marido uma hora atrás? Devo me defender? Depois que arrisquei minha própria vida para manter seus filhos e ela seguros do perigo em que seu irmão os meteu?

Nimmi se joga no sofá ao meu lado, surpreendendo-me e fazendo respingar meu drinque. Ela segura minha mão livre com seus dedos fortes e quentes. Seu rosto está a poucos centímetros do meu e seus olhos escuros estão em brasa.

— Ele... ele faz as coisas que você quer que ele faça porque ele é bom. Malik é bom. E ele deve tanto a você. Ele me contou. Ele não sabe onde estaria sem você. Mas ele precisa viver a própria vida. Ele merece trilhar seu próprio caminho no mundo. É hora de você soltá-lo. Ele precisa ouvir isso de você. Por favor. Ele vai se soltar se você deixar. Sra. Kumar, tem que deixar que ele se solte. Você *tem* que fazer isso.

Ela abre a boca para continuar, mas não sai mais nada. Só fica olhando em meus olhos, como se quisesse alcançar a parte de mim que não permito que ninguém veja.

Seu olhar é tão penetrante que tenho que desviar o rosto.

Será que ela está certa? Será que uso meu poder sobre Malik de uma maneira que não faz bem a ele? Estou usando minha influência para levá-lo a uma vida que o fará infeliz? Nunca pensei em Malik como um filho, mais como um irmão mais novo. Mas ele é mais do que isso, não é? Ele é parte do meu passado, parte de mim. Ele me conhece em meus melhores e piores momentos. E nos meus mais felizes. E nos meus mais tristes. Ele me conhece há mais tempo do que qualquer outra pessoa em minha vida, mais do que Jay, ou do que Radha, que entrou em minha vida com quase treze anos. Se eu parasse de cuidar de Malik, será que sentiria a perda, como um membro perdido? Ou seria um alívio não precisar mais ser responsável por seu bem-estar? Será que Malik realmente espera que eu cuide dele assim? Ou ele faz isso apenas para me agradar, deixa que eu o guie porque sabe que isso me faz sentir útil?

Eu me sinto oca, como um palito de bambu antes que a pasta de henna encha seu núcleo. Não sei o que dizer, ou o que pensar. Não consigo falar, nem me mover.

Jay coloca seu copo sobre a mesa. Ele segura Nimmi pelos ombros, levanta-a do sofá e a conduz para fora da sala e escada acima.

Minha mão, de onde os dedos dela acabaram de sair, parece estar queimando.

Termino meu drinque na banheira e ponho o copo no suporte de sabonete. Mesmo agora, depois de lavar as lembranças do dia — o cheiro forte de suor dos homens na Canara, a lã áspera das ovelhas nas palmas de minhas mãos, a humilhação de ver meu marido beijar outra mulher, as dúvidas perturbadoras que Nimmi plantou em minha mente —, eu ainda não sei o que sentir.

Quando a água finalmente esfria, saio da banheira e Jay entra e para na minha frente. Ele me enrola em uma toalha e esfrega minhas costas com delicadeza, sem deixar de me olhar todo o tempo, sem tirar seus olhos dos meus. Ele ainda tem o cheiro de fora de casa, o perfume das agulhas de pinheiro no chão da floresta, o odor rançoso da lã que tosquiamos.

Então ele deixa a toalha deslizar para o chão e põe sua testa na minha. Será que está se solidarizando comigo? Pelas coisas que Nimmi disse? Ou será que ele acha o mesmo que ela? Talvez esteja pedindo perdão por beijá-la? Há algo para perdoar? A parte racional de mim sabe que ele agiu em *nosso* interesse esta noite quando a polícia apareceu. É ridículo pensar que ele tenha alguma coisa com Nimmi. Mesmo assim, quero ouvi-lo dizer isso. Sei quanto tempo ele esperou por mim, quanto tempo ele me quis antes de eu perceber que o queria também. Mas há momentos, como agora, em que estou tão para baixo que preciso ouvir as palavras.

A água de meus seios está molhando a camisa dele. Ele desliza as mãos por meus braços e deixa-as descansar em meus quadris. Ele se ajoelha.

O toque quente de seus lábios no triângulo entre meus seios me faz arfar. Seus lábios seguem para baixo, para meu umbigo, e mais para baixo ainda. Minhas nádegas ficam tensas e cada nervo em meu corpo vibra em expectativa.

Ponho as mãos dos dois lados da cabeça dele, pressiono seus lábios para o espaço entre minhas pernas trêmulas. Ele aperta minhas nádegas, afasta-as, junta-as. Então sua língua encontra o ponto que me faz estremecer inteira; ele lambe, suga e acaricia até eu sentir que estou prestes a desmaiar. Quando gozo, solto um gemido alto, sem pensar ou me preocupar com a outra mulher na casa, no quarto de Malik. Jay para de se mover. Permanecemos assim até eu não estar mais tremendo. Então ele vira a cabeça para o lado, abraça minhas pernas e diz:

— Você, Lakshmi.

Por um longo tempo, continuamos ali.

Por fim, Jay me diz, com tom de súplica:

— Meus joelhos. — E então ele está rindo. Sinto seus belos cílios roçando minha barriga e o solto.

Não muito tempo depois, cairei no sono mais profundo de minha vida, com os braços em volta de meu marido.

O desabamento

17
Malik

Jaipur

Ainda estamos no saguão, voltando para os nossos assentos depois do intervalo, quando ouvimos o estrondo. Seguido pelos gritos e gemidos, os pedidos chorosos de socorro. De repente, as pessoas estão correndo em pânico para dentro e para fora do Royal Jewel Cinema. Estão se empurrando para chegar às portas do saguão ou para entrar na sala e atender os feridos. Por uma fração de segundo, nosso grupo — Kanta, Manu, eu, os Singh — ficamos paralisados no meio do saguão, enquanto pessoas desesperadas movem-se freneticamente à nossa volta. Bebê agora está acordada e gritando.

Então Samir está abrindo caminho na multidão para entrar na sala do cinema. Manu está logo atrás dele. Escuto Samir gritando para todos saírem do prédio imediatamente.

Ele chama Ravi, que não está em nenhum lugar à vista. Corro para a entrada do saguão, gritando para os atendentes abrirem todas as portas e pedindo à multidão para sair depressa. O êxodo é como uma onda de maré, mas há também uma força oposta, de pessoas lutando para entrar e resgatar seus entes queridos que permaneceram nos assentos durante o intervalo.

Enquanto Samir desaparece dentro do cinema, digo a Sheela para levar seus filhos, Parvati e Kanta para fora. Mas ela faz que não com a cabeça, entrega o bebê à sua sogra e diz para ela e Kanta irem para casa. Então ela corre para dentro do cinema para se juntar a Samir. Eu a sigo.

Grupos de homens e mulheres estão retirando o entulho de cima dos feridos. Sheela e eu fazemos o mesmo. Ouvimos pedidos de socorro vindos de baixo de pedaços de concreto, vergalhões e tijolos.

Avisto Samir falando com o gerente do cinema, um homem que eu conheço apenas como sr. Reddy, que Samir contratou de um cinema menor em Bombaim.

Hakeem está ao lado do sr. Reddy. Isso é estranho. Eu tinha esperado ver o contador mais cedo com a esposa e as filhas no balcão. Hakeem está passando os dedos nervosamente pelo bigode como se estivesse querendo remover a lembrança do acidente que acabou de acontecer. Samir está gritando ordens. O sr. Reddy enxuga o suor da testa e entra em ação. Hakeem corre atrás dele.

Manu parece estar em choque; ele fica perguntando a Samir como isso pode ter acontecido.

A polícia chega pouco depois, e, durante a hora seguinte, cerca de cem pessoas que estavam no cinema e escaparam sem ferimentos ajudam os policiais a resgatar pessoas enterradas sob os escombros, levantando aço e concreto de cima delas e fazendo bandagens com camisas e *dhotis*.* Vejo Sheela rasgar seu fino sári de seda com os dentes e improvisar rapidamente um torniquete para estancar o sangramento de uma perna esmagada. Quando levamos os feridos para o saguão, há um comboio variado de carros, caminhões, lambretas, riquixás de pedal, riquixás motorizados e *tongas*** esperando para transportá-los a hospitais próximos. Sheela está eficientemente organizando quem vai para onde. As poucas ambulâncias em Jaipur são particulares e só vêm quando chamadas.

Olho para meu relógio: uma hora da manhã. Nas últimas três horas, eu não parei para pensar; estive concentrado em fazer o que precisava ser feito. Meus braços doem do esforço de levantar pessoas do chão. Massageio a nuca para amenizar a dor de cabeça de que só agora tomei consciência. Minha garganta

---

* *Dhoti:* tecido branco de algodão de quatro a seis metros enrolado na cintura e nas pernas para formar uma calça larga para homens.

** *Tonga*: charrete puxada a cavalo.

está seca — de sede, ou do pó dos escombros? Entro novamente na sala do cinema para ver o que posso fazer. Um lado do salão está quase completamente destruído. Foi onde uma boa parte do balcão desabou. A outra metade do cinema parece intacta. Mas ninguém sabe ainda por que a estrutura de uma área cedeu, então não podemos ter certeza de que não acontecerá o mesmo com o resto. É melhor evacuar o prédio, para o caso de o pior acontecer.

Samir está de pé, com as mãos na cintura, no meio das ruínas. O cinema está quase totalmente vazio. Ele está falando outra vez com o sr. Reddy cujo rosto e jaqueta Nehru estão cobertos de pó de estuque. O homem está suando; parece atordoado. O sr. Reddy tira um lenço do bolso, assoa o nariz, depois enxuga os olhos. Ele balança a cabeça para Samir, o contorna, passa por mim e segue pelo longo corredor que leva aos fundos do palco.

Agora Samir está sozinho, de costas para mim; não sei se ele sabe que o estou observando. Seu paletó de seda está rasgado na costura central das costas e em um dos ombros. O cabelo e as roupas estão sujos de pó de argamassa. Ele inclina a cabeça; algo no chão parece ter chamado sua atenção. Ele se abaixa e pega um pedaço quebrado de concreto de cimento. Examina-o, virando-o na mão.

Inspeciono os destroços também. Levanto os olhos para a parte interna do balcão, o esqueleto de vergalhões e argamassa de cimento. Três cadeiras, ainda firmemente parafusadas no piso agora exposto do balcão, pendem precariamente no vão aberto, como se, a qualquer momento, elas também pudessem despencar. Vejo que duas colunas de suporte do balcão cederam, fazendo com que várias fileiras, talvez quinze ou vinte assentos, caíssem no piso inferior. Essas são as cadeiras que desmoronaram sobre as pessoas sentadas diretamente abaixo.

Observo o tapete rasgado, cheio de pedaços de material de construção, cadeiras quebradas caídas de lado, cobertas de pó de estuque e argamassa. De repente, sinto pena de Ravi Singh, algo que nunca pensei que seria possível. Todo o trabalho empenhado neste prédio. Todas as horas. Todo o dinheiro, e o talento. Ele havia planejado esta grande inauguração até o último detalhe.

Chuto um pedaço de tijolo quebrado, e ele rola. Sei pelo entalhe em um dos lados que esse era um tijolo decorativo. *Estranho.* Agacho e pego outro pedaço. Também um tijolo decorativo. Manu uma vez me mostrou que um lado de cada tijolo decorativo é inscrito com o logotipo do fabricante. Os fornecedores têm orgulho de seu trabalho.

Mas os tijolos que estou vendo não têm a marca de fábrica, apenas um entalhe retangular raso onde o logotipo costuma estar. Avisto mais um tijolo sem a marca. Depois outro. Estes também têm a mesma concavidade retangular no centro. Por que há tantos tijolos decorativos? Olho em volta pelo cinema. Tijolos não foram usados para adornar nem as paredes nem a fachada do balcão. Penso naquelas faturas que estive registrando. Todas as faturas de tijolos eram do mesmo lugar: *Chandigarh Materiais de Construção*. Então onde está o logotipo deles?

Peso o tijolo na mão. Ele parece mais leve e tem uma aparência mais porosa do que os tijolos que Manu me mostrou. Aposto que, se derramasse um copo de água sobre qualquer um deles, a água infiltraria e saturaria o tijolo em tempo recorde.

— Abbas?

Levanto a cabeça e vejo Samir ao meu lado. O pó assentou nas rugas de sua testa e nas linhas em volta de sua boca como se ele fosse um ator teatral usando maquiagem para parecer mais velho. Eu me levanto, com um pedaço de tijolo ainda na mão. Samir olha para ele também.

— Eu disse para todos irem para casa. Amanhã de manhã minha equipe vai começar a limpeza. — Ele pega o fragmento de tijolo de minha mão. — Depois que isso for feito, vamos decidir quem vai fazer o que e quando.

— Mas, Tio. Como isso pode ter acontecido? Tantas pessoas trabalharam aqui. O prédio foi inspecionado muitas vezes...

Ele levanta a mão.

— Eu não sei mais do que você, Malik. Mas, por enquanto, só leve Sheela para casa. Ela deve estar exausta. — Ele olha diretamente em meus olhos enquanto diz as palavras seguintes. — Ravi deve ter ido acompanhar a atriz de volta ao hotel. Talvez ele nem saiba o que aconteceu.

Ele está supondo que seja isto ou está me dizendo? Não importa. Estou cansado demais para discutir, quanto mais para discordar.

Sheela e eu ficamos em silêncio no carro. Estamos sentados no banco traseiro, o mais longe possível um do outro. Mathur está dirigindo. São quase duas horas da manhã. Quando finalmente chegamos à casa de Sheela, todas as luzes estão acesas. Ela olha para mim.

— Você entraria um pouco? — ela pergunta. Há um tremor em sua voz.

Eu hesito, por causa de como foi a última vez que estive aqui, sozinho com ela. Não sou imune aos seus encantos. Esta noite, porém, ela e eu passamos por uma catástrofe que nunca poderíamos ter imaginado e eu compreendo sua necessidade de conversar com alguém, alguém que tenha experimentado o mesmo que ela experimentou.

— Por favor — ela me diz, e eu peço a Mathur para me esperar até eu voltar.

Asha abre a porta da frente e exclama:

— Ah, MemSahib, entre, entre. Samir Sahib telefonou para a sra. Singh para avisar que a senhora estava bem. Deve ter sido tão terrível! A sra. Singh disse que ia ficar com as crianças esta noite para a senhora poder descansar. Ela me disse para esperar pela senhora, depois voltar à casa dela para cuidar de Rita e do bebê de manhã.

Sheela concorda desanimadamente com a cabeça. Seu sári está todo rasgado. Ela está descabelada. A *ayah* hesita.

— *Ji*, tem sangue no seu braço. Quer que eu pegue um curativo?

Sheela olha para o braço como se o estivesse vendo pela primeira vez.

— É sangue de outra pessoa — diz ela.

Os olhos da *ayah* se arregalam, mas ela não diz mais nada a respeito.

— Vou servir a comida. — Ela fecha a porta da frente e nos contorna em direção à cozinha, mal me dirigindo um olhar.

Sheela olha para mim, como indagando se quero jantar. Digo que não com a cabeça.

— Asha — diz ela —, nós não estamos com fome. Você pode ir.

A criada se vira, com uma expressão intrigada. Sheela balança a cabeça outra vez. Então, com uma olhada rápida para mim, Asha segue pelo corredor até a porta dos fundos, por onde vai sair desta casa e caminhar os cem metros até a casa de Samir Singh.

Sheela entra na biblioteca. No bar-aparador espelhado, ela enche dois copos com Laphroaig. Ainda estou de pé no saguão de entrada quando ela estende um copo para mim. Depois de tudo que aconteceu no cinema, o alvoroço e o caos de tudo aquilo, meu corpo está cansado demais para se mover.

— Venha — ela diz.

Eu entro na sala.

— Pensei que você não gostasse de uísque.

— Não acredite em tudo que ouve — ela responde.

Eu aceito o copo. Nós dois bebemos; esta não é uma noite para brindes.

Agora, ela sorri.

— Você está horrível.

— Olha quem diz — falo.

Eu a viro pelo ombro para ela ver o próprio rosto no espelho sobre a lareira. Ela olha para seu reflexo: o rosto coberto de pó, a blusa rasgada no ombro, um cacho de cabelo levantado de um lado da cabeça enquanto, do outro lado, os fios parecem achatados. Ela respira fundo, depois solta uma gargalhada.

Sua risada me pega de surpresa, e ouvi-la é um alívio. *Esta* Sheela, esta garota descabelada que está rindo de si mesma, é uma trégua em tudo que aconteceu mais cedo esta noite. Isso quase me deixa feliz. Aos quinze anos, uma menina privilegiada de faces rosadas que se achava uma rainha, ela era boa demais para tolerar minha presença. Mas, neste exato momento, posso quase acreditar que estou vendo a Sheela real, sem afetação, sem fingimento.

Com seu copo de scotch, Sheela faz um gesto para minha calça, rasgada nos joelhos e toda suja. Nós estamos mesmo terríveis: como um par de delinquentes, ou mendigos. Ela cobre a boca com a mão para não cuspir a bebida e, então, começa a soluçar, e essa é mais uma coisa que achamos hilária. Agora, estamos os dois dobrados, rindo. Temos lágrimas nos olhos, porque estamos atônitos e exaustos. E ainda estamos vivos, apesar dos corpos mutilados, e do sangue, e das lágrimas e da dor. É difícil acreditar que isso realmente tenha acontecido, mesmo depois de ver o caos com nossos próprios olhos, as pessoas sofrendo e outras se ajudando, mesmo sem saber se ainda haveria mais — mais destruição, mais sofrimento, mais morte.

Quando finalmente paramos de rir, Sheela enxuga os olhos. Seu *kajal* escorreu pelo rosto, fazendo-a parece ter hematomas sob as pálpebras inferiores. Ela examina sua maquiagem arruinada no espelho, subitamente séria. Depois toma outro gole de uísque e olha para mim.

— Pessoas morreram — diz ela.

— Só uma — respondo. *Por enquanto.*

Ela levanta uma sobrancelha.

— E isso deveria ser um alívio? — Ela vai até o aparador e torna a encher seu copo. — Eu vi aquele menino com a tíbia esmagada. Ele tem a idade da Rita. E aquele ator, que faz o papel do avô mais querido de todo mundo, Rohit Seth. Milhões de fãs vão sentir sua falta... — Ela toma mais um gole. — Quantos se feriram? Quarenta? Cinquenta? Essa calamidade vai... haverá consequências. Nada disso vai desaparecer.

Sheela tem aquela expressão que eu via no rosto dos filhos de Omi quando estavam infelizes e não sabiam o que fazer. A sensação de traição, quando as coisas davam errado, ou não acontecia do jeito que eles esperavam. Esta noite deveria ser o triunfo de Ravi. E ela havia ficado para ajudar mesmo sabendo muito bem que seu marido estava com outra mulher, sem nem ter ideia do que aconteceu. Ela deve saber que as outras pessoas em seu círculo — no clube de tênis, no clube de golfe, no clube de polo — sabem disso também.

Quando um dos filhos de Omi se sentia confuso, ou triste, eu cantava uma música ou massageava suas costas até ele dormir. Não posso fazer isso com Sheela, mas penso no remédio que a Tia Chefe me ensinou anos atrás.

— Venha — digo, e seguro seu cotovelo. — Você tem óleo de lavanda?

Ela franze a testa para mim, sem saber por que estou perguntando.

— Te-tenho.

— Ótimo. — Mas, em minha cabeça, estou ouvindo sininhos de alerta: *Bevakoopf!** *O marido dela não está em casa. Lembra da última vez que você esteve sozinho com ela? Acha que pode confiar em si mesmo?* Respondo às minhas próprias perguntas: ela está exausta, traumatizada, precisando de conforto. Não estou fazendo nada além de preparar um banho para ela.

Sheela está um pouco oscilante e deixa que eu a conduza, com o copo na mão, escada acima. Ela aponta para seu quarto. Sento-a gentilmente na cama, coberta de cetim branco. Depois tiro meu paletó, arregaço as mangas da camisa e entro no banheiro, onde abro a torneira para encher a banheira.

Não me surpreendo ao ver que o banheiro é feito para ser confortável. Samir o projetou, afinal. A banheira de pés de metal tem um tamanho generoso. Ela é de porcelana e ocupa pelo menos um quarto do aposento. Chão e paredes são revestidos de mármore branco de Carrara que ele deve ter importado da Itália.

No armário, encontro uma caixa de sais de banho ingleses e um frasco azul-escuro de óleo de lavanda; despejo na água fumegante um punhado dos sais e uma tampinha de óleo, e volto para o quarto. Sheela não se moveu. Ela está sentada, olhando fixamente para o tapete persa; seu copo de uísque agora está vazio.

Ponho as mãos nos joelhos e me inclino para olhá-la de frente, do jeito como falaria com uma criança.

— Agora vamos tomar um bom banho.

Ela me encara, sem entender. Eu a ajudo a se levantar e aponto para o banheiro. Depois pego meu paletó, faço um *salaam* e saio do quarto.

---

* *Bevakoopf:* tolo, idiota.

Estou na base da escada quando um pensamento arrepiante me ocorre: desde que chegamos, ela virou dois copos grandes de uísque, e estava bebendo de estômago vazio. Como está sozinha, será que corre o risco de se afogar?

Corro de volta escada acima e para o quarto e vejo a cama vazia. As vozes em minha cabeça agora estão gritando: *Bevakoopf! Mat karo!* A porta do banheiro está aberta e eu entro. As mãos de Sheela estão segurando as bordas da banheira, mas o resto dela, inclusive a cabeça, está embaixo d'água.

— Sheela! — Corro para a banheira, seguro-a sob os braços e a puxo para cima.

— *O que é isso?* — ela exclama, com um tom irritado. Mas logo vê o pânico em minha expressão e isso a faz rir. — Eu só estava molhando o cabelo. Mas, já que está aqui, chegou bem a tempo de me ajudar com o xampu. — A voz dela é arrastada.

Estou olhando para seu corpo nu quando me pergunto o que estou fazendo aqui e recuo como se tivesse acabado de me queimar. Os punhos de minha camisa e de meu paletó estão encharcados e minhas mãos estão pingando água sobre o sári, a blusa e a anágua que ela estava usando esta noite e deixou ao lado da banheira.

Ela ergue as sobrancelhas e aponta.

— Abbas — diz ela —, xampu! — Agora ela é a menina prepotente: autoritária e mimada. Mas então ela olha para mim, me oferece um sorriso brincalhão e diz, educadamente: — *Por* favor. — Ela aponta para uma prateleira sobre a pia, onde vejo o frasco de xampu. É como se a Sheela com quem estou lidando hoje tivesse dois lados: o primeiro arrogante, acostumado a dar ordens para os criados, e o segundo carente, querendo companhia e consolo.

— E se Sahib chegar em casa?

— Ele não vem — diz ela. — Ele tem um fraco por atrizes.

Ela afunda sob a água outra vez, como para encerrar qualquer conversa sobre Ravi. Quando torna a subir, enxuga o rosto com as palmas das mãos.

Passei uma vida servindo aos outros. Sou bom nisso, e sempre fui. Mas só quando isso serve a mim também. Faço com satisfação e boa vontade, quando posso ver o benefício. Quando o benefício é questionável, ou quando pode haver consequências, eu peso os dois lados. Geralmente o resultado é zero. *Qual é o mal?*, pergunto a mim mesmo. Não me diminui em nada ajudar alguém que está precisando de um serviço simples que eu posso oferecer.

Suspiro, tiro de novo o paletó, agora bem molhado, e arregaço as mangas da camisa outra vez. Pego o frasco na prateleira, paro atrás dela e coloco uma quantidade generosa de xampu em sua cabeça.

— Onde você aprendeu a fazer um torniquete? — pergunto. É algo em que estive pensando a noite toda: como ela sabia exatamente o que fazer, apesar do caos.

— A marani Latika nos ensinou na Escola para Meninas da Marani. Ela nos ensinou dança ocidental, como pôr a mesa para dez convidados e como salvar uma vida em uma emergência.

Sheela limpa embaixo das unhas enquanto massageio sua cabeça.

— Ela estudou em um internato na Suíça, e adivinhe onde a Cruz Vermelha começou.

Ela se vira para mim.

— Feche os olhos — eu digo — ou vai entrar xampu neles.

Ela fecha os olhos e olha para a frente outra vez, como uma criança obediente.

— Eu era boa em todas as coisas médicas. Poderia ter feito medicina.

— E o que a impediu?

Ela suspira.

— Meu pai queria que eu me casasse com Ravi para fundir a empresa dele com a Singh Arquitetos. E eu *queria* me casar com Ravi.

Ela pega o sabonete de gardênia no suporte preso à banheira. Só consegue na segunda vez, porque o álcool tornou seus movimentos lentos. Agora ela está passando o sabonete nos braços.

— Ele era um troféu e tanto, Abbas. Todas as meninas que eu conhecia tinham a esperança de conseguir Ravi como marido. Mas eu estava decidida a vencer. O casamento foi arranjado quando eu tinha quinze anos, mas a família dele o mandou para a Inglaterra e tivemos que esperar até ele se formar.

Minhas orelhas estão queimando de indignação agora. *Eles mandaram o filho para a Inglaterra para esconder seu envolvimento com Radha e o filho que ele teve com ela.* Tenho vontade de dizer isso, mas não digo. Não quero que ninguém saiba que Niki é ilegítimo. É melhor para ele estar com os Agarwal do que com os Singh. Disso eu sempre tive certeza.

Sheela enxágua o sabonete dos braços.

— Abbas? O que vai acontecer agora? — O tremor está de volta à sua voz.

Eu também não sei. Já vi condutores de riquixá terem a perna esmagada por um carro. Já vi bêbados caírem do segundo andar do bazar da Cidade Rosa. Mas nunca vi nada como a catástrofe desta noite.

— Feche os olhos — eu peço.

— Sim, Sahib.

— Incline-se para a frente. — Abro as duas torneiras da banheira e encho de água quente o recipiente de metal que estava no chão. Despejo a água em sua cabeça e observo a espuma encher a banheira. O fato de eu não poder mais ver seus seios, ou o triângulo escuro de pelos entre suas coxas, é um alívio. Percebo que a sensação que estava me incomodando é culpa, como se ao olhar para o corpo nu de Sheela eu estivesse traindo Nimmi. Mas agora essa sensação começa a se amenizar.

— Você sabe que não é culpa de Ravi — diz ela.

Enxáguo o restante do xampu de seu cabelo.

— O quê?

— O cinema. Esta noite. — Ela vira a cabeça para mim, a água de seu cabelo molhado respingando em meu rosto. — Eu quero mostrar uma coisa para você. — E, antes que eu saiba o que está acontecendo, ela sai da banheira, pega uma toalha grossa branca no suporte e se enrola nela. Depois vai para o quarto, ainda um pouco oscilante.

Quando abro o ralo para deixar a água escoar da banheira, a visão dela se levantando da água — as nádegas firmes, a cintura estreita, as pernas cor de caramelo — está gravada a fogo em minha mente. Eu a ouço no quarto, mexendo nas gavetas.

— Aqui! — eu a escuto dizer. E, de repente, ela está de pé ao meu lado, seu corpo perfumado, a pele quente e molhada, a água pingando do cabelo. Ela está apontando para um papel em sua mão.

É um histórico escolar do último ano de Ravi em Oxford.

— Está vendo? Ele é muito bom em matemática e ciência dos materiais. Ele entende de construções, e de como fazer prédios fortes. De maneira nenhuma ele poderia ter alguma coisa a ver com o desastre que vimos hoje. Ele *não pode* ter. Ele *não teve*.

Seus olhos estão suplicando que eu concorde com ela. Eu sei que ela quer que eu absolva seu marido. Mas não posso deixar de pensar naqueles tijolos que vi no cinema esta noite. Por que eles estavam ali? Se eles vieram de algum outro lugar e não da Chandigarh Materiais de Construção, como foram parar no Royal Jewel Cinema? Tem algo errado ali. Eu só não sei o que é. E de jeito nenhum vou comentar isso com Sheela. Ela ama seu marido, vejo isso claramente, e fará qualquer coisa que ele lhe peça. Também vejo a pergunta por trás da pergunta:

E se ele tiver *feito algo errado?* Eu não sei. E a resposta, quando vier, pode prejudicar aqueles que são queridos para mim. Estou pensando em Manu e Kanta. E em Niki.

— Tenho que ir — digo a ela, pegando meu paletó e caminhando para a porta.

Ela me chama e eu paro para ouvir, mas não me viro.

— Obrigada.

Enquanto desço a escada de mármore, desenrolando as mangas da camisa, Ravi entra apressado pela porta da frente. Eu o vejo correr para a sala de estar. Ele diz alto:

— Eu soube do...

Ele volta da sala de estar e me vê descendo a escada.

— O que você está fazendo aqui?

A visão dele, desarrumado, aterrorizado, em pânico, me enche de desgosto. Onde ele estava enquanto cuidávamos das pessoas feridas no prédio que ele construiu, o projeto de que ele se vangloriava tanto?

— Cuidando da sua esposa. — Fecho os punhos da camisa enquanto me aproximo dele. — Você pode assumir agora.

Sua boca se contorce em uma careta raivosa.

— Você fique longe da Sheela! Acha que eu não vi o jeito que você olha para ela?

Agora estou de pé diretamente na frente dele, vestindo o paletó molhado. Ravi cheira a álcool e cigarros. Seus olhos estão vermelhos. O cabelo, geralmente penteado para trás com creme modelador, cai em cachos soltos sobre a testa.

Pego o lenço de algodão no bolso da calça e enxugo as manchas de água em meu paletó. Não tenho pressa; deixo-o imaginar por que meu paletó estaria molhado. Depois levanto o queixo. Ele é mais alto do que eu, mas isso não me impede de olhá-lo nos olhos.

— *Você* devia olhar pra ela com mais frequência, Ravi. — Dou um empurrãozinho de leve em seu peito.

Ele cambaleia para trás, como se eu tivesse lhe dado um tapa.

Dou a volta nele e, quando chego à porta, eu me viro.

— Sheela ajudou muitas pessoas no cinema esta noite. Agora é sua vez.

O carro está me esperando quando saio. Sinto o perfume do sabonete de gardênia de Sheela em minhas mãos.

Depois do desabamento

Boletim All India Radio
13 de maio de 1969

Ontem à noite, um balcão do recém-construído Royal Jewel Cinema em Jaipur desabou, matando duas pessoas e ferindo outras quarenta e três. Mais de mil pessoas estavam presentes para a grande inauguração da muito aguardada casa de exibições, um cinema totalmente moderno com uma tela que rivalizava com o maior cinema de Bombaim e tecnologia som surround importada diretamente dos Estados Unidos. No discurso de inauguração, a marani Latika de Jaipur, que deu início ao projeto de quatro mil lakhs construído pela renomada Singh-Sharma Construções, chamou o Royal Jewel Cinema de "uma ocasião histórica para Jaipur, terra de uma arquitetura de renome internacional, tecidos e joias deslumbrantes e, claro, o dal baati rajastani". Boatos de custos acima do orçamento e atrasos na construção circularam no ano passado. O palácio expressou sua imensa tristeza pela perda de vidas, uma das quais foi o querido ator veterano Rohit Seth. Fãs enlutados depositaram flores para ele no local da tragédia. A outra vítima ainda não foi identificada. Uma declaração formal do Palácio de Jaipur sobre as possíveis causas da catástrofe e as medidas previstas é esperada ainda hoje. Os atores Dev Anand e Vyjayanthimala, que estavam presentes para a apresentação de Jewel Thief, *o primeiro filme a ser exibido no cinema, foram embora no começo do intervalo e não se feriram. Não se sabe quando o Royal Jewel Cinema será reaberto. Traremos novas informações ao longo do dia.*

18
Malik

Jaipur

É a manhã depois da tragédia no Royal Jewel Cinema; os varredores de rua ainda não começaram a remover o pó com suas *jharus* de cerdas longas.* Depois de apenas meia hora de um sono pesado e entorpecido, acordo com um susto, as imagens de horror que testemunhei voltando à minha cabeça: um homem com a perna dobrada em um ângulo anormal; o braço rechonchudo de uma dama da sociedade furado por um vergalhão e jorrando sangue; uma ferida aberta na testa de uma criança. Durante a noite, levantei várias vezes para andar pelo quarto, tomar mais um copo de água, olhar para a rua pela janela: deserta a não ser por alguns cães vadios se acomodando para dormir na poeira fresca da noite.

Então as imagens dos quadris nus de Sheela Singh, de seus mamilos marrons, flutuam para minha mente. O que Ravi vai dizer na próxima vez que me vir? Ele vai dizer a Manu que eu tentei seduzir sua esposa? Isso não é verdade, mas Ravi não hesitaria em criar problemas, para Manu ou para mim, se isso tirasse o foco dele. Outro pensamento: ela sabe alguma coisa sobre o papel de

---

* *Jharu:* vassoura.

Ravi na construção? Foi por isso que ela o estava defendendo para mim? Ou ela o estaria perdoando por algo que ele fez?

São seis horas, mas de que adianta tentar dormir se o sono não vem? Estou em casa há três horas. Queria ligar para a Tia Chefe para lhe dizer que estou bem, mas a casa de hóspedes não tem telefone. Tenho certeza de que Kanta ligou para Lakshmi no momento em que chegou em casa ontem à noite. Eu me preocupo com Nimmi. Ela não pode ler o *Hindustani Times*, mas com certeza vai saber do que aconteceu por intermédio dos Arora ou dos vendedores do centro comercial, ou de Lakshmi, assim que a Chefe descobrir.

Tomo banho e vou para o escritório um pouco antes das oito horas. Os empregados costumam chegar entre nove e nove e meia, mas hoje quase todos eles estão em suas mesas quando entro.

A noite de ontem era uma ocasião importante para o palácio e a maioria dos funcionários do departamento compareceu ao evento. Enquanto passo, cumprimento colegas com a cabeça aqui e ali. Engenheiros e secretárias se agrupam nos corredores, conversando baixinho entre si. A atmosfera é sombria, carregada de incerteza. Como eu, eles provavelmente estão achando que Manu vai convocar uma reunião geral sobre os acontecimentos de ontem à noite para descobrir o que deu tão errado a ponto de fazer o balcão cair. Haverá uma investigação, ou um inquérito? Quem pagará pelos danos pessoais? Quem entre nós é responsável de uma maneira ou de outra pelo acidente?

Sento-me à minha mesa e peço à telefonista uma ligação para a Tia Chefe. É uma chamada de longa distância, mas não acho que Hakeem ou Manu teriam objeções. Deixo o telefone tocar várias vezes, mas ninguém atende. Então eu ligo para a Tia Kanta, que atende no primeiro toque. Ela parece esgotada, como se também não tivesse dormido bem, mas fica aliviada ao me ouvir. Ela me diz que falou ontem à noite com Lakshmi, que prometeu pegar o primeiro trem de manhã em Shimla. Eu devo ir buscá-la na estação no fim da tarde.

A notícia de que a Tia Chefe está vindo me enche de alívio. Ela é alguém com quem eu sempre posso contar para manter a cabeça no lugar durante uma crise.

Enquanto Kanta continua a falar, vejo a marani Latika saindo da sala de reuniões do outro lado do espaço do escritório. Ela está com as sobrancelhas franzidas. Há homens de terno dos dois lados dela. Suponho que sejam seus advogados. O rosto de Sua Alteza está ligeiramente corado, como se ela estivesse brava. Samir Singh e Ravi, de ombros curvados, a seguem para fora da sala, e depois deles vêm Manu e dois de seus engenheiros. Eu interrompo Kanta, digo que passo lá mais tarde e desligo.

Nenhum dos Singh olha em minha direção, o que é ótimo; ainda estou irritado com o aparecimento tardio de Ravi ontem à noite e com sua fria desconsideração pelos sentimentos de Sheela. Ele devia imaginar que ela saberia onde ele estava. Será que ao menos se importou em inventar alguma desculpa, ou simplesmente lhe pedir perdão?

Na porta da frente do prédio, Sua Alteza para e se vira para apertar a mão de todos atrás dela. Ela é da mesma altura que os homens e sua presença é imponente. Um atendente de turbante e roupa branca abre as portas duplas para ela passar; ele deve ser do palácio. Manu e seus engenheiros observam todos irem embora, depois Manu lhes diz algumas palavras antes de liberá-los para voltarem às suas mesas. Quando me vê, faz um gesto com um dedo apontado para sua sala.

Eu saio para comprar dois pequenos copos de chá do *chai-walla* do outro lado da rua e levo-os para a sala de Manu. Ele está pendurando o paletó em um cabide no canto.

— Feche a porta — diz ele.

Coloco o chai sobre a mesa e faço como ele pediu.

Faz trinta graus lá fora, mas Manu está aquecendo as mãos sobre o copo fumegante quando me sento na frente dele. Ele está pálido. Há um corte recente em sua face, deve ter se machucado ao fazer a barba. Ele parece um homem a caminho de sua pira funerária antes do tempo. Será que acha que o que aconteceu foi sua culpa?

— Ontem à noite foi uma tragédia que ninguém poderia ter previsto — diz ele, com os olhos fixos no chá. — Kanta ligou para Lakshmi para contar o que aconteceu e avisar que você está bem.

Assinto com a cabeça.

— O sr. Reddy confessou ter vendido muito mais ingressos do que o balcão poderia suportar. Ele tinha sido instruído a limitar o número, mas tantas pessoas queriam ver os atores no palco que ele... — Manu levanta as mãos como se fosse o gerente do cinema rendendo-se à situação. — A Singh-Sharma vai pagar por um novo balcão, o tempo e os materiais, e substituir tudo que tiver sido danificado, e o palácio pagará as despesas médicas dos feridos. Eles também cuidarão da indenização para as famílias dos mortos. Mesmo assim…

Ele toma o restante do chá em um só gole e pousa o copo cuidadosamente sobre a mesa, como se não quisesse manchar o acabamento de mogno. Por fim, ele olha para mim.

— Tudo está acertado. Faremos um pronunciamento formal sobre quem pagará o quê. Repórteres telefonaram para minha casa ontem à noite querendo informações, mas eu precisava primeiro conversar com Sua Alteza sobre o que diríamos publicamente. — Ele ensaia um sorriso.

Eu percebo que ele sente uma enorme culpa.

— Não foi sua culpa, Tio. Foi do gerente do cinema.

Manu pigarreia e mexe nas canetas sobre a mesa. Ele não olha para mim.

— A marani está furiosa. E com razão. — Ele coça o alto da cabeça delicadamente, com um só dedo, onde um ponto de calvície está crescendo. — Duas mortes. Uma mulher. E Rohit Seth, o ator. Os fãs dele estão revoltados. Não posso culpá-los. Isso não devia ter acontecido, Malik.

Manu pega o copo de novo, percebe que está vazio e torna a pousá-lo. Eu ainda não tomei nenhum gole do meu, então o empurro para ele. Ele o segura como se fosse uma tábua salva-vidas.

— Tio, o gerente do cinema... ele não foi recomendado pela Singh-Sharma? Se ele deixou entrar mais pessoas do que seria seguro, por que eles não estão pagando as despesas médicas também?

Ele encolhe os ombros.

— Nós dividimos o prejuízo. São negócios. — Ele termina o segundo copo de chai e se afasta da mesa, como se a conversa estivesse encerrada. — Agora vá ajudar Hakeem. Ele tem trabalho para você.

— Mas... e os tijolos?

Ele pisca e esfrega a testa com força.

— O que tem eles?

— Eu reparei em todos aqueles tijolos nos escombros depois do desabamento. O que aconteceu com o cimento que estava nas faturas? E os tijolos... eles são diferentes daqueles que seus engenheiros recomendaram nas especificações. Os tijolos que eu vi ontem à noite eram mais leves, mais porosos. Sem nenhuma marca de fabricante impressa. Será que o fornecedor poderia ser responsabilizado por entregar o material errado?

Manu franze a testa, depois abana a mão, como se o que eu disse não fizesse diferença.

— São empresas pequenas. Por mais pressão que fizéssemos, eles não teriam condição de nos compensar por tantos danos e feridos. — Ele ajeita alguns papéis sobre a mesa. — Haverá um inquérito oficial, o que poderá responder a algumas perguntas. Mas nada para você se preocupar. Vá trabalhar com Hakeem agora. — Ele se levanta.

Quando me viro para sair, ele fala de novo, com a voz trêmula.

— Odeio o que isto vai causar para Kanta. Para Niki. Eles têm tanto orgulho de mim. Agora... onde quer que eles estejam... as pessoas vão perguntar sobre a tragédia. A vergonha... Eu não quero que eles tenham que explicar ou se desculpar. — Ele enxuga a testa, suada do chá, com o dorso da mão, depois bate os dedos na mesa.

Quero confortar esse homem gentil, que sempre foi tão bom para mim, para a Tia Chefe e para Radha. Mas tenho vinte anos e ele tem quarenta. Seria impróprio eu bater em seu ombro ou lhe dizer que tudo ficará bem, quando conheço tão pouco desse negócio. Ainda assim, fico emocionado por ele estar me tratando como um membro da família, confiando a mim seus receios mais profundos.

— A Tia Kanta vai enfrentar. E, a julgar pelas rebatidas de seu filho, eu diria que Niki sabe cuidar de si. Além disso, estou no seu time, não se esqueça! — Dou um risinho para aliviar o clima.

O sorriso dele é desanimado, mas está ali.

Pego os copos de chá para devolvê-los ao *chai-walla*. Meu coração está pesado com a carga de Manu: a dor dos feridos, a decepção da marani.

Também percebo que estou bravo com a injustiça da situação. A assinatura de Manu está em todos os papéis. Ele vai ser responsabilizado pela maior calamidade que Jaipur enfrentou em décadas. Os Singh escaparão com apenas uma parte da culpa. E Manu está certo: Kanta e Niki pagarão o preço também. A Tia Chefe sempre diz que os fofoqueiros têm dentes afiados. Eles vão mastigar essa tragédia por anos.

Manu tem todo o jeito de um homem derrotado; ele já se conformou. Isso não é justo. Tem que haver algo que eu possa fazer para ajudar.

Graças a Bhagwan a Tia Chefe estará aqui esta noite. Vou poder conversar tudo isso com ela.

No caminho para minha mesa, bato na porta da sala de Hakeem.

— Tio — digo —, chegou cedo.

O contador levanta os olhos de seu livro-caixa e a luz da lâmpada de teto reflete em seus óculos.

— O sr. Agarwal me pediu para chegar antes da hora normal. Depois do que aconteceu ontem à noite, temos muito que fazer. — Ele tira os óculos para limpá-los com seu lenço branco imaculado. — Que tragédia! Minhas filhas tiveram pesadelos esta noite.

Eu não me lembrava de ter visto Hakeem com mais ninguém além do sr. Reddy.

— Todos chegaram em casa em segurança?

— Com dificuldade. Todos os riquixás, carros, *tongas* estavam tomados. Tantas pessoas tentando escapar! Havia brigas. Eu tive medo de perder uma das minhas meninas. Nós nos demos as mãos e tivemos que forçar passagem no meio da multidão. Levamos bem umas três horas.

Eu me encosto no batente da porta.

— O que o senhor acha que causou isso?

Hakeem passa um dedo sob o bigode.

— O sr. Agarwal me disse que havia gente demais no balcão. Sim?

Entro na sala e paro na frente da mesa dele.

— Mas como um desabamento desses poderia acontecer só por causa do peso de umas poucas pessoas a mais, Hakeem Sahib?

— Pelo que me contaram, foi mais do que umas poucas. Talvez uma centena.

Reflito um pouco sobre isso.

— Mesmo assim, os engenheiros não projetam as construções com uma margem de segurança? Para compensar a insensatez humana? Não há padrões de segurança que precisam ser cumpridos em relação a isso?

Hakeem encolhe seus ombros redondos.

— Quem vai saber? Nós somos contadores, não detetives. Precisamos fazer um relatório sobre as despesas de construção associadas aos danos, com urgência. Sim? Temos que fazer uma lista de todos os materiais usados e os fornecedores para quem pagamos e quanto gastamos. Você vai trabalhar com cadeiras, tapetes e materiais de decoração que terão que ser substituídos. Singh Sahib pediu que eu calculasse o custo dos materiais de construção para o conserto e a reconstrução.

— O senhor quer dizer Manu Sahib, não é?

— Não, jovem Abbas. Ravi Sahib deu a ordem. O sr. Agarwal está encarregado de todas as obras do palácio, mas, como os projetos de construção maiores quase sempre são contratados com a Singh-Sharma, de certa forma é como se trabalhássemos para eles também.

Será que Manu sabe que Ravi dá ordens para seus funcionários? Isso não é um conflito de interesses? Se o sr. Sharma não tivesse tido um AVC e os dois Singh não estivessem no comando, talvez os protocolos fossem diferentes.

— Então vamos avaliar todos os custos de materiais que terão que ser substituídos?

Ele me dá uma olhada rápida como se eu fosse lento de raciocínio.

— Sim.

Eu pigarreio.

— O senhor é tão ocupado, Tio — digo. — Posso ajudar com as suas estimativas também, se quiser.

— O sr. Ravi pediu especialmente para mim, sim? E você, Abbas, tem as suas próprias tarefas. Vá. — Ele acena para mim, como se estivesse espantando uma mosca.

— Mas... o desabamento não poderia ter sido causado por outra coisa que não a superlotação? Materiais de qualidade inferior, por exemplo? Um comprometimento da estrutura?

Hakeem franze a testa para mim, deixa a caneta-tinteiro sobre a mesa e se inclina para a frente sobre os cotovelos.

— Pense no que está dizendo, Abbas. A Singh-Sharma é uma empresa muito conceituada. O palácio trabalha com eles há décadas. E eles usam os mesmos fornecedores de materiais faz anos. Empresas de confiança, conceituadas. Não há nenhuma necessidade de lançar suspeitas sobre eles.

— Mas com certeza deve ter havido algumas mudanças de fornecedores ao longo dos anos?

Ele suspira.

— Abbas, eu já lhe disse que tenho quatro filhas? A mais velha logo estará pronta para se casar. As outras virão em seguida. Sim? Como vou poder arcar com seus dotes se não estiver sentado atrás desta mesa, somando os números que o sr. Singh quer que eu some?

Ignoro sua irritação. Eu sei o que vi, e nada disso faz sentido. Preciso ter cuidado com onde piso, para Hakeem não achar que o estou acusando de negligência com os papéis ou lançando dúvidas sobre a capacidade de Manu de administrar o projeto.

— Talvez a Singh-Sharma tenha usado um novo fornecedor e eles tenham entregado materiais diferentes das especificações do projeto, por acidente. Nós acrescentamos ou mudamos algum fornecedor no último ano?

Hakeem me lança um olhar bravo sobre os óculos.

— Você tem muito a aprender, rapazinho.

Eu lhe dou meu sorriso mais encantador.

— E se eu concordar em me casar com sua filha mais velha *sem* pedir um dote?

Seus lábios se mexem. Fiz o pequeno contador *quase* sorrir! Ele aperta os olhos, balança a cabeça. Vai até suas fichas e as examina. Ele se detém em uma.

— Deixe-me ver... esta é nova. Sim. Acrescentamos a Chandigarh Materiais de Construção treze meses atrás. Eles ofereceram um preço vinte por cento menor do que o fornecedor anterior.

Eu assobio.

— Vinte por cento é um desconto bem grande.

Ele levanta as sobrancelhas, bate o dedo na ficha.

— Hum. De fato.

— Eles fornecem vergalhões de ferro?

— Não. Forneciam. Mas agora fornecem tijolos e cimento.

Não peço para ver o contrato com a Chandigarh Materiais de Construção. Hakeem não mostraria para mim; ele já está desconfiado de minhas perguntas. Naturalmente, eu espero até ele ir embora no final do expediente e, então, entro em sua sala. Ainda falta uma hora e meia para eu pegar a Tia Chefe na estação.

Felizmente, Hakeem é um contador organizado: tudo é corretamente identificado, todos os recibos são guardados. Encontro a estante dos contratos e abro a gaveta de cima. Cada contrato está arquivado sob o nome do fornecedor, e estes são colocados em ordem alfabética. Acho a pasta com o rótulo Chandigarh Materiais de Construção e a tiro da gaveta. Dentro da pasta, encontro uma fatura que indica que eles de fato estão localizados em Chandigarh, no estado diretamente ao norte do Rajastão.

Hakeem me disse que esse era um contrato novo, então eu quero comparar os termos com o fornecedor anterior, mas não sei o nome dele. Uma maneira de descobrir o nome da empresa é examinar as faturas pagas há mais de treze meses. Mas as faturas nem sempre trazem o nome do projeto, e o palácio trabalha com muitos projetos simultâneos. Até começar a trabalhar para Manu, eu não sabia sobre as várias reformas do Rambagh Hotel, do Palácio de Jaipur ou do Palácio das Maranis, ou que a família real estava comprando propriedades menores (de rajaputes que não tinham mais condições financeiras de mantê-las) e transformando-as em hotéis-butique. E, claro, o desenho e a construção do Royal Jewel Cinema foram um projeto enorme, com três anos de duração.

A melhor opção, eu decido, é procurar nas pastas dos fornecedores individuais. Solto um suspiro e ponho as mãos à obra. Começo procurando fornecedores cujos nomes indiquem que eles poderiam vender tijolos, e não material elétrico ou encanamentos ou decoração de interiores. Há muitos nomes que incluem "suprimentos de construção" ou "materiais de construção", então eu examino os contratos de cada uma dessas pastas para ver se ainda são fornecedores ativos de algum dos projetos do palácio.

Uma hora mais tarde, abro a pasta da Shree Materiais de Construção de Jaipur. O contrato, que era para fornecimento de tijolos classe 1, terminou no dia em que o contrato com a Chandigarh Materiais de Construção entrou em vigor. Entendo por que o palácio insiste em materiais de primeira linha, livres de rachaduras, lascas, pedras e outros defeitos. O contrato com a Chandigarh Materiais de Construção era igualmente para tijolos classe 1.

Eu me recosto na cadeira de Hakeem e reflito sobre isso. Não entendo como a Chandigarh Materiais de Construção poderia entregar a mesma qualidade do fornecedor anterior a um custo *menor* se eles ainda teriam que acrescentar as tarifas de transporte. Chandigarh, afinal, fica a quinhentos quilômetros de distância!

E mais uma coisa que está me intrigando: os tijolos do cinema, aqueles que eu peguei e examinei, não eram de qualidade de construção. Eles não podem suportar estruturas que vão carregar peso, como o balcão. Então quem autorizou seu uso?

Examino as assinaturas em ambos os contratos, Shree e Chandigarh. Manu Agarwal e Samir Singh no contrato anterior; Manu Agarwal e Ravi Singh no contrato atual. É a política do palácio encerrar e guardar o original de todos os seus contratos de projetos de construção para fins de auditoria. A Singh-Sharma deve ter uma cópia em seus arquivos também.

Mas a maior questão, de fato, é por que tijolos estavam sendo usados. Aprendi com os engenheiros do palácio que concreto de cimento reforçado com vergalhões, um material bem mais forte, é preferível para colunas que vão suportar peso. Tijolos são usados apenas em conjunto com concreto de cimento. Será que o problema foi um cimento de qualidade inferior? Se eu perguntasse a Ravi, ele simplesmente produziria faturas falsas, como fez antes? Não ouso perguntar a Samir, que seria rápido em cobrir os rastros de Ravi se achasse que o filho fez algo indevido. Agora me lembro que Samir não fez nenhum comentário sobre os tijolos quando ele e eu conversamos no cinema ontem à noite.

Percebo que tenho que encontrar e dar mais uma olhada naquelas faturas dos tijolos e cimento, as que Hakeem achou que eu tinha registrado incorretamente. As mesmas que levei para Ravi, que apenas riscou um número e inseriu outro. Levanto da cadeira e vou pegar o livro-caixa onde registrei as faturas semanas atrás. Depois dou uma olhada em volta procurando o arquivo em que as faturas pagas são guardadas em ordem cronológica. Eu o encontro e procuro por data, agradecendo a Hakeem por sua irritante meticulosidade. Pois ali, presas às notas referentes àquele período, estão as faturas em questão, aquelas de que preciso. Aqui está a fatura da Chandigarh Materiais de Construção pela compra de tijolos e cimento. Só que... estas faturas estão limpas, não rasuradas. Estas não são aquelas em que Ravi trocou as quantidades com sua caneta-tinteiro.

Quantidades... Eu as confiro de novo. Elas foram alteradas! Estas faturas mostram mais cimento sendo comprado do que tijolos, o oposto do que eu havia anotado anteriormente. Isso deve significar que não vai bater com o livro-caixa. Será? Corro para a mesa de Hakeem e confiro no livro aberto. As quantidades ali batem com as das faturas em minha mão. Mas como?

Baixo a haste da lâmpada de mesa de Hakeem para dar uma olhada mais de perto no livro-caixa. A caligrafia de Hakeem é tão precisa que os números parecem ter sido datilografados em vez de escritos com tinta (Hakeem, claro, tem uma caneta-tinteiro especificamente para esse fim, que ele proíbe qualquer outra pessoa de usar — sim!). Alguém raspou cuidadosamente o registro anterior com uma lâmina fina e inseriu os novos números. Reconheço esse velho truque de meu tempo na Bishop Cotton. Era assim que alguns meninos mudavam suas notas em exames quando os mestres não estavam olhando.

Mas por que cargas d'água os registros e as faturas foram alterados? E quem os alterou?

Só consigo pensar em duas explicações: as faturas originais estavam incorretas e tiveram que ser atualizadas. *Ou* — e esta faz os pelos de meu braço se arrepiarem — alguém adulterou as informações para corresponder ao que *deveria* ter acontecido: que mais concreto de cimento deveria ter sido usado para escorar o balcão. Se a quantidade certa tivesse sido usada, não teria havido o desabamento.

Tamborilo os dedos na mesa de Hakeem. Manu disse que o sr. Reddy havia admitido que vendeu ingressos demais e que o balcão estava acima da capacidade. Havia mais peso sobre o balcão do que ele podia suportar.

Então, será que o gerente do cinema estava falando a verdade ou as faturas estavam erradas?

Estou tão perdido em pensamentos que não ouço seus passos.

— Abbas?

Levanto os olhos, assustado, do livro-caixa. Hakeem está parado diante da porta aberta de sua sala.

— Sim, Sahib? — Mantenho a voz calma, como se o que estou fazendo fosse inteiramente normal.

— O que você está fazendo aqui?

— Desculpe, *Ji*. Eu me atrasei em minha estimativa para a reconstrução do cinema. Encontrei sua porta destrancada e achei que, em vez de ficar carregando os livros para minha mesa e de volta, eu poderia trabalhar aqui. *Maaf kar dijiye.** — Puxo os lóbulos das duas orelhas para indicar que estou pedindo desculpas.

Ele dá uma olhada para a maçaneta da porta — *será que não trancou direito?* — e passa a mão pelo bigode, franzindo a testa.

— Sahib, o que *o senhor* está fazendo aqui? — Aprendi essa tática há muito tempo, quando era pego surrupiando um pente para Omi ou uma bala para um de seus filhos de uma barraca no bazar da Cidade Rosa. Quando sob ataque, a melhor estratégia é contra-atacar.

— Esqueci meu guarda-chuva aqui, sim? Estava jantando com um amigo que me disse que há previsão de chuva para amanhã e não gosto de ficar resfriado com a umidade.

— Bem pensado. Sim. — Rezo para ele não chegar mais perto e examinar os contratos, faturas e livros-caixa que deixei sobre a mesa. Luto contra a vontade de cobrir os papéis com as mãos.

Ele pega o guarda-chuva que está apoiado na parede ao lado da porta.

— Não fique até muito tarde. O trabalho continuará aqui amanhã, jovem. Sim?

---

* *Maaf kar dijiye:* por favor, me desculpe.

Ele me dá um sorriso indulgente. Por enquanto, pelo menos, eu sou seu esforçado aprendiz.

— Tem razão, *Ji. Zaroor.* — Concordo com a cabeça e começo a recolher os papéis e livros.

Assim que escuto o som da porta se fechando, baixo a cabeça sobre as mãos. Será que Hakeem vai contar a Manu sobre eu estar em sua sala? Duvido. Hakeem sabe que estou nos escritórios do palácio como um favor especial ao Tio Manu e seria politicamente imprudente me criticar. Mas Hakeem pode ficar se perguntando se eu lhe disse a verdade.

E, caso contrário, por quê.

Olho meu relógio. O trem de Lakshmi deve estar quase chegando.

19
Lakshmi

Jaipur

Na estação ferroviária de Jaipur, procuro o sedã Ambassador preto dos Agarwal. É começo de noite e estive viajando por quase onze horas. Mas, em vez do motorista deles, Baju, Malik sai do carro. Fico tão feliz de vê-lo que sinto vontade de chorar. Senti saudade. Ele está usando uma camisa branca imaculada, as mangas arregaçadas até os cotovelos, e calça preta.

— Pensei que Kanta fosse mandar Baju para me pegar — digo.

Malik me oferece um sorriso um pouco forçado.

— Acha que eu deixaria você andar sozinha com aquele safado? — Ele está mantendo o tom brincalhão, mas sinto que está disfarçando alguma coisa. Toda a Cidade Rosa deve estar borbulhando de notícias da tragédia no cinema. Só posso imaginar como deve estar sendo difícil para a família Agarwal, o palácio, as famílias dos feridos.

Malik coloca minha mala no bagageiro do carro luxuoso, que o pai de Kanta troca a cada cinco anos no aniversário de casamento deles. Esse deve ser seu terceiro Ambassador. A família dela tem dinheiro, enquanto Manu vem de uma origem humilde. O palácio fornece a Manu um motorista e um Jeep para o trabalho, então Kanta e sua sogra podem ter sempre este sedã à disposição.

Quando Malik abre a porta para eu entrar no carro, digo:

— Agora, antes de você me contar o que está acontecendo, tenho que lhe dizer que Nimmi está morrendo de saudade, Rekha pergunta de você constantemente, Chullu começou a falar e Jay está bem. Ah, ele pergunta de você toda hora também.

Ele ri. Assim é melhor. Não vou contar a ele sobre o desabafo de Nimmi ontem à noite. Saí de casa bem cedo esta manhã e não a vi. (Estaria tentando evitá-la?) De qualquer modo, tive tempo no trem para pensar no que ela disse e se havia alguma verdade naquilo. Eu me sinto possessiva com Malik? Sim, eu me sinto. Sinto por ele o mesmo que sinto pela minha irmã Radha. Quero que ambos fiquem bem, desenvolvam suas habilidades e usem essas habilidades da maneira que quiserem. Como isso poderia ser errado? Por que eu deveria sentir culpa por ajudá-los em seu caminho?

Com Radha, acho que fiquei a dever. Ela conheceu Pierre Fontaine no centro comercial de Shimla em seu último ano na Auckland House School. Pierre tinha vinte e oito anos, dez a mais do que Radha, e se apaixonou perdidamente. Não sabia nada do passado dela, do bebê que ela entregou para adoção aos treze anos. Ele veio pedir minha bênção, o que me amoleceu em relação a ele. Era uma pessoa atenciosa, gentil. E francês, claro.

Radha havia estudado francês em Auckland e se apaixonado, primeiro pela língua, depois por Pierre. Eu preferia que ela tivesse se matriculado na faculdade em Chandigarh em vez de se casar, mas, nessa altura, eu já sabia como ela era determinada; quanto mais eu insisto com ela em algum assunto, mais ela finca o pé. (Pensei muitas vezes que ela é como o bálsamo do Himalaia, uma planta florida enganosamente delicada que é difícil de domesticar.)

No fim, dei minha bênção a Radha e Pierre. Parece ter dado certo. Radha fez estágio em uma fábrica de perfumes e se tornou perfumista. Ela sempre foi boa para misturar minha pasta de henna e testar a mistura com diferentes óleos, suco de limão e açúcar para criar a consistência sedosa certa. E o aroma era celestial.

Radha tem o que sempre quis: uma família. Ela me manda fotos de suas duas lindas filhas: Asha, agora com dois anos, e Shanti, de quatro.

Malik senta-se atrás do volante.

— Nikhil tem um jogo de críquete esta noite, então Tia Kanta me pediu para levar você lá primeiro. *Accha*, Chefe?

Dou uma batidinha em seu braço para me assegurar de que ele realmente está aqui.

— *Accha.*

Malik manobra o Ambassador pelo meio do emaranhado de riquixás de pedal, táxis e pedestres.

— Nem sei dizer como estou contente por ver você. Tentei ligar hoje de manhã, mas ninguém atendeu.

— Jay devia ter saído para o trabalho. — Estou olhando pela janela, apreciando o caos coreografado da cidade: uma *hijra* de batom a caminho do mercado, os quadris estreitos balançando; uma carroça transportando pneus de trator velhos puxada por um trabalhador esquelético; crianças jogando bolas de gude em um canto poeirento da rua — o que Malik gostava de fazer antigamente em Jaipur.

Malik reduz a velocidade para uma família de seis pessoas equilibradas precariamente em uma lambreta motorizada.

— Quero lhe agradecer por estar ajudando Nimmi.

— *Koi baat nahee.* Ela trabalha bem. E estou gostando de ensinar Rekha a ler.

— Aposto que ela aprende rápido, minha macaquinha. — Há tanto afeto em seu tom de voz que me faz sorrir. — Posso falar com sinceridade, Tia Chefe?

Eu me viro para ele e faço que sim com a cabeça.

— Estou tentando entender o que aconteceu no cinema ontem à noite e por quê. Mas, toda vez que encontro algo que não me parece certo, as pessoas me cortam. Samir, Hakeem e até Manu não querem que eu me intrometa mais.

— Bom, não é seu trabalho, é, Malik? Investigar? Você não deveria se concentrar no que Manu está lhe ensinando? — Por meio segundo, eu me pergunto se Malik fez algo que criou problemas para Manu. Não deliberadamente, mas por acidente.

— É exatamente isso que eu *estou* fazendo. — Malik buzina para uma mulher carregando um cesto de feijões na cabeça. Ela sai da frente. — Depois do desabamento, eu encontrei uns... pedaços de tijolos nos destroços. Muitos deles.

Meus ouvidos se aguçam. Ele descreve tijolos muito parecidos com os que eu vi na Canara Enterprises.

— O projeto especifica concreto de cimento, não tijolos, para as colunas. Eu examinei os contratos. *Não* estou enganado. Mas ninguém quer me ouvir.

Eu estou ouvindo. E o que Malik está dizendo acelera meu coração. Ele descreve os livros-caixa onde registrou os números; que as faturas de compra de tijolos e cimento foram alteradas por Ravi diante de seus olhos e, depois, substituídas nos arquivos; que os números no livro-caixa foram alterados também.

Quando ele termina, as palmas de minhas mãos estão suadas e as ideias zumbem em minha cabeça como abelhas. Estou tentando juntar os fios, mas eles vêm e vão antes que eu consiga encontrar sentido. Umedeço os lábios, percebendo, só então, que minha boca está seca, como se eu estivesse há dias sem beber um gole de água.

O carro para e Malik desliga o motor. Quando olho em volta, vejo que estamos no campo de críquete. Vários meninos de uniforme branco estão se movendo pelo campo. Está começando a escurecer e as luzes se acenderam. Um homem com um apito está na lateral, atuando como juiz do jogo. Malik pega uma garrafa térmica atrás do banco. Ele abre a tampa e a enche com chai fumegante; o perfume de cardamomo, canela e cravo se espalha pelo carro. Ele me entrega o chá e eu tomo um gole. O chai está delicioso e adoçado exatamente do jeito que eu gosto.

— *Que você viva mil anos* — digo — *e que cada ano tenha cinquenta mil dias.*

— Abençoo sua atenção pondo a mão sobre sua cabeça.

Ele sorri.

— Tudo bem se a gente assistir de dentro do carro? Acho que não é uma boa ideia você em público ao lado de Niki junto com cinquenta dos amigos mais próximos dos Agarwal.

Claro, ele tem razão. Indianos com olhos da cor do oceano não são comuns, e os olhos de Niki são como os meus, e como os de minha irmã. Os fofoqueiros iam notar.

Assistimos ao jogo por alguns minutos, enquanto termino o chá. Estou pensando no que Malik me falou. Não quero que ele se preocupe com Nimmi, mas preciso lhe contar o que esteve acontecendo em Shimla.

— *Baat suno** — digo.

Eu conto a ele que duas crianças encontraram uma ovelha perdida nas colinas; que Nimmi reconheceu que ela pertencia ao rebanho de seu irmão; que encontramos o rebanho, e o irmão dela, e descobrimos que as ovelhas estavam carregando ouro; que levamos o corpo de Vinay no cavalo para ser cremado na cidade; e que, então, entregamos o ouro para o intermediário seguinte.

---

* *Baat suno*: escute.

A cada nova informação, os olhos de Malik se arregalam mais e sua respiração se acelera.

— Mas... Nimmi está bem, não está? E Rekha e Chullu?

Naturalmente, ele está preocupado com sua *priya*.*

— No momento, Nimmi e as crianças estão em nossa casa. Eles estão dormindo no seu quarto. Jay está cuidando da segurança deles.

Malik solta o ar longamente.

— Sabe os tijolos que você viu nos destroços? — digo. — Eu vi uma mulher em Shimla fazendo tijolos parecidos com esses.

— Onde?

— Em uma pequena fábrica chamada Canara Private Enterprises, o lugar onde eu tive que entregar o ouro. — Levanto as sobrancelhas, como para perguntar: *Isso encaixa no que você sabe?*

Malik balança a cabeça.

— A Singh-Sharma compra os tijolos em Chandigarh.

— Em *Chandigarh*? — Meu coração bate mais rápido.

— *Hahn*. Por quê?

— A mulher que estava fazendo os tijolos me contou que o caminhão que vem pegar o carregamento vai para Chandigarh.

Malik tamborila no volante.

— Os tijolos são feitos em Shimla, depois levados para Chandigarh? Isso não faz sentido — diz ele. — A Chandigarh Materiais de Construção é uma empresa enorme, com pelo menos quatro fornos de tijolos. Eles não precisariam comprar mais tijolos de um fornecedor pequeno em Shimla.

Malik vira para mim.

— Tem mais uma coisa que eu não entendo, Chefe. Por que qualquer grande empresa que estivesse trabalhando com a Singh-Sharma venderia para eles materiais de qualidade inferior? Contratos com uma firma de construção como a Singh-Sharma são tão lucrativos. Qualquer empresa que tentasse cortar custos sacrificando a qualidade estaria dando um tiro no próprio pé.

Malik está certo; enganar a empresa que enche seus cofres não faz sentido.

— Seria possível que essa Canara Enterprises faça um tipo de tijolo que não possa ser feito em Chandigarh?

* *Pritam, priya:* parceiro/amado, parceira/amada.

— Você quer dizer, se eles podem estar usando algum tipo de argila especial ou algum outro material?

Ele encolhe os ombros.

— Imagino que seria possível.

Uma batida em minha janela nos dá um susto, e o chá da tampa da garrafa térmica respinga em meu sári.

— Desculpe, desculpe! — exclama Kanta, abrindo minha porta. — Parece que você viu um fantasma!

— Eu vi! — respondo. — *Você.*

Ela ri com prazer. A vibrante Kanta! Como senti falta dela! Tirando Jay, não fiquei tão próxima de ninguém mais em Shimla. Mas, mesmo enquanto ela ri, percebo a ansiedade impressa nas rugas de sua testa. O batom vermelho contrasta vividamente com a palidez de sua pele.

Malik pega uma toalha no porta-malas e me entrega para eu enxugar as gotas de chá em meu sári. Saio do carro e abraço Kanta. Por cima de seu ombro, vejo um menino em uniforme branco de críquete, as faces coradas, sorrindo timidamente, olhando para mim com seus olhos azuis esverdeados. Ele é muito bonito.

Kanta o segura pelo cotovelo. Ele tem quase a altura dela e vai crescer mais.

— Lakshmi — diz Kanta —, este é meu filho, Nikhil. Niki, esta é a famosa Lakshmi! — Ela sorri largamente para mim. — Ele já ouviu falar tanto de você desde pequeno, e agora vocês estão se conhecendo!

Eu rio, com aprovação.

— É uma alegria conhecê-lo, Niki. Só tive o prazer de ver você em fotos.

O menino enrubesce e se inclina para tocar meus pés. Seus movimentos são graciosos, quase de dança. *Ah, Radha*, eu penso, *como você iria adorar conhecê-lo.*

Não consigo parar de olhar para ele. Quando o vi pela última vez, ele era um bebê e eu não podia imaginar como seria quando ficasse mais velho. As fotos de família que Kanta me envia regularmente de maneira alguma fazem justiça a ele. Seu cabelo muito preto, que ele fica jogando para trás, cai sobre aqueles olhos fascinantes. Vestido com seu uniforme de críquete, com as pernas ligeiramente separadas (por causa das proteções para os joelhos) e os braços nas costas, ele me faz lembrar os atletas que aparecem nas páginas do *Hindustani Times*. O marajá de Jaipur, que jogava polo e caçava tigres, costumava ter essa postura.

E, repentinamente, viajei ao passado em Jaipur, onde estou sentada em um sofá de seda crua no palácio da marani viúva, assinando um contrato para esse bebê, Niki, ser adotado pela família real como o príncipe herdeiro.

Só que isso nunca se concretizou.

Quando ele nasceu, Radha, que tinha apenas treze anos, recusou-se a entregá-lo. Ela nunca pretendeu se separar dele.

Mas logo ela percebeu que não teria como criá-lo, sendo ela própria uma criança, e pediu a Kanta e Manu que o adotassem. Eu pisco para conter as lágrimas. Como estivemos perto de perder o filho de Radha para o palácio em vez de vê-lo aqui, agora, no abraço afetuoso de pais amorosos, os queridos Kanta e Manu.

Kanta interrompe meu devaneio.

— Vamos para casa para você se acomodar, Lakshmi? Baju fez um monte de guloseimas para você. Ele acha que pode fazer melhor do que aquelas que você fazia para mim, o boboca ciumento!

Deixo Kanta se sentar na frente com Malik e vou atrás com Niki, para conhecer melhor meu sobrinho.

O marido de Kanta, Manu, nos recebe na porta de seu bangalô elegante, oferecido pelo governo. Fico chocada com a mudança dele. Sempre uma pessoa afável, agradável, ele agora parece atormentado, angustiado. Tem olheiras escuras que me levam a pensar que não tem dormido. Ele ajeita no nariz os óculos de armação preta grossa antes de perguntar sobre minha saúde.

Baixo o queixo e finjo uma expressão séria.

— Espero que Malik não tenha perturbado muito você. Eu sei como ele é capaz de aprontar.

Isso, pelo menos, produz uma tentativa de sorriso.

— É uma alegria tê-lo por perto. Ele aprende depressa. Conquistou meus funcionários, e a mim também.

Ao ver Niki atrás de nós, Manu se ilumina. Ele chama o filho e põe a mão atrás da cabeça dele.

— Como foram seus arremessos hoje, Niki? Acertou uns foguetes nos adversários?

Niki ri.

— *Yar*.* Fiz o que Tio Malik me ensinou. O Sonny não conseguiu rebater nenhuma das minhas bolas com efeito hoje!

---

* *Yar:* sim.

Kanta diz para Niki tomar um banho e sugere que seu marido leve Malik para a sala enquanto ela me mostra o quarto em que vou ficar. O jantar será daqui a uma hora.

No quarto de hóspedes, enquanto estou desfazendo a mala, Kanta deixa a alegria de lado tão depressa quanto se tivesse arrancado um véu.

— Ah, Lakshmi — diz ela. — Estou tão feliz por você ter vindo. Manu está preocupado e eu não sei como ajudá-lo. — De repente, ela parece dez anos mais velha. — Ele nunca teve nenhuma mancha em seu trabalho. Agora tem, e uma grande. Eu sei que ele é inocente, mas mesmo eu fico pensando como ele pôde ter deixado passar um detalhe tão importante.

— O que exatamente eles estão dizendo para Manu? No palácio?

Ela mexe na franja do *rajai* que cobre a cama.

— Os advogados da marani o interrogaram por horas esta tarde sobre os documentos que têm a assinatura dele. Disseram que esses documentos confirmam que ele tem total responsabilidade. Que os erros dele causaram o acidente, a perda de vidas. Parecem estar insinuando que ele estava enganando o palácio, substituindo materiais de alta qualidade por outros inferiores e embolsando a diferença de custo. A marani pediu para ele não voltar ao trabalho até que o inquérito seja concluído. — O *rajai* está se desfazendo enquanto Kanta puxa um fio. — Manu está arrasado. Onde eles estão obtendo todas essas informações? É como se alguém o estivesse sabotando. — Ela dá um sorriso triste. — Saasuji está rezando o triplo do tempo em seu *puja* para que ele seja libertado de todo esse carma ruim.

Eu me sento na cama ao seu lado enquanto ela descreve a rapidez com que as notícias sobre o suposto comportamento desonesto de Manu está se espalhando.

— Esta noite, no críquete, as mães com quem eu costumo conversar não apareceram. Elas provavelmente acharam que isso seria mais delicado do que me ignorar pessoalmente.

Ela enxuga uma lágrima com a ponta do sári.

— Estou preocupada com Niki. Alguns dos meninos no campo hoje estavam dizendo coisas para ele. Não consegui ouvir o que era, mas soube pela expressão no seu rosto que Niki ficou bravo. Tenho medo de que isso só vá piorar. Logo eles podem começar a ser abertamente hostis. Não sei o que vai acontecer em sua escola religiosa. Ele está com esses mesmos colegas desde que era deste tamanho. — Ela estende a mão, com a palma para baixo, a um metro do chão. — É por isso que eu não vou deixá-lo ir à escola. Esta é uma cidade pequena com muitas pessoas poderosas. E reputações podem ser arruinadas assim. — Ela estala os dedos.

Seguro a mão dela para confortá-la. No trem, tive horas para pensar em possíveis jeitos de limpar o nome de Manu e uma ideia me ocorreu.

— Kanta, você acha que a marani ainda se lembra de mim?

Ela levanta as sobrancelhas.

— Como ela poderia não se lembrar? Você a ajudou a superar a pior depressão da vida dela. Ela ficou tão agradecida que deu a Radha aquela bolsa de estudos integral na Escola para Meninas da Marani.

Faço uma careta.

— Mas nós deixamos essa oportunidade escorregar entre nossos dedos. Minha irmã só durou um semestre lá. Quando ficou grávida, ela saiu. Eu sempre me senti mal por causa disso.

— Mas não se esqueça! O resultado disso foi Niki! — Ela aperta minha mão.

Eu sorrio.

— E ele é tão adorável. Vocês o criaram bem. *Shabash.*

Kanta baixa os olhos para nossas mãos, entrelaçadas agora.

— Eu não sei o que faríamos sem ele. Ele é a luz de nossa vida. Até de Baju. Lembra como Baju e minha *saas* me faziam beber leite de rosas antes de eu perder meu bebê? Pois agora ele dá leite de rosas para Niki! Saasuji jura que é por isso que Niki tem aquelas faces rosadas! — Ela ri docemente.

Agora ela vira minhas mãos para ver as palmas. Apliquei henna poucos dias atrás e a cor de canela ainda está vibrante. Mostro a ela o macaco brincando na macieira em uma palma e o crocodilo nadando na água na outra.

— Eu tenho ensinado contos populares para a filha de uma amiga de Malik. Reconhece este?

— O macaco e o crocodilo!

— *Hahn.* Também estou ensinando essa menininha a escrever em hindi. Ela já quase consegue escrever *bundar*, mas ainda tem muita dificuldade com *magaramaccha*. — Estou imaginando seus pequenos dedos segurando o giz, se esforçando ao máximo para escrever a palavra que significa crocodilo.

— Uma palavra grande para uma menina pequena! — Kanta sorri. — Ah, Lakshmi, como sinto falta de você e da sua henna! As horas que passávamos juntas conversando e rindo. Lembra que você desenhava bebês na minha barriga quando eu estava querendo engravidar?

Finalmente havia funcionado. Talvez tenham sido os *laddus*[*] de inhame adoçado que eu dava a ela para incentivar a produção de óvulos. Ou talvez tenha sido sua crença de que os desenhos de bebês em sua barriga incentivariam um bebê real a crescer dentro dela. Tristemente, no fim, ela perdeu esse bebê e nunca mais pôde conceber outro.

Kanta traça com os dedos os contornos em minhas palmas.

— Você vai achar a marani Latika diferente. Você foi embora para Shimla pouco tempo depois que o marajá mandou o filho deles para a escola interna na Inglaterra. O menino nunca perdoou o pai por ter tirado dele o título de príncipe herdeiro. Sempre que eles brigavam, a marani ficava do lado do filho e a relação entre ela e o marajá nunca mais foi a mesma. Eles foram se distanciando cada vez mais, até mal se falarem. Quando o marajá morreu, o filho se recusou a vir para o funeral.

Kanta solta minhas mãos.

— Lembra como Sua Alteza a marani andava com seu Bentley pela cidade, com aqueles óculos escuros fabulosos, dando buzinadinhas para as pessoas? Não, ela não queria saber de motorista. — Kanta sorri com a lembrança e começa a puxar o fio da colcha outra vez. — Ela não é mais de forma alguma tão jovial quanto naquela época, Lakshmi. Está tão séria agora. Não tem mais *joie de vivre*.[**] — Ela balança a cabeça.

Ficamos em silêncio por um instante.

— Malik contou para você que o ator Rohit Seth morreu no desabamento? A All India Radio vem cobrindo a tragédia o dia inteiro. Quantas pessoas ficaram feridas. Como os fãs de Seth estão se sentindo. Como Bollywood está reagindo. Tentei confiscar o rádio, mas Manu o pegou primeiro e o levou para seu escritório. Está ouvindo isso o dia todo. Se torturando. — Ela inclina a cabeça para um lado e suspira. — Eu não sei como vamos sobreviver a isso.

— Eu sei o que a marani viúva recomendaria: gim-tônica bem forte!

Kanta me dá um sorriso sem entusiasmo.

— Lakshmi, Malik contou a você... sobre Samir?

Devo ter parecido confusa, porque ela explica em seguida.

---

* *Laddus*: bolinhos redondos de lentilha rosa, grão-de-bico moído ou farinha de trigo integral.

** *Joie de vivre:* alegria de viver.

— Eu vi Samir no campo de críquete, observando Nikhil. Eu acho que ele sabe, Lakshmi. Não sei como, mas tenho certeza de que Samir sabe que estamos criando o neto dele.

Doze anos atrás, quando Radha descobriu que havia ficado grávida de Ravi, estava tão apaixonada que achava que ele se casaria com ela. Minha irmã acreditava que ele a amava tanto quanto ela o amava. Ela não tinha como saber que eu havia arranjado o casamento de Ravi e Sheela, que eu era a agenciadora que tinha arquitetado a fusão de duas famílias importantes de Jaipur, os Singh e os Sharma.

Tanto Samir como Parvati deixaram claro que não queriam ter nenhuma ligação com o filho ilegítimo de seu filho. Depois do noivado de Ravi com Sheela, eles o mandaram para a Inglaterra o mais rápido possível, e o bebê de Radha se tornou responsabilidade apenas minha. Imaginei que, devido à relação de parentesco dos Singh com a família real, se o bebê fosse menino ele poderia ser considerado para adoção pelo palácio como o novo príncipe herdeiro. Trabalhei muito para conseguir essa adoção, antes de constatar quanto Radha estava determinada a ficar com seu bebê. Mas, com a ajuda de Jay, que então era o dr. Kumar para mim, alteramos os papéis; os batimentos cardíacos do bebê apareceram como um problema e a adoção pelo palácio foi anulada. Os Singh nunca ficaram sabendo que seu neto acabou morando a poucos quilômetros de sua casa.

Enquanto estou refletindo sobre essa história incômoda, sinto a aproximação de uma dor de cabeça. Foi um dia cheio; estou exausta da longa viagem de trem. Massageio a têmpora.

— Mas, Kanta — digo —, você sabe tão bem quanto eu que os Singh se recusaram a ter qualquer relação com o bebê. Por que Samir teria interesse súbito por uma criança que ele ignorou por doze anos?

— Eu não sei, mas... me preocupo. Será que ele poderia tirar Niki de nós?

Depois de anos tentando ter um bebê, de vários abortos espontâneos e um natimorto, Kanta ficou tão feliz por ser mãe. Se eu tivesse que brigar com Shiva para manter Nikhil com os Agarwal, eu o faria.

— *Bukwas*. Você adotou o bebê legalmente. Tem os papéis para provar.

Uma lágrima escapa do canto do olho de Kanta.

— Papéis baseados em informações falsas.

Ponho as mãos nos ombros magros de Kanta e a viro para mim, gentilmente.

— Você não deve pensar assim. Niki tem os melhores pais, e o melhor lar, que qualquer criança poderia querer. Ele recebeu mais amor de você e de Manu do que jamais teria recebido das babás e governantas no palácio. Eu nunca vou deixar *ninguém* tirá-lo de vocês.

Seu rosto se enruga e ela o encosta em meu ombro, aos soluços.

Uma vez mais, eu me vejo prometendo algo que não tenho certeza se posso cumprir.

20
Malik

Jaipur

Na manhã seguinte, a área na frente do Royal Jewel Cinema está cheia de gente. Trabalhadoras em sáris de algodão de cores vibrantes, os pés descalços cobertos de pó, estão saindo do prédio. Os cestos em sua cabeça estão cheios de resíduos do desabamento. Uma por uma, elas despejam o conteúdo na traseira aberta de um caminhão que espera na rua, depois voltam para dentro do cinema para buscar mais. Homens em *dhotis* estão misturando cimento seco e água em um carrinho de pedreiro. Outros estão trazendo cadeiras danificadas para serem inspecionadas. Elas podem ser consertadas ou vão ter que ser substituídas por outras novas? O mohair tem como ser costurado? Pelas portas abertas do saguão, vejo uma equipe de trabalhadores erguendo um andaime de bambus para poderem começar a trabalhar no balcão danificado. Estucadores, pintores, eletricistas e encanadores movem-se por toda parte, enquanto seus supervisores gritam instruções. Mulheres usam *jharus* para varrer o estuque e o pó para recipientes de todos os tipos e tamanhos.

Vejo Ravi Singh com o sr. Reddy. Ravi, seu rosto contraído, está com o dedo apontado para o gerente, enquanto o sr. Reddy levanta as mãos apaziguadoramente em um *namastê*, implorando a Ravi paciência ou perdão. Eu me afasto da linha de visão de Ravi e me aproximo em silêncio de uma mulher que está saindo do cinema, equilibrando na cabeça um cesto cheio de fragmentos de cimento, estuque, pedaços quebrados de tijolo.

— *Behenji* — digo docemente. Costumo chamar as mulheres mais ou menos da minha idade de "irmã".

A mulher diminui o passo e olha para mim, hesitante.

— Posso dar uma olhada em seu cesto antes de você despejar os resíduos no caminhão? — Tiro uma rúpia do bolso e a mostro para ela.

Ela faz que sim com a cabeça. No tempo que ela leva para baixar o cesto no chão, eu ponho a moeda na mão dela; o dinheiro desaparece rapidamente em sua blusa.

Examino o conteúdo do cesto e pego um pedaço quebrado de tijolo sem marca de fabricante que está três quartos intacto. Recolho também um pedaço de cimento; este também é poroso demais, o que sugere que a proporção de água e pó de cimento estava errada. Os funcionários de Manu me disseram mais de uma vez que precisam ficar vigilantes com operários inexperientes que podem misturar água demais, o que enfraquece o cimento. Guardo minhas provas na sacola de pano que trouxe comigo. Antes de sair do escritório, enchi a sacola de livros de engenharia, uma prancheta e um suéter e uso-os agora para esconder os fragmentos que estou coletando. Ajudo a mulher a pôr o cesto de volta na cabeça e, nesse momento, vejo Ravi vindo em minha direção. Faço um *salaam* para ele.

— Não faça isso. Você está interferindo no trabalho dela e a atrasando. — Posso ver que ele está furioso. Será que ainda está irritado por eu ter levado Sheela para casa de madrugada depois do desabamento? A expressão dele naquele dia era a de quem estava com vontade de me dar um soco na cara.

Sorrio para mostrar que não tive má intenção nenhuma.

— Desculpe. Eu achei que o cesto fosse cair da cabeça da *behenji*.

Ele aperta os olhos.

— O que você está fazendo aqui?

— Calculando estimativas para os assentos do cinema que terão que ser consertados ou substituídos. — Penduro despreocupadamente a sacola de pano no ombro direito.

Ele dá uma olhada para a sacola, mas não faz nenhum comentário.

— Os engenheiros do palácio não lhe deram uma lista?

— Deram, mas eu achei melhor vir até aqui e ver por mim mesmo. Este é um projeto importante. Quero fazer tudo direito. — Estou tentando parecer sério, prestativo. Caso contrário, não obterei os resultados que desejo.

A expressão dele se ameniza, ligeiramente. Agora ele tenta falar em um tom um pouco mais brando e amistoso.

— Escute, meu amigo, por que não vem jantar conosco hoje? Já faz tempo. Podemos conversar sobre esta... — Ele indica a cena à nossa volta. Está tentando não chamar isto da tragédia e desastre que realmente é? — Tudo vai dar certo no fim. Você vai ver. Meu pai conhece muita gente.

Sem dúvida seu pai anda ocupado, no telefone, conversando com os advogados do palácio, a imprensa e os fornecedores, fazendo o que pode para mitigar o dano à reputação de sua empresa. Agora que Samir está recolhendo os cacos, Ravi pode assumir uma atitude mais relaxada.

— Que horas? — Não tenho nenhuma intenção de ficar para jantar, mas pelo menos terei uma oportunidade de conversar com Samir.

— Oito horas. Minha mãe marca o jantar todas as noites no mesmo horário.

Confiro meu relógio; tenho tempo de terminar o que preciso fazer.

De volta ao escritório de manutenção do palácio, passo o horário do almoço conversando com um dos engenheiros de Manu. Ele é solteiro, uns dez anos mais velho do que eu, e nós muitas vezes vamos almoçar juntos nas barracas de rua. Depois de termos comido nosso *palak paneer** e *chole*,** mostro a ele os materiais que recolhi no Royal Jewel Cinema.

Ele parece intrigado.

— Isto não está de acordo com as especificações que vi nos documentos para a construção do cinema. — Ele dá uma mordida em seu *aloo parantha* e encolhe os ombros. — Tanta gente trabalhou nesse projeto. Pode ser que as especificações tenham mudado quando eu não estava mais participando dele. Talvez um dos outros engenheiros saiba melhor.

Mas não consigo encontrar nenhum engenheiro que saiba algo sobre as especificações.

---

* *Palak paneer:* prato de espinafre e queijo.

** *Chole*: grão-de-bico cozido e condimentado.

No escritório, na última hora do expediente, Hakeem ainda me mantém ocupado. Registro novas faturas nos livros-caixa e concilio contas até ficar tonto. Quando o riquixá motorizado me deixa na casa de Samir, mal tenho energia para socializar. E há toda chance de eu me encontrar com Sheela, algo que preferiria evitar. (Embora Sheela tenha vencido a batalha por uma casa separada para ela ao se casar, ela concordou com o jantar diário na casa dos sogros.)

Mal passo pela porta e já vejo Sheela vindo da sala de estar, com ar furioso. Sua filha Rita, em um tutu amarelo desta vez, vem atrás dela.

— Ravi não veio para casa com você? — Sheela fala como se eu fosse o responsável designado para cuidar de Ravi e o tivesse perdido de vista só para irritá-la. É como se aquele momento amistoso que compartilhamos logo depois do desabamento nunca tivesse acontecido. A Sheela de pé à minha frente, com a mão no quadril, é uma estranha. Ela se esqueceu de que a ajudei a tomar banho dois dias atrás, quando ela se sentia frágil e sozinha?

Respondo à sua pergunta balançando a cabeça em uma negativa.

Esta noite ela está usando um *salwar kameez* em um verde-musgo delicado que realça suas faces rosadas. Um *chunni* branco, bordado com pequeninas contas verdes, desce graciosamente sobre seus ombros. O *kameez* fino de algodão marca seus seios e quadris e acentua sua barriga lisa. A lembrança de seu corpo nu erguendo-se da banheira me faz corar. Ela percebe; um sorriso, talvez malicioso, aparece no canto de sua boca.

Volto minha atenção para a filha de Sheela. Agacho para ficar na altura dela.

— Quem é esta, Rita? — Aponto para a boneca de plástico que ela está segurando de cabeça para baixo no punho fechado.

A menina se esconde atrás da mãe. Com alguma impaciência, Sheela lhe diz para responder quando um adulto está falando com ela. Rita arrisca um olhar para mim sem sair de trás da mãe e estende o braço para que eu possa ver a boneca: uma forma de corpo de mulher, de uns vinte centímetros de altura e cabelo loiro. A boneca está nua.

Olho para Sheela, que faz uma expressão de enfado.

— O irmão de Ravi não tem a menor noção do que dar para uma menina pequena. Então ele mandou para a sobrinha o que *ele* achou que fosse uma Barbie americana. Não é. É uma Tressy.

Agora Rita sorri para mim. Uma covinha aparece em seu queixo. Ela se parece muito com a mãe, mas o queixo é de Ravi.

— Você aperta a barriga dela e o cabelo cresce. Quer ver? — Rita pressiona a barriga da boneca com seu pequeno dedo e o cabelo loiro de fato se estende até os quadris.

Quando ouço a porta da frente abrir, eu me levanto e viro. Samir entra e entrega seu terno e sua pasta para o criado que está esperando para recebê-los. Ele sorri para a neta.

— Rita — diz ele —, sua boneca vai precisar de muito mais do que cabelo para se cobrir.

A menina examina a boneca, vira-a e a oferece para Samir. Ele ri, pega Rita no colo e lhe dá um beijo no rosto.

Sheela está com os braços cruzados sobre o peito.

— Papaji — diz ela —, você não pode manter Ravi no escritório até tão tarde. As filhas dele quase não veem o pai!

Samir parece ficar incomodado, mas, com a mesma rapidez, sorri para ela. Ele me lança um olhar cúmplice, como se ele e eu estivéssemos conspirando juntos, e diz:

— Mas, Sheela, quem vai pagar as aulas de tênis, sua mensalidade no clube e as aulas de balé de Rita? — Ele balança Rita, fazendo-a rir. — Hein, *bheti*?

Sheela aperta os lábios, como se estivesse se controlando para não dar uma resposta. Ela pega Rita do colo de Samir, olha para nós dois e sai para a sala de jantar batendo os pés.

Samir faz um sinal para que eu o siga. Ele nos conduz para sua biblioteca e fecha a porta. Lembro de estar nesta sala quando era menino. As estantes embutidas, recheadas de livros em inglês, hindi e latim. Poltronas de couro vermelho. A lareira, sempre com o fogo aceso no inverno, está vazia nesta noite quente de maio.

Sento-me em uma das duas poltronas. Samir remove as abotoaduras de ouro e arregaça as mangas até os cotovelos.

— Ravi me avisou que você viria. A tragédia no cinema não é exatamente o que Manu planejava para seu estágio no palácio. Foi uma dose meio excessiva de emoção, não é? — Ele pega no bar uma garrafa de Glenfiddich, abre-a e serve uma dose do uísque single malt para cada um de nós.

— Como diziam na Bishop Cotton, *não há nada como um batismo de fogo*. — Pego o copo que ele me oferece.

— Correto — diz ele, erguendo o copo como para brindar ao meu humor, antes de tomar um grande gole.

Depois ele se senta na outra poltrona e pousa o copo determinadamente sobre o braço, como se tivesse chegado a uma decisão.

— Antes de fundirmos a Singh Arquitetos com a Sharma Construções, éramos uma empresa pequena que empregava cinco projetistas. Dez anos depois, temos quinze arquitetos e quase uma centena de empregados. Como você sabe, quando o sr. Sharma teve um AVC, eu assumi todas as responsabilidades dele. Faço bem menos projetos agora, e bem mais administração. Ou seja, não estou muito envolvido nas decisões do dia a dia. Claro, eu supervisiono os projetos, mas os... detalhes...

O uísque queima em minha garganta, mas, quando engulo, ele desce como mel. Sinto meu queixo relaxar e, depois, os músculos de meu pescoço. Em Shimla, o dr. Kumar e eu tomávamos juntos um copo de scotch de vez em quando — a marca dele é o Laphroaig, e eu gosto —, mas sempre preferi, e sempre preferirei, uma boa cerveja gelada.

Samir continua.

— Depois de Oxford, Ravi se graduou em arquitetura em Yale. Ele voltou cheio de ideias novas e arrojadas sobre design. Sobre construção. Ele tem um dom natural e as pessoas sabem disso. Os clientes gostam dele. Nossos empregados também. E ele administra bem os projetos.

Samir esvazia o copo e endireita o corpo na poltrona.

Eu tomo mais um gole.

Ele sorri e aponta um dedo para mim.

— Escutar é a qualidade mais importante nos negócios. Vejo que você é bom nisso.

Também sou bom em esperar. Primeiro, segui a Tia Chefe pela cidade até ela me notar. Depois ela começou a me pagar para carregar seu material. Então eu ia com ela para as casas mais importantes de Jaipur e ficava sentado nos gramados do lado de fora até ela terminar de pintar henna nas damas elegantes como Parvati Singh. Mais tarde, na conceituosa Escola Bishop Cotton para Meninos, esperei paciente até meus colegas aceitarem meu pedigree menos desejável. Foi difícil no começo, os trotes. Uma cobra de jardim dentro de um dos sapatos fornecidos pela escola. Uma escova de dente cheia de lã de ovelha. Uma gravata da escola enrolada em volta de meus tornozelos enquanto eu dormia. Eu não revidei. Em vez disso, eu me fiz útil. Sabia que Nariman gostava de cigarros americanos e arrumei alguns para ele. Ansari preferia fotos de mulheres nuas. Modi colecionava selos raros. Para mim, não era difícil encontrar esses itens, como antes eu encontrava os melhores pistaches de Jaipur, os preferidos do chef do palácio, faz tanto tempo. Da noite para o dia, eu me tornei valioso para os meninos que mais faziam bullying, e eles pararam de me perturbar.

Agora, eu bebo o que resta em meu copo e o estendo para Samir reabastecê-lo. Ele parece aliviado por ter uma tarefa, algo para distraí-lo de seus pensamentos. Parece não estar conseguindo chegar ao que realmente quer me dizer. Eu percebo que é difícil para ele.

Quando volta com meu copo de uísque, ele diz:

— Ravi lhe contou que terminou seus dois projetos mais recentes bem antes do tempo previsto? Ele fez a reforma do salão de baile e do restaurante do Rambagh Hotel e, depois disso, remodelou aquela antiga propriedade rajapute na Civil Lines Road para transformá-la em um hotel-butique de nível internacional.

Concordo com a cabeça.

Samir volta a se sentar e respira fundo.

— Tudo isso é difícil de fazer. São tantas variáveis, tantas coisas para controlar. O clima, ou materiais que não chegam no prazo combinado. Dias em que trabalhadores não aparecem. Todo tipo de coisa.

Ele pega o maço de Dunhill na mesa ao seu lado. Sacode-o para tirar um, depois o estende para mim. Eu pego um cigarro. Na época em que eu morava em Jaipur, ele fumava Red and Whites, uma marca menos cara. Reparo no avanço. Como havia reparado nos carros mais caros em sua garagem.

Ele tira um isqueiro dourado do bolso da camisa e acende nossos cigarros. Dá um longo trago antes de começar a falar outra vez.

— Acidentes podem acontecer — diz ele. — É a lei da natureza. O que aconteceu no cinema foi terrível, mas... — Ele solta a fumaça, dá uma batidinha com seu copo no braço da poltrona. — É meu nome na empresa, Malik. — Com a mão livre, ele aponta para o próprio peito. — Eu não permito erros grosseiros em meus projetos. De julgamento, de conformidade às regras, *jamais* erros em materiais.

Ele se inclina para a frente agora, apoiando os cotovelos nas coxas.

— No projeto do cinema, eu dei liberdade a Ravi para fazer as coisas do seu jeito. Eu não queria que ele achasse que não confio nele para tomar as decisões certas.

Ele fixa os olhos nos meus.

— Depois do acidente, pedi para ele examinar os livros, o processo, tudo que fizemos, qual foi a participação do palácio. Ele fez exatamente isso. E, sinceramente, não encontro nenhuma razão para responsabilizá-lo. Ele fez tudo segundo as regras. Cada detalhe. No entanto... — Ele recosta na poltrona de couro. — Pelo que ouvi dizer, você está duvidando dele. E de mim. Você está duvidando de minha capacidade profissional. — Agora, a voz dele ficou mais dura. Ele dá uma tragada no cigarro, solta um jato firme de fumaça.

O álcool está atingindo meu cérebro. Eu olho em volta outra vez. A sala de um homem rico. Os livros encadernados em couro. O relógio folheado a ouro. Um homem rico em um terno rico que quer que eu proteja seu filho. Agora entendo por que Ravi quis que eu viesse. Não foi para fazer as pazes. Foi para me alertar.

Pouso meu copo de uísque sobre a mesa de Samir.

— O que foi que eu supostamente fiz, Tio?

— Hakeem me contou que encontrou você na sala dele ontem, bisbilhotando. Ravi viu você fuçando pelas obras de reconstrução, fazendo sabe Bhagwan o quê. E... — ele aponta o dedo para mim, acusador — ... você esteve fazendo perguntas aos engenheiros do palácio. Ah, não faça essa cara de surpresa. Eu não seria um bom homem de negócios se não tivesse como obter minhas informações.

Os pelos em minha nuca se arrepiam. De repente, estou de volta ao Bishop Cotton, à piscina, com três meninos mais velhos segurando minha cabeça embaixo d'água. Como ele descobriu que estive falando com os engenheiros no escritório do palácio? Hakeem está me espionando? Todos com quem falei foram diretamente procurar Samir? Ele tem *todos* eles no bolso?

Sou cuidadoso com minhas palavras.

— Durante anos, foi você que ajudou Lakshmi a ser apresentada no palácio. Você, mais que ninguém, sabe como ela ajudou a marani em um momento difícil. Desde essa época, sempre senti uma ligação forte com as maranis. Tenho a honra de estar trabalhando para elas no departamento de manutenção com o sr. Agarwal. Eu só quero garantir que estejamos fazendo uma estimativa correta e completa para a reconstrução. É apenas isso. — Abro os braços, as palmas para cima.

Ele bate as cinzas do cigarro em um grande cinzeiro de bronze sobre a mesa, sua voz novamente amável quando torna a falar.

— Eu entendo perfeitamente. Mas, qualquer dúvida que você possa ter sobre o que descobrir, deve perguntar para Ravi ou para mim. Nós podemos esclarecer detalhes importantes que talvez não estejam claros para você. Não há necessidade de perder seu tempo conversando com os engenheiros do palácio. Eles estão muito ocupados com seus próprios projetos de construção para gastar tempo com o nosso. — Ele me dá seu sorriso mais charmoso. — Além disso, você e eu somos velhos amigos. Tenho certeza de que não duvida de mim, certo?

Nesta sala de um homem rico, eu sei de uma única coisa com certeza: um pai e um filho estão ligados por sangue. Samir e Ravi não têm nenhum parentesco comigo. Eu sou o estranho. Samir gostaria que eu acreditasse que ele está do meu lado, mas não sou bobo.

Devolvo seu sorriso, mantendo o olhar firme no rosto dele.

— Deixe-me entender uma coisa. Estou aqui esta noite porque você queria me lembrar de nossa amizade? A mesma amizade que obrigou Lakshmi a ir embora de Jaipur?

Agora o rosto dele empalidece como uma placa de mármore. Ele dá uma risadinha, como se eu tivesse dito algo engraçado. Uma vez mais, ele reverte para o benevolente e bem-humorado Tio Samir.

— Que bobagem! — diz ele. — Você está aqui porque quero que você desfrute da hospitalidade dos Singh.

Apago meu cigarro no cinzeiro.

— Obrigado, mas infelizmente eu já tinha outro compromisso agendado.

Há uma batida rápida na porta. A maçaneta vira e a porta se abre. Parvati entra e eu me levanto, educadamente.

— Ah, aí está você, Samir! — diz ela. — Eu não ouvi você entrar. — Quando ela olha para mim, sua expressão endurece. Esse não é o rosto amistoso que ela dirigiu a mim quando estive aqui para jantar apenas um mês atrás. Será que Ravi e Samir contaram a ela que andei fazendo perguntas? Ela percorre a sala com o olhar, notando o uísque, os cigarros. — *Antes* do jantar?

Ela olha fixamente para Samir até que, relutante, ele se levanta da poltrona. Depois vai até ela e para, a poucos centímetros de seu rosto. Ela não se move. Ele sorri e pega delicadamente o *pallu* de seu sári nas costas e o estende sobre o ombro dela, cobrindo-a como um xale. É uma carícia de amante, e eu vejo o rosto dela amolecer.

— Vá na frente, MemSahib — diz ele.

Os cantos dos lábios dela se erguem, mas apenas ligeiramente. Ela faz uma meia-volta graciosa e sai da sala.

Quando me viro para sair, Samir me segura pelo cotovelo direito e me fala em uma voz que tenho que me esforçar para ouvir.

— Para Sheela — diz ele —, Ravi está sempre trabalhando até mais tarde. *Accha?*

Eu lhe dou um olhar frio. Tal pai, tal filho.

21
Lakshmi

Jaipur

Enquanto tratava a depressão da marani Latika, meus compromissos no palácio eram marcados pelo secretário da marani mais velha. Malik e eu nos apresentávamos no posto do guarda na entrada do palácio das maranis antes de recebermos autorização para entrar. Foi Samir Singh que ajudou a conseguir minha primeira audiência com a marani viúva Indira; ela considerou que minhas visitas subsequentes à jovem rainha Latika seriam essenciais para a recuperação dela.

Mas não é mais possível eu pedir que Samir me ajude a ser recebida no palácio. Nós não nos vemos nem nos falamos há doze anos. Sem contar que o assunto sobre o qual eu vim conversar com a marani Latika envolve a empresa dele.

Nesta manhã, estou vestida em um sári de seda cor marfim com uma borda larga verde-esmeralda e filetes dourados. Meu cabelo está perfumado com flores de jasmim e preso em um coque chignon baixo na nuca. O batom vermelho-escuro é minha única maquiagem. Minhas joias são simples: apenas um colar de pérolas de duas voltas no pescoço. Não estou de brincos. Uso um relógio de pulso com um bracelete de cordão preto torcido e nenhuma outra joia nos braços ou dedos. Há muito tempo aprendi que é melhor, quando se está compartilhando um espaço com a realeza, se apresentar com uma elegância simples e nunca se destacar.

O guarda de bigode grisalho na entrada pode ser o mesmo que estava lá doze anos atrás. É difícil saber. Todos os guardas do palácio, e todos os atendentes, têm a mesma aparência: todos eles usam os mesmos turbantes vermelhos, a túnica branca amarrada na cintura com uma faixa vermelha e calça justa branca. Os guardas mais jovens têm o rosto barbeado. Todos os mais velhos e experientes têm barba e bigode.

Esse guarda me reconhece.

— Bom dia, *Ji* — diz ele. — Faz muito tempo. Está aqui para falar com a marani mais velha ou com a mais nova?

Eu não sabia que a rainha viúva estava de volta a Jaipur. A última notícia que tive foi de que ela havia ido morar em Paris depois que a marani Latika se recuperou da depressão e pôde retomar suas obrigações oficiais. Não é apropriado eu perguntar ao guarda por que a rainha mais velha voltou, então não digo nada. Logo vou ficar sabendo mesmo.

— Marani Latika — respondo, falando com autoconfiança, como se ela estivesse me esperando. Sem convite, só vou poder enganar o guarda desta vez; na próxima vez que eu vier sem ter agendado uma visita, o guarda me reconhecerá e não me deixará entrar.

Pelos portões de ferro, vejo o Bentley da marani mais jovem. Como de hábito para esta hora do dia, ele está estacionado junto à entrada, reluzindo ao sol, pronto para ser usado.

O guarda olha para minhas mãos, depois inclina a cabeça para olhar atrás de mim, provavelmente esperando ver Malik carregando os *tiffins* que continham meu material: a pasta de henna, docinhos para a marani e uma variedade de loções destinadas a aliviar e acalmar. Ao não ver nada disso, ele me olha como se fosse fazer uma pergunta, mas muda de ideia e acena para um jovem atendente me acompanhar. Eu sei me localizar neste palácio, depois de minhas frequentes visitas doze anos atrás. Mesmo assim, o protocolo determina que um atendente me acompanhe para entrar e para sair.

Esse guia me leva pelos corredores que antes eu conhecia tão bem, decorados com pisos de mosaico, espelhos vitorianos e quadros de marajás e maranis passados e presentes em caçadas de tigres, sentados em seus tronos ou cercados pela família. Parece que faz uma vida que eu atendia a marani aqui. Eu era uma pessoa diferente então, mais preocupada com o que poderia ganhar com minhas aplicações de henna do que em refletir se estava fazendo o trabalho de minha vida — curar outras pessoas — como minha *saas* havia me ensinado.

As fotografias em preto e branco nas paredes mostram maranis com pessoas importantes como Jacqueline Kennedy, Rainha Elizabeth e Helen Keller. As que mais chamam a atenção são composições expressivas da marani Latika tiradas em sua sala de estar, olhando por uma janela, ou em seu terraço, o vento agitando graciosamente o sári de crepe georgette.

Eu imaginava que cada marani sucessiva deixaria as próprias marcas estéticas na decoração. No entanto, nos salões vejo as mesmas mesas de mogno com detalhes de marfim. Em cada uma delas há vasos de cristal lapidado com arranjos de rosas cor-de-rosa, jacintos azuis e dedaleiras roxas, recém-cortadas do jardim do palácio. Eu me pergunto se as rainhas só têm permissão para pôr seus toques pessoais em seus aposentos particulares.

Por fim, vejo as portas altas de cobre da sala onde eu costumava me encontrar com a marani viúva Indira. O atendente me pede educadamente para aguardar na chaise longue ao lado da porta enquanto ele entra para me anunciar. Percebo que a chaise longue recebeu um estofamento novo de cetim carmesim desde a última vez que estive aqui. Escolha da marani Latika, talvez? A espera é mais longa do que costumava ser e fico com receio de que a marani tenha se recusado a me receber, mas, por fim, o atendente reaparece e me convida a entrar.

Cubro o cabelo respeitosamente com o *pallu* antes de entrar, sorrindo ao pensar em quantas vezes Malik precisou me lembrar de que essa cortesia necessária era fundamental no início de meu serviço para as maranis; eu geralmente estava tão nervosa que me esquecia. Agora, surpreendo-me por meu coração não bater mais acelerado pela expectativa de estar na presença da realeza.

Vejo que os três sofás vitorianos nesta sala elegante também estão com estofamento novo. O damasco de seda é de uma cor diferente, um rosa escuro, mas, tirando isso, a sala está exatamente igual. Os sofás ficam em torno de uma enorme mesa baixa de mogno. O teto elaboradamente pintado, e muito alto, mostra o cortejo amoroso do Senhor Ram e sua consorte Sita, do épico Ramayana.

Em um canto da sala, a marani Latika está sentada junto a uma mesa de ébano com detalhes de marfim e pérola. Ela levanta os olhos e sorri quando eu entro.

— Lakshmi! — diz ela. — Que prazer ver você. Está morando em Shimla agora, não é? Por favor. — Ela faz um gesto para eu me sentar. — Estou no meio de uma correspondência, mas será só um minuto.

Tirando o trinado do relógio inglês na prateleira de mármore sobre a lareira, a sala está tão quieta que ouço a caneta de Sua Alteza raspando na superfície do papel. Lembro-me da primeira vez que entrei nesta sala e conheci Madho Singh. Ele estava gritando *Namastê! Bonjour! Bem-vindo!* da segurança de sua gaiola. Seus resmungos e assobios constantes enchiam de vida este aposento quando a rainha viúva o ocupava.

— Pronto. — A marani levanta seus envelopes e um atendente aparece de repente, como se fosse mágica. Eles ficam tão quietos que eu nunca percebo que estão na sala até eles entrarem em ação. Este agora será substituído por outro; a marani nunca fica sem um atendente.

Levanto-me para tocar seus pés quando ela se aproxima de mim e se senta em um sofá.

— E então? — diz ela. — Chá?

Ela é tão bonita quanto eu me lembrava. Mais velha, sim. Deve ter mais de quarenta anos agora. Um pouco mais velha do que eu. Seus olhos são da cor e do tamanho de nozes-de-areca, com cílios longos. As rugas nos cantos não estavam ali na última vez que a vi. Há uma astúcia agora naqueles olhos castanhos, que parecem me avaliar, calcular, medir. Suas sobrancelhas são delineadas em um arco que lhe dá um ar de mais autoridade do que nunca (ela tem!).

— Como preferir, Alteza.

— Pensando melhor, acho que um copo de *nimbu pani* pode ser mais refrescante.

Ela levanta os olhos e o segundo atendente se adianta, faz uma reverência e sai do aposento.

— Então, conte-me sobre Shimla. É tão bom lá nesta época do ano, quando o calor aqui em Jaipur cai em cima de nós como um casaco de inverno. — Ela está usando um sári fresco de crepe georgette estampado com hortênsias azuis. A blusa combina perfeitamente com o azul das flores. Grandes gotas de diamantes enfeitam os lóbulos de suas orelhas, uma pesada corrente de ouro adorna o pescoço e anéis de diamantes e safiras completam o conjunto.

---

* *Nimbu pani:* água com limão adoçada.

— Voltar para Jaipur, e para este calor, de fato *foi* um choque depois de viver nas montanhas por todos esses anos — respondo, rindo.

— Soube que você se casou. Deve estar lhe fazendo bem. Você está ótima.

— Obrigada. Vossa Alteza está a imagem da saúde.

Ela faz um gesto como para descartar meu elogio.

— Tenho trabalho demais. Não durmo o suficiente. E tenho menos tempo para passar com as meninas na escola.

Ela está se referindo às aulas de etiqueta, tênis e dança ocidental que ministra na Escola para Meninas da Marani que ela criou décadas atrás e que Radha frequentou por um semestre.

— E seu filho, Alteza? Como ele está?

Há uma pausa. Quando ela fala, sua voz é dura.

— A vida dele é em Paris. Acredito que seja bem conhecido em todos os estabelecimentos que vendem bebidas. Mas você já deve ter ouvido sobre isso.

Estou surpresa com a notícia e meu rosto deve expressar isso. Por intermédio de Kanta, sei que o filho dela não veio à Índia recentemente, nem mesmo para o funeral do pai. Mas achei que ele viesse de vez em quando visitar a mãe.

Ela me dá um sorriso irônico.

— Quer dizer que não sabem de todas as nossas histórias em Shimla... ainda?

O atendente voltou com nossos copos de água com limão adoçada. Ao contrário do *nimbu pani* que os vendedores de rua servem, este teve todo o bagaço removido, de modo que o líquido verde-amarelado reluz límpido nos copos de cristal. Espero até ela levantar seu copo antes de pegar o meu. O sabor é divino. Um pouco ácido, um pouco doce, um pouco salgado, uma explosão de frescor descendo por minha garganta.

Há algo mais formal do que me lembro na mulher sentada à minha frente, algo frio. Ela costumava ser leve como uma brisa, rodopiando entre uma atividade e outra. Eu sei que a separação forçada de seu filho quando ele tinha oito anos foi devastadora, mas a reação dele foi ainda mais catastrófica. Pelo que Kanta me conta, e também pelo que estou inferindo em sua presença, o filho deve culpá-la por não ter lutado mais em seu favor. Ele deve sentir que, se ela tivesse se empenhado mais, ele agora seria o marajá de Jaipur. Talvez ele não visite Jaipur porque não quer ficar cara a cara com seu substituto, o príncipe herdeiro adotado. Niki poderia ter tido esse título também, se tivéssemos deixado a adoção pelo palácio seguir em frente.

Eu pigarreio.

— Tem muito a fazer com o atual príncipe herdeiro, Alteza?

Ela toma outro gole da bebida.

— Ele tem só doze anos. Um pouco jovem para qualquer outra coisa além de acenar para a multidão. Felizmente, não é esperado que eu aja como mãe dele, apenas como sua guardiã. Mais ou menos como a rainha viúva foi guardiã de meu marido enquanto esperava ele chegar à maioridade para assumir as obrigações de marajá de Jaipur. — Ela me encara com um olhar firme. — Mas você não veio aqui para bater papo.

Pouso meu copo na bandeja de prata e uno as mãos.

— Não, Alteza. Eu venho primeiramente para expressar meu pesar pelo acidente no cinema. Sei que houve perda de vidas e que muitos ficaram feridos.

Ela aperta os olhos, respira fundo.

— Foi um acontecimento lamentável. Ninguém poderia ter previsto. Meu coração dói pelos que se feriram. Neste momento, o melhor que podemos fazer por eles é pagar seu tratamento. — Ela baixa o olhar para a mesa. — Palavras não podem expressar como eu me sinto arrasada por Rohit Seth, um amigo querido, e pela jovem, que tiveram, ambos, a vida abreviada. — Ela toma mais um gole do suco. — Mas condolências também não foram o motivo para você ter vindo me ver hoje.

Esfrego o dorso da mão com a palma da outra e olho para minhas unhas curtas.

— Eu fiquei sabendo, Alteza, que o sr. Manu Agarwal pode ser suspenso do emprego no palácio.

Ela arqueia uma sobrancelha fina. *E?*

— O sr. Agarwal e sua esposa Kanta são bons amigos meus. Não quero enganá-la quanto a isso. Mas tenho informações que isentam o sr. Agarwal. Ele não ficou sabendo de algumas incompatibilidades de materiais durante a construção. Se Sua Alteza me permite, posso apresentar a fraude de que ele se tornou alvo?

— Por que Manu não veio ele próprio me apresentar essas informações?

— Porque ele ainda não tem conhecimento delas.

Ela abaixa o queixo.

— E você tem? — Ela parece incrédula.

— Perdoe minha impertinência, Alteza. Posso falar claramente?

— Sempre, Lakshmi.

— Não sei se Vossa Alteza se lembra de meu jovem ajudante quando eu morava em Jaipur. O nome dele é Malik. Por algumas circunstâncias felizes, ele pôde se mudar comigo para Shimla e frequentar a Escola Bishop Cotton para Meninos. Malik agora tem vinte anos e, como um favor para mim, o sr. Agarwal concordou em aceitá-lo como aprendiz em sua equipe. Malik esteve ajudando no projeto do Royal Jewel Cinema, principalmente na contabilidade.

Tenho toda a sua atenção agora. O olhar dela é penetrante.

— Enquanto desempenhava suas funções, Malik se deparou por acaso com faturas de materiais fora das especificações no projeto do cinema.

— Posso ver essas faturas?

Fecho os olhos e sacudo a cabeça, em desalento.

— Aí é que está, Alteza. Ele não se deu conta do que tinha visto a princípio. Mas, quando voltou para procurar as faturas novamente, elas haviam sido substituídas por... documentos diferentes.

Ela me examina por um longo momento.

— Entendo. — Ela gira a bebida no copo e toma um gole. — Pela posição do palácio, o desenvolvimento do Royal Jewel Cinema estava sob a alçada do sr. Agarwal, e apenas dele. Se essas faturas não puderem ser encontradas para provar sua inocência, como eu posso absolvê-lo de sua responsabilidade? Se o inquérito o considerar culpado, ele será demitido.

Vejo agora que, no interesse de resolver esse assunto de modo a dar uma satisfação ao público, será preciso sacrificar um bode expiatório. Manu é esse bode expiatório. E ele não tem um documento sequer em seu poder para provar que não deveria ser.

— Se o sr. Agarwal for acusado de algo que ele não fez, isso arruinaria para sempre a reputação de um homem bom — digo. — Ele serviu este palácio por quinze anos de modo honrável. Dedicou sua vida a garantir que o nome da família real permanecesse impecável. — Bato um dedo nos lábios. — Se eu... se nós conseguíssemos lhe trazer provas da verdadeira culpa pelo acontecido, Vossa Alteza estaria disposta a levá-las em consideração? Talvez deixar o futuro do sr. Agarwal em suspenso até lá?

Ela passa a mão pelo cabelo.

— O fã clube do sr. Seth e a indústria cinematográfica estão nos pressionando muito, Lakshmi. Este pode ser um projeto privado do palácio, mas nossa reputação está sempre nas mãos do público. Temos que tomar atitudes rápidas.

— Alteza, por favor. Espero que se lembre de mim como alguém que mantém sua palavra. — Obviamente ela confia em mim, ou eu não teria sido recebida em seus aposentos particulares sem um compromisso agendado. — Se eu lhe prometer trazer algo fidedigno, o mais rápido possível, isso a satisfaria?

— De quando tempo você precisa?

— Algumas semanas?

— Você tem três dias. Desculpe. Depois disso, terei que anunciar a suspensão dele, e possível demissão.

É pior do que eu pensava! E seu tom de voz me diz que ela não tem muita esperança em meu sucesso.

Ela pousa o copo na bandeja e se levanta. É o sinal para eu me despedir.

Toco seus pés outra vez.

— Obrigada, Alteza.

Quando me viro para a porta, ela diz:

— Como vai sua irmã, minha ex-aluna? Radha é o nome dela, não é? Ela era promissora, se me lembro bem.

Eu rio suavemente.

— Ela demorou um pouco para cumprir essa promessa. Agora ela mora em Paris com seu marido francês, que é arquiteto. Eles têm duas filhas. E ela trabalha com perfumes.

A marani Latika parece agradavelmente surpresa.

— Mas isso é maravilhoso! Talvez eu a visite na próxima vez que estiver em Paris. Você precisa me informar onde posso encontrá-la.

— A Casa Chanel. Ela começou em outra fábrica de perfumes e descobriu que não só gosta de misturar componentes como também tem nariz para aromas.

— Muito bem. Envie a ela meus cumprimentos.

Faço um *namastê* e me retiro.

Malik e eu temos apenas três dias para salvar Manu Agarwal. Três dias para garantir que nem a vida de Niki nem a de seu pai sejam destruídas por essa calamidade.

De volta à casa dos Agarwal, telefono para Jay em Shimla. Já é final da manhã. Ele deve estar no hospital.

Ele atende no primeiro toque.

— Já está com saudade de mim?

Ele ri.

— *Mesmo que se prenda o galo, o sol continuará a nascer.* Você não está em Shimla, mas isso não significa que eu não fique imaginando você fazendo palavras cruzadas na sala ou saindo do banho com cheiro de lavanda ou infernizando as enfermeiras na clínica.

Dou risada.

— Eu não faço isso! — Conto a ele sobre o meu dia até aqui, o que a marani falou, digo que nunca vi Manu tão abatido e que isso está afetando a família. — Malik descobriu algumas coisas e as está investigando. — Faço uma pausa. — Como estão Nimmi e as crianças?

— Lakshmi, você deve saber que ela não falou a sério aquelas coisas todas. Ela está apavorada. Não sabe no que Vinay meteu todos nós.

É difícil ser compreensiva quando a raiva de Nimmi era tão palpável. Em poucos minutos ela destruiu o clima de amizade que havíamos construído entre nós. Murmuro algum comentário neutro.

Ele percebe minha relutância e suspira.

— E as ovelhas?

— Nimmi pagou para o pastor continuar movendo o rebanho. Para ele está tudo bem, porque tem que cuidar de seu próprio rebanho também, então cuida de ambos ao mesmo tempo.

— E a lã que tosquiamos?

— Ainda na despensa. Está impossível alcançar a comida de Madho Singh.

— Por isso eu contratei aquela mulher para cozinhar para vocês.

— *Hahn.* E agora a ave gostou de *chapattis*! Não fique surpresa se Madho não quiser mais comer sementes. — Ele ri. — Quanto tempo você vai ficar em Jaipur?

— A marani Latika nos deu três dias a partir de hoje para arranjar provas da inocência de Manu. Se não conseguirmos, Manu será demitido pelo bem da imagem pública do palácio.

Ficamos os dois em silêncio por um momento.

— *O ladrão que não é pego é um rei* — Jay diz então. — Você vai encontrar as provas, Lakshmi. Não deixe meu velho amigo Samir escapar como o rei nessa história.

— Eu não planejo deixar.

22
Malik

Jaipur

A pessoa que atendeu o telefone na Chandigarh Materiais de Construção parece ter a minha idade. Quando me apresento como o assistente do contador do Palácio de Jaipur, quase posso ouvi-lo se sentar mais reto na cadeira.

— *Bhai* — digo —, espero que você possa me ajudar.

Pigarreio, como se estivesse relutante em começar.

— Este é o meu primeiro emprego importante, entende, e estou com vergonha de admitir que perdi vários documentos.

Ao fim dessas palavras dou uma risada nervosa.

Ele parece ser um rapaz simpático, e ri também.

— Eu também já fiz isso. — Imagino-o como uma pessoa honesta, compreensiva, popular entre os amigos.

Exagero meu suspiro para garantir que ele entenda como me sinto agradecido.

— O palácio tem tantos projetos em andamento, e eu devo ter guardado esses documentos de que estou precisando na gaveta errada. — Estou usando com ele minha encenação de "brother", um legado da Bishop Cotton. — Sem a sua ajuda, eu ia levar horas para achar os documentos. Mas, *bhai*, será que você podia manter esta história só entre nós?

— Sem problemas. — Ele baixa a voz. — Quais documentos, exatamente? Posso mandar uma cópia deles para você pelo correio.

O correio de Chandigarh pode levar uma semana para chegar. A marani Latika nos deu três dias.

— É muita gentileza sua — digo. — Só que o meu chefe... caramba, ele precisa disso imediatamente, sabe? Ele vai arrancar minha cabeça e servir em uma bandeja para a marani se eu não levar para ele em uma hora.

— Mas você está ligando de Jaipur. Como eu posso fazer isso chegar até você em uma hora?

— Eu só preciso dos números. Será que você poderia mandar em um telegrama?

Agora eu o ouço hesitar.

— Eu teria que justificar a despesa, *bhai*. Telegramas são caros.

Dou uma risadinha.

— Mande a cobrar, o palácio paga! Eu dou um jeito aqui de encaixar a despesa. A contabilidade sempre tem como acomodar essas coisas, *hahn-nah*? — Isso o faz dar uma risada apreciativa.

Eu lhe digo para enviar o telegrama para o correio de Jaipur e informo todos os detalhes necessários. Depois me levanto e pego alguns recibos aleatórios em minha mesa, assim, quando passo pela sala de Hakeem, parece que estou cuidando de um trabalho oficial e necessário.

— Abbas?

Eu não esperava que ele fosse me parar. Viro a cabeça, mas não o corpo, como se estivesse com pressa.

— Sim, Sahib?

— A reconstrução do piso do cinema? Eu ainda não vi o orçamento.

Levanto os papéis em minha mão.

— Só uma última coisa para verificar. Ainda não recebi o custo das cadeiras. Acho que a Singh-Sharma ainda não calculou o que precisa ser substituído e o que pode ser consertado.

Ele fica olhando para mim, tentando parecer austero, e desliza os dedos sob o bigode.

— Quero que esteja pronto até o fim do dia.

Concordo com a cabeça. Então saio do prédio e vou até o correio de Jaipur. Agora que eu sei que ele tagarelou a meu respeito com Samir Singh, estou sendo bem mais cauteloso com Hakeem. Ao que parece, ele não é tão simplório quanto eu havia imaginado, e nem é um contador tão dedicado quanto eu pensava. Por que Hakeem obedeceria às ordens dos Singh? Samir está pagando para ele ser seu espião dentro do palácio?

No caminho para o correio, estou pensando no que a Tia Chefe me contou sobre os tijolos que ela viu em Shimla serem parecidos com esses que eu vi aqui no local do desabamento do balcão. Eu soube naquele momento que precisava descobrir se os dois estão relacionados, e que relação é essa.

Também estou pensando na discussão que testemunhei ontem na casa dos Agarwal entre a Tia Chefe e Manu.

Kanta e Niki tinham ido à loja de doces comprar uma sobremesa. Manu, Lakshmi e eu estávamos na sala de estar dos Agarwal. Quando Lakshmi contou a Manu o que eu havia descoberto e que ela havia ido visitar a marani Latika para defendê-lo, ele explodiu.

— Você foi lá sem me dizer nada? Sua Alteza vai pensar que eu não tenho coragem. Que eu preciso enviar uma... uma...

— Uma mulher? — A Tia Chefe estava falando com sua voz calma, a que ela sempre usou para apaziguar suas clientes de henna mais difíceis.

— Você não percebe o que fica parecendo? — disse Manu. — É como se você tivesse me dado uma rasteira! Toda Jaipur vai saber que Manu Agarwal é um fraco, além de ser um corrupto de marca maior!

Ele se virou para mim na poltrona.

— E *você*, Malik! Eu aceitei receber você em boa-fé e agora está tentando... lavar roupa suja? Está falando sobre esse projeto com todo mundo sem o meu conhecimento?

Eu nunca vi o Tio tão bravo. Não achei que ele fosse capaz disso. Eu o observei andar de um lado para outro pela sala, os braços se agitando, o cabelo revolto no ar como se também estivesse gesticulando. Se eu não o conhecesse desde criança, acharia que ele estava prestes a ter um colapso nervoso, como meu mestre de inglês na Bishop Cotton teve quando descobriu que sua esposa o estava traindo com o professor de matemática.

O tom tranquilizador da Chefe nunca fraquejava.

— Eu jamais ia querer que Niki ouvisse seu pai ser chamado de nenhuma dessas coisas — disse ela. — Foi por essa razão que procurei Sua Alteza.

A menção ao nome do filho o fez parar. Quando Manu olhou para ela, seu rosto estava contorcido de angústia.

A Tia Chefe bateu na almofada do sofá ao seu lado.

— Venha se sentar, Manu-*ji*. Por favor. Você está me deixando tonta.

Ele empurrou os óculos mais para cima no nariz e fez o que ela lhe pedia, subitamente contrito.

— O que Malik encontrou não é nada que você poderia ter descoberto sozinho. Você é o supervisor. Não é seu trabalho conferir detalhes como recibos e faturas. Você tem uma equipe para fazer isso. Eles lhe trazem relatórios do que fizeram. Você escuta, questiona, discute, depois assina com base no que eles recomendaram.

— Você está dizendo que a minha equipe, meu pessoal escolhido a dedo, pode estar mentindo?

Ela pôs a mão no ombro dele, como se estivesse conversando com um irmão mais novo.

— Seus funcionários estão com você há muito tempo. Naturalmente, você confia no trabalho da equipe. Será que as recomendações deles nesse caso não poderiam estar baseadas em informações incorretas? E, depois de trabalhar com a Singh-Sharma por tanto tempo, você passou a confiar neles também. Nada de que você tivesse conhecimento poderia levá-lo a pensar que estivessem fazendo algo... indevido.

Manu estava com os olhos fixos no tapete persa sob seus pés. Ele inflou as faces e soprou o ar, como se estivesse se livrando de alguma coisa. Depois, virou-se para Lakshmi.

— Essa… suposta… conspiração. Diga-me que isso não é só a sua maneira de se vingar de Samir Singh por aquela situação entre Radha e Ravi. Retaliação pelo modo como ele abandonou vocês.

Percebi que a Tia Chefe não esperava essa acusação, mas ela não hesitou em responder.

— Isso nem precisa passar pela sua cabeça, *bhai*. Tudo ficou no passado. Eu jamais desperdiço um minuto sequer pensando nisso. Mas *é* verdade que o passado dá o tom para minha impressão dessa família e do que eles são capazes. Se você olhar o que Malik encontrou, talvez conclua que eles têm alguma responsabilidade por tudo que aconteceu.

Manu parecia em conflito. Ele franziu a testa para mim.

— Samir pagou pela sua educação na Bishop Cotton. Você não lhe deve nenhuma lealdade? Como pôde acusar a empresa dele de fraude e negligência depois que Samir abriu portas para você?

Manu estava tão perdido; eu gostaria de ter tido palavras para ajudá-lo. Ele não estava mais no controle do que acontecia à sua volta. Havia sido criado para nunca questionar seus superiores. Como sempre foi um negociante honesto, não podia imaginar que os outros talvez não fossem assim. Fazia quinze anos que trabalhava para a família real. Ele preferiria cortar um braço a questionar as decisões do palácio ou culpá-los de algum erro.

— Eu nunca faria uma acusação dessas levianamente, Tio — digo, procurando ser gentil. — Mas eu sei o que vi, e é errado você ser demitido pelo palácio por algo que não fez. Os Singh podem comprar muitos favores, mas não me considero uma das compras deles. Samir Singh pagou meus estudos para compensar pelo sofrimento que sua família causou à Tia Chefe. O que aconteceu doze anos atrás a obrigou a ir embora de Jaipur e abandonar sua profissão bem-sucedida com os trabalhos de henna. Eu nunca pedi para Samir pagar minha educação. E não vou ficar em dívida por ele ter decidido fazer isso. Minha única lealdade é com você, com a Tia Chefe e com Nikhil.

Manu pareceu se render. Eu vi que estávamos começando a convencê-lo. Ele se levantou e começou a andar pela sala de novo, mais devagar dessa vez. Estava puxando o lábio, perdido em pensamentos.

A Tia Chefe me lançou um olhar. *Espere.*

Por fim, Manu disse:

— Não posso ser conivente com o que vocês estão fazendo. Ainda tenho um código de ética para honrar. Mas, desde que eu não tenha conhecimento de como vocês estão conduzindo esse caso, prometo não interferir. *Theek hai?*

Vou direto do correio para a casa dos Agarwal a fim de mostrar o telegrama para a Tia Chefe.

Lakshmi examina o telegrama.

— Quer dizer que a Chandigarh Materiais de Construção forneceu tijolos classe quatro quando deveria ter fornecido classe um — diz ela. — Qual é a diferença de qualidade?

— Tijolos classe quatro são para fins decorativos. Não para suportar peso. Nunca deveriam ter sido usados no projeto do cinema.

Ela lê o telegrama outra vez.

— E as quantidades registradas aqui... para tijolos e cimento... elas foram invertidas no livro-caixa?

— E também nas faturas adulteradas.

Ela deixa o telegrama sobre a mesinha de café dos Agarwal.

— Quanto mais eu penso nisso, Malik, menos acho que Samir deu início a essa fraude. Ele foi envolvido nessa história, mas não acho que foi ele que começou. Você não precisou de um grande esforço para identificar a discrepância. Samir está nesse negócio há muito tempo e tem muito a perder. Ele não é um amador. O palácio não é seu único cliente. A empresa dele tem vários contratos fora do Rajastão. Por que ele se arriscaria a arruinar sua reputação?

Eu concordo. Penso em Ravi me dizendo que seu pai é antiquado. Ravi tem planos mais grandiosos para seu futuro. Ele me contou que não quer continuar fazendo as coisas do jeito que o pai sempre fez. O que ele considera ser um modo mais inovador de fazer negócios? Usar materiais inferiores, mas cobrar o preço inteiro e embolsar a diferença? O palácio paga bem, mas Ravi não está satisfeito? Ele já vive em uma mansão. Tem uma esposa linda e inteligente que o adora. O que mais ele poderia querer?

Lakshmi suspira.

— Deixe por minha conta agora. — Ouço a resignação em sua voz quando ela continua: — Poderia mandar dizer a Samir que eu preciso vê-lo? O mais rápido possível.

23
Lakshmi

Jaipur

Estou na frente de minha antiga casa em Jaipur, a que eu construí com o dinheiro ganho com milhares de aplicações de henna, minhas loções de ervas e óleos medicinais. Parvati Singh comprou minha casa quando fui embora de Jaipur, em uma espécie de pedido de desculpas por ter destruído minha fonte de renda.

Os arbustos de hibiscos que margeiam a propriedade estão perfeitamente podados, a grama no minúsculo jardim da frente recém-cortada e molhada. As janelas reluzem aqui como se tivessem sido lavadas recentemente. Parvati poderia ter alugado a casa, mas estou achando que não. Ela tem jeito de estar sendo cuidada, como uma peça de museu pronta para ser exibida diante de olhares de admiração.

Samir me enviou uma mensagem mais cedo para a casa dos Agarwal pedindo-me para encontrá-lo aqui. Ele não teria tido tempo para tornar a casa apresentável, ou deixá-la tão arrumada, nesse breve intervalo, então fico pensando em quem estaria cuidando dela. A pequena construção de um só andar não é nada especial do lado de fora. É o que está dentro que importa; foi o que convenceu Parvati a comprar a casa de mim.

— Fico feliz por você ter vindo.

Eu me viro ao som de uma voz de mulher.

— Eu sei que você planejava se encontrar com Samir, mas é comigo que realmente quer falar — diz Parvati, passando por mim e avançando pelo caminho lateral que leva à porta da frente.

Estou tão atordoada por vê-la que não consigo me mover.

Parvati abre a porta e olha para mim.

— Venha — diz ela.

Sem ação, eu sigo a esposa de Samir para dentro. Ela anda pela sala acendendo luzes e abajures de mesa. Eu não tinha dinheiro, quando a casa era minha, para pagar eletricidade. À esquerda da porta da frente, vejo a entrada do banheiro em estilo ocidental que eu queria, mas não tinha como comprar.

Agora que as luzes estão acesas, o meu trabalho, a minha maior obra, se destaca: a *mandala* no piso, feita de mosaicos, uma fusão de desenhos de henna indianos, marroquinos, persas, afegãos e egípcios que significam tanto para mim hoje quanto na época. O leão de Ashoka, símbolo de minha ambição — uma ambição que me levou da aldeia de meu nascimento até os círculos mais altos da sociedade de Jaipur, onde eu usava meu palito de henna para ajudar mulheres ricas a realizar seus desejos. E ali! — cestas de flores de açafrão, uma planta estéril e símbolo de minha escolha de não ter filhos. Jay e eu conversamos sobre isso, bem antes de nos casarmos. Nós amamos o que fazemos, e, pelas longas horas que dedicamos ao hospital, à clínica e à Horta Medicinal, teríamos pouco tempo para nossos filhos. Cuidamos de crianças de outras maneiras: tratando seus cortes, trazendo-as ao mundo ou recuperando sua saúde.

Escondido na *mandala* entre as espirais, as volutas e os caracóis está também o meu nome. Estou olhando para ele agora. Será que Parvati sabe que ele está ali?

— Eu cuidei bem da sua obra-prima — diz ela, indicando o piso. — Espero que você aprove.

Mantenho a expressão neutra e me preparo para o que estiver vindo. Nunca sei o que Parvati tem reservado para mim.

Desde que a vi pela última vez, doze anos atrás, ela engordou; sua blusa coral está justa em volta dos braços e nas costas, a carne espremida como pasta de dente saindo de um tubo. Ela vai precisar fazer uns ajustes nas roupas. De novo.

Mas o elaborado *pallu* dourado de seu sári desce graciosamente em ondas do ombro para as costas. Ela ainda é uma mulher bonita, com traços marcantes, como os lábios cheios, pintados de um cor-de-rosa forte para se contrapor ao sári azul-royal. O *kohl* em torno de seus olhos negros os faz parecer maiores, mais atraentes, mais alertas. Suas faces estão arredondadas e há um início de queixo duplo, mas essas coisas são seu direito de nascença; símbolos de uma mulher indiana bem cuidada de uma certa idade.

— Soube que você se casou com Jay Kumar. Um bom partido. — Ela está sorrindo, mas parece irritada. — Mesmo assim, parece que não consegue ficar longe de Samir, não é mesmo?

Ela está aludindo a uma única noite de paixão anos atrás entre Samir e eu. Muito breve, mas longamente esperada. Samir e eu convivemos com nossa atração durante dez anos. Eu sabia que minha reputação estaria destruída se cedesse, mas Samir foi paciente. Por fim, chegou uma noite em que tudo à minha volta desmoronou e eu senti a necessidade de ser confortada, desejada e amada.

Parvati logo descobriu, e, então, a vida que eu havia construído em Jaipur, a independência financeira que eu havia conquistado, desabaram.

Estranhamente, ao me lembrar disso tudo, eu recupero minha voz.

— Você não vai gostar do que eu tenho para lhe dizer, Parvati.

O fato de eu não usar mais o respeitoso *Ji* não passa despercebido para ela.

— Vamos ver.

— É sobre o Royal Jewel Cinema.

Ela faz um gesto com a mão, descartando o assunto.

— Um acidente. Infeliz, mas imprevisível.

Exatamente o que os jornais e o rádio estão dizendo. Não é verdade, e estou cansada disso.

— Poderia ter sido evitado.

Agora ela revira os olhos, impaciente.

— *Todo* acidente pode ser evitado, Lakshmi. Por isso os chamamos de acidentes. Se tudo tivesse saído conforme planejado, não haveria essas fatalidades.

— A questão é que essa "fatalidade" é consequência de algo que a empresa de Samir parece ter desencadeado.

Ela aperta os lábios.

— O que isso tem a ver com você? Pelo que sei, você agora cuida de jardins em algum lugar dos Himalaias. Só posso imaginar que esteja interessada em destruir minha família. Exatamente como sua irmã.

A menção a minha irmã me enfurece, mas consigo manter o controle.

— Isto não é pessoal, Parvati. Um homem honesto está sendo acusado falsamente por algo de que a Singh-Sharma deveria ter conhecimento e poderia ter evitado. Eu não vou deixar que isso aconteça. Manu Agarwal não deve perder seu emprego e sua reputação por uma coisa que ele não fez.

No centro do piso de mosaico há quatro cadeiras confortáveis forradas com seda crua creme. Entre elas, há uma mesa pronta para um jogo de bridge. Um baralho está sobre a mesa.

Parvati puxa uma cadeira e se senta.

— Meu grupo de bridge se reúne aqui. Samir nunca nem entra nesta casa. — Ela me lança um olhar cortante, como se eu fosse a culpada disso.

Ela faz um gesto para a cadeira à sua frente, um convite, ou ordem, para que eu me sente. Vou até a cadeira e me sento, imaginando se Samir chegou a ver meu bilhete lhe pedindo para me encontrar, ou se ele sabe que Parvati veio em seu lugar.

Agora, ela se inclina para a frente e pega o baralho.

— Você mencionou Manu Agarwal. Ele é o chefe de todos os projetos de construção do palácio e, como tal, é responsável por qualquer coisa que aconteça às propriedades reais. — Ela me encara. — Foi exatamente isso que eu disse a Latika. Se Manu não for responsabilizado, ela nunca vai pôr um fim nisso. A imprensa, os magistrados, os advogados, todos precisam de alguém que eles possam responsabilizar. Ela tem que demitir alguém, ou quem levará a culpa será ela.

Eu deveria saber que Parvati procuraria a marani Latika antes de mim! Ela é parente distante da marani viúva, o que lhe dá acesso ao palácio e lhe permite conversar com Sua Alteza como uma amiga próxima e conselheira, e até se tratarem pelo primeiro nome.

— Parvati, eu tenho provas. A Singh-Sharma comprou e aceitou materiais para o projeto do cinema que não estavam de acordo com as especificações dos engenheiros. Como o sr. Agarwal pode ser responsabilizado por isso? Ele não teria nada a ganhar sabotando um projeto do palácio.

— Como você sabe que isso aconteceu?

— Contratos e faturas foram alterados.

— E imagino que você saiba quem fez o que em tudo isso. Você tem provas?

— Convincentes o bastante para levar para a marani.

Ela divide o baralho no meio e embaralha as cartas, algo que já deve ter feito milhares de vezes.

— Mas você não tem nenhuma prova de que Samir autorizou qualquer parte disso, tem?

Eu hesito.

— As faturas adulteradas foram entregues pela Singh-Sharma. Samir é o responsável pelos atos de sua empresa.

Ela divide o baralho no meio outra vez e coloca as duas pilhas sobre a mesa. Com uma unha manicurada, ela bate em uma das pilhas.

— De um lado — diz ela —, o chefe do departamento de manutenção do palácio é responsável pelos projetos do palácio. — Ela bate na outra pilha. — Do outro lado, o dono da empresa de construção fica com toda a responsabilidade.

Ela me encara.

— Como você sabe que Samir não pode provar que o sr. Agarwal tomou decisões ruins? Decisões que resultaram nos danos causados a todas essas pessoas? O que a faz achar que é você que tem que decidir esse assunto?

— Por que não deixar o tribunal decidir? Devíamos pedir para a marani passar essa questão para o sistema judicial.

Sua expressão de pena me diz que ela acha que sou simplória. Estúpida demais para entender sua lógica.

— Não é assim que essas coisas funcionam. O acordo já foi feito. A empresa de Samir pagará pela reconstrução e pelos materiais. O palácio concordou em pagar os custos médicos. — Ela pega as duas pilhas de cartas, embaralha-as e junta-as em um baralho completo. — Se o que Manu procura é uma boa referência, vou conversar com Latika. Tenho certeza de que ela não terá objeções. Isso está fora de suas mãos, Lakhsmi. — Seus olhos escuros me examinam. — Sua interferência não é necessária nem bem-vinda.

Decido seguir uma abordagem diferente.

— Ravi está satisfeito trabalhando para o pai?

A mudança de assunto a incomoda a ponto de imobilizar por um momento suas mãos.

— O que você tem com isso? — Ela coloca gentilmente o baralho de volta na mesa.

— É o que eu teria perguntado a Samir se ele tivesse vindo a este encontro. — E então a ideia me ocorre: *Será que Samir enviou a esposa para me confrontar? Ele é tão covarde assim?*

— Ravi tem uma ótima vida e um grande futuro — garante ela. — Quando Samir se aposentar, ele vai herdar a empresa.

— Samir é saudável. E se ele resolver não se aposentar? Pelo menos não por um bom tempo ainda? Ravi gostaria de continuar trabalhando *para* seu pai por mais alguns anos? Ou décadas?

Parvati cruza os braços.

Eu prossigo.

— Ravi morou no exterior. Ele teve muita liberdade. Agora ele está de volta, praticamente morando com a família outra vez, trabalhando nos projetos que seu pai lhe dá. Você já lhe perguntou se essa é a vida que ele quer?

Ela me olha com um sorriso de desprezo.

— Nós não somos nômades. Não vagueamos por aí à procura de um modo de ganhar a vida, implorando ajuda às pessoas. Não estamos à mercê de nenhum *ara-garra-nathu-kara.** Não como o seu tipo. — Ela fala esse final com desdém; praticamente nos chamou de inúteis.

Quando a vi pela última vez, ela veio a esta casa — *minha* casa — para me oferecer um suborno. Eu poderia ficar com o dinheiro que ela me oferecia se jurasse que nunca mais ia me meter com Samir. Eu não tinha a menor intenção de repetir esse erro, mas recusei o dinheiro. Dinheiro de que eu precisava, dinheiro que poderia ter salvado minha carreira arruinada. *Naquele dia, quem estava implorando a quem, Parvati?*

Mas não digo nada. Eu conheço bem esta mulher. Parvati se vê no direito de ser prepotente quando está escondida atrás de uma cortina de riqueza e privilégio. Eu a vi como poucos outros já a viram, quando ela estava impotente, confrontada com a triste realidade do mulherengo com quem havia se casado e do filho inconsequente que tinha gerado. Ela não teve a pretensão de me criticar então.

Mas não estou aqui para abrir feridas antigas. Só o que quero é que Manu e Kanta sobrevivam ilesos a esse escândalo.

Parvati se inclina sobre a mesa e se aproxima de mim o suficiente para eu sentir o aroma das nozes de betel que ela gosta de mastigar. Seus olhos estão faiscando.

— *Nós* temos destinos importantes. Somos *nós* que determinamos os rumos deste país. Minha família tem responsabilidades para garantir que pessoas como você tenham comida para comer, um teto sobre a cabeça. Agora você vai deixar minha família em paz, ou terá problemas maiores para enfrentar. Muito

---

* *Ara-garra-nathu-kara:* um zé-ninguém.

mais importantes do que se Manu Agarwal vai ou não perder o emprego. E você não vai andar por aí espalhando mentiras sobre o meu filho.

Ela empurra a cadeira para trás e se levanta.

— Feche a porta quando sair.

Com um último olhar de desprezo para mim, ela vai embora. Pela janela da frente da sala, vejo seu motorista segurar a porta de trás do Bentley aberta para ela entrar, depois voltar para trás do volante e sair com o carro.

Enquanto pego uma *tonga* para a casa dos Agarwal, reflito sobre a certeza de Parvati; o poder, e o direito, de dar as ordens é dela, e só dela. Uma atitude à qual eu achava que já havia me tornado imune anos atrás.

Quando chego a sua casa, Kanta me entrega uma xícara de chá e um envelope com perfume de lavanda.

— Entregue em mãos do palácio — ela me diz.

Reconheço a caligrafia caprichada e abro o envelope.

Cara sra. Shastri (ou devo dizer sra. Kumar?),

Fiquei muito satisfeita ao saber de seu casamento com o eminente médico de Shimla, Dr. Jay Kumar. Que delícia deve ser desfrutar das brisas frescas, enquanto nós, em Jaipur, sufocamos.

Latika me contou que você veio vê-la. Eu não mereço uma visita também, minha querida? Sou velha e não mais tão ágil como antes. Para falar a verdade, os médicos parisienses dizem que tenho câncer de útero. (Irônico, não é? Considerando que meu marido não me permitiu fazer uso de meu útero nenhuma vez!)

Decidi que preferia passar os anos que me restam no país em que nasci, e não em um país onde o café é divino, mas os queijos ofendem meu olfato sensível.

Avise-me quando puder ter um momento livre para fazer uma visita a esta velha senhora e me oferecer a gentileza de uma conversa e notícias de Malik e daquele velho malandro Madho Singh.

Afetuosamente,
Sua Alteza Marani Indira de Jaipur

24
Malik

Jaipur

Na hora do almoço, escapo do escritório para a casa dos Agarwal. Quero saber o que Samir Singh disse para a Tia Chefe. Mas, quando Lakshmi chega, ela nos conta que foi Parvati que apareceu para o encontro.

Baju traz a bandeja de chá para a sala de estar. Kanta lhe diz para levar uma xícara para Manu, que se trancou em seu escritório; ele deixou claro que não quer ouvir nossa conversa. Niki está no quarto, fazendo a lição de casa; Kanta continua a não deixar que ele vá à escola. Saasuji está tirando um cochilo.

— Parvati está confiante de que Samir não esteve envolvido nisso — diz Lakshmi.

Kanta põe açúcar em seu chai.

— Bem, claro que ela estaria. Ela tem gerações de reputação familiar para proteger. — Ela mexe o chá. — Acho que ela de fato acredita que os Singh são indispensáveis para Jaipur. Que é sua família, sozinha, que mantém a economia em pé. Mas como qualquer coisa poderia ser construída sem as mulheres e os homens que trabalham nos projetos deles? — Ela balança a cabeça. — *Uma andorinha só não faz verão.*

— Mas sabem que eu acredito quando ela fala de Samir? — a Tia Chefe insiste. — No que se refere ao trabalho, ele é honesto. Samir não comprometeria nem sua reputação nem sua integridade. — Ela e eu trocamos um olhar. — Sua vida pessoal já é outra história.

Nem gosto de pensar em quantas amantes Samir teve ao longo dos anos. Quando eu era menino, atravessava a cidade entregando os sachês contraceptivos que a Tia Chefe vendia para ele e seus amigos darem às amantes.

Lakshmi continua.

— Mas Ravi é diferente. Vocês deviam ter visto a cara de Parvati quando eu trouxe o nome dele. *Bilkul* perturbada. E se for Ravi que está por trás do desastre? E se foi ele que andou queimando etapas por alguma razão pessoal? Malik notou algumas discrepâncias interessantes.

Eu balanço a cabeça.

— Mas ainda não posso entender por que ele se arriscaria a isso. Ele tem tudo. Um presente confortável e um futuro ainda melhor. — Não posso deixar de pensar em Sheela. Eu tentei, e não consegui, apagar as imagens dela de minha mente: o vestido verde colante; o cabelo escuro, molhado do banho; o sorriso sedutor; o pó de ouro brilhando entre seus seios.

E, de repente, como uma bola de críquete a cinquenta quilômetros por hora, uma ideia cruza meu cérebro.

Na sala privativa da Joalheria Moti-Lal, deposito os pedaços de tijolos quebrados na frente do homem volumoso. Ele está sentado, de pernas cruzadas, em sua almofada acolchoada, fumando seu narguilé. A Tia Chefe está sentada ao meu lado.

Lal-*ji* ficou tão feliz ao vê-la quando entramos que quase tropeçou ao sair apressado de trás de sua mesa para cumprimentá-la. Ela lhe trouxe um presente: o óleo de cabelo que sua esposa costumava comprar. (Lakshmi sempre tem alguns frascos com ela, para o caso de surgir uma necessidade.)

O joalheiro pega um fragmento de tijolo e o examina. Depois o coloca novamente no chão e faz o mesmo com todos os outros. Após largar o último pedaço, ele tamborila na coxa. Hoje ele está vestido em um caro *pyjama** de linho. O grande anel de esmeralda em seu dedinho capta e reflete as luzes do teto. Ele para e olha para mim, e mantém o olhar fixo no meu por pelo menos

---

* *Pyjama:* metade inferior (calça) de um *kurta-pyjama*, traje tradicional masculino.

um minuto. Então pega o receptor de telefone ao seu lado e murmura algumas palavras — ele fala baixinho e as únicas palavras que escuto são *sona** e *dibba*** —, e torna a baixar o receptor. A Chefe e eu nos entreolhamos.

Seu genro, Mohan, entra carregando duas caixas lustrosas de jacarandá. Ele me cumprimenta com um gesto de cabeça e um sorriso, depois se senta ao lado de Moti-Lal, que puxa de dentro da blusa a longa corrente de ouro que usa no pescoço. Há várias pequenas chaves penduradas na corrente. Ele usa uma das chaves para abrir a primeira caixa. Nela, há várias barras intactas de ouro sólido. Umas dez delas. Elas são idênticas, mesmo tamanho, mesma forma, mesmas marcas: peso (uma onça), logotipo do fabricante e, no centro, os números 999.9.

Ele instrui Mohan a abrir a segunda caixa. As barras de ouro nessa caixa são desiguais, não têm marca e diferem ligeiramente em peso umas das outras.

Nesta sala fortemente iluminada, onde Lal-*ji* examina joias e pedras, o brilho das barras de ouro é fascinante.

Moti-Lal aponta para a primeira caixa.

— Legal. — Depois, para a segunda. — Ilegal.

Ele pega uma barra da primeira caixa e a coloca no entalhe do tijolo quebrado. Ela é um pouco grande demais para encaixar no espaço. Ele faz o mesmo com o ouro ilegal e, dessa vez, a barra preenche o espaço, não perfeitamente, mas encaixada. Em seguida, ele põe outro fragmento de tijolo por cima. O ouro agora está escondido. Ele olha para nós e sorri.

— E é assim, jovem Malik, que parte do ouro é transportada. — Ele ri, sua grande barriga balançando.

— Mas por que esconder? — eu pergunto. — Por que não trazer simplesmente pelos canais corretos?

O joalheiro e seu genro trocam um olhar.

— Qualquer joalheiro vai lhe dizer que compra muito pouco ouro de fontes legais. Por quê? A Lei do Ouro do ano passado. Ela limita a quantidade de ouro que um joalheiro como eu pode ter em sua posse. Mas a sra. Patel e a sra. Chandralal e a sra. Zameer querem muito mais para os enxovais de casamento de suas filhas do que eu tenho permissão para ter. — Lal-*ji* levanta as sobrancelhas para a Chefe. — Estou certo, sra. Kumar?

Lakshmi fecha os olhos por meio segundo. *Sim.*

---

* *Sona:* ouro.

** *Dibba:* caixa.

Ele prossegue.

— Além disso, a Guerra da Indochina esgotou as reservas de ouro de nosso país. A sra. Patel, a sra. Chandralal e a sra. Zameer fizeram sua parte doando seu ouro para o esforço de guerra. Bem, a guerra acabou e as senhoras querem seu ouro de volta. Só que... ele não existe mais. Foi usado para comprar munições de outros países. Então, onde os fornecedores podem conseguir o ouro que os clientes querem? África. Brasil. De onde puderem contrabandear, eles estão fazendo isso.

Moti-Lal esfrega a nuca com a mão carnuda.

— Eu estou fazendo a mesma coisa que todos os outros joalheiros fazem. Se posso comprar ouro que está sendo contrabandeado para a Índia e que eu não declaro para as autoridades, por que não o faria? Se não fizesse isso, minhas prateleiras estariam completamente vazias! *Samaj-jao?**

Sim, eu compreendo. Mas, ainda assim, isso dá um nó em minha cabeça. Vivemos em um país em que a demanda por ouro é imensa. No entanto, quase nada desse ouro é minerado aqui. Não é de admirar que o negócio de importação ilegal esteja prosperando.

— Com certeza o governo devia saber o que ia acontecer quando aprovou a Lei do Ouro.

O joalheiro ri e esfrega as mãos uma na outra.

— Tenho certeza que sim. Eles compreendem a natureza humana. Esprema uma manga por baixo e a polpa sai pelo buraco que você abriu em cima! Por mais obstáculos que você coloque na frente de um indiano, ele encontrará uma maneira de contorná-lo. As pessoas precisam comer. O mundo continua girando. Mas o governo tem que impor limites. Senão, quem sabe quanto a farra do ouro ia ficar fora de controle?

Moti-Lal pegou o narguilé outra vez. Ele nos observa através da fumaça. O perfume delicioso de cereja e cravo enche a pequena sala. Ele me vê olhando e me passa o outro narguilé, não sem antes pedir permissão a Lakshmi:

— MemSahib não se importa?

Ela faz que não com a cabeça.

Dou uma tragada no *chillum* e sinto a cabeça leve. Começo a pensar se deveria reconsiderar a oferta de Moti-Lal de trabalhar em sua loja e aprender o ofício de joalheiro. Como seria sentar-me aqui com ele, inspecionando barras

---

* *Samaj-jao:* Entende?

de ouro como essas à nossa frente, colares *kundan*, rubis e esmeraldas não lapidados, e pulseiras incrustadas com pérolas na sala principal da loja, e tudo isso fumando este tabaco magnífico? Conversar com belas futuras noivas sobre seu enxoval de casamento? Que sedutor, tentador... perigoso!

Apontando para os tijolos, Lal-*ji* pergunta:

— Podem me contar onde encontraram estes?

Eu pisco, incerto de quanto devo revelar. Dou uma olhada rápida para a Tia Chefe. Ela inclina muito ligeiramente a cabeça.

— Uma construção — digo, por fim.

Lal-*ji* passa a língua sobre os dentes surpreendentemente pequenos e olha para Mohan. O rapaz entende imediatamente o sinal. Ele remove a barra de ouro que Moti-Lal havia colocado dentro do tijolo, torna a guardá-la na segunda caixa de jacarandá e tranca as caixas com suas próprias chaves. Percebo que, quando Lal-*ji* sugeriu que ia me contratar no lugar de Mohan, ele não falou a sério. Os dois homens são uma equipe. Eles trabalham bem juntos, parecem falar uma linguagem silenciosa só deles.

Mohan pega as caixas e se levanta, mas, antes de ele sair, Lal-*ji* o chama:

— Convença a sra. Gupta a comprar o conjunto *kundan* de rubis e diamantes, não o inferior que seu marido muquirana quer comprar.

Seu genro balança a cabeça concordando, faz um gesto respeitoso de despedida para nós e sai da sala.

Agora que Mohan se foi, Lal-*ji* continua.

— Você me disse que estava trabalhando no escritório do palácio. O que significa que a Singh-Sharma muito provavelmente era a empresa contratada para essa construção.

Mantenho os olhos nos dele, mas não respondo.

— O projeto que esteve nos noticiários é o Royal Jewel Cinema. — Ele para, inspeciona os tijolos outra vez. — Então... você encontrou estes tijolos depois do... — As sobrancelhas de Lal-*ji* se unem. — Você sabe que minha esposa, minha filha e Mohan estavam na inauguração do cinema? Eles podiam ter morrido. — A pressão do joalheiro está subindo; suas faces estão muito vermelhas. — *Hai Bhagwan!* Se os Singh fizeram alguma coisa que levou aquele balcão a desabar, nunca mais vou deixar Parvati Singh aparecer em minha porta. Ela não vai mais comprar na Joalheria Moti-Lal!

Está quente na sala, e não porque o ar-condicionado foi desligado. A fúria de Lal-*ji* está gerando o calor. Ele enxuga o rosto com a mão.

— Houve boatos. Ouvi um talvez um ano atrás. Outra rota do ouro sendo criada. Novo fornecedor. Contrabando, claro. O fornecedor era bem financiado. Eles podiam conseguir ouro, muito ouro, garantido. Não engoli a isca. Tenho meu fornecedor e estou satisfeito. Mas fiquei curioso e fui dar uma olhada.

Ele solta algumas nuvens perfumadas na sala.

— Agora, vocês têm que me prometer que nunca vão contar que essa informação veio de mim. Pode ser que seja falsa. — Ele examina a Tia Chefe outra vez, como se estivesse avaliando se deve ou não prosseguir.

Ela entende a hesitação, porque, quando fala com ele, usa sua voz persuasiva.

— Lal-*ji*, eu nunca escolheria envolvê-lo nisso. Mas um amigo querido levará a culpa por algo que não fez se não conseguirmos descobrir mais. E essa relação entre o ouro e estes tijolos pode ser o motivo principal de estarem armando para ele.

Lal-*ji* parece desgostoso.

— Você já conhece quem está nisso. Pessoas envolvidas com o palácio.

Ele está falando de Manu? Será que Manu é culpado, afinal, de desviar fundos para poder traficar ouro pela Índia? Eu quase não quero saber o resto. Sinto-me tonto, com a boca seca. É o tabaco ou a ideia de que fiz um julgamento errado de alguém em quem confio? Deixo o narguilé de lado.

— Conte-nos, Tio — peço. — Por favor.

— Estão dizendo que é Ravi Singh. Que ele montou a própria operação, a própria rota. Mas isso deve ser *bukwas*. Por que um homem de uma das famílias mais ricas de Jaipur ia querer entrar nesse negócio perigoso? Estou bem distante dos contrabandistas, então meu envolvimento é muito mais seguro. Não estou lá cruzando montanhas e desertos, contratando *goondas* para fazer o serviço. Se eu for pego com mais ouro do que poderia ter, um pequeno *baksheesh** e um pouco mais de impostos pagos para os cofres da cidade resolvem isso. Mas um fornecedor... — ele balança a cabeça — ... tem que correr todo tipo de riscos.

Pego minha piteira, dou uma tragada e penso. Seria possível que os Singh não sejam tão ricos quanto todos imaginam? Percebo que, no escritório, ninguém quer falar mal da empresa de construção favorita da marani, a Singh-Sharma. E estou lá apenas há poucos meses, não o suficiente para conhecer todo o âmbito do projeto e sua trajetória nestes últimos três anos. Manu é

* *Baksheesh:* suborno.

profissional demais para contar fofocas sobre o que não esteve de acordo com o esperado no projeto, se é que houve alguma coisa.

— O que mais o senhor ouviu? — a Tia Chefe pergunta delicadamente a Lal-*ji*.

O joalheiro franze a testa, se concentrando.

— Lembro de alguém me dizer que o projeto estava consideravelmente acima do orçamento inicial. Muito mais dinheiro sendo gasto do que a marani pretendia. Essa mesma pessoa disse que a culpa era querer copiar o projeto de um cinema chique da Amreeka.* A construção levou muito mais tempo do que estava no contrato. — Ele balança a cabeça. — Mas, de novo, são só boatos. Não sei nada mais do que isso. — Lal-*ji* tira mais algumas baforadas de seu narguilé. — O que vai acontecer com o cinema?

— Eles planejam reabrir assim que for consertado — respondo. — A marani está perdendo dinheiro cada dia que ele fica fechado e ela quer que a Singh-Sharma acelere a reconstrução.

O homem corpulento concorda com a cabeça, conhecedor como ele é dos caminhos do comércio e das pessoas que precisam tomar as decisões difíceis.

Eu volto para minha mesa no escritório do palácio. Quando Hakeem vai embora no fim do dia, eu o sigo até sua casa. Estou convencido de que ele sabe mais do que deixa transparecer.

Minha expectativa era de que um homem com quatro filhas alugasse uma casa, mas parece que Hakeem aluga um apartamento em uma área deteriorada de Jaipur, perto de GulabNagar, o Distrito do Prazer. Isso é surpreendente. Depois de todos esses anos de serviço, será que ele ganha tão pouco? Eu o observo subir a escada até o primeiro andar de um prédio de apartamentos e reparo na porta em que ele entra.

Dou-lhe tempo suficiente para trocar as roupas de trabalho. Quero que esteja relaxado quando eu aparecer à sua porta.

Quinze minutos depois, estou batendo à porta. Uma fresta se abre. Hakeem espia por ela, guardando a entrada, vestido em uma camiseta de manga curta e *dhoti* branco. Mas sua expressão relaxada muda para espanto quando me vê. Ele passa o dedo por baixo do bigode.

— Mas... por que está aqui, Malik? Aconteceu alguma coisa?

---

* *Amreeka:* América, pronunciado em inglês indiano.

Eu sorrio e faço um *salaam*.

— Nada disso, Tio. Eu só queria conversar com o senhor fora do escritório. Posso entrar? — Sem esperar uma resposta, eu empurro a porta e entro na sala estreita.

Há uma cama em um dos lados, com uma pia pequenina no canto. Alguém deixou um jornal aberto nas palavras cruzadas sobre a cama. Do outro lado do aposento há uma mesa com duas cadeiras e uma estante de livros alta. Ao lado dela, sobre um armário baixo, há um fogareiro de duas bocas, dois pratos de metal, dois copos e duas tigelas. Uma frigideira e uma panela de inox estão no fogo. A parte de baixo do armário é fechada com uma cortina grossa listrada, sem dúvida escondendo arroz, lentilhas, chá e outros mantimentos.

Tudo no quarto é bem-arrumado, ainda que modesto. Os dois travesseiros afundados no meio sobre a cama têm jeito de muito usados, assim como a colcha de algodão com fios soltos. Não há fotos, nem roupas femininas, joias ou produtos para cabelo à vista.

O cheiro de cardamomo, pimenta e gengibre emana da panela. Chá, imagino. Há uma couve-flor, duas batatas, um tomate e uma faca ao lado de uma tábua de corte sobre a mesa. Nesse instante, ouço o som da descarga no banheiro. Uma porta no outro lado do quarto se abre e um homem magro em uma camiseta sem mangas e *dhoti* sai do banheiro.

Não sei quem está mais surpreso: eu ou o gerente do Royal Jewel Cinema, que ainda está com uma das mãos na maçaneta do banheiro. Ele está paralisado. Dá uma olhada para Hakeem, cujos olhos por trás das lentes dos óculos pretos grossos parecem enormes. A expressão que passa entre eles é de medo. E talvez culpa? Constrangimento?

Eu me recobro mais rapidamente.

— Sr. Reddy, não é? Acho que não fomos apresentados. Eu sou Abbas Malik. Trabalho com Hakeem Sahib.

Hakeem pigarreia.

— O sr. Reddy divide o quarto comigo, sim? Até... até ele encontrar um lugar para morar. Ele é novo em Jaipur.

— Mas, Sahib. Sua esposa e suas filhas. Onde elas estão? — Estou legitimamente intrigado.

O contador olha para a direita, para a esquerda e, então, para o sr. Reddy, que ainda está segurando a maçaneta do banheiro.

— Minha família está em Bombaim. Meu emprego é aqui, sim? Eu envio dinheiro para elas todos os meses.

— O senhor me disse que elas estavam na noite da inauguração do cinema, não foi? Contou algo sobre terem que ficar todos de mãos dadas para chegar em casa.

— Elas estavam aqui para a inauguração. Depois foram embora.

Eu olho em volta. É plausível. Apesar de este apartamento dar a sensação de nunca ter visto o interior de uma mala de mulher.

O sr. Reddy está observando nossa conversa como se estivesse assistindo a um jogo tenso de críquete. Ele parece cansado e um pouco triste.

Puxo uma cadeira da mesa e me sento.

— Bombaim? O senhor não é de lá, sr. Reddy?

— Sim. — Sua voz sai rouca, então ele tenta de novo. — Sim.

— É uma coincidência ou...?

— Não, não é — o gerente do cinema responde, soltando a maçaneta do banheiro e apertando as mãos à sua frente, como uma criança rebelde.

— Eu conheci o sr. Reddy em Bombaim, no cinema, sim? — diz Hakeem. — Achei que ele pudesse se candidatar ao emprego de gerente do cinema daqui. Falei com Ravi Sahib. Ele deu a sugestão ao sr. Agarwal...

O chá começa a ferver e Hakeem se apressa para tirar a panela do fogo. Mas o cabo de metal está muito quente e ele grita e derruba a panela em cima da frigideira. Imediatamente, o sr. Reddy corre para examinar a mão dele, depois põe o braço em volta de Hakeem e o conduz gentilmente para a pequena pia no canto do quarto. Ele abre a torneira e move a mão de Hakeem em um círculo para que a água fria alivie a pele avermelhada. Então pega a toalha gasta no suporte e a enrola na mão de Hakeem, antes de abrir o pequeno armário sobre a pia e tirar um tubo de pomada e um rolo de gaze. O sr. Reddy esfrega um pouco de pomada carinhosamente na queimadura e enfaixa a mão de Hakeem com a gaze.

O gerente põe o braço nas costas de Hakeem.

— Eu vivo lhe dizendo, Hakeem. Deixe a cozinha para mim. Você é muito distraído.

Não é uma repreensão. Parece mais uma chamada de atenção amorosa.

Estou constrangido por testemunhar a intimidade entre eles.

Como se percebesse meu desconforto, Hakeem se afasta rudemente do outro homem e se vira para mim.

— Por que você veio invadir a privacidade do meu lar? Por que não pode simplesmente deixar as pessoas em paz? O que você tem com isto? O que qualquer pessoa tem com isto? Eu cuido da minha família em casa. Isso não basta?

Ele parece mais exausto do que zangado, mais vencido do que exaltado. Dá só um passo e larga o corpo robusto sobre a cama. Está com a cabeça baixa, mexendo na gaze enrolada em sua mão. Nem notou que seu amplo traseiro está agora sentado sobre as palavras cruzadas no *Times of India*.

O sr. Reddy, que ainda está parado na frente da pia, olha para Hakeem e suspira. Após um instante, vai até a mesa e começa a cortar os legumes com movimentos lentos e precisos da faca.

— Nós nos conhecemos em Bombaim em uma das vezes em que Hakeem foi visitar a família e as levou ao cinema. Nós nos olhamos e simplesmente soubemos. E encontramos um modo de ficar juntos em Jaipur quando surgiu a vaga de gerente do cinema. — Seus olhos estão molhados quando ele os levanta da tábua de corte. — Essa foi a melhor maneira de poupar a família dele do constrangimento e garantir que ela continuasse sendo provida. O emprego de Hakeem no palácio é tão bom. Ele nunca encontrará outro assim em Bombaim. E nós podemos ficar em paz. Não perturbamos ninguém. — Ele para, tira um lenço do *dhoti* e assoa o nariz.

Estou refletindo. Aponto para o sr. Reddy.

— Quando o senhor começou a trabalhar no cinema daqui?

— Três meses atrás. Eles precisavam decidir sobre os preços dos ingressos, organizar a publicidade, coordenar os filmes a ser exibidos. Ah, e os atores.

Aponto para Hakeem, que está com os olhos fixos nos pés descalços.

— Os Singh descobriram sobre vocês dois?

— Foi o sr. Ravi — diz o sr. Reddy. — Ele nos viu juntos um dia no Central Park. Almoçando. Você estava gripado aquele dia, Hakeem, lembra? Eu levei pimentas extras para o seu *dal*.

Os dois homens se olham. Hakeem é o primeiro a desviar o olhar.

Uma lembrança me vem. Omi suplicando para o marido, que estava em casa durante uma pausa no trabalho. Ele era assistente dos *mahoots*, os homens que treinavam os elefantes em um circo itinerante. Ela caíra aos pés dele, implorando para ele lhe dar o divórcio.

— Deixe-me casar com outra pessoa! Deixe-me dormir com um homem como outras mulheres fazem.

Eu não tinha entendido o que ouvira naquele dia; eu era criança. Estive no mundo muito mais anos desde então e aprendi algumas coisas. Havia paixões além de nosso controle, além do que fomos ensinados a acreditar que fosse o normal.

Esfrego os olhos com o dorso da mão.

— Escutem, não estou interessado em sua vida particular. Minha intenção é limpar o nome de Manu Agarwal. Eu sei que aquelas faturas de materiais foram adulteradas, Hakeem Sahib. E há apenas uma pessoa que poderia ter feito isso.

Hakeem passa o dedo pela bandagem em sua mão e confirma com a cabeça.

— Eu destruí as faturas originais. Se você olhar com atenção, vai perceber que as faturas que coloquei no lugar delas estão em um papel diferente. Não tive escolha.

Ele olha para seu companheiro, que vem se sentar ao lado dele na cama.

O sr. Reddy me lança um olhar de súplica.

— Não adiantou, no fim. Eles me fizeram dizer que eu deixei entrar gente demais no balcão. O palácio vai me demitir. — Ele cobre a mão de Hakeem com a sua. — Nós vamos encontrar outro jeito de ficar juntos.

— Mas o seu emprego está garantido, Tio?

O contador faz que sim com a cabeça.

— Foi esse o trato.

— Está disposto a contar essa história para a marani?

Ele balança a cabeça.

— Não, jovem Abbas, eu não vou fazer isso. Não posso. Minha família precisa ser protegida. Não posso deixar que a vida de minhas filhas seja arruinada por minhas falhas. Se a notícia se espalhar, elas nunca vão conseguir se casar. Ninguém vai querê-las. Eu jamais vou confessar nada disso para Sua Alteza, ou para Manu Sahib, ou vou perder meu emprego. De forma vergonhosa. Não posso fazer isso. — Ele olha diretamente em meus olhos. — Você teria que me matar primeiro.

Seu companheiro solta uma exclamação de espanto e se vira para ele.

Hakeem volta os olhos molhados para o sr. Reddy.

— Nem mesmo por você eu poderia fazer isso, BK. Sinto muito. Minhas filhas são jovens. Elas têm a vida inteira pela frente. Vidas que não vão sobreviver ao escândalo de nosso relacionamento. — Ele aperta a mão do sr. Reddy.

— E se eu garantir discrição? — Não tenho a menor ideia se consigo, mas preciso tentar.

Hakeem dá uma risadinha irônica.

— Você não pode. Ninguém pode. — Ele balança a cabeça. — Não, Abbas Malik. Não existe solução aqui. Eu sinto muito pelas famílias dos feridos, mas não há nada que eu possa fazer para mudar o resultado.

Os olhos dele são firmes. Percebo que a decisão está tomada. O sr. Reddy me olha com esperança, como se eu tivesse uma resposta pronta que pudesse aliviar toda essa situação. Eu não tenho.

Dos três dias que a marani Latika nos deu para trazer provas de ações ilegais, já se passaram quase dois. Temos mais um dia para encontrar provas suficientes para absolver Manu. Olho para o relógio. São nove horas da noite. A família Singh deve ter terminado de jantar agora. O *chowkidar* está acostumado comigo (sempre dou um cigarro para ele quando venho aqui) e me deixa entrar sem alertar a família.

A criada da casa me recebe na porta da frente. Eu lhe digo que quero falar com Samir. Ela me leva até a porta da biblioteca e bate.

— Entre — ouço Samir dizer. A criada abre a porta para mim e vai embora.

Samir está sentado atrás de sua mesa. Ele está fazendo marcações em plantas de projetos. Quando levanta os olhos e me vê, a surpresa em seu rosto é evidente.

— O cinema de novo?

Confirmo com a cabeça.

— Você é como uma *anna** ruim. Achei que esse assunto já estivesse encerrado. — Ele balança os desenhos diante de mim. — Há outro projeto em preparação. Todo mundo já seguiu em frente.

— Manu Agarwal não. Ele não pode.

Samir joga sua lapiseira sobre a mesa. Ela ricocheteia nos desenhos e aterrissa aos meus pés. Eu a pego e me aproximo. Ponho-a gentilmente sobre a mesa, Samir está bravo, e eu entendo por quê, mas não vou deixar que isso me detenha.

— Quando empregados cometem erros trágicos, eles perdem o emprego. Isso acontece todos os dias, Malik.

— Você trabalhou com ele. Ele contratou você para os maiores projetos do palácio. Você sabe que ele é correto. Como pode deixar que ele caia por causa disto?

— Isto não tem nada a ver com você. Malik, se continuar me importunando, posso ter que proibir sua entrada nesta casa. — Ele está me olhando com um sorriso simpático, mas seu tom de voz é irritado.

---

* *Anna:* pequena moeda.

Pego um pedaço de tijolo e um punhado de cimento nos bolsos de meu casaco e coloco-os sobre as plantas. Pego o telegrama de Chandigarh e coloco-o junto.

Samir olha para os objetos. Sem erguer a cabeça, ele levanta os olhos para os meus.

— O que isto significa?

Ponho as mãos nos bolsos.

— São peças de um quebra-cabeça que estou tentando montar, mas está faltando um pedaço. — Começo a andar pelo espaço na frente da mesa. — No projeto do Royal Jewel Cinema, foram usados tijolos decorativos como este no lugar dos tijolos especificados no contrato original. As faturas mostram que o palácio pagou por tijolos classe um, não por estes mais baratos. Se o palácio pagou o preço inteiro, a Singh-Sharma embolsou a diferença? E este cimento. Ele é muito poroso para ser usado no balcão do cinema. Tem a proporção errada de areia e água. O que pode acontecer quando se usa mão de obra não qualificada. Mas me parece que a Singh-Sharma tem a reputação de usar apenas a mão de obra mais qualificada. O palácio certamente paga tarifas altas por esses custos. Então, outra vez, se foi cobrada a tarifa cheia do palácio, a Singh-Sharma embolsou a diferença?

— Sente-se, Malik. Você está me deixando tonto.

— Você outra vez?

Eu me viro. É Ravi.

Ele entra na sala, revirando os olhos para o pai como se dissesse *Malik é pagal*.*

Ravi balança a cabeça.

— Abbas, esta é mais uma desculpa esfarrapada para tentar ver Sheela?

O quê? A confusão deve ter ficado nítida em meu rosto.

— Eu vi o jeito que você olha para ela. — Ele indica o pai com o queixo. — Papaji também.

Eu me viro para Samir, que põe a mão sobre a boca, como se estivesse escondendo um sorriso.

— Minha mulher é um espetáculo, *hahn-nah*? — Ravi sorri. — Ela me contou que você tentou tirar a roupa dela na noite do desabamento do cinema.

---

* *Pagal:* louco.

A imagem de Sheela, recém-saída do banho, aparece sem querer em minha mente. Sinto as faces quentes. O que Sheela contou a Ravi? Por que ela diria tal coisa?

Agora, Samir ri.

— Você está com uma cara culpada.

— Não foi nada disso! — exclamo.

— Vamos perguntar a ela? — Ele vai até a porta e a chama. Ela aparece com a Bebê no ombro e uma fralda de pano na mão.

— Onde está Asha quando preciso dela? — Sheela parece irritada. Ela para de repente quando me vê. Ravi põe as mãos em seus ombros e a conduz para dentro, colocando-a na minha frente.

— Conte para nós, *priya*, este homem não ficou comendo seu corpo nu com os olhos na noite do desabamento?

Seus lábios formam um O e seus olhos se arregalam em surpresa.

— Não, não foi assim. Ele me ajudou com o banho. Mas... não assim. Eu... eu estava bêbada, e cansada. — Ela se vira para Ravi. — Eu não disse que ele tentou nada, disse? — Ela gira na direção de Samir, que está esperando sentado atrás da mesa. — Papaji, eu não faria isso. Eu amo Ravi! Eu nunca...

Samir levanta a mão e balança a cabeça.

— Tudo bem, *bheti*. *Theek hai*. Vá. Vá cuidar da Bebê.

Horrorizada, Sheela lança um olhar atônito para mim, fazendo que não com a cabeça. *Você tem que acreditar em mim, Abbas! Eu nunca disse isso!* Ravi a acompanha para fora da biblioteca e volta com um sorriso no rosto. Eu conheço essa expressão. Quando se acha que está prestes a ganhar o jogo.

Mas o jogo ainda não terminou.

Sem dizer nada, tiro o último item do bolso da calça. Uma das barras de ouro sem logotipo que peguei emprestada com Moti-Lal. Eu a coloco sobre a mesa, ao lado dos outros itens.

Samir se inclina para a frente na cadeira, olhando para a barra. A luz de seu abajur de mesa brilha diretamente sobre o ouro, fazendo-o reluzir. Eu levanto o ouro e coloco-o no entalhe do tijolo. Ele se encaixa.

Por um momento, ninguém diz nada.

Ravi avança.

— Truques de festa, Abbas? Papaji, ele vai dizer qualquer coisa...

Samir o silencia com um olhar de advertência.

Para mim, ele fala:

— O que você quer dizer com isso?

— Eu acho que estes tijolos são usados para contrabandear ouro para Jaipur. A barra de ouro é removida e os tijolos são misturados com os outros tijolos classe um que a Singh-Sharma usa na construção. — Aponto para o tijolo na mesa de Samir. — Estes não podem ser identificados como sendo da Chandigarh Materiais de Construção, seu fornecedor, porque não têm a marca do fabricante neles. Mas têm um entalhe suficientemente fundo para conter uma barra de ouro.

Volto-me para Ravi, que está me olhando com um sorrisinho. Mas reparo no suor em sua testa.

— O que poderia ser mais fácil do que misturar os dois tipos de tijolos durante a construção e cobri-los com argamassa de cimento ou estuque? Acredito que o dinheiro que a Singh-Sharma economiza usando materiais inferiores, mais baratos, está financiando a compra de ouro de contrabando. Que é, então, vendido no comércio ilegal, onda há demanda por ele.

Samir dá um sorriso cansado e se recosta na cadeira.

— Abbas, você poderia ter pegado esses pedaços de tijolo e cimento em qualquer lugar. Como posso saber se eles são do Royal Jewel Cinema?

Bom argumento. Eu encolho os ombros.

— Porque eu vi você olhando para eles também, na noite do desabamento. E não tenho nenhuma razão para mentir para você.

Ravi faz uma careta.

— Você tem, sim. Se Agarwal perder o emprego, você perde também.

— Eu não preciso desse emprego, Ravi. Nunca precisei. Só vim porque...

Eu paro, olho para Samir. Eu ia dizer que estou aqui por causa de Lakshmi, e que trouxe esse assunto à atenção de Samir porque devo isso a ele; ele pagou pela minha educação. Há tantos segredos em nosso mundo, não é? Alguns nós guardamos, alguns nós revelamos, mas só nos momentos certos. Eu sei agora que não deveria ter dito sim para Jaipur, sim para a Tia Chefe. Eu estava feliz em Shimla. O ar é mais fresco, as brisas são mais limpas. Posso pensar nas montanhas. E Nimmi está lá. Como pude tê-la deixado quando ela me implorou para eu não ir embora? Quando eu estava começando a conhecer Chullu e Rekha?

— Porque o quê? — Ravi me desafia.

Não digo nada.

Ravi olha para o pai.

— Papaji, quem é esse garoto para você?

A sala está tão quieta que escuto o avanço do ponteiro menor do relógio inglês sobre a lareira. *Tique-taque. Tique-taque.*

Ravi está observando seu pai, que o ignora.

Samir pega a lapiseira. Ele a atarraxa e desatarraxa, fazendo o grafite entrar e sair do envoltório.

— Você disse que uma peça do quebra-cabeça estava faltando, Abbas. Que parte é essa?

Olho para o pai, depois para o filho.

— O que eu não sei é se você sabia alguma coisa sobre isso, Samir Sahib, ou se foi uma operação de uma só pessoa. *Não é preciso de um espelho para ver a ferida na própria mão.*

Lembro que esse ditado era um dos favoritos de Samir.

É evidente quem está movendo todas as peças, não é? Estou olhando abertamente para Ravi. Ele está parado a poucos centímetros da mesa do pai, alto, ereto, com seu peito largo. Está flexionando as mãos fortes.

Samir olha para ele também. Sua voz é calma; é difícil para mim saber o que ele está pensando.

— Ravi, você tem algo a dizer? — Samir pergunta ao filho.

— Apenas que essa é uma boa história. É um pouco como Sherazade o nosso Abbas. Vai esticando o enredo de um lado e de outro para manter o rei acordado. Olha, é constrangedor ter que admitir que eu aceitei por descuido um carregamento de tijolos ruins. Mas é só isso. E eu, nós, nossa empresa, a Singh-Sharma, está pagando o custo da reconstrução. Está nos custando bastante, posso lhe afirmar isso.

Ravi dá um passo em minha direção.

— Mas por que estou tendo que justificar qualquer coisa para você? Quem é você, Abbas? Por que acha que pode entrar aqui a hora que quiser e fazer acusações?

Ele se volta para o pai.

— Papaji, você e eu já conversamos sobre a obsessão dele por Sheela. Isso é um insulto! Nós deveríamos proibir que ele volte à nossa casa.

— Achei que fôssemos todos jogar pachisi depois do jantar. — É Parvati. Há quanto tempo ela deve estar escutando ao lado da porta? Seus olhos percorrem a cena. Eu, de pé, com os punhos fechados na frente da mesa de Samir. A barra de ouro reluzindo na cavidade do tijolo. Seu filho com ar furioso, parecendo estar louco para cortar meu pescoço. Samir sério, os lábios apertados, abrindo e fechando a lapiseira.

Nunca é uma boa ideia subestimar Parvati. Ela é afiada como o *patal* que Nimmi carrega para cortar suas flores e talos. Ela entra na sala.

Quando para ao lado de Samir, ela baixa os olhos para a mesa, vê o ouro, examina o telegrama. Samir olha para ela e algum tipo de entendimento passa entre eles. O relógio sobre a lareira soa: são nove e meia.

Por fim, ela se volta para mim. Seu sorriso é quase uma careta.

— Finalmente descobri por que você parece tão familiar, Abbas Malik. Você é o moleque que corria atrás de Lakshmi, carregando os suprimentos dela como o bom pequeno criado que você é.

Ela passa os olhos por minhas roupas, meus sapatos, meu relógio.

— E vejam só o *Pukkah Sahib* agora. Lakshmi comprou essas coisas para você? Ela ainda é a sua tutora? Cuidando de seus servos?

Ela olha de lado para Samir.

— Uma coisa é certa. Ela sabe como criar problemas.

Parvati sorri para mim, docemente desta vez, e eu quase acredito que é sincero, até ela dizer:

— Diga a Lakshmi que inveja não é uma qualidade admirável. Ela não deve enviar seu menino de recados aqui para conseguir o que quer. Agora, pegue seus brinquedinhos e vá embora. Você não é bem-vindo aqui. Nunca mais.

Devo explicar minha teoria do quebra-cabeça e a peça que está faltando para Parvati? Dou uma olhada rápida para Samir, que está absorto em sua lapiseira. Ele parece... envergonhado? Constrangido? É difícil dizer, mas ele não olha para mim.

Junto minhas descobertas, guardo-as nos bolsos e saio da sala.

Enquanto me afasto, escuto a voz de Ravi.

— Mãe, isso é pura especulação! Ele está tentando causar...

Sinto a força do tapa como se tivesse atingido minha face e não a de Ravi.

25
Nimmi

Shimla

Ontem e hoje, o dr. Kumar insistiu em nos levar e trazer de carro da Clínica Comunitária. Estou acostumada a andar até lá com Chullu nas costas e Rekha ao meu lado, mas o doutor tem medo de que os traficantes possam ter ouvido falar da mulher tribal que veio para a cidade com quarenta ovelhas alguns dias atrás. Esse não é um acontecimento comum. Geralmente são homens que conduzem os rebanhos, e isso pode ter alimentado a rede de fofocas, por mais cuidadosa que Lakshmi e eu tenhamos sido na escolha da rota até o terreno do hospital. Hoje as ovelhas estão sob a custódia do velho pastor que contratei para levar o rebanho para pastar a oeste daqui. E a lã tosquiada está guardada em segurança na despensa dos Kumar.

Quando estamos no hospital, cercados pelos funcionários, o dr. Kumar respira melhor. Ele dá às irmãs e enfermeiras ordens estritas para não deixar entrar ninguém que não seja paciente da clínica. Depois ele vai para o hospital fazer suas rondas enquanto Rekha, Chullu e eu saímos pelos fundos da clínica para a Horta Comunitária.

Fiquei aliviada por Lakshmi já ter ido embora quando as crianças e eu acordamos ontem de manhã; o dr. Kumar já a havia levado para a estação ferroviária de Shimla. Eu não saberia o que dizer a ela depois de minha explosão na noite anterior. Sei que não deveria culpá-la pela tragédia em Jaipur; ela não tinha como saber que isso ia acontecer. Só tenho tanto medo de perder Malik do jeito que perdi Dev. Espero que ela compreenda.

Então, quando desci com as crianças para o café da manhã, vi que Lakshmi havia separado sáris e blusas para eu usar no hospital e na cidade para não chamar a atenção. Essa gentileza simples, sua preocupação com minha segurança, mexeu comigo. Seria vergonha o que senti por não reconhecer as muitas coisas que ela havia feito por nós desde que Malik foi embora? Por ter sido desrespeitosa com uma pessoa mais velha de um jeito que eu nunca teria sido com uma mulher de minha tribo? Por não agradecer por ela nos proteger do perigo em que Vinay nos colocou? Como posso estar brava com ela e agradecida ao mesmo tempo?

Agora eu cubro a cabeça com o sári de Lakshmi, escondendo meu rosto e minha tatuagem. Fico de olho nas crianças, porque Rekha costuma se afastar e Chullu vai atrás dela. Ele começou a andar só no mês passado, mas, quando engrena, pode chegar bem longe antes que eu perceba.

Examino com admiração a Horta Medicinal. Malik ficaria impressionado. Nos trechos de jardim onde não havia nada, plantei ervas e flores que Lakshmi e eu escolhemos. O jardim parece mais cheio agora, com novos brotos surgindo em diferentes lugares. Preciso fertilizar e regar e remover folhas mortas e insetos que estejam comendo as plantas. A coleção de ervas de Lakshmi é impressionante; eu conheço algumas delas, mas a maioria é nova para mim. Ela está tentando cultivar variedades do Rajastão, mas as plantas não estão indo bem nesta altitude. Se ela pedisse minha opinião, eu lhe diria para não perder seu tempo com isso.

No fim do dia de trabalho, o dr. Kumar, as crianças e eu voltamos para a casa dele e comemos o jantar que uma mulher da comunidade fez para nós. (Parece que Lakshmi cuidou de tudo.) Ontem à noite, depois do jantar, o dr. Kumar ajudou Rekha e eu com nossa leitura e escrita. Lakshmi deixou uma pilha de livros para nós e ele está seguindo diligentemente as instruções dela.

Às vezes, quando ele me passa um livro, nossas mãos se tocam e ambos recuamos como se tivéssemos encostado em fogo. A sensação dos lábios dele nos meus naquela única noite no bosque ficou comigo. Às vezes toco a boca com os dedos lembrando de onde os lábios dele tocaram os meus. Isso me faz lembrar de Malik e de quanto sinto falta do toque dele.

Sinto falta das cartas dele também. Mas, com toda essa confusão do desabamento, não espero que ele vá me escrever.

Lakshmi está fora há dois dias e eu sei que o doutor sente falta dela. Ele me disse esta manhã que vai telefonar para ela quando voltar do trabalho à noite.

Madho Singh também está sentindo falta dela. Ele reclama quando está na gaiola, onde fica boa parte do dia. Se eu abro a porta da gaiola, ele muitas vezes continua lá dentro em vez de ir para o encosto do sofá, como faz quando Lakshmi está em casa. Em momentos aleatórios, ele grita provérbios que a marani lhe ensinou. *Um homem que está se afogando se agarra a um capim. Rraaa! Duas espadas não cabem na mesma bainha. Rraaa!* Lakshmi e o doutor gostam de repetir o que ele diz.

Ele sai da gaiola para cumprimentar quando o doutor chega em casa, ou quando vê Rekha. Ela gosta de falar com ele como se o periquito fosse uma criança de sua idade. As respostas dele na maioria das vezes não fazem sentido, mas Rekha constrói conversas interessantes que não fazem nenhum sentido *para mim*. Ela finge ler para ele de diferentes livros infantis (ela sabe as histórias de cor agora e gosta de apontar as ilustrações para Madho Singh). Isso sempre parece acalmá-lo e ele costuma dormir antes que a história acabe.

Hoje o doutor está trabalhando até mais tarde. Ele nos deixou em casa e voltou para o hospital. Estou na cama com as crianças no andar de cima, no quarto de Malik. Mas não há muito de Malik nele. É um quarto confortável com um cobertor de lã quente na cama, uma janela de onde posso ver o pasto dos cavalos e um cartaz de quatro *gore** chamados The Beatles. Malik me disse que eles são músicos, e incríveis. Que, um ano atrás, eles vieram à Índia para ver seu guru, o que parece estranho. Os anciãos de nossa tribo são céticos em relação a gurus, que eles consideram falsos profetas.

Rekha e eu estamos olhando um livro ilustrado que mostra diferentes flores do Himalaia. Chullu dormiu de bruços, aninhado ao meu lado.

Rraaa! Namastê, bonjour, bem-vindo! Rraaa!

Escuto Madho Singh batendo as asas pela casa, pousando, gritando e voando de novo. Esse não é o modo como o periquito recebe visitantes, então algo deve tê-lo alvoroçado. Mas o quê? Um animal? Uma doninha ou um macaco?

Tento me lembrar se tranquei portas e janelas, como o doutor vive me dizendo para fazer. (Na casa dos Arora nem havia trinco na porta do pequeno quarto onde morávamos.) Aqui no segundo piso podemos deixar as janelas abertas

---

* *Gore:* pessoas brancas.

para entrar ar fresco, mas lá embaixo precisamos trancar bem todas as portas e janelas. As casas dos vizinhos são poucas e distantes umas das outras, enfiadas entre os pinheiros, portanto bandidos podem se aproximar sem serem vistos. Gritar por ajuda não adiantaria nada.

O dr. Kumar me mostrou como usar o telefone para chamar a polícia ou ligar para o hospital. Fiquei com vergonha de dizer a ele que nunca tinha usado um telefone. E certamente não lhe falei que os policiais seriam as últimas pessoas que eu chamaria. Os anciãos de nossa tribo nunca confiaram nas autoridades, que são rápidas em nos expulsar de nossos pastos assim que alguém reclama. E, agora que a polícia está com a impressão de que o doutor e eu temos intimidades, eles poderiam me ver como uma mulher fácil, alguém que eles podem levar para a cama sem muito esforço.

Ainda estou pensando no que fazer com os gritos do periquito quando Rekha pula da cama e corre para a porta, chamando Madho Singh.

— Rekha! — grito. Coloco travesseiros em volta de Chullu para ele não cair da cama durante o sono e corro atrás de Rekha.

Quando chego à base da escada, Rekha está correndo pela sala, seguindo Madho Singh em seu voo da poltrona para o abajur e para a lareira. A única luz é a da lua lá fora. Puxo a cortina para ver se há alguém ali.

Sim, há. Uma pessoa nas sombras, parada na varanda.

Meu coração começa a bater acelerado. Tento enxergar na escuridão.

É o pastor que está cuidando de meu rebanho!

Respiro fundo e solto um suspiro de alívio. Chamo-o pela janela.

— O que foi, *bhai*?

Ele se vira para a janela. Não consigo ver seu rosto. Nem ele vê o meu.

— O que eu faço com o rebanho? Eles já pastaram toda a área que eu fui pago para limpar. Eles têm muita fome! — A risada dele é aguda e trêmula.

— Vou pagar para você ficar com eles mais uns dias. Tem outros lugares em que eles podem pastar?

— *Theek hai* — diz ele. — Vou levar as ovelhas mais para o norte.

Quando ele se vira para ir embora, lembro que ainda estou com as tesouras de tosquia dele.

— Espere! — chamo.

Corro para cima, pego as tesouras e algumas moedas do meu pagamento semanal. Quando volto à sala, está tudo quieto. Madho Singh está de volta na gaiola, resmungando. Mas onde está Rekha?

Então eu vejo a porta da frente aberta e corro para a varanda. Rekha está lá, conversando com o pastor.

— Por que as ovelhas têm rabos? — ela pergunta.

Eu a puxo para trás de mim.

— Menina boba! — digo. Devolvo as tesouras para o pastor e ponho as moedas em sua mão.

Ele parece confuso com o pânico que é tão evidente em minha voz e em minha expressão. Guarda as moedas no bolso e se vira para ir, mas então para e olha de novo para mim.

— *Behenji* — diz ele —, mais cedo hoje, quando eu estava movendo as ovelhas, um homem apareceu e perguntou se elas eram minhas.

Meu coração acelera de novo. Rekha começa a se contorcer e eu percebo que estou apertando os dedos em seus ombros. Faço um esforço para relaxá-los.

— O que você disse para ele?

O velho levanta o queixo e o corpo.

— O que ele tem com isso? — ele responde. — Foi *isso* que eu disse para ele!

Ele sorri e o luar brilha sobre os poucos dentes que lhe restam.

Concordo com a cabeça.

— Como *você* sabia onde me encontrar?

Ele coça a nuca.

— As notícias correm — ele diz.

Então ele desce da varanda e desaparece na escuridão.

Fecho a porta e a tranco. Pego Rekha no colo e a abraço com força.

— O que eu falei para você? Não é para abrir a porta para ninguém. Nem para homens velhos.

— Eu sei, Maa, mas o Madho Singh gosta dele.

— Madho Singh nem conhece ele!

Sinto as batidas regulares do coração de Rekha e sei que ela sente as minhas. Quando eu estava com a tribo, nunca me sentia insegura como me sinto agora. Se um pastor consegue me encontrar com tanta facilidade, quanto tempo vai demorar para os contrabandistas me encontrarem também?

Uma hora depois, estou encolhida com meus filhos no sofá da sala. Os dois estão dormindo quando escuto o carro do dr. Kumar. Abro a porta da frente e saio à varanda para esperá-lo. Quando me vê, ele se apressa em minha direção.

— *Kya ho gya?** — ele me pergunta, enquanto me leva para dentro de casa e tranca a porta.

— É só que... eu acho que não estamos seguros aqui também. — Eu conto a ele o que o pastor me disse, e como ele me encontrou. — Se *ele* me encontrou aqui, outras pessoas também podem nos encontrar.

— Ele ameaçou você?

— Não, não teve nada disso. Eu quero levar as crianças para algum lugar, mas, se não estivermos com minha tribo, não vamos estar seguros. Nem mesmo nas montanhas. Agora que as pessoas sabem que eu moro aqui... — Percebo que estou esfregando as palmas suadas na saia outra vez e tento controlá-las.

Ele se senta em sua poltrona, abre sua maleta e tira um caderno. Depois de virar algumas páginas, pega o telefone e disca. São dez horas da noite. Para quem ele poderia estar ligando tão tarde?

Um minuto depois, ele desliga.

— Arrume suas coisas — ele diz. — Vamos mudar vocês amanhã cedo para um lugar onde será difícil alguém encontrá-los. Fora da cidade.

— Mas e o jardim? Quem vai cuidar dele? Tenho que regar as plantas jovens e...

O dr. Kumar balança a cabeça.

— No momento, sua segurança é a prioridade. A sra. Kumar vai cuidar de tudo quando voltar. *Chinta mat karo.*

Não se preocupe? Preocupar-me é tudo que tenho feito desde que Malik foi embora.

---

* *Kya ho gya?*: O que aconteceu?

26
Lakshmi

Jaipur

Esta manhã marca o terceiro dia que estou longe de Jay. Malik vem cedo à casa dos Agarwal para me contar sobre sua visita aos Singh. Kanta e Niki saíram para caminhar com Saasuji. Manu se trancou no escritório e nós estamos sentados na sala.

Malik diz que Samir pareceu genuinamente chocado quando ele lhe mostrou como a barra de ouro encaixa no tijolo. Concordamos que é improvável que Samir fosse colocar sua empresa em risco pela promessa de ganhar mais dinheiro. O que ele realmente quer, nós achamos, é acreditar que seu filho cometeu o erro involuntário de aceitar materiais danificados. Mas nem Malik nem eu acreditamos que o erro de Ravi foi inocente. Com base na tranquilidade com que ele seduziu minha irmã doze anos atrás e escapou sem consequências, sabemos como Ravi pode ser dissimulado.

Malik também resume sua visita a Hakeem, o contador do palácio.

Isso me intriga.

— E Hakeem não vai contar que trocou as faturas? Por quê? Quem ele está protegendo?

Malik hesita. Ele nunca mente para mim, mas sei que não vai contar coisas que possam prejudicar a mim ou a outros. Eu espero.

— Hakeem... vive com o sr. Reddy.

— O gerente do cinema?

Malik confirma com a cabeça.

— Eles moram juntos aqui em Jaipur. E Hakeem tem esposa e quatro filhas em Bombaim. Ele não quer que elas saibam sobre o sr. Reddy. Diz que isso destruiria a vida delas.

Estou tentando juntar as peças quando a constatação me vem.

— *Accha.* — Quem sou eu para julgar o contador? Sou uma mulher que abandonou um casamento e dormiu com o marido de outra mulher. As pessoas encontram o amor onde ele aparece. — E os Singh sabem... sobre o relacionamento?

— Ravi Singh descobriu. O sr. Reddy vai sacrificar o emprego. Hakeem vai manter o dele. Ele tem uma família grande para sustentar.

— E então o sr. Reddy concordou em dizer que deixou entrar mais gente do que deveria no balcão. Mesmo isso sendo mentira?

— Isso.

Samir certamente não vai entregar o próprio filho por fraude e desvio de dinheiro. Parvati vai continuar pressionando a marani Latika para demitir Manu. E, por mais chocante que isso pareça para mim, a marani Latika não está interessada em uma investigação; ela quer que o problema vá embora para o cinema poder reabrir o mais depressa possível. Eu entendo. A mancha na reputação da família real aumenta a cada dia enquanto a situação está no limbo.

Eu havia garantido a Kanta que as maranis eram justas, mas agora estou percebendo como fui precipitada ao dizer isso. Temos apenas mais um dia para convencer Sua Alteza a não despedir Manu.

A pressão de ser rotulado como ladrão está sendo terrível para Manu. Em vez de voltar ao trabalho, ele fica trancado em seu escritório, ouvindo o rádio ou lendo poesia. Na hora das refeições, Kanta leva a comida para ele em uma bandeja, em vez de deixar que Baju a entregue, assim ela pode ficar com o marido enquanto Niki, Saasuji e eu comemos na sala de jantar. Kanta diz que ele come só um pouco, diz que já está com o estômago cheio e pede para ela sair. Ele não tem se barbeado, então, quando faz uma rara aparição para ir do escritório ao banheiro, parece cada vez mais um dos homens santos do Ganges. Seu cabelo não lavado está caído sobre a testa. Ele tem dormido com a mesma camisa e calça há três dias.

Niki também está reagindo a essa mudança no pai. Mesmo que Kanta permitisse que ele voltasse à escola, ele não voltaria. Ao que parece, notícias ruins viajam mais rápido do que notícias boas. Amigos de Niki telefonaram para lhe dizer que alguns dos colegas estão chamando seu pai de trapaceiro e ladrão. Niki sabe que seu pai não é capaz disso, mas não tem como defender um pai que não está nem tentando defender a si mesmo.

Kanta passa um bom tempo com Niki ajudando nas lições que seu professor lhe traz. Ler romances, o que ambos adoram, também os deixa ocupados. Às vezes paro na porta do quarto de Niki e os escuto discutir *Matadouro cinco* e *Viagens com minha tia*. Isso me lembra de como Radha se esquecia da vida imersa em seus *Jane Eyre* e *O morro dos ventos uivantes*.

O desespero de Manu também está afetando Saasuji e Baju. A mãe de Manu acha erros em tudo que o velho criado faz (ele não salgou o *dal* ou deixou a *parantha* queimar ou não torrou o cominho por tempo suficiente), e por isso Baju está mal-humorado, batendo panelas e frigideiras na cozinha e resmungando consigo mesmo. Quase me faz desejar que Madho Singh estivesse aqui.

Que alívio sair da casa dos Agarwal para meu próximo compromisso.

Desta vez, quando chego ao palácio das maranis, o guarda me dá um sorriso amistoso.

— A mais velha ou a mais nova? — ele pergunta.

— A mais velha — respondo.

Ele inclina a cabeça um pouquinho para mostrar sua surpresa e chama um atendente. O guia de uniforme imaculado me conduz por uma escadaria de mármore, cujos degraus têm os centros sulcados pelo peso de milhares de pés ao longo de dois séculos. A escada leva a um terraço com vista para um belo jardim na área central do palácio. Nunca estive no terraço superior do palácio. Paro para admirar a cena abaixo; é como o conto de fadas *Os três príncipes* que eu li para Rekha uns dias atrás. Arbustos podados na forma de girafas ou hipopótamos ou elefantes (Rekha ia adorar!). Cascatas e fontes. Macacos de cara rosada, vistos com frequência na Cidade Rosa e em prédios da realeza, pulam de goiabeira para romãzeira e para bananeira, fazendo sua refeição onde a encontram. Pavões vivos cantam exibindo-se com a cauda aberta. Colibris voejam de flor em flor, fartando-se de néctar.

Por fim, sou conduzida a um grande quarto que se abre para o terraço. Cortinas brancas de gaze estão fechadas sobre as janelas de treliça, deixando o quarto sombreado. Dois atendentes estão parados à porta e, dentro, há uma grande cama de dossel. Imagino que as portas estejam abertas para que a marani, de sua cama, possa se distrair vendo os macacos brincando pelas paredes altas do palácio.

Há damas de companhia sentadas em sofazinhos ou poltronas. Uma está bordando, outra abanando a marani com um grande leque de sândalo e a terceira está lendo.

A marani Indira está muito mudada. Seu cabelo, sem o óleo de *bawchi* que é minha especialidade, está mais ralo. Ele é mais branco do que grisalho agora. Eu costumava me encontrar com ela na sala de estar, o mesmo lugar onde estive com a marani Latika apenas dois dias atrás. Agora, a marani viúva está em sua cama de mogno, em meio a travesseiros de cetim com enchimento de penas de ganso. A mesa ao lado da cama contém muitos potes de loções e frascos de comprimidos. Vasos com hibiscos, rosas magentas e *champacas* não são suficientes para disfarçar o cheiro de remédios.

A velha rainha está menor, mirrada, as faces muito magras. Antes, ela parecia encher o aposento com suas piadas obscenas e a risada instigada pelo gim. Agora, ela está em silêncio, de olhos fechados.

— Espere um pouco que ela já vai acordar — a dama de companhia mais próxima me diz. Eu observo o rosto da marani viúva. A pele em torno da boca e nas faces, tão acostumada a se esticar em um sorriso ou uma risada, dobrou-se em pregas, fazendo-a parecer mais velha do que seus setenta anos.

Uma coisa que permaneceu constante é seu amor pelas joias. Seu pescoço está adornado com uma gargantilha *kundan*, os diamantes em forma de gotas e os rubis cabochão refletem a luz que vem da porta aberta. Os brincos combinando também têm diamantes em gota cercando um rubi central. Pulseiras de pérolas e rubis, agora grandes demais para seus braços finos, ameaçam escorregar para fora dos pulsos.

Outra das mulheres nobres me indica uma poltrona ao lado da cama da marani, então eu me sento e coloco minha sacola no chão ao meu lado. Penso no dia em que Sua Alteza me recebeu pela primeira vez e mudou minha vida para sempre.

Doze anos atrás, depois que a rainha viúva me contratou para curar a marani Latika de sua depressão, os boatos se espalharam, tão rápido quanto os macacos pulando de árvore em árvore, sobre meus incríveis poderes de curar a realeza. Todos queriam um pouco de mim, então. Meu negócio cresceu a tal ponto que Malik e eu trabalhávamos do nascer ao pôr do sol para atender os pedidos de aplicações de henna, óleos personalizados e loções curadoras. Se não fosse pela generosidade desta mulher, tudo isso poderia nunca ter acontecido.

A marani abre os olhos, ainda espertos e travessos como antes.

— Lakshmi, você está pensando tão alto, minha querida, que me acordou.

Seu rosto está chupado, mas o sorriso é radiante.

Ela me oferece as mãos e eu as pego. Os muitos anéis de rubis, esmeraldas e pérolas estão largos em seus dedos.

— Alteza, fiquei surpresa ao saber de sua volta a Jaipur. Os encantos de Paris não foram suficientes? — brinco.

— Os homens certamente são. — Ela solta uma de suas risadas marotas. — E a comida é divina. Mas, depois de um tempo, comecei a sentir falta de nossa cúrcuma, coentro e cominho. Tive saudade do perfume de mangas maduras. Das *rath ki rani* tão brancas.

Ela esfrega os polegares sobre o desenho de henna em minhas mãos.

— E disso. — Ela puxa minhas mãos para mais perto de seu nariz e inala o aroma duradouro da planta e do óleo de gerânio que eu uso para hidratar a pele. — Os cheiros da Índia. — Ela fecha os olhos.

Será que ela adormeceu? Lentamente, começo a tirar minhas mãos das dela. Então seus olhos se abrem.

— Conte-me, querida, o que você andou fazendo desde que nos vimos pela última vez. E me dê notícias de meu jovem amigo Malik.

Abro a boca para falar, mas ela me interrompe levantando a mão. Ela levanta o indicador ossudo e gira-o em um círculo.

— Deixe-me ver.

As excentricidades dela me fazem sorrir. Levanto o *pallu*, com que havia coberto respeitosamente o cabelo, e deixo-o cair sobre o ombro. Então viro a cabeça em uma direção, depois na outra.

— Excelente, minha querida. Ainda uma cabeça bem formada. A marca de uma boa entrada no mundo. Excelente.

De minhas relações anteriores com ela, eu sei que a marani Indira acha que, se o nascimento de uma pessoa foi fácil, se ela deixou o canal de parto ileso, seu carma é bom e esse carma vai acompanhá-la na vida presente. Se isso é verdade ou não, não importa. Ela é firme em suas crenças e contradizê-la é bobagem.

— Obrigada, Alteza. Eu trouxe meu material de henna. Se me permitir, gostaria de decorar suas mãos enquanto conversamos.

Ela ergue as esplêndidas sobrancelhas em surpresa.

— Ora, ora. — Ela olha para a dama de companhia mais próxima. — Acho que isso pode ser arranjado. — A mulher faz um gesto para um atendente, que traz uma mesa para eu colocar meus materiais.

Removo seus anéis e os entrego à dama mais próxima. Depois abro um frasco de óleo de cravo que trouxe em minha sacola para esquentar e massagear as mãos dela. Meus dedos, claro, estão nus. Passo tempo demais com as mãos enfiadas na terra ou aplicando pomadas em ferimentos para usar qualquer adorno.

A pele dela é como uma folha seca de *peepal*: desidratada, mas flexível. Ela observa enquanto puxo seus dedos um por um, amaciando as depressões entre eles. Deslizo o polegar sobre a parte carnuda de sua palma. Quando foi a última vez que alguém a tocou dessa maneira? Deve ser raro. Como uma pessoa da realeza, ela tem o poder de permitir intimidades; mas ninguém pode se dar essa liberdade sem permissão.

— Algum pedido especial? — pergunto.

— Confio em você para fazer o que achar melhor, minha querida.

Ela fecha os olhos enquanto começo a desenhar com a pasta de henna que trouxe comigo de Shimla. Eu lhe conto sobre meu trabalho na Horta Medicinal, meu casamento com Jay...

— Ah, isso explica o lindo *bindi* vermelho em sua testa. Então você se casou com aquele médico, o que nós indicamos como o médico da família real em Shimla para a adoção que nunca aconteceu? Minha querida, você me atordoa!

Meu coração acelera. A marani viúva é uma mulher inteligente. Será que já passou pela cabeça dela que nós sabotamos deliberadamente a adoção de Niki? Durante todos esses anos nós a deixamos pensar que ele havia nascido com um problema de saúde e, portanto, não era adequado para ser adotado como o príncipe herdeiro de Jaipur. Se ela pudesse ver o saudável menino obcecado por críquete que Niki é hoje!

Algumas mentiras devem ser mantidas em segredo.

Conto a ela que Jay me ofereceu a oportunidade de trabalhar na Clínica Comunitária que ele fundou; que ele se empenha em tratar as pessoas das comunidades locais da maneira holística que é mais confortável para elas.

— Ele parece um homem honrado — diz ela. Sua voz está mais fraca agora. Ela começa a parecer sonolenta.

Termino a palma de uma das mãos e faço um sinal para a dama de companhia mantê-la aberta para que a pasta de henna úmida não manche antes de secar.

Continuo falando. Acredito que é o ritmo de minha voz, e meu toque contínuo e regular, que a estão embalando. Eu lhe conto sobre Malik e sua educação. Não há sentido em enganá-la dizendo que ele foi um bom aluno lá, quando isso não é verdade. Mas ele se formou com notas adequadas e com sua inteligência natural. Ela tem um afeto especial por Malik, que considerava um menino imensamente encantador. Acho que percebo um indício de sorriso em seus lábios, mas talvez esteja imaginando.

— Ele tem agora... quanto? Vinte anos?

Uma vez mais, ela me surpreende com sua memória.

— *Hahn-ji.*

— E a vida amorosa dele? Ele deve ter, não é?

Ela ergue as pálpebras, fitando-me com ar travesso pelos cantos dos olhos.

Estou fazendo um desenho em sua palma quando ela me pergunta isso. Minha mão se detém.

Ela move ligeiramente a cabeça para olhar de frente para mim.

— Você não aprova?

Apesar da doença, sua intuição é tão afiada quanto sempre foi. Nimmi também me acusou de não aprová-la.

Continuo a pintar a henna em sua pele frágil.

— Não é isso. Quero que Malik veja mais do mundo antes de se casar. A moça de quem ele gosta tem dois filhos do primeiro casamento. Ela é viúva. É muita responsabilidade para um rapaz de vinte anos que ainda não tem nem um meio adequado de ganhar a vida.

Ela fica pensativa.

— No entanto… Eu imagino. Mas ele é um rapaz talentoso. — Ela sorri. — Tenho a impressão de que ele poderia ter assumido todo o exército indiano aos oito anos. — Ela dá uma risada.

A marani levanta as mãos para inspecioná-las. A pele de seus antebraços é flácida nos ossos.

— Flores de açafrão? Leões? O que você pintou, Lakshmi?

— Peço seu perdão se fui ousada demais. Mas sei que Vossa Alteza é uma mulher que tem muito mais ambição do que lhe é apropriado demonstrar. O leão é um símbolo dessa ambição. Muito tempo atrás, Vossa Alteza me contou que seu falecido marido a impediu de experimentar a maternidade. Desenhei o açafrão porque ele é incapaz de se reproduzir sem assistência humana.

O que eu de fato pintei nas mãos da marani Indira é uma cópia da *mandala* que desenhei para o piso de mosaico de minha casa em Jaipur. Até eu começar a desenhar, não havia percebido quanto ela e eu tínhamos em comum.

— E aqui, Alteza — aponto com meu palito de henna para um ponto no alto de sua palma —, é o seu nome escondido no desenho.

— Muito sutil. — A voz dela é cheia de admiração. — Obrigada, Lakshmi. Elas precisam me dar uma injeção agora e sabe lá o que mais para me deixar mais confortável. Você me encontraria, por favor, em minha estufa daqui a meia hora?

Caminho pela estufa onde Sua Alteza cuida de suas orquídeas. Tem acesso pelo próprio terraço, algumas portas depois de seu quarto. Felizmente, o atendente que me trouxe a este viveiro com teto de vidro e paredes de vidro também me supriu com um copo alto de *aam panna** para me refrescar. Ainda assim, pequenas gotas de suor se formam em minha testa e umedecem minhas axilas.

A estufa é alegre. Cheia de luz e plantas bem cuidadas. Alguns dos nomes eu esqueci, já que não sou especialista nessas variedades, mas reconheço algumas das favoritas dela: a orquídea-sapatinho com uma flor amarela incomum que parece uma borboleta, e cachos de vanda azul, que me parecem mais roxas do que azuis. Lembro que esta estufa é o abrigo da marani Indira, o lugar que ela ama e nutre livremente. Seu cheiro é de vida, solo fértil, umidade e calor.

Estou quase terminando meu refresco de manga quando um dos atendentes entra na estufa com a marani viúva em uma cadeira de rodas e para no centro do viveiro, onde há uma cadeira larga de metal. Sua Alteza está com as mãos erguidas, cuidadosa para não manchar a pasta de henna. Eu me sento na cadeira e testo a pasta de henna; está praticamente seca. Aqueço minhas mãos com óleo de gerânio de minha sacola antes de esfregar as mãos dela até soltar toda a pasta seca na toalha que coloquei no colo.

Ela elogia o desenho acabado, admirando a maciez renovada de sua pele.

Com um movimento mínimo do pulso, a marani Indira manda o atendente nos deixar sozinhas. Ele sai e fica do lado de fora da porta fechada da estufa, aguardando a próxima instrução.

---

* *Aam panna*: bebida refrescante de manga.

Ela curva o dedo indicador, agora vermelho de henna, e o move atrás de si. Imagino que este seja o sinal para eu empurrar sua cadeira de rodas. Vou para trás da cadeira e começo a empurrar. Ela inspeciona algumas plantas, com exclamações de satisfação ou desaprovação de acordo com o estado de saúde.

— O que é essa história que tenho ouvido sobre o Royal Jewel Cinema, *hmm*?

Eu estava sem saber como trazer o assunto à tona, então fico um pouco surpresa com o seu modo direto.

— Alguma trapalhada sobre materiais de construção ou algo assim? — Ela faz parecer que sabe apenas superficialmente sobre o desastre do cinema, mas tenho a sensação de que está bem informada.

— Alteza, tenho certeza de que se lembra do sr. Agarwal, o diretor do departamento de manutenção do palácio. Ele está sendo acusado de ter autorizado o uso de materiais de construção de qualidade inferior, que podem ter causado o acidente no cinema.

— Mas você não concorda com isso, não é?

— Vossa Alteza conversou com a marani Latika?

— Nós temos o mesmo advogado.

Chegamos ao fim de um corredor de plantas. Há um armário baixo à nossa frente.

— Abra esse armário, por favor — ela me diz.

Eu abro. É uma geladeirinha. Dentro há uma jarra de vidro coberta contendo um líquido transparente e dois copos.

— Sirva-nos, minha querida.

Agora eu me lembro. O gim-tônica de que a marani gosta tanto, e que ela acredita firmemente que é o segredo da saúde das orquídeas.

Depois que lhe passo seu copo, ela faz um brinde no meu.

— À saúde eterna. — Ela ri da própria piada e toma um gole. — Aah. Tão fresco e revigorante. Vamos continuar andando, está bem?

Eu a empurro por outro corredor.

— Acredito que a razão do uso de materiais inferiores não tenha nada a ver com o sr. Agarwal — digo.

— Pelo que sei, Manu Agarwal vive além de seus meios — diz ela. — O palácio não lhe paga o suficiente para aquele carro de luxo e as sedas que sua esposa usa.

Tento não demonstrar minha surpresa pelo quanto ela sabe.

— A esposa dele vem de uma família rica, Alteza. Kanta Agarwal tem um parentesco com o escritor e poeta Rabindranath Tagore. Ela é de Calcutá.

— Ah. Bem, isso muda as coisas. — Ela derrama um pouco de seu drinque na base de uma orquídea pendida. Depois olha para meu copo, que eu mal toquei. — Beba, minha querida.

Eu tomo um gole. É refrescante. Mais leve e mais doce do que o Laphroaig que Jay e eu bebemos à noite.

Ela me dá um sorriso irônico.

— Você antes nem tocava nisso.

— Os tempos mudam, Alteza. Meu marido gosta de uísque e eu acabei gostando do sabor.

— Da próxima vez vamos providenciar para você.

Ela está falando como se fosse viver para sempre, e que bem faria contradizê-la? Eu sorrio de volta.

— Alteza, a integridade do sr. Agarwal nunca foi questionada.

— Então vamos ouvir a sua teoria.

Eu hesito, olho para o copo.

— Vossa Alteza não vai gostar.

Isso a deixa irritada.

— Não presuma que sabe o que eu penso, minha querida.

— Barras de ouro estão sendo escondidas dentro de materiais de construção e transportadas para canteiros de obras aqui em Jaipur, especificamente em tijolos produzidos para esse fim. O ouro depois é vendido para joalheiros e os tijolos são usados nas construções. O problema é que esses tijolos não são suficientemente fortes para o impacto de carga. Desculpe a expressão técnica. Malik tem me ensinado muitos termos de engenharia nesses últimos dias.

À menção do nome de Malik, a marani Indira sorri largamente.

— Malik é engenheiro agora?

— Ele se formou recentemente em uma escola particular em Shimla e está aqui em Jaipur passando algum tempo como aprendiz com o sr. Agarwal e os engenheiros do palácio. A meu pedido.

— Sim, é difícil recusar algo a você, Lakshmi. Já notei isso. — Ela levanta uma sobrancelha para mim. — Continue.

— Esses tijolos são inferiores. Eles não atendem aos padrões de construção atuais. Junte-se a isso operários inexperientes misturando a argamassa de cimento que cobre os tijolos e temos os ingredientes para um desastre.

Ela levanta a mão para me instruir a parar de mover a cadeira de rodas. Depois me chama com um gesto do dedo indicador para eu dar a volta até a frente dela. Procuro alguma cadeira por perto, para não ter que olhá-la de cima. Vejo uma de bambu no fim do corredor. Eu a trago e sento-me na frente da cadeira de rodas.

Sua Alteza move a mão ossuda como se estivesse limpando uma janela.

— Em seu cenário, quem está fazendo o quê?

Engulo em seco. Isto será complicado, porque Samir Singh é um favorito dela. Ela o adora.

— Eu acho que o filho de Samir Singh, Ravi, se envolveu com o transporte de ouro do Himalaia.

Como eu previa, ela parece chocada e incomodada.

— Por que cargas d'água o filho de Samir teria algo a ganhar contrabandeando ouro? Ele já é de uma das famílias mais ricas de Jaipur, e provavelmente de todo o Rajastão.

— Eu venho me fazendo a mesma pergunta, Alteza. Mas as provas apontam claramente para a Singh-Sharma. Não posso imaginar que Samir arriscaria sua reputação e a da empresa por dinheiro. Tudo que posso supor é que Ravi quer fazer sua própria fortuna. Como Vossa Alteza disse, ele vem de uma família rica, mas nada dessa riqueza pertence propriamente a ele. Talvez ele queira algo só seu. Uma renda independente? Algo que ele possa ter sob seu controle.

Examino seu rosto para ver se algo disso a fez refletir, ou se só consegui afastá-la. Se eu fosse ela, talvez pensasse que perdi minha sanidade para me atrever a acusar pessoas tão proeminentes na sociedade. A estufa parece muito quente agora. Sinto gotas de suor descendo por minha têmpora.

Ela está pensando. Bebe mais um gole de seu drinque.

— Que provas você tem disso?

— Nós pegamos amostras de materiais do local do desastre. E temos provas de faturas falsificadas.

— Quem é *nós*, minha querida?

— Malik e eu.

— Ah, e chegamos a Malik outra vez. O pequeno atrevido.

— O sr. Agarwal havia mandado Malik trabalhar com o contador do departamento. Foi Malik quem notou primeiro as discrepâncias.

— Não me surpreendo. O menino tem olhos de cabra! — Ela ri. — Há alguém que se dispõe a testemunhar sobre a parte que teve nesse... esquema?

Solto o ar lentamente.

— Não, Alteza. Todos têm muito medo de repercussões.

Por fim, ela move seu dedo de comando. Eu tiro minha cadeira do caminho e nós continuamos nossa perambulação. Ela salpica um pouco mais de gim-tônica nas plantas.

— Diga-me, Lakshmi. Por que está tão segura de que o sr. Agarwal não tem nenhuma responsabilidade nesse esquema? Não poderia ser ele que está embolsando o dinheiro extra?

— Eu não acredito nisso. Conheço bem o sr. Agarwal. Ele está completamente arrasado com a acusação. Ele vem de uma família humilde e é devotado à esposa e ao filho. Leva muito a sério sua posição no palácio e se sente enormemente abençoado por esse emprego. Ele jamais faria qualquer coisa para pôr em risco tudo isso que alcançou. Seria equivalente a cortar o próprio braço.

Esta talvez seja a última vez que sou recebida em uma audiência com Sua Alteza. Dou a volta e me ajoelho na frente dela.

— Ele tem um filho, Nikhil, que acabou de fazer doze anos. Um menino maravilhoso. Uma desonra dessa para o pai arruinaria a vida desse menino para sempre. Vossa Alteza sabe disso tão bem quanto eu. Por outro lado, se for descoberto que Ravi Singh é culpado desse esquema, e eu tenho certeza de que ele está envolvido, ele pode sobreviver ao escândalo. Sua vida continuará como antes em outro lugar, na Inglaterra, na Austrália ou nos Estados Unidos. Samir e Parvati podem garantir isso para ele e sua família, e o farão.

Olho em seus olhos — alarmados, atônitos — por mais uns instantes. Será que eu destruí completamente qualquer credibilidade que havia construído ao longo dos anos com ela?

Então me levanto e recomeço a empurrar a cadeira de rodas.

— Lakshmi, qual é a sua solução para tudo isso? Como provar a culpa ou a inocência das partes envolvidas?

Malik e eu conversamos sobre qual deveria ser nosso próximo passo.

— Ir à cena do acidente. O Royal Jewel Cinema — digo. — Examinar quais materiais foram usados ali. A maior parte dos destroços já foi removida, mas podemos testar outras áreas que não foram destruídas no desabamento. Fazer perguntas para todas as partes presentes.

Ela suspira. Parece esgotada. Sinto uma pontada de culpa por ser a causa disso.

— Deixe-me em paz, Lakshmi. Eu vou pensar. — Ela toma o último gole de seu gim-tônica. — Eu penso melhor sozinha no calor.

Ela ergue o copo para mim em uma despedida.

Levo meu copo até a geladeirinha, deixo-o lá e pego minha sacola.

Que alívio sair da estufa de orquídeas! Minha blusa está molhada. Sob o sári, o suor escorre pelas minhas pernas. Respiro fundo várias vezes. Controlo a vontade de correr. É como se eu tivesse escapado por pouco de ser enterrada viva.

De volta à casa dos Agarwal, estou sentada com Kanta tomando um chá quando Jay telefona.

— Não quero que você ou Malik se preocupem, mas transferi Nimmi e as crianças.

Percebo o esforço que Jay está fazendo para me dar a notícia calmamente pelo telefone. Respiro fundo.

— O que aconteceu?

Do outro lado da mesa, Kanta me olha com ar de interrogação.

— É muito fácil as pessoas encontrarem a nossa casa, Lakshmi, e, especialmente agora que você não está aqui, ela e as crianças ficam muito vulneráveis quando estou fora. Ontem à noite eu fui chamado de volta ao hospital...

Ele está tenso. Posso imaginá-lo olhando em volta, seu olhar cauteloso parando nas janelas, na porta, de volta às janelas, o ouvido atento a barulhos estranhos. *Será que lembrou de trancar a porta?*

— Você está bem, Jay?

— Estou bem. Fico ouvindo barulhos. O velho pastor, aquele que ela contratou para cuidar do rebanho, veio aqui. Ela nunca havia contado para ele onde nós moramos. Se ele a encontrou tão facilmente...

— Claro. Para onde você os levou?

— Minha tia, a que me criou, costumava passar um mês por ano em um convento próximo. Ela não era religiosa, mas encontrava conforto nos modos silenciosos das freiras. Ela as ajudava a cuidar do jardim, cozinhar, remendar roupas. Sempre voltava revigorada. Conversei com a madre superiora e ela concordou em abrigar Nimmi e as crianças por uma semana, até que a situação esfrie.

Ele faz uma pausa.

— E a polícia? — pergunto.

— Até agora, nada. Mas imagino que a Canara vai interromper as operações por um tempo.

Penso na trabalhadora de sári fazendo tijolos, colocando a mistura de argila nas formas de madeira. Como ela vai ganhar a vida agora?

— Você pode passar o número de telefone do convento para Malik, Lakshmi? Acho que Nimmi gostaria de ouvir a voz dele.

27
Malik

Jaipur

Eu tinha a sensação de que, se alguém poderia convencer o palácio a examinar melhor o que aconteceu no Royal Jewel Cinema, essa pessoa seria a Tia Chefe. Ela tem essa habilidade. Ela fala com as pessoas de uma maneira que as incentiva a ouvir.

O que eu não imaginava era que, depois de sua visita, a rainha viúva viesse em nosso socorro.

Estamos no local do desastre agora: Samir, Ravi, sr. Reddy, Manu, dois mestres de obras da Singh-Sharma, alguns engenheiros do palácio, Tia Chefe e eu.

Para minha surpresa, Sheela está aqui também, parada a uma pequena distância de Ravi. Ela não está de vestido, mas com um sári apropriado, de seda vermelho-violeta, talvez por respeito à ocasião. De óculos muito escuros, sua postura é fria, um pouco arrogante, do velho modo já conhecido. Ela está com o queixo levantado, como em desafio a alguma coisa. Não diz nada, não fala com ninguém.

Não tenho ideia do que ela disse a Ravi sobre nós ou se Ravi inventou as insinuações. Gostaria de pensar que aqueles poucos momentos que Sheela e eu compartilhamos que pareceram reais, íntimos, fossem apenas isso, mas não sei mais. Será que ela estava só me usando para dar munição a Ravi?

Aguardando a chegada da marani Latika, uma faixa estreita de tapete vermelho foi estendida da passarela no pátio ao saguão e continuando até dentro da sala do cinema. A reconstrução parece estar em uma pausa. Os homens e mulheres que carregam destroços ou misturam cimento não estão em nenhum lugar à vista. A área foi toda limpa. Os resíduos do acidente — tijolos, cascalho, pó, fragmentos de cimento — foram todos removidos. É difícil imaginar que, apenas quatro dias atrás, este foi o local do pior desastre ocorrido em Jaipur em muitos anos.

Será que tudo já foi limpo dentro também? Sem nenhum dos materiais originais para examinar, como vamos convencer o palácio de que houve fraude?

Samir parece calmo. Ravi parece inquieto. Eles estão conversando baixinho.

Enquanto ouve Samir, Ravi fica esfregando o calcanhar do sapato no piso de mosaicos do pátio. Manu está mais perto do sr. Reddy, de Lakshmi e de mim. É como se nós todos tivéssemos escolhido lados.

Vejo Samir dar umas olhadas rápidas para Lakshmi de vez em quando, mas a Tia Chefe parece determinada a não fazer contato visual com ele.

Kanta deve ter feito Manu se barbear, tomar banho e cortar o cabelo para esta reunião. Ele está mais magro, porém muito mais apresentável do que esteve desde o desabamento. Chega a ter um ar esperançoso, como uma criança esperando para saber se vai receber um presente de Diwali.

O Bentley da marani Latika chega. Sua Alteza veio dirigindo. Para minha surpresa, a marani viúva está no banco do passageiro. Há uma dama de companhia no banco traseiro. O Bentley é seguido por outro sedã, do qual saem dois atendentes para ajudar a rainha mais velha. Um deles abre uma cadeira de rodas; o outro levanta a marani do banco e a acomoda com cuidado na cadeira. A marani Latika caminha lentamente ao lado da cadeira de rodas enquanto um dos atendentes empurra a marani mais velha.

O rosto da rainha viúva se ilumina quando me vê.

— Malik! Meu menino. Venha aqui, rapaz.

A velha rainha é a única que não foi instruída a me chamar de Abbas. Automaticamente, olho para Sheela. Ela remove os óculos escuros e fixa os olhos em mim, como se estivesse escutando a Tia Chefe chamar meu nome tantos anos atrás. Será que ela finalmente me reconhece como o menino que ela desprezava? Eu desvio o olhar.

Vejo de relance a testa franzida de Ravi. Ele olha para o pai, como se perguntasse como eu poderia conhecer as rainhas de Jaipur tão bem. É uma pequena satisfação e eu sinto um prazer profundo quando me aproximo de Sua Alteza.

A Tia Chefe me preparou para o estado debilitado da rainha, abatida pelo câncer, mesmo assim é um choque ouvir sua voz robusta saindo daquele corpo franzino. Eu me apresso a tocar seus pés. Quando levanto a cabeça, a rainha põe as mãos nos dois lados do meu rosto e olha em meus olhos. Seu sorriso é amplo e feliz. Ela olha para a Tia Chefe e diz:

— *Shabash!*

Sei que a Chefe ficou contente com a avaliação da rainha, ainda que um pouco constrangida. Quanto a mim, estou emocionado, e impressionado, por ela ter me reconhecido de um passado em que eu dava mais atenção a seu periquito falante do que a Sua Alteza. Quando eu tinha oito anos, Madho Singh me fascinava mais do que a realeza. Aos vinte, sinto-me honrado de estar na presença da marani viúva.

Todos os outros de nosso grupo se revezam tocando os pés de ambas as rainhas. A rainha mais jovem cumprimenta Sheela, que foi uma aluna brilhante de sua escola particular, afetuosamente. A rainha mais velha enche de atenções Samir e Ravi, dizendo ao pai como seu filho bonito se parece tão incrivelmente com ele e repreendendo a ambos por não terem ido visitá-la. Ela sorri com amabilidade o tempo todo.

Em seguida, a rainha mais jovem lança um olhar sério para o grupo reunido.

— Vamos ser claros sobre o que viemos fazer aqui hoje. Estivemos ouvindo boatos a respeito de materiais de qualidade inferior terem sido usados na construção das colunas do balcão que desabou. Precisamos verificar se isso aconteceu. Se isso for confirmado, teremos que determinar como e por que esse material foi comprado ou usado. O que mais importa para o palácio é a confiança do público. Construímos esta estrutura para a diversão pública. É importante que a confiança das pessoas em nós seja justificada e que possamos garantir sua segurança futura. Posso considerar que todas as partes estão dispostas a cooperar?

Há alguns acenos de cabeça. Os olhos de Ravi estão focados no tapete sob seus pés.

— Malik — chama a marani viúva. Ela faz um sinal com o dedo indicador para mim e, depois, para trás da cadeira. É evidente que ela quer que eu a empurre.

Quando ponho a mão em sua cadeira de rodas, ela leva a mão ossuda para trás e dá uma batidinha na minha. Vejo agora que a Tia Chefe a decorou lindamente com henna.

— Que divertido! — eu a ouço dizer. É como se ela estivesse tratando esta reunião como um passeio de domingo. É bem provável que não tenha tido muitas oportunidades para isso ultimamente.

As maranis e eu seguimos na frente da procissão pelo tapete vermelho. Todos nos acompanham para o saguão e para dentro da sala do cinema. Escuto a exclamação admirada da Tia Chefe diante da suntuosidade do saguão, que permaneceu intacto; a destruição foi no espaço interno.

Tenho vontade de me virar para a Chefe e dizer:

— Não é exatamente como eu descrevi nas cartas?

E, como quase sempre nessas ocasiões, penso em como Nimmi ia arregalar os olhos ao ver todo este luxo. Mas, pela primeira vez, também penso: será que ela ficaria à vontade no meio deste refinamento todo?

Os engenheiros e mestres de obras formam um corredor para a passagem das maranis. Eles estão nos direcionando para as portas de entrada mais distantes, onde o cinema não apresenta sinais de destruição. Todos eles se inclinam quando as maranis passam.

— Ora, ora! — exclama a marani viúva quando vê o tamanho da tela, a queda graciosa das cortinas do cinema e como o piso desce em direção ao palco de modo que todos tenham uma boa visão do filme. Com sua doença, duvido que tenha tido uma chance de ver o cinema antes.

Ela olha para Ravi.

— No estilo do Pantages, não é?

Ele enrubesce, satisfeito por ela ter reconhecido a referência arquitetônica.

Continuo empurrando a cadeira de rodas pelo corredor até o palco e então a viro, para podermos examinar o balcão arruinado. Todos nos seguem, exceto Samir, Ravi e Sheela, que permanecem na entrada da sala.

Há algo errado. Tudo foi substituído. O balcão está de volta ao seu estado original. As colunas foram refeitas. Os assentos forrados de mohair no balcão e no auditório estão em condição de novos. O tapete também. É como se o acidente nunca tivesse acontecido.

Samir está passando o polegar pelos lábios, os olhos baixos, como em um pedido de desculpas.

— Não sabíamos que haveria o interesse de ver a coluna desabada. Estivemos seguindo um cronograma de reconstrução intenso. As últimas camadas de estuque foram aplicadas ontem. — Ele olha para a marani mais jovem. — Vossa Alteza nos havia instruído a deixar o cinema em condições de ser reaberto o mais rápido possível.

Ele abre os braços.

— Sinto muito se não há nada para ver.

Largo a cadeira de rodas e vou até a coluna que desabou. Passo a mão pelo estuque frio. Voltando-me para o grupo, olho para a Tia Chefe, que parece tão surpresa quanto eu. Manu e o sr. Reddy também estão com a mesma expressão de espanto. Enquanto ainda estávamos preparando as estimativas de danos no escritório do palácio, a Singh-Sharma deve ter trabalhado dia e noite para consertar o estrago. Ou eles fizeram tudo isso ontem à noite, quando souberam que as maranis vinham inspecionar o local?

É a rainha viúva que fala, como se não houvesse nada errado.

— Que trabalho maravilhoso você fez, Samir. Cada detalhe. Tão elegante. Tão apropriado. Não acha, Latika? — A voz dela ecoa pelo cinema vazio.

A marani Latika concorda com a cabeça. Ela abre a boca para falar, mas a rainha mais velha a interrompe e se volta para Samir.

— Você acha, meu caro, que poderia derrubar uma das outras colunas?

A Tia Chefe e eu nos entreolhamos: *O que ela está tramando?*

— Uma das outras colunas? — Samir franze a testa.

— Exato. Só para podermos conferir como elas foram construídas? Eu presumo que todas tenham sido construídas da mesma maneira originalmente, não?

Eu nunca vi a marani mais velha como uma pessoa afável (pelo contrário, ela sempre se orgulhou de ser do contra), mas ela está falando em um tom tão suave e doce com Samir.

A marani Latika a encara como se ela tivesse perdido o juízo.

Samir está meio sorrindo, meio franzindo a testa, seu olhar alternando entre as duas maranis.

— Vossa Alteza quer que nós derrubemos uma das outras colunas? Das que estão em ordem?

— Ah, eu sei que é um incômodo. Mas é só para acabarmos com todo esse falatório.

— Não pretendo ser mesquinho, Alteza, mas quem vai pagar pelo tempo gasto na demolição e reconstrução da coluna que não tem nada de errado?

Ele parece incrédulo. Samir olha para a rainha mais jovem em busca de apoio. Mas o rosto dela é inescrutável. Em particular as duas rainhas podem às vezes discordar, mas em público elas se apresentam como uma frente unida.

A marani viúva sorri benignamente.

— Nós vamos pagar, não vamos, Latika? Veja, esse é o único modo de resolvermos essa discórdia. E eu não gosto de discórdias, você gosta?

Ravi avança um passo e pigarreia.

— Mas, Altezas, isso fará com que o cinema não possa ser reaberto por mais uma ou duas semanas! Será uma perda grande para o palácio em vendas de ingressos. E o filme foi alugado por apenas um mês. A tarifa de locação também será perdida.

— Que pena. — Isso é tudo que a marani viúva diz.

Um olhar de entendimento passa entre as rainhas. Enquanto a marani viúva estiver residindo no palácio, ela controla o dinheiro. A marani Latika indica sua aquiescência com um gesto de cabeça para Samir. Ele e Ravi se entreolham. Não estão nem um pouco satisfeitos.

— Esperemos que esteja tudo nos trinques — diz a rainha mais velha. — Se não estiver, podemos ter que demolir o prédio inteiro. E isso é algo que não queremos mesmo ter que fazer, não é?

Com a questão agora definitivamente decidida, a marani Indira sinaliza para mim com aquele dedo de comando. E, logo em seguida, estou empurrando sua cadeira de rodas para fora do cinema. Estamos quase na saída do saguão quando ela diz, sua voz muito mais fraca agora:

— Peça para meu atendente vir aqui, por favor, meu querido.

Eu me inclino de lado para olhá-la. Ela desabou na cadeira e está lutando para manter os olhos abertos. Não está tão disposta quanto gostaria que o grupo reunido aqui acreditasse; esteve disfarçando uma força que não tem.

A Tia Chefe vem juntar-se a nós na entrada. Ela pega uma das mãos da marani e massageia aqueles pontos de pulso, como ela os chama.

Assobio para os atendentes, que estão esperando ao lado do carro. Eles vêm correndo. O primeiro a ergue da cadeira de rodas sem esforço, como se ela fosse leve como um passarinho; o outro dobra a cadeira de rodas. Eles se vão e a colocam no banco traseiro do segundo sedã que acompanhou o Bentley. A dama de companhia sai do Bentley e entra com a marani no sedã. Eu vejo quando ela pega uma seringa em uma bolsa de primeiros socorros e introduz a agulha no braço da velha rainha. Ela enrola a velha senhora em cobertores e o sedã parte em velocidade.

Toda a cena, que aconteceu tão depressa, me enche de tristeza. Olho para trás de mim, para o saguão escuro. A marani mais jovem está reunida com Samir, Manu e Ravi, provavelmente discutindo o cronograma para derrubar uma das colunas não danificadas. O balcão terá que ser apoiado enquanto a coluna é removida e reconstruída. O sr. Reddy e Sheela ficam de lado, assim como os engenheiros e mestres de obras.

Tivemos uma vitória hoje. Se as outras colunas foram construídas com materiais inferiores, conseguiremos o que pretendíamos. Ainda podemos salvar o emprego de Manu.

Por outro lado, a rainha viúva, que me deu seu precioso Madho Singh e sempre pareceu tão feliz em me ver quando eu era criança e ainda hoje, claramente não vai viver até o fim do ano. E isso me entristece mais do que qualquer outra coisa em muito tempo. E me faz sentir falta de Nimmi e do jeito que ela olha para mim quando sabe que preciso do conforto de seus braços.

Ontem à noite, quando visitei os Agarwal, a Chefe me deu o número de telefone do convento. Quando pedi para falar com Nimmi, a noviça disse que ia perguntar para a madre superiora. Esperei pelo que pareceu uma eternidade. Então, ouvi alguém pegar o telefone.

— Identifique-se, por favor — ordenou uma voz firme. A madre superiora. Eu disse a ela quem eu era e que morava com o dr. Jay e Lakshmi Kumar. Dei a ela nosso endereço em Shimla.

— Como se chamam as crianças? — ela perguntou.

— Chullu e Rekha.

Ela me pediu para aguardar um momento. Ouvi passos ao fundo, o murmúrio de vozes e, então, uma respiração funda.

— Nimmi? — Nenhuma resposta. Tentei de novo. — Alô?

— *Hahn?*

Era ela! Meu coração acelerou.

— *Theek hai?*

— *Hahn.* — Depois, silêncio.

— Está tudo bem?

A voz dela baixou para um sussurro.

— Eu nunca usei um telefone! Estou fazendo certo?

Sorri comigo mesmo, cheio de afeto.

— *Zaroor!* Lakshmi me contou que vocês estão vivendo uma aventura e tanto.

— O doutor foi tão bom para nós, Malik. Agora estamos com as freiras. É bom. Muita paz. Eu trabalho no jardim delas. Rekha e Chullu também gostam daqui. — À menção de seu nome, ouvi Rekha murmurar alguma coisa. — Ela quer falar com você. Ela vê as freiras usarem o telefone e está louca para experimentar — disse Nimmi.

Quando Rekha veio ao telefone, ela perguntou:

— Você vai me trazer um arco-íris? Quando? Vai ser logo? A Tia Lakshmi me disse que, se a gente morar dentro do arco-íris, não vai poder ver como ele é bonito. É verdade?

Antes que eu tivesse chance de decidir a qual pergunta responder primeiro, Nimmi tirou o telefone dela.

— Você vem logo para casa?

— Preciso conversar com a Chefe sobre isso.

— Ah, sim. — Ela pareceu resignada. Nós já conversamos sobre isso antes. Nimmi acha que Lakshmi me tem muito mais do que ela. Fiz umas tentativas bem-humoradas de acabar com esse ciúme, mas isso só parece irritá-la. — Estive pensando, Malik, que eu estava muito mais segura com a minha tribo. Talvez tenha sido um erro deixá-los, pensar que a vida na cidade seria melhor. Só ficou pior para nós.

Essa pareceu uma Nimmi diferente, não a que Lakshmi havia descrito. Aquela Nimmi tinha seguido a trilha das ovelhas de seu irmão para as montanhas; tinha trazido o corpo morto de seu irmão de volta; tinha tosquiado o rebanho dele. Aquela Nimmi tinha construído uma vida para si mesma em Shimla, usando seu conhecimento das plantas do Himalaia, sua inteligência e sua força de vontade. Ela havia deixado para trás tudo que conhecia: seu modo de vida tribal, sua língua nativa, as pessoas que amava. Tinha mantido seus filhos saudáveis e bem alimentados. Ainda assim, como se sentia tão profundamente sozinha — *akelee*.*

— Eu amo você — falei sem pensar. Não havia percebido até então como meu sentimento por ela era forte. Mas, no momento em que as palavras saíram, soube que precisava dizer a ela; ela precisava ouvir isso.

Por um instante, nenhum de nós falou nada.

— Nós vamos ficar juntos, Nimmi. Confie em mim.

---

* *Akelee:* sozinho.

28
Lakshmi

Jaipur

Assisto ao jogo de críquete de Niki do banco da frente do carro dos Agarwal. Na lateral do campo, Malik está ao lado de Kanta, incentivando Niki. Observo meu sobrinho enquanto ele arremessa habilmente a segunda bola com efeito para atravessar o campo. Ele é bom nesse jogo. Jay é o fã de críquete em nossa casa, mas estou achando que poderia aprender a gostar do jogo também.

Depois que as maranis visitaram o Royal Jewel Cinema ontem, Manu nos contou que a marani Latika deu três dias para a Singh-Sharma Construções escorar o balcão e abrir *todas* as colunas para inspeção, inclusive aquelas que eles reconstruíram e rebocaram recentemente. Quase de imediato, Manu perdeu sua aparência de derrota, esperançoso de que a verdade iria aparecer. Ele voltou ao trabalho. A tensão na casa dos Agarwal se dissipou. Niki vai voltar para a escola amanhã.

É início de noite e o sol aliviou seu ataque implacável, dando lugar a uma brisa suave. Uma vez mais, Malik me deixou acomodada no carro com uma garrafa térmica de chai cremoso.

Mais cedo hoje, liguei para Jay para atualizá-lo sobre a situação. Ele também tinha novidades. Ontem ele telefonou para sua antiga escola, a Bishop Cotton, e perguntou se havia algum comissário de polícia de alta posição entre os ex-alunos. Descobriu que há um em Chandigarh. Jay ligou para contar a ele sobre o ouro que encontramos nas ovelhas. O subcomissário disse que estavam ansiosos para que surgisse uma oportunidade dessas, porque vinham procurando uma ligação com a Chandigarh Materiais de Construção, em que já andavam de olho há algum tempo. Em um dia, o comissário havia conseguido um mandado de busca nos escritórios da Canara. Eles tinham conseguido interceptar um carregamento de ouro. Mas não conseguiram obter os nomes dos traficantes.

— Isso incluiria Ravi Singh? — perguntei.

— Sim, mas os documentos coletados não são conclusivos. Não vão conseguir que eles sejam aceitos como provas.

— Pelo menos Nimmi está segura agora, *hahn-nah*?

Ele disse que sim. Nimmi havia voltado a trabalhar na Horta Medicinal, mas seus filhos ainda estavam passando o dia no convento e os três continuariam dormindo lá, pelo menos até que eu voltasse para casa.

Que alívio isso havia sido. Quando contei a Malik, ele se abaixou para tocar meus pés, o que me fez rir! Mas Jay é o verdadeiro herói aqui. Penso naquele cacho de cabelo rebelde que nunca se comporta, aquele que eu adoro arrumar.

Estou tão distraída com meus pensamentos que não ouço a porta de trás do carro abrir e fechar.

— Tal pai, tal filho.

A voz de Samir em meu ouvido quase me faz derrubar o copo de chai. Meu coração está acelerado, os dedos trêmulos. Viro o pescoço e vejo-o sentado na extremidade do banco traseiro, seus cotovelos agora apoiados no encosto do banco da frente. Seu rosto está a centímetros do meu.

Ele está sorrindo para mim com aqueles olhos castanhos como bolas de gude, divertidos com a minha confusão. O cheiro de seus cigarros, das sementes de cardamomo que ele mastiga e de sua loção pós-barba adocicada enchem o carro. Faz doze anos que não fico assim tão perto de Samir. Senti os olhos dele em mim quando estávamos no Royal Jewel Cinema com as maranis, mas me recusei a olhar para ele. Sua família, uma vez mais, tentou prejudicar aqueles que eu amo.

Mas Samir tem uma energia palpável que é difícil ignorar quando ele está assim tão perto. Meu coração está batendo forte desse jeito de medo ou de excitação? Eu costumava imaginar como seria beijar aqueles lábios castanhos, o inferior expondo uma meia-lua rosada do lado de dentro. E então, um dia, eu descobri.

— Por que você está aqui? — consigo perguntar, quando recupero a voz.

— Pela mesma razão que você. — Ele levanta um dedo e aponta para o jogo. — Você sabia que eu nunca perdi nenhum dos jogos de Ravi no Mayo? Eu ensinava os meus meninos no quintal. Ravi tinha a mesma autoconfiança natural que Niki. Em uma fração de segundo ele sabia se valia a pena rebater ou deixar passar uma bola. E às vezes, mesmo quando sabia que devia deixar passar, ele rebatia. E, pode acreditar, Lakshmi, ele acertava em cheio. Marcava um ou dois pontos.

Plac! Um clamor sobe do público nas laterais do campo. Eu me viro para ver. Niki marcou. Vejo Malik pôr dois dedos na boca para assobiar. Os braços de Kanta estão levantados, aplaudindo sobre a cabeça.

Samir está falando outra vez.

— *A fruta não cai longe da árvore.* Ralph Waldo Emerson disse isso em 1839. Mas acho que é verdade desde tempos imemoriais, você não acha? Niki Agarwal tem a constituição física de Ravi. É da mesma altura que Ravi nessa idade. E o jeito que ele corre! É quase como ver Ravi avançar pelo campo.

Então Kanta não havia imaginado Samir observando Niki jogar no campo de críquete. Ele descobriu tudo. Ele sabe que Niki é filho de Ravi. É filho de Radha.

Se nós não tivéssemos mentido para o palácio e para Samir sobre os batimentos cardíacos do bebê, Niki seria agora o príncipe herdeiro e o próximo marajá de Jaipur. Mas dizer a eles que a frequência cardíaca do bebê era muito baixa foi a única maneira que encontramos de anular a adoção pelo palácio e permitir que Radha ficasse com seu bebê.

Como Samir descobriu a minha mentira?

— Quando você soube? — pergunto devagar, para não trair meu nervosismo. Meu olhar ainda está focado no jogo, mas, pelo canto do olho, vejo-o apoiar o queixo no punho fechado. Sua postura é tão relaxada que poderíamos estar falando do tempo.

— Dei uma parada aqui no último verão. Eu o vi jogando por acaso. Estava sentindo saudade de minha vida antiga. Antes de meus meninos ficarem adultos. Quando Ravi jogava críquete aqui. Quando eu era só um arquiteto desenhando os prédios que queria construir. Antes de eu entrar no grande negócio da construção. Antes de você sugerir que os Singh fizessem um casamento com a família Sharma. — Ele vira ligeiramente a cabeça, de modo que agora eu sinto sua respiração em minha face.

Eu me movo no banco e me encosto na porta do passageiro, para poder vê-lo melhor. Ou, talvez, para me afastar dele.

— Você pareceu muito feliz em fazer o negócio e a conexão pessoal, se bem me lembro. — Estou aliviada por termos saído do tema de Niki.

— Ah, sim, eu estava. Só não sabia na época ao que isso ia levar.

— Como assim?

— Eu achei que expandir seria uma grande oportunidade — diz Samir. — Assim meus filhos poderiam entrar na empresa como arquitetos, construtores, engenheiros, o que eles quisessem ser. Tinha planejado que Govind se juntaria a nós quando terminasse os estudos nos Estados Unidos. Eu poderia deixar minha empresa para os meninos como um legado. — Ele parece melancólico.

— E não foi isso que aconteceu? Ravi trabalha com você. E Govind... quando ele vai voltar dos Estados Unidos? — Não consigo mais escutar o jogo. É como se todas as células de meu ser estivessem sintonizadas apenas na voz de Samir.

Em vez de responder, ele leva a mão ao bolso da calça. Imagino que vai me mostrar fotos de seu filho mais novo, mas o que ele me mostra é uma imagem gasta de Ganesh-*ji*, o deus elefante. O papel é um cartão grosso, mais ou menos do tamanho de uma carta de jogo. Foi obviamente muito manuseado.

— Na última vez que mandei fazer meu horóscopo, eu tinha doze anos. Eu não queria acreditar no mapa que meus pais tinham feito no meu nascimento, então procurei um *pandit** brâmane aqui na Cidade Rosa.

Ele vira o cartão. Há um círculo no meio preenchido com uma espécie de grade e triângulos em todos os cantos. Cada espaço tem um número escrito.

— Claro, só o *pandit* sabe o que todos esses números significam, mas ainda me lembro do que ele disse.

Ele para.

— O quê?

— Ele disse que eu ia viajar para o exterior. Que ia realizar grandes coisas. Ganhar muito dinheiro. Mas que não conseguiria mantê-lo. — Ele olha em meus olhos. — Foi a mesma previsão feita no horóscopo de meu nascimento.

---

* *Pandit*: sacerdote.

— Você ficou decepcionado?

— Bom, eu fui para o exterior, para Oxford. Verdade. Iniciei minha própria empresa, depois ela cresceu com os Sharma. Verdade. Ganhei rios de dinheiro. Verdade. E estou prestes a perder tudo.

Samir torna a guardar o cartão no bolso da calça.

— Ontem à noite, perguntei a Ravi o que vamos encontrar se abrirmos as outras colunas embaixo do balcão. Ele disse que vamos encontrar tijolos baratos e argamassa de cimento com a mistura errada. Eu falei: "Você mentiu para mim?". Ele disse que eu não fui para o exército da Índia como o meu pai, então por que ele tem que ficar na mesma empresa que eu? Disse que queria provar que poderia ter sucesso por conta própria.

Ele suspira.

— Acho que você sabe o resto, não é? — Ele deita o rosto na mão e vira a cabeça para mim.

Eu devia me sentir triunfante, mas só sinto tristeza.

— Ele comprou materiais mais baratos para o Royal Jewel Cinema e adulterou as faturas para mostrar quantias mais altas, não é? Depois usou o dinheiro que economizou para financiar uma rota de ouro para Jaipur. E usou esses tijolos baratos para transportar o ouro.

Samir confirma com a cabeça.

— Mas como ele enganou os supervisores?

Samir esfrega o polegar e o indicador de sua mão livre. *Baksheesh.*

Uma abelha entra no carro pela janela aberta. Ela pousa na manga da camisa de Samir. Pela primeira vez eu reparo que a camisa de Samir, embora limpa, está amassada, o que não é habitual nele. Sua gravata, que ele nunca dispensa, está enfiada de qualquer jeito no bolso da camisa. E há mais um cheiro nele: uísque. Lembro que ele gostava de jogar cartas e tomar um ou dois drinques nas casas de prazeres. Será que é de lá que ele está vindo?

Samir observa a abelha andando em um círculo em seu braço e dá um piparote cuidadoso nela em direção à janela. Ela sai voando.

— As colunas do balcão são a única parte do cinema que está comprometida?

Ele balança a cabeça, se afasta do banco da frente e encosta no banco de trás, olhando para o teto do carro.

— Vamos ter que derrubar tudo. Salvar o que pudermos. Mas vamos reconstruir praticamente do zero. — Ele olha de novo para mim. — Vai arruinar a empresa, mas quero sair com minha reputação intacta. Isso Ravi não vai destruir. Na verdade, tudo que ele ganhou vendendo aquele ouro vai voltar para a reconstrução do Royal Jewel Cinema.

— Você vai fechar a Singh-Sharma?

— Não tenho escolha. MemSahib decretou. Parvati, que estava presente, claro, quando Ravi confessou, diz que devemos encerrar as atividades depois que o cinema for reconstruído e ir embora para os Estados Unidos. Ela soube por amigos que há uma grande comunidade de aposentados em Los Angeles.

— Aposentados? Mas você tem só...

— Cinquenta e dois. Não me lembre disso. Ela já resolveu tudo.

— Por que isso não me surpreende?

— Vamos para o mercado imobiliário. — Ele coça a barba que começa a crescer em seu queixo. — Eu não posso ser arquiteto nos Estados Unidos sem obter um diploma lá e estou velho demais para voltar à escola. Então, mercado imobiliário é o que teremos.

— E Ravi? Govind?

Ele se inclina para a frente e apoia os braços no encosto do banco de novo.

— Govind já nos avisou que vai trabalhar com finanças em Nova York, não com engenharia. Ele tem uma namorada americana. Não quer voltar para fazer um casamento arranjado. E Ravi... bem, ele provavelmente vai trabalhar com imóveis em Los Angeles comigo. — Ele me dá um sorriso de lado. — Parece que Sheela vai ter que morar com a família, queira ou não.

Eu respiro fundo e viro o corpo para olhar para a frente outra vez. Parece que o jogo está terminando. Nós ficamos assistindo um pouco.

— Você deve um pedido de desculpas a Manu Agarwal — digo.

Há uma pausa.

— Contei à marani Latika o que Ravi disse. Ela está decepcionada, naturalmente, e irritada, porque, de um jeito ou de outro, o desastre será lembrado como culpa do palácio. Mas o emprego de Manu está seguro.

Samir não vai se desculpar pessoalmente com Manu. Eu realmente esperava que ele fizesse isso? Os Singh alguma vez se desculparam com alguém? Pelo menos as maranis sabem que Manu não teve culpa.

Sinto o dedo de Samir roçar meu rosto. Afasto a cabeça.

— O casamento com Jay fez bem a você. Sinto falta da amizade dele, mas não dá para dois homens continuarem amigos quando estão apaixonados pela mesma mulher.

Minha boca se abre de espanto e o sangue pulsa em meus ouvidos. Mas não ouso me virar.

Doze anos atrás eu teria gostado de ouvir essas palavras. De saber que ele se sentia assim. Mas não hoje.

Não posso estar tendo esta conversa. Eu amo meu marido. Eu poderia ter amado Samir, mas Parvati estabeleceu sua propriedade sobre ele há muito tempo. Ela toma as principais decisões na vida deles. E ele deixa. Isso faz dele um fraco? Será que ele sempre foi o Singh menos poderoso e eu simplesmente nunca percebi? Ou ele é mais perspicaz do que eu imagino? Afinal, não é Parvati que sempre administra os desastres na família?

Eu pigarreio.

— Não tente falar com Nikhil. Nunca.

Ouço ruídos no banco de trás. Ele está abrindo um novo maço de cigarros.

— A mudança para os Estados Unidos vai ajudar nisso.

Escuto o som do isqueiro dourado. Uma nuvem de fumaça de cigarro se espalha pela frente do carro quando ele exala.

No campo de críquete, o jogo terminou. Os jogadores estão apertando as mãos. Etiqueta de escola particular. A distância, Malik e Kanta são só sorrisos enquanto esperam Niki juntar-se a eles.

Ouço a porta de trás se abrir. Pelo retrovisor, vejo Samir sair do carro e vir parar junto à minha janela.

— Samir?

— Hum?

— Se Manu for alguma indicação do que Niki vai ser, Ralph Waldo Emerson estava certo. *A fruta não cai longe da árvore.*

Eu olho para ele. Está sorrindo para mim. Ele me faz uma saudação militar e vai embora.

29
Malik

Jaipur

Depois que todos ficamos sabendo que a Singh-Sharma vai reconstruir o Royal Jewel Cinema e que Manu recebeu de volta seu cargo de diretor de manutenção do palácio, decidimos comemorar com um banquete. Saasuji fez seu *chole subji** especial e o bolo favorito de Niki. Baju prepara *dal*, arroz, um *subji* de quiabo e *pakoras* de batatas. Manu traz *besan laddus*,** *burfi**** de caju e *kheer*† com pistache da confeitaria. Nem a Tia Chefe nem eu tivemos chance de escrever cartas para casa esse tempo todo, então telefonamos para Jay.

Escuto Jay contar à Chefe que Nimmi e as crianças estão de volta agora, porque o risco passou; o colega dele comissário de polícia eliminou o perigo.

Peço para falar com Nimmi.

---

* *Chole subji*: prato de grão-de-bico com curry.

** *Besan laddus*: doces de farinha de grão-de-bico.

*** *Burfi:* doce cozido feito de leite.

† *Kheer:* sobremesa de arroz cozido em leite ou creme de leite.

— Hoje é aniversário de Rekha. — Nimmi parece feliz. Ao fundo, ouço Rekha cantando "Parabéns pra você" para ela mesma. — O dr. Jay e eu fizemos um bolo. E adivinhe só?

Com uma pontada no peito, percebo quanto estou perdendo por não estar em Shimla.

— O quê?

— Eu escrevi o nome de Rekha nele. Em hindi! — Ela ri, aquela sua risada de contralto tão linda.

— Você tinha que ver! É tão bonito! — Rekha agarrou o telefone de sua mãe. Eu rio e digo que tenho um presente de aniversário para ela. — Um presente? — ela diz, antes de Nimmi pegar o telefone de volta.

— Por favor, Malik, chega de grilos! Nós não conseguimos encontrar o que Rekha deixou escapar da gaiola!

Escuto o sorriso na voz dela e me vejo sorrindo também, imaginando seu rosto quando eu prender a corrente de ouro em seu pescoço. Pelo telefone, escuto Madho Singh exclamar *Namastê! Bonjour! Bem-vindo!* Ele deve saber que estão falando comigo.

Devolvo o telefone à Tia Chefe para ela poder se despedir do marido.

— Nós vamos voltar para casa amanhã — ela lhe diz.

— Você disse *nós* — eu comento, quando ela desliga.

— Sim.

— Mas você não queria que eu ficasse para aprender com o Tio Manu?

Ela ri, segura meu braço e me conduz para a varanda da frente da casa, afastando-nos da família.

— Malik, por que eu quis que você viesse para Jaipur?

— Para aprender sobre o ramo da construção.

Ela se senta na cadeira de balanço da varanda e bate no assento ao seu lado. Eu me sento também.

— Você aprendeu?

— Aprendi.

Ela concorda com a cabeça.

— No tempo que passou aqui, você aprendeu o suficiente sobre essa área para saber quando algo não está certo. Por que outro motivo eu quis que você viesse?

— Para evitar que eu me envolvesse com... certos tipos de pessoas.

— Isso funcionou?

Aperto os olhos, sem ter muita certeza do que ela quer que eu diga.

— Bom, eu sei que não quero me envolver com gente como Ravi Singh. Mas eu já sabia disso desde quando ele fez aquilo com Radha.

Ela sorri docemente para mim.

— Então não há mais necessidade de você ficar aqui. Acho que nunca houve. Nimmi me pediu para soltar você. Ela disse que você só faz as coisas porque sente que tem uma obrigação comigo.

Começo a protestar, mas ela põe a mão em meu braço para me deter.

— Tenho pensado muito nisso e ela está certa, Malik. Você é adulto agora. Já é adulto há um bom tempo. Acho que exagerei. *Maaf kar dijiye?*

— Você não tem que pedir desculpas, Tia Chefe. Se nós não estivéssemos aqui em Jaipur, pense no que poderia ter acontecido com Manu. E Niki. Estou feliz por nós termos vindo.

Ela parece cética, como se não acreditasse muito em mim, mas quisesse acreditar.

— Mas é hora de ir para casa. Eu concordo — digo.

Agora o rosto dela se abre em um sorriso.

— Além disso — continuo —, eu ajudei Niki a se tornar um superjogador de críquete. Estou contando com ele para nos ajudar a ganhar nossos milhões. — Nós rimos juntos.

Passarinhos estão cantando no jardim dos Agarwal. Na luminosidade do crepúsculo, os faróis de lambretas e carros se infiltram entre as hastes da cerca de ferro. Escutamos as buzinas de *tongas*, o tilintar de sininhos de bicicletas e os gritos de condutores de riquixás à procura de passageiros.

— O que você vai fazer quando estiver de volta a Shimla, Malik?

Tenho refletido sobre isso.

— Algo que Nimmi e eu possamos fazer juntos. — Eu me inclino para a frente, os cotovelos nos joelhos, as mãos presas uma na outra. — Chefe, eu quero me casar com ela. Ela é exatamente o que diz ser. Não tem disfarces. — Claro que estou pensando em Sheela quando digo isso. Por mais tentadora que essa atração tenha sido, eu sabia que não era certo para mim. Só teria feito eu me sentir péssimo.

Viro a cabeça de lado para olhar para minha mentora.

— Sou um muçulmano não praticante sem nenhum status de castas. Não tenho a menor ideia de para onde minha mãe foi depois que me abandonou na casa de Omi. E nunca conheci meu pai. Omi e seus filhos foram o mais próximo de uma família que tive, mas o marido dela não me permite mais ver nenhum deles há anos. — Baixo os olhos para as mãos. — Nimmi e eu somos parecidos. Ela é hindu, mas também não tem nenhuma casta. Ela não está mais com seu povo, sua tribo. Nós dois… nós entendemos o que é estar solto no mundo.

— Solto no mundo? Mas, Malik, você é parte da nossa família. Jay, Radha e eu. E agora o marido de Radha, Pierre, e as filhas deles...

Ponho minha mão sobre a dela para acalmá-la.

— Nimmi e eu não fazemos parte. Não de verdade. De um conjunto de crenças, ou um conjunto de tradições. Mas nós podemos criar nossas próprias tradições. Manter aquelas de que gostarmos e abandonar as que não nos agradarem.

Percebo pela tensão em volta de seus olhos que ela está angustiada. Ela ainda é a mulher bonita que comecei a seguir por Jaipur quando ela tinha mais ou menos a idade de Nimmi. Agora há fios grisalhos em suas têmporas e linhas finas em volta dos olhos e da boca.

— Não estou dizendo que quero me afastar de você ou do dr. Jay ou de Radha. De jeito nenhum! Não sei o que faria sem vocês. Mas estou pronto para ter minha própria família agora, Tia Chefe. Eu estou pronto.

Ela pisca e olha para a noite que escurece à nossa volta.

— Eu sei que você preferia que eu me casasse com uma mulher instruída. Mais refinada. Sofisticada. Mas isso não é quem eu sou. Nimmi e eu… nós nos damos bem. Nós compreendemos um ao outro. E eu amo os filhos dela. E agora que você a ajudou a começar a ler e escrever em hindi, quem sabe até onde ela poderá chegar?

Ficamos sentados em silêncio por um tempo, nós dois pensando coisas que não estamos dizendo.

— Tem mais uma coisa que eu quero conversar com você — falo.

Ela demora um instante, mas retribui meu olhar. Viro o corpo para ficar de frente para ela.

— E se nós transformássemos a sua Horta Medicinal em um centro de ensino para outros fitoterapeutas? E se criássemos uma estufa para reproduzir as plantas que você já cultivou e vendê-las para outros fitoterapeutas na Índia? Eu sei alguma coisa sobre negócios e posso ir aprendendo o resto conforme formos fazendo. E... — Eu me levanto e começo a andar pela varanda. — E aprendi o suficiente sobre construção para administrar as obras de uma estufa. O marido de Radha poderia ajudar com o projeto. O hospital tem terras em que poderíamos construir. Nimmi pode continuar a ajudar você com a horta e a estufa.

Estou andando mais depressa agora, tentando acompanhar meus pensamentos.

— Seu nome já é bem conhecido nos círculos de ervas medicinais. Depois que começarmos a ensinar a outros herbalistas e a vender nossos próprios produtos, podemos usar o dinheiro que ganharmos para ajudar a expandir a Clínica Comunitária.

Os olhos de Lakshmi estão muito atentos.

— Isso é ambicioso, Malik. Onde arrumaríamos o dinheiro para construir a estufa?

— Essa é a parte fácil.

Penso em Moti-Lal. Penso na marani Indira e na marani Latika. Penso na Tia Kanta. Acho que não haveria dificuldade para conseguir o investimento inicial. O hospital deve ter um fundo que possa entrar com o resto. Preciso conversar com o dr. Jay. Eu sei como comprar os melhores materiais. Onde encontrar os engenheiros. E Pierre é um arquiteto talentoso. É um projeto possível.

Paro na frente dela. Inclino-me para olhar diretamente em seus olhos verde-azulados.

— Lembra que você queria ter seu próprio negócio para vender seus cremes de lavanda e óleo de *bawchi* para o cabelo e a água refrescante de vetiver quando nós ainda morávamos em Jaipur? Agora nós podemos fazer isso acontecer. Eu quero fazer isso acontecer para você. Para mim. Para Nimmi. E Jay vai poder expandir a clínica.

O rosto que eu conheço tão bem está iluminado com as possibilidades. Aqueles olhos brilhantes estão saltitando — para a direita, a esquerda, para cima, para baixo — enquanto ela tenta se fixar em um pensamento antes que outro já venha atrás. Demora um pouquinho, mas ela separa os lábios naquele sorriso que diz que eu a fiz feliz.

— Vamos conversar com Jay assim que chegarmos a Shimla — diz ela.

Alugamos uma *tonga* para nos levar ao palácio das maranis, do jeito que costumávamos fazer para que os guardas não nos tomassem por *ara-garra-nathu-karas* que não podiam pagar uma charrete puxada a cavalos. Estamos parando aqui no caminho para a estação ferroviária de Jaipur, onde pegaremos o trem de volta para casa. Os Agarwal queriam nos levar de carro, mas a Tia Chefe e eu decidimos que precisávamos fazer isso sozinhos. Uma coisa é certa: não esperaremos mais doze anos para rever Manu, Kanta e Niki.

Quando a *tonga* chega à entrada do palácio das maranis, pedimos ao condutor para esperar com nossa bagagem. Eu ajudo a Tia Chefe a descer e nós levamos nosso pacote até o posto do guarda. O guarda cumprimenta a Tia Chefe amistosamente: ela esteve aqui várias vezes nos últimos dias. Mas, como nos velhos tempos, ele lança um olhar hostil para mim — mais por costume do que por eu não estar apresentável (porque eu estou). Eu o cumprimento com a cabeça.

— Ora, ora. Tenho o prazer de ver vocês três dias seguidos. Isso é algo especial! — diz a marani viúva quando entramos em seus aposentos. Embora ela esteja na cama, parece alerta e pronta para receber visitantes, em um sári de seda vermelhão e camadas de colares de pérolas.

— Viemos nos despedir, Alteza — diz a Tia Chefe, tocando os pés da rainha e puxando a energia para cima. Eu a sigo e faço o mesmo.

— Jaipur não tem encantos suficientes para segurar vocês dois por mais um ou dois dias? E quem vai fazer minha henna agora? — Ela ergue as mãos decoradas para nós admirarmos.

— Shimla nos aguarda. Precisamos voltar ao trabalho.

A velha rainha centra seu olhar perspicaz em nós.

— Deixe-me ver. Lakshmi vai cuidar dos doentes e de suas plantas. E você, Malik, vai voltar para a sua amada. Ela deve estar esperando.

Eu me pergunto como a marani sabia. Dou uma olhada para a Tia Chefe, mas ela faz cara de que não tem a menor ideia. A marani viúva pode estar aprisionada em sua doença, mas continua informada sobre tudo que acontece.

— Trouxemos algo para Vossa Alteza se lembrar de nós. — Dou o pacote belamente embrulhado para a dama de companhia mais próxima, que o entrega à marani.

Um atendente se aproxima, sem dúvida para conferir o conteúdo, mas a marani o manda embora com um pequeno gesto. Ela rasga o papel com entusiasmo, entregando a gardênia perfumada que enfeitava o embrulho para uma de suas acompanhantes.

Quando vê a elegante caixa de madeira, ela solta um gritinho de prazer. Seus dedos artríticos não conseguem abrir a tampa com facilidade, então a dama de companhia o faz para ela.

— Gim Beefeater! Meus queridos, isto é maravilhoso! Embora meus médicos não concordem. — Ela instrui o atendente a trazer três copos, água tônica indiana e gelo.

— Vocês sabiam que costumavam jogar pacientes de cabeça em moitas de zimbro, achando que a malária iria embora por encanto assim que o corpo tocasse os ramos? — diz a marani Indira, enquanto sua dama de companhia prepara os drinques. — Esses ingleses! Tão excêntricos! É muito melhor beber a coisa!

A Tia Chefe e eu trocamos um sorriso em particular enquanto brindamos com nossos copos.

Sua Alteza fecha os olhos, apreciando seu primeiro gole.

— Aah. Samir Singh... como eu adoro aquele homem! Ele veio conversar com Latika e comigo. Eu sinto tanto que o resultado não o favoreça. — Ela toma outro gole. — E você, minha querida, obteve a solução que estava desejando para o Royal Jewel Cinema?

A Tia Chefe olha para o lado por um instante, como se estivesse compondo seus pensamentos.

— O resultado ideal é sempre a preservação da integridade — diz ela. — É doloroso quando a consequência desse resultado é tão dura. Soube que o Royal Jewel Cinema terá que ser completamente reconstruído. Mas ele ficará como um lembrete para as milhares de pessoas que atravessarem suas portas de que vale a pena fazer o que é certo.

A velha marani dá um sorriso e uma centena de rugas se forma nos cantos de sua boca pintada de batom enquanto as faces magras se elevam, tornando-a quase bonita.

— Uma política nata. Isso é o que você é, sra. Kumar. Se tivesse nascido em nossa família, você estaria no Parlamento agora, minha querida!

Hoje a risada da rainha viúva é forte e sonora. Ele enche o quarto, flutua através da porta para o terraço externo e o jardim das maranis abaixo, fazendo os pequenos macacos levantarem os olhos de suas goiabas semiconsumidas e os passarinhos se dispersarem no céu sem nuvens.

Epílogo
Lakshmi

Julho de 1969
Shimla

Estou na janela da cozinha, admirando a bela cena no gramado dos fundos. O sol está se pondo. Mais cedo hoje, Radha ajudou Jay e eu a acender centenas de *diyas* em nosso jardim para a cerimônia de casamento. As pequeninas chamas tremulam, fazendo as lantejoulas e os fios dourados brilharem nas roupas elegantes dos convidados.

Não é todo dia que uma hindu e um muçulmano se casam; Malik e Nimmi decidiram ter uma cerimônia civil, como Jay e eu fizemos seis anos atrás. O juiz de paz que oficiou o casamento já veio e foi embora e agora a família e os convidados estão comemorando e esperando pelo banquete.

Nimmi escolheu usar as lindas roupas tribais como um modo de honrar sua história. O colar de ouro que Malik comprou de Moti-Lal em Jaipur está em seu pescoço. Quando eu estava me preparando para aplicar sua henna ontem, Nimmi me mostrou que havia pendurado o amuleto de Shiva na corrente.

— Era de Dev — ela me contou, sorrindo, como se a lembrança agora lhe trouxesse alegria em vez de dor. Eu soube, então, que pintaria a imagem do deus azul, ao mesmo tempo criador e destruidor, em sua palma esquerda e, na outra, a palavra *om*,* como a da mão direita de Shiva.

Quando viu o que eu havia pintado, Nimmi me disse:

— Eu vou cuidar bem de Malik.

Eu endireitei o corpo, então, e a olhei nos olhos. Houve um tempo em que eu teria tido dúvidas sobre essa união, mas esse tempo havia passado. Pus a palma da mão em seu rosto e ela apoiou a face em minha mão.

Duas noviças do convento vieram para a cerimônia. Nimmi está lhes mostrando a muda de sândalo que estive tentando plantar aqui no clima mais frio do Himalaia. Sem dúvida está explicando a elas como a tirou da Horta Medicinal e a transplantou para este local mais ensolarado no meu jardim dos fundos. A muda está indo melhor aqui; o pequeno aumento de temperatura parece ter lhe dado nova vida. Quando tiver crescido o suficiente para produzir suas sementes vermelhas, Nimmi e eu as trituraremos, misturaremos com óleo de cravo e usaremos para aliviar furúnculos e inflamações dos pacientes da Clínica Comunitária.

Essas jovens freiras fizeram amizade com Nimmi e agora visitam a Horta Medicinal uma vez por semana para aprender a cultivar as mesmas plantas no convento. Elas são as primeiras fitoterapeutas a quem ensinamos em nosso novo negócio!

Nimmi olha para a janela da cozinha nesse instante, como se soubesse que estou observando. Ela me dá um sorriso feliz. Eu retribuo.

Malik, muito bonito em um terno cinza escuro que ele mandou fazer para a ocasião, está com o bebê Chullu no colo e rindo de algo que meu cunhado Pierre está lhe contando. Radha está com eles, sob a pereira do Himalaia; eles formam um belo trio. Minha irmã, sempre louca por bebês, estende os braços para Chullu e Malik o passa para ela. O menino tenta arrancar o arranjo de prímulas vermelhas do cabelo de Radha, mas ela rapidamente segura a mão dele e finge mastigá-la. Chullu ri de prazer.

Nesta manhã, quando Radha e eu estávamos caminhando com as filhas dela, Asha e Shanti, eu tirei do bolso a carta mais recente de Kanta e lhe mostrei o envelope. Olhei para ela com a pergunta silenciosa que lhe faço toda vez que a vejo. A prega entre suas sobrancelhas me disse que ela não está pronta.

---

* *Om:* a vibração universal, símbolo de paz e harmonia.

Dei uma batidinha em seu braço e tornei a guardar a carta no bolso. Um dia, quando for o momento certo, ela vai me dizer que quer ver as fotos de Nikhil, as que Kanta me manda regularmente e eu estou guardando. Radha tomou uma decisão um tempo atrás que foi a certa para ela e para Niki, a única que ela *podia* ter tomado na ocasião. Mas, para lidar com a perda imensa que sentiu ao entregar seu filho, ela teve que cortar todos os laços. Ela não vê Nikhil desde que ele tinha quatro meses, na noite em que me procurou, desolada. Tendo finalmente percebido que, por mais que o amasse, não tinha condições de cuidar dele sozinha, ela havia decidido deixar que Kanta e Manu, ainda desejosos de um filho, o adotassem.

Minha *saas* costumava dizer: *Se o rebento não verga, a árvore vai vergar?* Mas eu tenho esperança. Sei que chegará o dia em que Radha vai perceber que seu coração agora consegue sobreviver à dor. Ela tem apenas vinte e cinco anos; ainda tem tempo.

Levo uma bandeja de copos com *aam panna* da cozinha para o gramado e coloco-a sobre a mesa montada ao ar livre com os outros pratos que preparamos. Frango *tikka masala.*[*] *Lauki ki subji*[**], *palak paneer. Baingan bharta.*[***] *Aloo gobi subji.*[†] Há arroz pilaf com castanha de caju, *puri* e *aloo parantha*. De sobremesa, temos *semai ki kheer*[††] e *gulab jamun.*[†††]

Rekha e Shanti correm até mim. Rekha está usando os pequenos brincos de ouro que Malik lhe deu. As duas meninas têm quatro anos e estão inseparáveis desde que se conheceram ontem, quando a família de Radha chegou da França para o casamento. As meninas me dizem que estavam tentando convencer Madho Singh, que está resmungando em sua gaiola, a vir participar da festa.

— *Tante*,[‡] pode nos ajudar, *s'il te plait*?[‡‡] — pede Shanti. As filhas de Radha transitam facilmente entre inglês, francês e hindi. Minha irmã fala hindi com elas desde antes de nascerem.

---

* Frango *tikka masala*: frango assado com curry.

** *Lauki ki subji:* prato com abóbora temperado com curry.

*** *Baingan bharta:* prato de berinjela e cebolas.

† *Aloo gobi subji:* prato de batata e couve-flor com curry.

†† *Semai ki kheer:* sobremesa com leite adoçado feita com macarrão aletria.

††† *Gulab jamun:* sobremesa feita de *paneer* frito em xarope de açúcar.

‡ *Tante:* tia (em francês).

‡‡ *S'il te plait:* por favor (em francês, informal).

Shanti tem olhos castanhos como Pierre, mas sua determinação é toda de Radha. A cada poucos meses minha irmã me telefona para contar que está tendo dificuldade para lidar com Shanti. Eu só posso sorrir, lembrando de todos os desafios que Radha representou para mim quando tinha treze anos. Shanti tem apenas quatro, o que significa que Radha tem muitas batalhas pela frente!

Eu deveria chamar os convidados para a mesa, mas decido primeiro agradar as meninas.

— Por que você não pede para seu pai lhes dar um passeio de helicóptero? — sugiro a Shanti.

As meninas se olham com entusiasmo. Elas dão gritinhos de prazer e saem saltitando como coelhinhos em direção ao seu alvo do outro lado do jardim. Shanti corre de encontro a Pierre por trás, quase derrubando-o. Vejo as meninas fazendo seus pedidos enquanto Pierre escuta. Ele faz uma pergunta a elas. Relutante, Shanti aponta para Rekha. Pierre levanta Rekha do chão e vai com ela até o centro do gramado. Segurando-a pelas mãos, ele a gira, cada vez mais rápido. O cabelo dela sobe e desce, sobe e desce. Sua risada borbulha pelo ar.

— Minha vez! — Shanti grita, erguendo os braços. Pierre pousa Rekha no chão, segura as mãos de Shanti e a levanta no ar.

Vejo Malik olhando amorosamente para Nimmi. Como se ele tivesse enviado um sinal silencioso, ela se volta para ele e lhe dá um sorriso que é só deles.

Vou até Jay, que está carregando a filha mais nova de Radha, Asha, de dois anos. Ela está encantada com ele, e ele com ela. Sempre que ele a vê vindo em sua direção com suas perninhas rechonchudas, as linhas em torno de seus olhos se apertam de prazer.

Meu marido beija minha testa. Eu passo os braços em torno dele e da pequena Asha. Ela tenta escapar de meu abraço, querendo toda a atenção de Jay para ela. Cutuco sua barriguinha, o que, como sempre, a faz rir.

Olho em volta no jardim, viçoso e mágico, e vejo todos que ajudei a florescer: Malik e Radha, tão preciosos para mim como minha própria vida. Seus cônjuges e seus filhos. Duas gerações de possibilidades, de esperança, cercadas pelo início de noite azul, cercadas por nós.

Agradecimentos

Se não fossem os leitores, não haveria escritores. Depois da publicação de *A pintora de henna*, fiquei imensamente emocionada com os leitores entusiasmados do mundo todo que escreveram para me contar como e por que se identificaram com o livro, ou como o livro os inspirou a mudar alguma coisa em sua vida. Eles se apaixonaram por Lakshmi, personagem que foi inspirada em minha incrível mãe, Sudha Latika Joshi, e por Malik, sobre quem queriam saber mais. Esta história, portanto, é para os leitores.

Minha agente, Margaret Sutherland Brown, da Folio Literary Management, está sempre disponível para me apoiar. Mesmo durante a pandemia, ela encontrou maneiras de permanecer positiva e encher nossas conversas de luz e esperança. Trabalhar com Kathy Sagan, minha editora na MIRA Books, só me dá prazer: ela torna bons manuscritos ainda melhores; suas sugestões são sempre precisas! E onde eu estaria sem o apoio do resto da equipe da HarperCollins — Loriana Sacilotto, Margaret Marbury, Nicole Brebner, Heather Foy, Leo MacDonald, Amy Jones, Randy Chan, Ashley MacDonald, Linette Kim, Erin Craig, Karen Ma, Kaitlyn Vincent e Lindsey Reeder —, que garantem que todos se apaixonem por minhas histórias?

Uma grande e entusiasmada mensagem de gratidão vai também para Reese Witherspoon, cujo Clube do Livro Hello Sunshine promove escritoras mulheres que escrevem histórias sobre personagens femininas fortes. Obrigada, Heather Connor, Laura Gianino, Roxanne Jones e Cindy Ma, da equipe de publicidade da HarperCollins por me ajudarem a fazer essa incrível conexão.

Meu pai, dr. Ramesh Chandra Joshi, cujo conhecimento enciclopédico da Índia (e de quase tudo o mais!) é providencial quando estou escrevendo sobre esse país e seu povo, contribuiu com os detalhes de engenharia para o Royal Jewel Cinema. Qualquer equívoco em relação a isso é responsabilidade minha.

Com o apoio e o incentivo de sempre, meus irmãos Madhup e Piyush Joshi leram rascunhos desta história e ofereceram comentários úteis, assim como os amigos Gratia Plante Trout, Lanny Udell, Christopher Ridenour, Ritika Kumar e David Armagnac.

Para este livro, pesquisei a indústria do ouro na Índia e as várias maneiras como o metal é contrabandeado para o país. Para o personagem de Nimmi, li sobre várias tribos nômades do Himalaia, algumas das quais criam búfalos, outras conduzem rebanhos de cabras e ovelhas, e todas elas levam vidas árduas. Seu conhecimento de curas e tratamentos com ervas é essencial para a sobrevivência nas montanhas. O estilo de vida nômade torna difícil suas crianças receberem educação formal, a menos que se mudem para a cidade, o que muitos foram forçados a fazer por causa de leis locais que dificultam a obtenção de licenças para pastagem.

Sempre deixo o melhor para o fim. Anos atrás, meu marido, Bradley Jay Owens, viu algo em mim que o levou a acreditar que eu poderia ser uma escritora. E aqui estou eu. Com minha profissão e meu parceiro de vida, como eu poderia ser mais feliz?

Ouro indiano: um fundo de aposentadoria para as mulheres

As pessoas se perguntam por que o ouro é tão importante para os indianos. Em um país em que menos de dez por cento do ouro vendido é realmente minerado lá, a escassez o torna mais valioso. Talvez também seja porque esse metal não pode ser destruído. Ele pode ser derretido, sem dúvida, mas destruído? Nunca. O que significa que tem a distinção de durar para sempre. É fácil, para os artesãos, trabalhar com esse metal macio. E, claro, o ouro puro de vinte e dois ou vinte e quatro quilates contrasta belamente com a pele escura.

Em certo momento, é costume na cultura indiana que a família do noivo presenteie a noiva com joias de ouro (a família dela oferece um dote em dinheiro ou terras para a família do noivo como forma de pagar pelo sustento dela durante o casamento). Esse ouro só deve ser vendido em tempos de dificuldades. Por exemplo, se o marido morrer ou se a família estiver em apuros financeiros sérios.

Os estilos de joias indianas são tão variados quanto as pedras preciosas usadas para adorná-las. A influência de seis séculos de domínio mogol no refinamento da arte da joalheria e aprimoramento da complexidade dos desenhos foi fundamental. O estilo mais popular para casamentos e ocasiões especiais é o *kundan*. O traje do dia a dia inclui uma corrente de ouro puro e aros de ouro nas orelhas, ou outros pequenos brincos de ouro.

Estilo kundan

Kundan é o estilo mais antigo de joias usado na Índia. Em vez das armações com "garras" para as pedras do Ocidente, o joalheiro indiano monta diamantes, safiras, rubis e outras pedras preciosas não lapidadas diretamente nos espaços ocos que ele cria em uma base sólida de ouro.

Estilo meenakari

Meena significa *esmalte* em hindi. *Meenakari* não é como o trabalho de esmaltação feito na França, Inglaterra e Turquia. Os artesãos indianos — por influência dos mogols — decoravam as joias de ouro com padrões detalhados de esmalte nas depressões que criavam no metal. Minha mãe ganhou um conjunto completo de joias *meenakari* para seu casamento, incluindo braçadeiras, da família de meu pai. Cada peça tem o nome dela em esmalte.

Pérolas "semente"

Este estilo delicado era um favorito de minha mãe. Estrelas de cinema no final da década de 1950 e na década de 1960 começaram a usar pérolas, deixando de lado as joias de ouro, que lhes pareciam antiquadas. E minha mãe escolhia peças com muitas pérolas miudíssimas costuradas juntas para criar delicados brincos, colares e braceletes. Eu também adoro!

Joias de Calcutá (Calcutá foi renomeada Kolkata)

Artesãos pegam uma peça de ouro amarelo, o achatam, depois usam um martelinho e trabalham o ouro para criar joias intricadas, mas muito leves e delicadas. Não são acrescentadas pedras, pérolas ou esmalte.

Prata

Como muitas mulheres de sua geração, minha mãe não era muito fã de prata. Prata é o metal das mulheres de aldeia rajastani, que com frequência usam várias pulseiras de prata, cintos de prata e tornozeleiras largas de prata. Quanto mais prata uma mulher usasse, mais alto era o status de sua família na aldeia.

Minha mãe ganhou muitas joias de prata da família de meu pai, que vinha de uma aldeia rajastani.

Buscando inspiração na comida indiana

Aloo gobi. Parantha. Dal chawal. Gulab jamun. Palak paneer. Lassi. Essas eram as comidas de minha infância no Rajastão. Até muito depois de minha família ter saído da Índia e se estabelecido nos Estados Unidos, meus irmãos e eu continuávamos a pedir repetidamente para minha mãe esses mesmos pratos. Mesmo agora, quando minha família se reúne, nossas refeições incluem *chapatti*, *subji* e *raita*. Quando comecei a escrever *A pintora de henna*, sabia que a relação complexa que o povo indiano tem com sua comida seria uma parte importante da história.

Nos séculos antes de Marco Polo vir para a Índia em busca de especiarias, os indianos plantavam pimenta-do-reino e pimenta-verde, extraíam óleo de cravo-da-índia e moíam sementes de mostarda para dar sabor a alimentos, estimular os sentidos e curar o corpo. Os aromas de coentro, cúrcuma, garam masala e cominho são parte de minha herança, e de minha identidade, tanto quanto os olhos verde-azulados que herdei de minha mãe, Sudha.

Enquanto escrevo isto, estou bebendo chai preparado em infusão com sementes de cardamomo, um pau de canela e grãos de pimenta. Esses sabores combinados fazem a Índia de minha infância ganhar vida novamente em minha imaginação, com toda a sua glória fantasmagórica e caótica.

Preparar pratos indianos requer tempo: muitos ingredientes precisam ser cortados, descascados ou fatiados; o preparo precisa acontecer em etapas; o sabor só é realçado se os temperos (às vezes até oito deles) forem acrescentados no momento preciso. A comida indiana é ousada, colorida, cheia de aromas e sabores. Que melhor maneira de enriquecer um enredo e mostrar o desenvolvimento de personagens do que permear a história de uma das cozinhas mais ousadas e amadas do planeta?

Aloo gobi matar subji

(prato de batata, couve-flor e ervilhas com curry)

Minha mãe fazia esse prato de legumes com curry frequentemente. Ele é fácil e rápido, além de saudável e delicioso. Os cozinheiros indianos sempre têm muitas batatas, cebolas, alho, pimentas e coentro à mão, porque estes são ingredientes comuns em quase todos os pratos de legumes.

No norte da Índia, *aloo gobi matar subji* geralmente é comido com *chapatti*, *nan* ou *roti*. Algumas pessoas preferem arroz *basmati* com seus legumes. Outros alimentos com curry, como quiabo, berinjela ou grão-de-bico, também podem ser servidos junto. Uma tigela de iogurte temperado com cominho em pó e sal não cairia nada mal. E, claro, um chutney apimentado de manga ou lima seria um complemento excelente para aqueles que desejam um toque especial em sua refeição.

Ingredientes:

2 batatas russet (*aloo*), descascadas e cortadas em cubos
1 couve-flor pequena (*gobi*), com os floretes separados
1 xícara de ervilhas frescas ou congeladas (*matar*)
1 cebola branca ou comum, bem picada
4 dentes de alho (ou mais, se preferir), bem picados

1/2 xícara de óleo de canola, óleo de girassol ou óleo de cártamo
2 colheres (chá) de sementes de cominho
2 colheres (sopa) de cúrcuma em pó
2 colheres (chá) de cominho em pó
1 colher (sopa) de garam masala
1 colher (chá) de gengibre, bem picado
2 colheres (sopa) de coentro em pó (se não tiver, usar mais folhas de coentro)
2 colheres (chá) de pimenta chili vermelha em pó ou 1 pimenta chili bem picada
2 ou 3 colheres (chá) de sal (ou a gosto)
1/4 de xícara de água
1 xícara de folhas de coentro

1. Aqueça o óleo em uma frigideira funda ou em uma panela grande com fundo grosso. Adicione as sementes de cominho e deixe até que elas comecem a chiar.
2. Adicione a cebola e refogue em fogo alto até elas ficarem transparentes.
3. Baixe o fogo para médio. Adicione a cúrcuma, o cominho em pó, garam masala, coentro em pó, chili em pó e sal e mexa por três a quatro minutos.
4. Adicione o alho e o gengibre. Mexa. Adicione as ervilhas e mexa.
5. Adicione as batatas e a couve-flor. Mexa até que todos os ingredientes estejam bem recobertos com os temperos.
6. A mistura vai começar a chiar. Adicione água para não queimar. Você pode acrescentar mais água se quiser um prato mais no estilo sopa. Mas meu pai preferia uma versão mais seca, como a maioria dos indianos do norte do país, então minha mãe não acrescentava muita água à sua receita.
7. Baixe o fogo e cubra a panela. Cozinhe por mais 10 a 12 minutos, tendo cuidado para não deixar a couve-flor passar do ponto. Os floretes devem ficar um pouco crocantes.
8. Enfeite com folhas de coentro.
9. Coma!

O coquetel da marani

Nas férias de inverno, meus irmãos e eu ficávamos ansiosos para voltar da faculdade para casa. Minha mãe telefonava com antecedência para meu irmão mais velho, Madhup, para perguntar qual coquetel ele queria fazer para a família — ele escolhia um coquetel diferente a cada ano —, para ela ter os ingredientes prontos quando chegássemos. Ela raramente bebia, mas abria uma exceção quando estávamos todos juntos, para saborear o tempo limitado que tinha com seus três filhos. Madhup preparava os coquetéis e nós ficávamos acordados até tarde da noite, bebendo, contando histórias, rindo e brincando uns com os outros.

Como a rainha viúva é fã de gim-tônica, pedi para Madhup criar um coquetel especialmente para ela. Beba-o com uma *samosa*, um *pakora* ou qualquer um dos outros salgados que Lakshmi tem a oferecer.

O coquetel da marani

50 ml de gim
Uma pitada de cardamomo recém-triturado
4 fios de açafrão

Misture e deixe em repouso por cinco minutos para os sabores impregnarem o gim. Coe.

Depois adicione:

100 ml de água tônica
3 gotas de licor de laranja
Gelo

Saúde! Cheers! Sláinte! Prost! Na zdravi! Cin-cin! Salud!

Impresso no Brasil pelo Sistema Cameron da Divisão Gráfica da
DISTRIBUIDORA RECORD DE SERVIÇOS DE IMPRENSA S.A.